Alix Ohlin

In einer anderen Haut

Alix Ohlin

In einer anderen Haut

Roman
Aus dem Englischen übersetzt
von Sky Nonhoff

C. H. Beck

Die Arbeit des Übersetzers
am vorliegenden Text
wurde vom Deutschen Übersetzerfonds gefördert.

Titel der amerikanischen Originalausgabe:
«Inside», Alfred A. Knopf, New York, 2012
© 2012 Alix Ohlin
Für die deutsche Ausgabe:
© Verlag C. H. Beck oHG, München 2013
Umschlaggestaltung: Anzinger | Wüschner | Rasp, München
Gesetzt aus der Schrift The Antiqua bei
a.visus, Michael Hempel, München
Druck und Bindung: cpi, Ebner & Spiegel, Ulm
Gedruckt auf säurefreiem, alterungsbeständigem Papier
(hergestellt aus chlorfrei gebleichtem Zellstoff)
Printed in Germany
ISBN 978 3 406 64703 1

www.beck.de

1

Montreal, 1996

Auf den ersten Blick verwechselte sie ihn mit irgendetwas. Im winterlichen Dämmerlicht hätte er auch ein Ast oder ein Holzscheit, ja, selbst ein Reifen sein können. In all den Jahren, die sie nun auf dem Mount Royal langlaufen ging, hatten schon ganz andere Dinge ihren Weg gekreuzt. Die Leute verloren ihre Schals, ihre Schuhe, ihre Hemmungen: Sie war auf Menschen gestoßen, die unter freiem Himmel miteinander schliefen, selbst bei bitterer Kälte. Trotz dieser Zwischenfälle war der Berg der einzige Ort, wo sie sich wirklich eins mit sich fühlte, insbesondere im Winter, wenn sie durch die kahlen Zweige der Bäume die Stadt unten im Tal sehen konnte – die Kirchen mit den grünen Turmspitzen und die grauen Wolkenkratzer, die zum Greifen nah schienen, die Straßen, die sich bis zum alten Hafen erstreckten, und links und rechts die Brücken, die sich über die fahlen Wasser des St.-Lorenz-Stroms spannten. Der Winter war mild gewesen; was an Schnee fiel, war erst geschmolzen und hatte sich dann über Nacht in Eis verwandelt. Nun, Ende Januar, hatte es schließlich über Nacht und dann den ganzen Tag geschneit, zumindest genug, um langlaufen gehen zu können. Glücklicherweise war ihr letzter Nachmittagstermin abgesagt worden, sodass sie auf den Berg fahren konnte, ehe es dunkel wurde. Sie umrundete das Chalet und machte sich in den Wald auf; nun hatte sie keinen Blick auf Montreal mehr, vielmehr war sie umfangen von dumpfer Stille und Einsamkeit, während die Bäume das Licht noch weiter abschwächten. Parallelspuren im Schnee verrieten, dass ein anderer Skifahrer vor ihr hier entlanggefahren war. An einem nicht allzu steilen Abhang ging sie leicht in die Hocke und gewann an Schwung, während sie sich in die nächste Kurve legte.

Als sie den Ast erspähte – oder was auch immer es sein mochte –, war es zu spät. Obwohl sie noch abzubremsen versuchte, hatte sie zu viel Tempo drauf und krachte geradewegs in das Hindernis. Sie wurde aus den Bindungen gerissen, fiel seitwärts in den Schnee und begriff erst, als sie sich aufsetzte, dass sie über den Körper eines Mannes gestürzt war. Ihre Beine befanden sich über den seinen, und in ihrem rechten Knie verspürte sie ein schmerzhaftes Pochen.

Es brannte in ihren Lungen, als sie Luft holte. Als sie wieder zu Atem gekommen war, fragte sie: «Alles in Ordnung mit Ihnen?»

Sie erhielt keine Antwort. Er lag quer auf der Piste, sein Kopf war halb im Schnee begraben. Jenseits seines Körpers endeten die Skispuren. Im ersten Moment dachte sie, er wäre verunglückt, doch dann erblickte sie seine Skier, die akkurat nebeneinander an einem Baum lehnten.

Sie rappelte sich auf und trat vorsichtig um ihn herum, bis sie sein Gesicht sehen konnte. Er trug keine Mütze. «Hallo?», sagte sie ein wenig lauter. «Alles in Ordnung mit Ihnen?» Vielleicht hatte er einen Herzinfarkt oder einen Schlaganfall erlitten. Er lag auf der Seite, mit angezogenen Beinen und geschlossenen Augen, einen Arm über dem Kopf. «*Monsieur?*», sagte sie. «*Ça va?*»

Als sie sich hinkniete, um ihm den Puls zu fühlen, bemerkte sie den Strick um seinen Hals – ein dickes, geflochtenes Seil, das halb unter ihm lag und sich regelrecht an seinen Arm schmiegte, während das andere Ende in einer Schneewehe ruhte, nein, gleichsam darunter verschwand. Und dann erblickte sie auch den abgebrochenen Ast, an den es geknüpft gewesen war.

Hastig lockerte sie den Strick, spürte den Puls an seinem Hals und öffnete rasch die obersten Knöpfe seiner Jacke in der Hoffnung, ihm dadurch das Atmen zu erleichtern. Sein Gesicht war nicht blau. Er war in ihrem Alter, vielleicht Mitte dreißig, sein kurzes, lockiges braunes Haar schon leicht grau meliert. Doch er öffnete die Augen immer noch nicht. Sollte sie ihm ein paar Klapse auf die Wangen geben? Es mit Mund-zu-Mund-Beatmung versuchen? Behutsam drehte sie ihn auf den Rücken. «*Monsieur?*», wiederholte sie. Er regte sich nicht.

Sie schnallte ihre Ski wieder an, fuhr zurück zum Chalet und wählte 911. In ihrem stockenden Französisch – es klang noch gebrochener, weil sie außer Atem war – versuchte sie, ihre Position zu beschreiben. Bei ihrer Rückkehr lag er immer noch da, wo sie ihn gefunden hatte. «Sir», sagte sie. «Ich heiße Grace. *Je m'appelle Grace.* Ich habe Hilfe gerufen. Alles wird wieder gut. *Vous êtes sauvé.*»

Sie legte das Ohr an seinen Mund, um seinen Atem hören zu können. Seine Augen waren nach wie vor geschlossen, doch dann drang unüberhörbar ein schwerer Seufzer über seine Lippen.

::::::::::::

Im Montreal General Hospital fiel ihr später auf, dass beide Paar Ski zurückgelassen worden waren. Die Sanitäter hatten den Mann in den Krankenwagen geladen, und sie war ihnen quer durch Côte-des-Neiges gefolgt. Sie war sich selbst nicht sicher, warum. Weil die Sanitäter sie so angesehen hatten, als wären sie und der Mann zusammen langlaufen gewesen? Weil einer von ihnen in einem Kauderwelsch aus Englisch und Französisch gesagt hatte, «The police – *ils vont vous poser des questions* at the 'ospital», worauf sie artig wie ein Schulmädchen genickt hatte?

Teils war es Neugier, weil sie wissen wollte, was ihn zu einer solchen Tat getrieben hatte, teils Mitleid, weil jemand, der keinen anderen Ausweg mehr sah, zutiefst verzweifelt sein musste. Außerdem fragte sie sich, warum ausgerechnet sie ihm in die Quere gekommen war.

Vielleicht wollte sie auch nur einfach herausfinden, was passiert war. Jedenfalls saß sie noch Stunden später im Wartezimmer und erschauderte jedes Mal, wenn sich die Glastür öffnete und ein Schwall eisiger Luft hereinwehte. Der Linoleumboden war mit graubraunem Matsch von der Straße verschmiert; vom Bürgersteig drangen Abgase und Zigarettenrauch zu ihr herein. Bislang hatte sich kein Polizist blicken lassen, der ihr Fragen stellen wollte. Der Mann war auf einer Trage davongeschoben worden, umringt von lauter Krankenschwestern, die sich über seinen immer noch leblosen Körper gebeugt hatten. Grace wartete, auch wenn sie nicht recht wusste, auf wen oder was. Als sie sich an die Ski erinnerte – wahrscheinlich hatte sie längst jemand mitgenommen –, schlug sie sich mit der Hand gegen die Stirn. Ihre eigenen waren praktisch brandneu. Sie warf einen Blick auf ihre Uhr; es war sieben, inzwischen also stockdunkel auf dem Berg. Sie war müde und hungrig und wollte nach Hause. Zuvor aber musste sie unbedingt wissen, wie es ihm ging. Sie ging zum Empfangsbereich und sprach die Schwester hinter dem Tresen an.

«Entschuldigen Sie bitte», sagte sie. «Kann ich ihn sehen?»

Die Schwester sah nicht einmal von ihrem Schreibkram auf. *«Oui, Madame?»*

«Den Mann, der vorhin eingeliefert wurde. Der Langläufer.»

«Wer?»

«Ich weiß nicht, wie er heißt. Er wurde auf dem Berg gefunden.»

«Und wissen nicht, wie er heißt?»

«Ich habe ihn entdeckt.»

«Sie sind also keine Angehörige?» Die Schwester klang misstrauisch, fast feindselig.

«Ich bin Therapeutin», sagte Grace spontan. *«Une psychologue?»* Ihr Französisch schien die Schwester milder zu stimmen, da sie nickte. Zudem nahm sie offenbar an, dass Grace aus beruflichen

Gründen hier war, und Grace beließ sie in dem Glauben. «Ich muss ihn so schnell wie möglich sehen», fuhr sie mit so viel Nachdruck wie möglich fort.

Die Schwester zögerte einen Augenblick, zuckte dann aber mit den Schultern und deutete zum Fahrstuhl. «Zimmer 316.»

Grace klopfte an, ehe sie eintrat. Der Mann trug ein Krankenhausnachthemd und lag auf dem Rücken; in seinem Arm steckte eine Kanüle. Der leere Gesichtsausdruck, mit dem er an die Zimmerdecke starrte, veränderte sich nicht, als sie hereinkam. Welchen Schmerz auch immer er dort oben auf dem Berg empfunden haben mochte, in seinen Zügen spiegelte sich nichts mehr davon; er hätte genauso gut auf einen Zug warten können. An seinem Hals zeichnete sich die rote, tief eingegrabene Spur des Stricks ab. Sie räusperte sich und setzte sich auf den Stuhl, der neben dem Bett stand.

«Sprechen Sie Englisch?», fragte sie. Keine Antwort. «*Vous parlez français?*» Wieder nichts. «Da ich mein Highschool-Spanisch längst vergessen habe, sind das so ziemlich die einzigen Alternativen.» Seine Sachen lagen zusammengelegt auf dem Nachttisch. «Ich werde jetzt mal nachsehen, ob ich irgendwie Ihren Namen herausfinden kann, es sei denn, Sie untersagen es mir ausdrücklich.» Sie ging seine Kleidung durch, tastete nach einer Brieftasche. Er machte keine Anstalten, sie daran zu hindern, auch nicht, als sie die Brieftasche gefunden hatte und seinen Führerschein herausnahm. *John Tugwell.* Er sprach also doch Englisch. Sie legte die Sachen wieder zusammen und nahm wieder Platz. «John, ich heiße Grace», sagte sie. «Ich bin Therapeutin, aber das ist nicht der Grund, weshalb ich hier bin. Ich war langlaufen und habe Sie gefunden. Der Ast, an dem Sie den Strick befestigt hatten, ist abgebrochen. Ich habe den Notarzt gerufen.» Außer einem Zucken seiner Lider deutete nichts darauf hin, dass er bei Bewusstsein war. Sie wusste nicht einmal, ob er sie überhaupt hörte. Seine Hände ruhten flach und entspannt auf der Bettdecke.

«In dem Teil des Gebiets trifft man normalerweise nicht viele Leute an», sagte sie. «Aber deswegen haben Sie sich die Gegend wahrscheinlich auch ausgesucht. Ich weiß nicht, was ohne mich passiert wäre. Hätten Sie es nach einer Weile noch mal versucht?»
Er schwieg.
Um seine Augen hatten sich tiefe Falten eingegraben, als würde er viel Zeit unter freiem Himmel verbringen. Seine Lippen waren unnatürlich blass. Sein Körper wirkte unter der dünnen Krankenhausdecke robust und muskulös. Ob er ein gut aussehender Mann war, ließ sich unmöglich sagen, während er dort im Bett lag. Alles Leben, das seinen Zügen Charakter und Eigenheit verliehen hatte, war aus ihm gewichen. Sie rückte ein Stück näher. Selbst aus dieser geringen Distanz schien sein Körper keinerlei Wärme auszustrahlen, als wäre er immer noch unterkühlt.
«Sie sind von den Toten auferstanden», sagte sie. «Vielleicht wollten Sie das gar nicht, aber so ist es nun mal.»
Im selben Augenblick schlug er zum ersten Mal die Augen auf. Sie waren grün. Dann blinzelte er noch einmal und schloss sie wieder.
«Wenn Sie reden wollen», sagte Grace, «höre ich Ihnen gerne zu.»

::::::::::::

Sie rollten ihn auf einer Trage aus dem Zimmer und brachten ihn mit einem schwarzen Spezialstiefel wieder herein. Der Arzt sprach mit Grace, als hätte sie ein Recht auf nähere Informationen. Sein Knöchel war verstaucht. Die Kratzer und blauen Flecken auf seinem Gesicht waren nicht der Rede wert. Eine Krankenschwester brachte ein Paar Krücken herein. Der Arzt, der erschöpft aussah und höchstens 25 sein konnte, gab ihm ein Rezept für Schmerzmittel und meinte, er solle in zwei Wochen wieder vorbeikommen. Grace sagte, sie würde ihn nach Hause fahren.

«Bevor wir Sie entlassen können, müssen wir uns über Ihren Zustand Klarheit verschaffen», sagte der Arzt in vagem Tonfall. «Dafür wird ein Termin mit der psychiatrischen Abteilung nötig sein», fuhr er förmlich fort.

Sie nickte.

«Wir vereinbaren einen Termin für Sie», sagte der Arzt und kehrte ihm den Rücken zu.

Der Mann warf ihr einen flehenden Blick zu. Sie zuckte mit den Schultern; er hatte ihre Hilfe ja bereits zurückgewiesen.

Er hustete und sagte: «Eigentlich wollte ich das gar nicht.» Seine Stimme war heiser und verschleimt; sie klang, als wären die Worte tief in ihm gefangen, wie in einer Höhle oder einem Spinnennetz.

«Was meinen Sie damit?», fragte der Arzt.

«Ich wollte bloß wissen, wie sie reagiert.» Tugwell wies mit dem Daumen zu Grace hinüber. Seine Stimme war schmerzhaft kehlig; er schluckte merklich, nachdem er gesprochen hatte, doch dann gelang es ihm, einen Tonfall spielerischer Ironie anzuschlagen. «Wir waren zusammen langlaufen, und ich hab ihr gesagt, ich würde Selbstmord begehen, und bin in die andere Richtung abgehauen. Ich habe ihr gesagt, ich hätte einen Strick dabei – und dass ich nicht lange fackeln würde. Und dann hat es *neun Minuten* gedauert, bis sie endlich aufgetaucht ist! Ehrlich, ist das zu glauben? Ich habe auf die Uhr gesehen!»

«Sie haben Ihrer Frau mitgeteilt, Sie würden Selbstmord begehen, um ihre Reaktion zu testen, und dann die Zeit gestoppt?» Der Arzt runzelte skeptisch die Stirn. Womöglich dachte er, dass er die Geschichte nicht richtig verstanden hatte.

«Fast zehn Minuten», fuhr Tugwell fort. Als er sie anblickte, zog sich einen Moment lang ihr Herz zusammen.

Der Arzt musterte sie irritiert. Einen Augenblick lang zögerte sie, sich auf seine Geschichte einzulassen, die so absurd war, dass sie kein halbwegs vernünftiger Mensch auch nur in Erwägung gezogen hätte. Dieser Mann benötigte professionelle Hilfe, angefangen mit einem psychiatrischen Gutachten. Doch in seinem Blick lag ein Ausdruck, als hätten sie eine geheime Absprache getroffen, und der Lebensfunke in seinen Augen strahlte so unvermittelt hell, dass sie ihn unbedingt bewahren, vom leisen Flackern zu einer richtigen Flamme fächeln wollte.

Vielleicht lag es auch daran, dass sie ihn hier im Krankenhaus ohnehin nur kurz und oberflächlich abfertigen würden. Oder weil sie die Verantwortung dafür trug, dass er überhaupt hier gelandet war. Oder weil sie sich freute, dass er nun doch auf ihre Hilfe zählte.

«Er ist auch nie für mich da», sagte sie so genervt wie eben möglich.

Der Arzt gab einen langen Seufzer von sich und warf einen Blick auf seine Uhr. «Es geht also um einen Ehestreit?»

Grace nickte.

«Tja, da ist wohl einiges aus dem Ruder gelaufen», sagte Tugwell.

Der Arzt zuckte mit den Schultern, als wäre ihm schon weit Merkwürdigeres untergekommen, zückte seinen Kugelschreiber und notierte etwas auf seinem Klemmbrett.

«Ich kümmere mich um ihn», sagte Grace.

Der Arzt verließ das Zimmer, zu beschäftigt, um darauf einzugehen.

Als sie wieder allein waren, sah Tugwell sie abermals an. Der Funke in seinen Augen war verloschen, als hätte ihm seine kleine Lügengeschichte die letzte Kraft geraubt. «Haben Sie nichts Besseres zu tun?»

«Hier geht's nicht um mich», erwiderte sie.

«Ausweichpalaver.»

«Pardon?»

«Tut mir leid, ich meinte Ausweichmanöver. Ich bin immer noch groggy.»

«Ich bin Ihnen nicht ausgewichen», sagte sie, obwohl sie genau das getan hatte. «Es spielt nur keine große Rolle. *Ich* spiele hier keine große Rolle, jedenfalls nicht für Sie. Sie sind verletzt, und ich fahre Sie gern nach Hause, wenn Sie wollen. Oder soll das lieber jemand anders übernehmen?»

Er schloss die Augen.

«Soll ich Ihnen beim Anziehen helfen, John?»

«Nein», erwiderte er. «Und nennen Sie mich Tug.»

«Okay, Tug», sagte sie. «Ich warte draußen. Rufen Sie einfach, wenn Sie mich brauchen.»

Als sie fünf Minuten später wieder hereinkam, trug er seine graue Fleecejacke und seine schwarze Skihose; den Reißverschluss des einen Beins hatte er offen gelassen und den Stoff über den Spezialstiefel gekrempelt. In einem Rollstuhl fuhr sie ihn zum Parkplatz, half ihm in ihren Wagen und verstaute die Krücken auf dem Rücksitz. Als sie sich hinters Steuer gesetzt hatte, drehte sie die Heizung auf, während er den Kopf zurücklehnte und schwieg. Sie fragte sich, wo seine Familie war. Er trug keinen Ehering. Falls er nicht wollte, dass sie sich um ihn kümmerte, leistete er jedenfalls keine große Gegenwehr – aber schließlich wusste sie nicht, was in ihm vorging. Vielleicht wartete er nur darauf, dass sie ihn endlich in Ruhe ließ, damit er es erneut versuchen konnte. Die Fälle, die zunächst einlenkten, waren oft auch diejenigen, die ihren Plan bis zum bitteren Ende durchzogen, sobald man sie allein gelassen hatte.

«Leben Sie allein?»

«Ja. Und Sie?»

«Ebenfalls.»

«Nicht verheiratet?»

«Geschieden.»

«Ich auch», sagte er. «Nun ja, in Trennung lebend. Nichts Offizielles.»

«Das tut mir leid», sagte sie. «Wollten Sie sich deshalb umbringen?»

Eine kleine Pause entstand, ehe er antwortete. «Sie reden ja nicht lange um den heißen Brei herum.»

«Dafür gibt es auch keinen Anlass», erwiderte sie.

Er sah aus dem Fenster, und schließlich begriff sie, dass er ihr nicht antworten wollte, was aber auch kein Problem war. Dann aber wandte er sich wieder zu ihr. «Sie haben gesagt, Sie wären Therapeutin?»

«Ja. Meine Praxis ist in Côte-des-Neiges. Grace Tomlinson. Kommen Sie vorbei, wann Sie wollen, oder rufen Sie mich an. Ich stehe im Telefonbuch.»

«Und so kriegen Sie neue Klienten? Indem Sie beim Langlaufen nach Depressiven suchen?»

«Genau», erwiderte Grace fröhlich. In ihrem Beruf hatte sie gelernt, immer ruhig zu bleiben. «Aber die Ausbeute war ziemlich mau, bevor Sie aufgetaucht sind. Sagen Sie mir, wie ich fahren muss?»

Er nickte. Sie folgten dem Saint-Laurent-Boulevard in nördlicher Richtung, fuhren durch Little Italy und kamen schließlich in ein Viertel, in dem die meisten Ladenfronten vietnamesische Schriftzeichen trugen. Er bedeutete ihr, in eine dunklere Seitenstraße abzubiegen, die von dreistöckigen Häusern gesäumt war, auf deren Außentreppen Schnee lag. Schließlich bat er sie, vor einem gelben Backsteingebäude zu halten. In allen Etagen brannte Licht.

Niemand lässt das Licht an, wenn er nicht zurückkommen will, dachte sie. «Wartet jemand auf Sie, Tug?»

«Sie lassen nicht locker, was?», gab er zurück.

«Ja. Sie haben gesagt, Sie würden allein leben. Warum haben Sie dann das Licht nicht ausgemacht?»

Er seufzte und rieb sich die Augen. Schließlich erwiderte er: «Ich habe das Licht für den Hund angelassen.»

«Sie haben einen Hund?»

Er schüttelte den Kopf. «Er gehört meiner Exfrau. Meiner Frau. Wie auch immer wir jetzt zueinander stehen, es ist ihr Hund. Aber sie ist gerade außerhalb unterwegs, daher kümmere ich mich um ihn. Das passiert öfter. Sie holt ihn später wieder ab. Ihm geht's gut.

Er hat sein Fressen, Wasser, einen Knochen, auf dem er herumkauen kann. Ich hasse diesen verdammten Hund.»

«Und warum genau?»

«Du lieber Himmel, ist das hier ein Therapie-Mobil, oder was? Wollen Sie mich hier *in Ihrem Auto* analysieren? Ich war schon mal in psychologischer Behandlung.» Die Worte sprudelten nur so aus ihm heraus. «Der beste Rat, den mir mein Therapeut gegeben hat, war folgender: *Für nichts im Leben gibt es den idealen Zeitpunkt.* Heute war vielleicht nicht der ideale Zeitpunkt für das, was ich vorhatte, schon wegen dem Hund und so, aber da fiel mir der Satz meines Therapeuten ein, und das bestärkte mich in meinem Entschluss.»

«Wirklich?», sagte Grace. So etwas bekam sie nicht alle Tage zu hören.

«Ja, irgendwie schon. Mehr oder weniger.»

«So ist das Leben», sagte Grace, was er mit einem beifälligen Nicken quittierte.

Er öffnete die Tür, stieg aus und versuchte, seine Krücken vom Rücksitz zu nehmen. Dabei verlor er das Gleichgewicht, und die Krücken fielen auf den vereisten Gehsteig. «Verdammte Scheiße!», fluchte er.

Sie zog den Zündschlüssel ab und stieg ebenfalls aus. Er hüpfte wütend auf und ab, versuchte, die eine Krücke zu erhaschen, die in einer Schneewehe gelandet war. Sie hob sie auf, klopfte den Schnee ab und schob sie unter seinen rechten Arm. Er hielt sich mit der anderen Krücke notdürftig aufrecht, ging einen Schritt Richtung Eingang und fiel erneut hin.

«Tja, sieht so aus, als würden Sie doch nicht ohne meine Hilfe auskommen.»

Er schwieg. Sie legte den Arm um seine Taille, stützte seine Hüfte mit der ihren und führte ihn vorsichtig zur Treppe, den Arm um seine Schultern gelegt. Er benutzte die eine Krücke, um ihnen die Stufen hinaufzuhelfen. Sie brauchten fünf Minuten, um die Eingangstür zu erreichen, und dann dauerte es zwei weitere, bis er die Schlüssel aus seiner Tasche gekramt hatte.

Als er aufgeschlossen hatte, murmelte er, ohne sie dabei anzusehen: «Danke.»

«Kann ich mit reinkommen?»

«Warum?»

«Ohne Hilfe sind Sie aufgeschmissen. Ich glaube nicht, dass der Hund Ihnen mit den Krücken helfen kann.»

«Woher wollen Sie das wissen? Es ist ein ziemlich kluger Hund.»

«Hmm, er müsste aber auch groß und geschickt sein», erwiderte Grace. «Und solche Hunde findet man eher selten.»

Resigniert zuckte er mit den Schultern. Seine Wohnung war hübscher eingerichtet, als sie erwartet hatte: Parkettboden, Perserteppiche, Bücherregale, Bilder an den Wänden. Rechter Hand befand sich ein Treppenaufgang; das Schlafzimmer war offenbar oben und deshalb für ihn schwer erreichbar.

Auf den Krücken mühte er sich zum anderen Ende des Apartments, und dann tauchte ein kleiner Hund auf, um ihn zu begrüßen, ein winziger Dackel, der Männchen machte und fiepte. Aus Sorge, dass Tug abermals das Gleichgewicht verlieren würde, setzte sich Grace auf das Sofa und rief den Hund zu sich. Er sprang auf ihren Schoß und schmiegte sich wie ein Kätzchen an sie.

«Na, du bist ja ein ganz Lieber», sagte Grace. Sie hörte, wie in der Küche Wasser lief, ehe das Geräusch wieder verstummte.

Tug kam wieder hereingehinkt. «Hören Sie, ich bin Ihnen wirklich dankbar, aber jetzt komme ich wieder allein klar.»

«Haben Sie Freunde oder Verwandte, denen wir Bescheid geben könnten? Sie sollten jetzt nicht allein sein.»

«In unseren Herzen sind wir nie allein», gab er zurück. «Noch so ein Spruch von meinem Therapeuten.»

Sie beschloss, es auf andere Weise zu versuchen. «Auf welcher Etage ist Ihr Badezimmer?»

«Ich habe zwei, oben und unten.»

«Und Ihr Schlafzimmer?»

Er gab einen Seufzer von sich. «Oben. Warum sind Sie so aufdringlich?»

«Ich bin nicht aufdringlich. Ich bin *effizient*. Ich gehe, sobald ich hier alles für Sie geregelt habe. Also, wenn Sie mich fragen, sollten Sie lieber hier unten schlafen. Ich kann Ihnen ja Bettzeug von oben holen, okay? Ich schnüffele auch nicht herum, versprochen. Bin gleich wieder da.»

So gut es ihm mit den Krücken möglich war, zuckte er mit den Schultern und ließ sich vorsichtig in einem Sessel nieder. Der Hund sprang von ihrem Schoß und lief zu ihm.

Auch wenn sie versuchte, sich an ihr Versprechen zu halten, fiel ihr doch ins Auge, dass die obere Etage ähnlich geschmackvoll eingerichtet war. Es sah überhaupt nicht nach ihm aus. Nicht, dass sie glaubte, er habe keinen Geschmack, doch ging sie davon aus, dass ihm solche Dinge eher nicht wichtig waren. Wahrscheinlich der Einfluss seiner Exfrau. Sie legte Decke und Laken zusammen, trug das Bündel nach unten und bezog das Sofa.

«Was haben Sie denn zu essen da?», fragte sie.

Nun sah er nicht verärgert, sondern sogar leicht amüsiert drein. Die Ahnung eines Lächelns umspielte seine Lippen. «Nichts.»

«Dann bestellen wir eine Pizza», sagte sie.

«Meinen Sie das ernst? Was ist das jetzt für eine Nummer?»

«Ich habe Sie im Schnee gefunden», erwiderte sie. «Und ich will nicht, dass Sie noch einen Selbstmordversuch begehen.»

«Ach, und das gibt Ihnen das Recht, mich zu kontrollieren? Einen Daumen auf mein Leben zu haben?»

«Nein. Ich finde einfach nur, wir sollten Pizza bestellen.»

Und genau das tat sie auch. Der Dackel verschwand durch eine Hundeklappe nach draußen und trippelte unschlüssig im kleinen Garten des Hauses herum, ehe er schnell wieder hereinlief. Grace holte Teller, Servietten und Gläser und deckte den kleinen Wohnzimmertisch. Als die Pizza kam, bezahlte sie den Boten. Es kümmerte sie nicht, dass es bereits zehn war und sie am nächsten Morgen Patienten hatte. Tug hielt sie bestimmt für eine Wichtigtuerin oder eine zutiefst einsame Frau, die kein Zuhause hatte. Womit er nicht ganz Unrecht hatte. Jedenfalls machte sie ungern Fehler, und sie würde es gewiss nicht zulassen, dass er noch einmal versuchte, sich umzubringen, wenn ihre bloße Anwesenheit genügte, um ihn davon abzuhalten.

Sie aßen Pizza und sahen sich einen Film aus den Siebzigern mit Jane Fonda an. Als er zu Ende war, sagte sie: «Versuchen Sie doch einfach, ein bisschen zu schlafen. Soll ich Ihnen eine Schmerztablette bringen?» Soweit sie wusste, hatte er bislang keins der verschriebenen Medikamente genommen.

«Nightingale», sagte er.

«Sie meinen Florence? Hören Sie, ich will bloß, dass es Ihnen gut geht.»

«Es ginge mir besser, wenn Sie mich jetzt in Ruhe lassen würden», sagte er. «Wollten Sie nicht verschwinden, wenn hier alles geregelt ist?»

«Das geht nicht», erwiderte Grace. «Zumindest nicht heute Nacht.»

«Warum?», fragte er in entnervtem Tonfall.

«Weil ich es mir nie verzeihen würde, wenn ich jetzt gehe und Sie sich umbringen.»

Den Kopf auf der Sofalehne, den bandagierten Knöchel auf ein Kissen gebettet, musterte er sie stirnrunzelnd. Das Blut war in seine Lippen zurückgekehrt, und nun fiel ihr auf, dass sie ziemlich rosig waren, nicht feminin, aber sinnlich und voll, auch wenn von ihnen in diesem Augenblick kaum mehr als ein zorniger Strich zu sehen war. «Ihnen geht's in erster Linie um Sie selbst, stimmt's? Sie haben einen Komplex oder so was.»

«Vielleicht», sagte sie gleichmütig.

«Sie wollen, dass ich in Ihrer Schuld stehe.»

«Sie schulden mir gar nichts. Ich will lediglich, dass Sie sich nichts antun.»

«Warum?», fragte er abermals.

«Wenn Sie wüssten, dass jemand vorhat, einen Mord zu begehen», erwiderte sie, «würden Sie sich nicht verpflichtet fühlen, denjenigen daran zu hindern?»

Er schüttelte den Kopf. «Das wäre etwas anderes.»

«Nicht für mich.»

«Vielleicht sind Sie ja auch auf irgendeinem perversen Trip und stehen auf kaputte Typen, die Sie retten und dominieren können.»

Grace lachte. «Wer ist denn hier der Therapeut?»

Obwohl sie es selbst auf dem Totenbett nicht zugegeben hätte, musste sie massiv gegen den Impuls ankämpfen, sich zu ihm zu setzen und seine Hand zu halten. Sie war fest davon überzeugt, dass körperlicher Kontakt ihn irgendwie erden würde. Sie wollte ihn in den Arm nehmen oder über seine Wange streichen, ihm durch ihre Berührung zu verstehen geben, dass er nicht allein, dass er etwas wert war, dass ihm Beachtung und Mitgefühl geschenkt wurden. Sie beugte sich in ihrem Sessel vor, wenn auch nur ein kleines Stück, um ihn nicht zu verstören.

«Meine Exfrau wäre sicher alles andere als begeistert, Sie hier vorzufinden», sagte Tug.

«Und warum?»

«Sie ist ausgesprochen eifersüchtig.»

«Dafür gibt es wahrlich keinen Grund.»

«Tatsächlich? Sie kommt zurück und findet hier eine fremde Frau vor, die mir eine außerplanmäßige Therapiestunde gibt? Ach, *so* nennt man das neuerdings? Genau das würde sie sagen!»

«Sie hat sich also von Ihnen getrennt, weil Sie untreu waren», sagte Grace.

«Nein», gab er zurück. «Nein.» Zum ersten Mal verlor seine Miene ihren gleichgültigen Ausdruck. Seine Gefühle überwältigten ihn, und plötzlich standen Tränen in seinen Augen.

Sie wartete darauf, dass er fortfuhr, doch als er schwieg, beschloss sie, das Thema zu wechseln. «Was machen Sie eigentlich beruflich?»

«Ich arbeite in einem Druck- und Kopierladen.»
«Jede Menge Papier, was?»
«Hochzeitseinladungen, Briefpapier, Dankeskärtchen. Während Sie eine Kommandotherapeutin sind, die ihre Hilfe Menschen in Not aufdrängt.»
«Ich weiß nicht, wie Sie zu Ihrer Arbeit stehen», sagte Grace zögernd. «Aber ich kann zwischen Beruflichem und Privatem nur schwer trennen. Wenn ich den ganzen Tag als Therapeutin gearbeitet habe, kann ich mich nach Dienstschluss nicht auf Knopfdruck in jemand anderen verwandeln. Verstehen Sie, was ich meine?»
In jenem Moment erkannte sie, dass er sie endlich als das sah, was sie wirklich war, nicht als Hindernis oder als Störenfried, sondern als Person. Dass er sie wahrnahm. Er starrte sie an, und sie spürte, wie sie errötete, ohne genau zu wissen, warum.
«Bei meiner Arbeit fällt mir das nicht so schwer», sagte er lächelnd.
«Tut Ihnen der Knöchel weh?»
«Halb so schlimm», sagte er.
Es war Mitternacht. Der Hund schlief in Tugs Schoß. Seine Exfrau war nicht aufgetaucht. Grace betrachtete ihn ein Weilchen im Dunkel des seltsamen Wohnzimmers. Um halb eins waren sie beide eingeschlafen, sie in ihrem Sessel, er auf dem Sofa, und als sie morgens aufwachte, war er immer noch am Leben.

::::::::::::

Nachdem sie rasch geduscht und sich angezogen hatte, traf Grace noch vor neun in ihrer Praxis ein. Den missmutig dreinblickenden Tug hatte sie auf seinem Sofa zurückgelassen; weder hatte sich seine Stimmung gebessert noch wollte er darüber sprechen, was auf dem Berg passiert war. Erst hatte sie gezögert, ihn allein zu lassen, doch sie konnte nicht bleiben und sich endlos mit seinem Leben beschäftigen, sosehr sie auch versucht war. Der Morgen verging im Nu, auch wenn ihre Gedanken immer wieder zu Tug zurückschweiften, seine Stimme wie der Refrain eines Lieds in ihrem Hinterkopf widerklang. Dauernd kamen ihr seine ausdruckslosen Züge in den Sinn, als er oben auf dem Berg im Schnee gelegen hatte, das zornige Rot an seinem Hals und wie sein Blick ebenso plötzlich wie unerwartet zum Leben erwacht war, als er dem Arzt diese durch und durch absurde Geschichte aufgetischt hatte. Was für ein Mensch war er?

Wieder und wieder verdrängte sie ihre Neugier und versuchte, sich auf ihre Patienten zu konzentrieren, den ganzen normalen Alltagswahnsinn in ihrer Praxis – Frank Lavallée, ein fünfzigjähriger, mitten in seiner Scheidung steckender Alkoholiker. Mike und Denise Morgenstern, ein Ehepaar aus Rosemount, das nicht miteinander reden konnte, ohne sofort in Streit zu geraten. Annie Hardwick, 16 Jahre alt, die sich ritzte. Während sie mit ihnen sprach, fokussierte sie den Blick auf ihre Gesichter. Unablässig bewegten sich ihre Münder, pressten sich ihre Lippen aufeinander, feucht von Speichel oder Schaum, wenn dort Wut aufkam, wo sich vorher Frust und Verletzung abgezeichnet hatten. Zwischen Annies Lippen blitzte ein ums andere Mal ihre Spange auf, die im Licht der Bürolampe funkelte wie Signale von einem weit entfernten Schiff.

Sollte Annie wieder einmal den Drang verspüren, sich zu ritzen, erklärte Grace, solle sie sich vorstellen, sie wäre ein Filmstar – die übliche Teenager-Vorstellung eines erfolgreichen Lebens –, und diese Energie auf etwas verwenden, das ein Filmstar tun würde, zum Beispiel Fitnesstraining oder Textstudium (wofür sich ihre Hausaufgaben anboten). Daran wollten sie arbeiten. Zögernd zeigte Annie ihr das Tagebuch, in dem sie ihre Gedanken niederschrieb. Fein säuberlich hatte sie all ihre zerstörerischen Impulse notiert, den Durst nach Schmerz, den Hunger, ihr eigenes Blut zu sehen. Nur beim Ritzen könne sie sich wirklich fühlen, schrieb sie. Sie sehnte sich danach, genoss die wachsende Vorfreude und dann die geheime, kontrollierte Erfüllung, den intimen Schmerz, mit dem sie sich verwöhnte, als sei es ein Geschenk. Auf dem Tagebuch prangte das Foto einer Boygroup, das sie aus einer Zeitschrift ausgeschnitten hatte, und daneben ein Schnappschuss des Strandhauses, wo sie die Sommerferien mit ihrer Familie verbrachte, sowie ein Streifen Passbilder, die sie von sich und einer Freundin in einem Fotoautomaten im Einkaufszentrum gemacht hatte. Die Bilder waren ganz heile Welt, süß und unschuldig, ihre Notizen unglücklich, voller Gewalt und Qual. *Ich bin krank,* stand dort. *Ich bin der letzte Dreck.*

Grace hatte ihr eine Aufgabe gegeben: einen Brief aus der Zukunft an sich selbst zu schreiben, eine glückliche Zukunft, in der sich all ihre Wünsche erfüllt hatten, darüber, was sie als Teenager durchgemacht und wie sie all das überlebt hatte. Annie maulte, sie habe schon genug mit ihren Hausaufgaben zu tun, doch Grace wusste, dass sie gern Aufgaben übernahm, die sie tatsächlich erledigen konnte, im Gegensatz zu der ungleich größeren Aufgabe, die sie sich jeden Tag aufs Neue stellte – nämlich schön, smart, unangreifbar und perfekt zu sein.

Grace empfand für Annie jene besondere Form von Mitleid, die jemand mit einer glücklichen Kindheit für einen Menschen empfindet, der keine hatte. Sie selbst, ein Einzelkind, war in einer Welt aufgewachsen, die sie mit ihrer eigenen Phantasie angereichert hatte. Drei Jahre lang hatte sie einen imaginären Freund namens Rollo Hartin gehabt. Ihre immer verständnisvollen Eltern hatten sogar den Esstisch für Rollo mitgedeckt und ihr Bett mit einem Extrakissen für ihn ausstaffiert. Grace war eins von jenen Kindern, die verletzte Vögel mit nach Hause bringen und sie gesund zu pflegen versuchen. Wenn sie in der Nachbarschaft eine Katze sah, nahm sie das Tier mit, um ihm ein Schälchen Milch zu geben. Stunden oder Tage später tauchten dann die verärgerten Besitzer auf, um ihre Katzen wieder mitzunehmen.

Sie hatten in einer grünen Vorortsiedlung von Toronto gelebt. Ihre Eltern waren glücklich verheiratet. Beide Ärzte, hatten sie sich auf ideale Weise ergänzt. Jeden Abend um fünf waren sie nach Hause gekommen, hatten eine Flasche Weißwein aufgemacht und eine halbe Stunde über ihren Tag gesprochen, ganz unter sich in ihrer Zweisamkeit. Sie waren der festen Überzeugung, dass die Basis einer Familie in einer starken Ehe bestand – so wie Grace als Erwachsene auch –, doch irgendwie vermittelte ihr gerade die Stärke ihrer Ehe, ihre betonte Eintracht manchmal den Eindruck, dass sie das fünfte Rad am Wagen war. Als sie an der Universität von Toronto zu studieren begonnen hatte, waren ihre Eltern in den Ruhestand gegangen, hatten das Haus verkauft und waren auf eine Insel vor der Küste von British Columbia gezogen, wo ihr Vater an einem Roman schrieb, ihre Mutter töpferte und beide immer noch jeden Tag um fünf ihr Weißwein-Ritual zelebrierten.

Grace hatte ihr Leben mit dem Versuch verbracht, die perfekte Welt ihrer Eltern für sich selbst zu erschaffen. Dass alles immer so selbstverständlich ausgesehen hatte, machte die Sache nicht einfacher. Die scheinbare Mühelosigkeit, mit der sie sich miteinander arrangierten, war ihr ein Rätsel. Anscheinend waren ihre Eltern die glücklichsten Menschen auf der ganzen Welt.

An der Universität hatte sie Mitch Mitchell kennengelernt. Eigentlich hieß er Francis, aber mit diesem Vornamen konnte er nichts anfangen. Als sie mit dem Hauptstudium begann, saß er an seiner Promotion in klinischer Psychologie und arbeitete als wissenschaftlicher Assistent an der Uni. Eigentlich hatte sie Literatur studieren wollen, weil sie schon immer gern die Motivationen von Romanfiguren analysiert hatte, aber dann hatte sich herausgestellt, dass die echte Psychologie doch Handfesteres zu bieten hatte. Es faszinierte sie, zu den Wurzeln menschlichen Verhaltens vorzudringen, sich mit den Schwächen und Widersprüchen der Seele zu beschäftigen. Sie verliebte sich gleichzeitig in ihr Fach und Mitch, und später war sie sich nicht immer sicher, ob sie beides tatsächlich auseinandergehalten hatte. Nach ihrer Hochzeit folgte sie ihm nach Montreal, wo er an einer Klinik untergekommen war, und begann selbst mit ihrer Doktorarbeit.

Die ersten paar Jahre vergingen in Windeseile. Sie hatten jede Menge zu tun. An den Wochenenden unternahmen sie Wandertouren in den Laurentians oder gingen in der Stadt essen; Grace staunte jedes Mal, wie die Leute Tag und Nacht vor Schwartz's Hebrew Delicatessen Schlange standen. Mitchs Vorliebe für Fairmount-Bagels färbte auch auf sie ab: Sie aßen sie, noch ofenwarm, direkt aus der Verpackung, weil sie nicht warten wollten, bis sie zu Hause waren. Ab und zu besuchten sie seine gebrechliche Mutter, die allein in Lachine lebte. Grace nahm Französischunterricht und arbeitete in einem Krankenhaus, wo sie Drogenabhängige beriet, Menschen, die mit einer Scheidung nicht fertig wurden, in der Schule oder im Job Probleme hatten oder schlicht morgens nicht aus dem Bett kamen. Wenn Mitch und sie abends zusammensaßen, tranken sie Wein und redeten über alles Mögliche, nur nicht über ihre Arbeit, das dumpfe Gewicht all der aufreibenden und brutalen Gespräche, das auf ihren Schultern lastete. Stattdessen unterhielten sie sich über Politik, über das Wetter, darüber, ob sie vielleicht ein Haus kaufen sollten. Nie sprachen sie über Sex, obwohl sie kaum noch miteinander schliefen. Nie sprachen sie über Probleme, weder ihre eigenen noch die anderer Leute. In anderen Worten, sie machten genau das, was professioneller Meinung nach durch und durch falsch war.

Als sie eines Samstagmorgens vom Einkaufen nach Hause zurückkehrte, kam Mitch mit merkwürdig rotem Gesicht aus dem Schlafzimmer. Zunächst sagte sie nichts, sondern verstaute die Lebensmittel in der Küche. Als Mitch sich unter die Dusche verzogen hatte, ging sie ins Schlafzimmer und sah sich auf seiner Seite des Betts um. Sie entdeckte das Pornoheft, das er hastig unter die Matratze gestopft hatte. Die Mädchen waren jung und hatten riesige falsche Brüste. Im ersten Moment fand sie diesen Umstand am verstörendsten – wie wenig Ähnlichkeit diese Mädchen mit echten

Frauen hatten. Aber das stimmte nicht; am meisten verstörte sie, dass ihr Mann ein Pornoheft als Wichsvorlage benutzte, während sie im Supermarkt war. Sie versuchte, mit sich zu sprechen wie mit einem Patienten: *Ein derartiges Verhalten ist weder ungewöhnlich noch bedeutet es automatisch einen Betrug.* Aber das war Unfug. All ihre therapeutischen Ratschläge gingen in Rauch auf angesichts dessen, was sie gerade erlebt hatte.

Ein Handtuch um die Hüften geschlungen, betrat Mitch die Küche, blieb jedoch abrupt stehen. Als könne er ihre Gedanken lesen, sagte er: «Nein. Das Verstörendste daran ist, dass ich mich den Mädchen auf diesen Bildern emotional näher fühle als dir.»

Grace begann zu weinen, nicht Tränen der Wut oder der Trauer, sondern Tränen von schlichtem, überwältigendem Schmerz. Mitch tröstete sie; darin war er schon immer gut gewesen. Und dann – das Pornoheft lag auf dem Boden neben dem Bett – schliefen sie miteinander mit einer Art erbärmlicher, schlüpfriger Lust, an die sie sich höchst ungern erinnerte. Sie trennten sich erst ein Jahr später, doch im Rückblick wusste sie, dass ihre Ehe an jenem Tag vorbei gewesen war.

Nun lebte sie allein in einer Dreizimmerwohnung in Notre-Dame-de-Grâce. Seit der Scheidung hatte sie sich mit ein paar anderen Männern getroffen, aber Beziehungen waren daraus nicht entstanden. Mittlerweile fünfunddreißig, dachte sie, dass sie vielleicht einfach nicht für die Ehe geschaffen war – eine Aussage, die sie von der Hand gewiesen oder zumindest mit einer hochgezogenen Augenbraue bedacht hätte, wäre sie von einem ihrer Patienten gekommen. Das Privileg des Therapeuten bestand manchmal eben darin, wieder die alten Scheuklappen anlegen zu können.

::::::::::::

Die meisten Patiententermine waren Routine, bis Annie Hardwick an die Reihe kam. Bei einem früheren Termin hatte Grace die rosa glänzenden Narben gesehen, die sich vom bleichen Bauch des Mädchens bis zu ihren Rippen zogen; sie hatte ihr T-Shirt mit vorgetäuschter Scham gelüftet, aber nicht verbergen können, wie stolz sie auf den Schaden war, den sie sich zugefügt hatte. So verbreitet Ritzen auch war, zuckte Grace innerlich zusammen, als sie die in Annies Haut eingegrabenen Male erblickte. Das Mädchen war noch keine Schönheit, würde aber dazu heranwachsen. Sie war noch nicht eins mit sich selbst und ihrem Körper. Ihre Gesichtszüge waren noch nicht richtig ausgeprägt, und unter ihrer fast durchsichtigen Haut an Schläfen und Kinn schimmerten blaue Venen. Ihr dünnes, schmutzig blondes Haar hing schlaff auf ihre Schultern, und ihre Stirn war mit kleinen roten Pickeln übersät. Trotzdem, in ein paar Jahren, wenn sie gelernt hatte, sich aufrecht hinzusetzen, noch ein wenig gewachsen war und ihr Körper zu ihren Zügen passende Rundungen herausgebildet hatte, würde sie wie der Filmstar aussehen, der sie so verzweifelt sein wollte.

Doch Annie wusste nichts davon. Alles, was sie sah, war die unendliche Distanz zwischen dem, was sie war, und der Perfektion, nach der sie sich so sehr sehnte. Ihr Vater war Kieferorthopäde und ihre Mutter Rechtsanwältin, und sie hatten sie in dem Bewusstsein erzogen, die höchsten Maßstäbe an sich anzulegen. Sie war gut in der Schule, sportlich aktiv und beliebt, doch all das blieb ihr verborgen oder war zumindest nicht greifbar für sie. Ihre Perspektivlosigkeit hatte geradezu monströse Ausmaße. Wenn sie in den Spiegel blickte, sah sie ein durchschnittliches, hässliches, plumpes Mädchen, das pausenlos versagte und zu Recht von allen links liegen gelassen wurde. Sie war felsenfest überzeugt von ihren Defiziten, und nichts, was Grace ihr bislang gesagt hatte, konnte ihre Sicht der Dinge erschüttern.

Eines Tages hatte ihre Mutter sie schlafend auf dem Sofa vorgefunden. Ein Knopf an ihrer Bluse war aufgegangen und hatte den

Blick auf ihren Bauch freigegeben. Im ersten Moment dachte ihre Mutter, sie hätte einen Ausschlag, doch auf den zweiten Blick entdeckte sie ein komplexes Muster von Schnitten – die Linien überkreuzten sich und formten ein Gebilde, das wie ein Stern aussah.

Ergo: Therapie.

Nach Schulschluss hatte Annie einen Termin nach dem anderen: Zahnarzt, Friseur, Hautarzt. Sie wurde von einer Truppe von Profis versorgt und bedient, und Grace war nur der jüngste Neuzugang. Bis jetzt hatten sie kaum Fortschritte gemacht. Das Mädchen war höflich, tat, was sie ihr sagte, und beantwortete ihre Fragen relativ ausführlich, ohne dabei besonders viel von sich preiszugeben. Ihre Eltern glaubten, dass sie inzwischen mit dem Ritzen aufgehört hatte. Grace glaubte es nicht.

Heute aber war es anders als sonst. Sie trug ein Kapuzenshirt mit Reißverschluss über ihrer Schuluniform; die langen Haare hatte sie zu einem Pferdeschwanz zusammengebunden. Normalerweise saß sie mit übereinandergeschlagenen Beinen da und starrte zu Boden, während Grace versuchte, das Gespräch in Gang zu bringen. Diesmal aber hielt sie ihr sofort ihre «Hausaufgaben» hin.

Grace nahm das Blatt Papier entgegen und sagte: «Warum erzählst du mir nicht einfach, was du aufgeschrieben hast?»

Annie schüttelte den Kopf. «Bitte nicht», erwiderte sie. «Hören Sie, ich habe gemacht, was Sie wollten. Sie können es lesen, okay?»

«Du solltest das nicht für mich tun. Sondern für dich. Damit du über dich selbst nachdenkst und wir eine Gesprächsbasis haben.»

Annie antwortete nicht, sondern sah sie nur mit ihren riesigen Augen an. Ihre Gesichtszüge hatten etwas Verspieltes, Unfertiges an sich, wirkten so weich, als wären ihre Knochen noch nicht richtig ausgebildet. Ihre Hände spielten nervös mit den Falten ihres marineblauen Rocks. Sie hatte lange, perfekte Fingernägel – die Maniküre machte sie immer zusammen mit ihrer Mutter. Während Grace sie musterte, hob Annie die Hand, drückte an einem Pickel an ihrem Kinn herum, hörte kurz wieder auf und fing dann erneut damit an. Ihren Gesichtsausdruck konnte man nur flehentlich nennen.

Grace wartete eine Minute, in der Hoffnung, dass sie aufgeben würde, lenkte schließlich aber ein. «Na schön», sagte sie. «Dann lese ich den Brief jetzt laut vor, und ...»

«Nein!», sagte Annie. «Bitte!»

«Okay. Dann lese ich ihn für mich, und danach reden wir darüber. Aber du musst mir versprechen, dass du mir nicht weiter ausweichst. Einverstanden?»

Das Mädchen nickte und sah zu Boden. Grace warf einen Blick auf das Blatt Papier. Der Brief war extrem kurz, die Handschrift seltsam androgyn: schräg, eckig, alles andere als das übliche ornamentale Mädchengeschreibsel.

Ein Brief an mich heute von mir mit 24, von Annie Hardwick.
Tut mir leid, aber ich konnte mich nicht auf die Aufgabe konzentrieren. Ich glaube, ich bin schwanger.

Grace sah auf. Das Mädchen weinte, den Kopf zur Seite gewandt, als würde sie dadurch unsichtbar. Sie schniefte.

Grace hielt ihr eine Schachtel mit Papiertüchern hin. «Hier, putz dir die Nase.» Dann fuhr sie fort: «Wissen deine Eltern davon?»

Annie schüttelte den Kopf.

«Hast du einen Schwangerschaftstest gemacht?»

Sie nickte.

«Wie lange bist du schon überfällig? Wann hattest du deine letzte Periode?»

«Ich hätte sie schon vor fast einem Monat kriegen müssen», platzte Annie heraus. «Sie müssen mir helfen.»

«Natürlich helfe ich dir», erwiderte Grace ruhig. Sofort hellte sich Annies Miene auf, verdüsterte sich aber wieder, als Grace hinzufügte: «Keine Angst, wir sprechen zusammen mit deinen Eltern.»

«Sind Sie noch ganz dicht?», fragte Annie. In so einem Ton hatte sie noch nie gesprochen. Sie hatte aufgehört zu weinen, und ihr Gesicht war rot und verquollen. «Meine Mutter hat heute Morgen schon einen Anfall bekommen, weil ich einen eingerissenen Nagel habe. ‹Annie, ich bezahle keine 20-Dollar-Maniküre, wenn du nicht auf deine Nägel achtest. Warum bist du so nachlässig?› Haben Sie eine Ahnung, was sie sagt, wenn herauskommt, dass ich einen Fötus in mir habe? Wie *nachlässig* ist das denn?»

Dabei war Annie alles andere als das. Die Sorgfalt, auf die sie permanent bedacht war, lastete auf ihren Schultern, krümmte ihren Rücken, erdrückte sie.

«Es würde sie bestimmt freuen, dass du dich ihr anvertraust», sagte Grace, obwohl sie genau wusste, dass Annies Einschätzung ihrer Mutter wohl ziemlich genau zutraf. Sosehr sie sich täuschte, was sie selbst anging – ihre Eltern nahm sie ausgesprochen realistisch wahr.

«Wie kommen Sie denn auf die Idee?» Annie begann wieder zu weinen. «Das ist doch verrückt!»

«Und dein Vater?»

Die Tränen flossen ihr über die Wangen. «O Gott», sagte sie.

Auch wenn Annie ihr leidtat, spürte Grace, wie sich ihr Puls beschleunigte. Es war das erste Mal, dass Annie sie um Hilfe, ja, überhaupt um *irgendetwas* gebeten hatte. Das Mädchen steckte in einer schweren Krise, an der sie zerbrechen, die aber auch eine echte Chance für sie bedeuten konnte.

Grace ließ sie ein Weilchen weinen; ihre Schultern bebten bei jedem Schluchzer, bis sie sich schließlich wieder beruhigte. Annie schnäuzte sich zwei Mal geräuschvoll und zerknüllte das Taschentuch im Schoß. Schließlich sagte Grace: «Und wer ist der Junge?»

Das Mädchen schüttelte den Kopf.

«Er hat ja auch ein Wörtchen mitzureden», fuhr Grace fort. Sie musste Annie irgendwie entlocken, ob sie den Jungen gut oder bloß flüchtig kannte, ob sie ihn liebte, irgendetwas erfahren, das zu einem echten Gespräch führen konnte.

Doch Annie schüttelte abermals den Kopf und lächelte schief. «Niemand», sagte sie in mattem, seltsam vernünftigem Tonfall. Sie war ein Chamäleon: Eben hatte sie in ihrer Schuluniform weinend und flehend noch wie ein Kind gewirkt; nun, während sie die Beine übereinanderschlug und geheimnisvoll lächelte, hätte sie genauso gut fünf Jahre älter sein können. Grace spürte, wie sie sich in ihrem Schneckenhaus verkroch, sah, wie sich ihr Gesicht in eine Maske verwandelte. Während der nächsten Minuten beschränkte sie sich also darauf, dem Mädchen kurz und bündig auseinanderzusetzen, welche Optionen sie hatte und was sie für ihre Zukunft bedeuteten. Sie riet ihr eindringlich, sich ihre Entscheidung gut zu überlegen, einen Arzt aufzusuchen, kühlen Kopf zu bewahren und sich immer wieder in Erinnerung zu rufen, dass davon die Welt nicht unterging, egal, was auch geschehen mochte.

Annie nickte und tat so, als würde sie zuhören, doch als Grace innehielt, sagte sie: «Ich kann mit meiner Frauenärztin nicht darüber reden. Sie ist mit meiner Mutter befreundet und steckt ihr garantiert, was passiert ist. Und meinen Freundinnen kann ich auch nicht vertrauen – das sind alles totale Quatschtanten, und übermorgen weiß es die ganze Schule. Sie sind die Einzige, mit der ich reden kann.»

«Freut mich, dass du mir vertraust, Annie.»

Die Gelegenheit ließ sich das Mädchen nicht entgehen. Sie beugte sich vor und sah Grace mit großen Augen an – dieselbe Körperhaltung, die sie wohl auch zu Hause einnahm, wenn sie etwas Besonderes erreichen wollte.

«Versprechen Sie mir, dass Sie meinen Eltern nichts erzählen?»

Grace lehnte sich zurück. Zum zweiten Mal innerhalb von zwei Tagen wurde sie nun in etwas hineingezogen, womit sie eigentlich nichts zu tun hatte. Und erneut verspürte sie den Drang, das Risiko einzugehen, sich das Vertrauen eines Menschen zu verdienen, der ihrer Hilfe bedurfte, da offenbar niemand sonst helfen konnte. Doch diesmal handelte es sich um ein Kind. «Das kann ich nicht», erwiderte sie.

«Ich hätte es wissen müssen», sagte Annie. «Das ist alles Zeitverschwendung.» Sie stand auf, stopfte ihre Sachen in ihre Tasche und zog geräuschvoll den Reißverschluss ihrer Jacke hoch.

«Warte», sagte Grace, darauf bedacht, die Sitzung mit einer positiven Note zu beenden. «Denk an die Alternativen, die du hast.»

Als Annie sich zu ihr umwandte, war ihr Gesicht weiß wie Schnee; alles, was sie von sich preisgegeben hatte, war nun hinter einer ungläubigen Maske verborgen. Nur die rosa Flecken um Auge und Nase erinnerten noch an ihre Gefühlsausbrüche in der vergangenen Stunde. «Klar», sagte sie. «Alternativen.»

Plötzlich wurde Grace mit schmerzlicher Schärfe bewusst, dass das Mädchen nie wiederkommen, sich wohl nie wieder jemandem öffnen würde, wenn sie jetzt nicht handelte. Es war nicht das erste Mal, dass sie mit einem Teenager zu tun hatte, der in Schwierigkeiten steckte, doch Annie war es gelungen, sie innerlich zu berühren – mit ihren sprunghaften Verwandlungen, mal kindlich, mal erwachsen, dem scheuen Glitzern ihres Spangenlächelns, der Unbarmherzigkeit, mit der sie mit sich ins Gericht ging. Grace wünschte, sie hätte ihr die simple Wahrheit mitteilen können: dass ihr auf der Highschool dasselbe passiert war, sich aber letztlich alles zum Guten gewendet hatte, auch wenn es alles andere als eine wünschenswerte Erfahrung gewesen war. Doch hätte sie damit gegen die therapeutischen Grundsätze verstoßen, ganz abgesehen davon, dass sie noch nie den Drang verspürt hatte, jemandem davon zu erzählen. Annie war irgendwie anders als ihre anderen Patienten, und sie wollte die Blase des Unglücks zum Platzen bringen, die das Mädchen umgab. Außerdem hatte es Grace gerührt, wie sie über den Vater des Babys gesprochen, gleichsam eine schützende Hand über ihn gehalten hatte. Und nicht zuletzt hatte sie Grace' Erinnerungen geweckt.

Sie biss sich auf die Unterlippe. «Okay, Annie», sagte sie. «Ich halte dicht.»

::::::::::::

Als sie die Praxis um halb sechs verließ, dachte sie nicht mehr an Annie, sondern an ihr eigenes Leben. Damals in der Highschool war sie eine erstklassige Abfahrtsläuferin, eine begnadete Wintersportlerin gewesen. Die Wochenenden hatte sie in überheizten Bussen vor sich hin gedöst, entweder hinauf zum Blue Mountain oder von dort zurück. In ihrem Elternhaus belegten ihre Trophäen, Medaillen und unscharfe Fotos, auf denen zu sehen war, wie sie in aerodynamischer Hocke über die Ziellinie sauste, eine ganze Regalwand mit Beschlag. Es war sogar die Rede von einer Berufung in die Landesauswahl und einer Teilnahme an den Olympischen Spielen gewesen. Ihr Trainer sagte, er hätte nie zuvor eine so selbstsichere, furchtlose Skifahrerin erlebt. Ihr Talent verdankte sich gleichermaßen Instinkt wie Gewohnheit: Sie fuhr Ski, weil sie es schon immer getan hatte und weil ihr Körper wusste, wie es funktionierte, ohne dass sie groß etwas lernen musste. Selbst die Muskelkater, die sie zuweilen mitten in der Nacht weckten, fühlten sich an wie ein Teil von ihr, schienen ihr ebenso angeboren wie das Atmen. Dann, im Jahr ihres sechzehnten Geburtstags, zog sich Kevin, mit dem sie ging, während eines heiß umkämpften Halbfinales in einer scharfen Kurve eine schwere Knieverletzung zu.

Kevins sehniger, bronzefarbener Körper war der erste, den Grace so gut wie ihren eigenen kannte. Sie war ihm auf der Rückbank eines Busses, in diversen Autos und in einem Zimmer bei ihrer Freundin Cheri nähergekommen, während deren Eltern verreist gewesen waren. Er hatte kaum Haare auf der Brust, und an seinen muskulösen Waden zeichnete sich ein Geflecht von Venen ab. Der Umstand, dass sein Körper sie zunächst eingeschüchtert hatte mit seinen Konturen und Gerüchen, seiner sexuellen Bereitschaft und den Haaren, die an den ungewöhnlichsten Stellen sprossen, ließ ihre spätere Vertrautheit noch bedeutender erscheinen; sie schien sie sich gleichsam verdient zu haben. Als sie ihn mit bandagiertem und eingegipstem rechten Bein im Krankenhausbett sah, fühlte sie den pochenden Schmerz in ihrem eigenen Körper.

Zwei Wochen nach seinem Unfall verkündete Grace, dass sie die Skier an den Nagel hängen würde. Ihre Eltern, Mannschaftskameraden und Trainer glaubten, bei ihrer Entscheidung handele es sich um einen Akt falsch verstandener Solidarität. Kevin brach angesichts dieses Liebesbeweises in Tränen aus, was aber vielleicht auch nur an den Schmerzmitteln lag. Ihre Eltern ermutigten sie, sich ihren Ängsten zu stellen und sich wieder auf die Bretter zu wagen. Grace setzte ihnen ruhig und sachlich auseinander, dass sie mit dem Skifahren abgeschlossen habe, es gebe Wichtigeres im Leben. In Wahrheit hatte sie kurz vor Kevins Unfall festgestellt, dass sie schwanger war. Sie wusste genau, was sie tun würde, und nahm die Sache so schnell in Angriff, als würde sie eine Piste hinunterschießen: Sie ließ das Kind abtreiben. Kevin, ihren Eltern und ihren Freundinnen erzählte sie nichts von alldem. Sie zog die Sache einfach durch.

Zu ihrem Erstaunen hatte sie hinterher tatsächlich das Interesse am Skisport verloren, und Kevins Unfall war die perfekte Tarnung. Zunächst hatte sie geglaubt, dass sie, wie bei einer Grippe, ein paar Tage zur Erholung benötigen und dann unter dem Jubel ihrer Eltern und Teamkameraden wieder auf die Piste zurückkehren würde. Doch bald darauf stellte sie fest, dass ihr bei der Abtreibung offenbar auch Wettkampfmentalität und Siegeswillen abhandengekommen waren. Alles war so lächerlich simpel gewesen. Sie trug ein Baby in sich, einfach so, und sie hatte es wegmachen lassen, einfach so – zwei gleichermaßen folgenschwere, symmetrische Ereignisse.

Keine Menschenseele wusste, was sie getan hatte, und das Gefühl unmoralischer Überlegenheit, das ihr Geheimnis mit sich brachte, veränderte sie mehr als die ungewollte Schwangerschaft oder deren Abbruch. Für sie war klar, dass sie etwas aufgeben musste, das sie liebte – das Skifahren –, als Buße für ihren Egoismus, ihre Herzlosigkeit. Doch selbst dieses Opfer wirkte heuchlerisch, war viel zu leicht erbracht. Als sie schließlich mit dem Skifahren aufhörte, überraschte es sie, wie wenig ihr der Sport fehlte.

Kevin stand eine monatelange Reha durch, und innerhalb eines Jahres gehörte er wieder der Mannschaft an. Grace hatte keine Ahnung, was aus ihm geworden war, diesem Jungen, dessen Körper sie einst so gut gekannt und dessen Kind sie in sich getragen hatte. Während seiner Genesung hatte sie seine Haut mit Vitamin-E-Lotion gepflegt, damit so wenig Narben wie möglich zurückblieben. Sie hatte an die dünnen, bronzehäutigen Kinder gedacht, die sie eines Tages haben würden, wenn die Zeit dafür gekommen war. Während sein Knie heilte, schworen sie sich, für immer zusammenzubleiben. Doch als sie an der Universität von Toronto angenommen wurde, schrieb sie sich sofort ein, ohne vorher mit ihm zu sprechen, da sie wusste, dass er bereits ein Auge auf ein Mädchen aus dem Schwimmteam geworfen hatte, eine Hübsche mit chlorgebleichtem Haar. Beim Abfahrtslauf des Lebens ging es so rapide bergab, dass sie kaum merkten, wie schnell sie sich vom Start entfernten. Sie brachen ihre gegenseitigen Versprechen so leichthin und schnell, dass ihnen nicht einmal die Zeit blieb, sich betrogen zu fühlen.

2

New York, 2002

Sie war neu in der Stadt – zu einer Zeit, als es etwas bedeutete, *vorher* hier gewesen zu sein. Sie war zu spät gekommen. Sie kannte hier niemanden, hatte niemanden verloren, war nicht Teil der Geschichte. Aber das war kein Problem für sie.

Es war Januar. Sie hatte ein Apartment an der Lower East Side gefunden, durch einen Typ, den sie an der Schauspielschule kennengelernt hatte. Larrys Großmutter hatte dort seit Jahrzehnten gewohnt, weshalb die Miete extrem niedrig war; an Alzheimer erkrankt, lebte sie mittlerweile in einem Pflegeheim, nur selten noch davon überzeugt, dass sie bald nach Hause zurückkehren würde. Ihre Familie hatte die alten Möbel und den Nippes verkauft und Anne die Wohnung zwischenvermietet, zu einem echten Spottpreis, was ihr auch als frisch Zugezogene klar war. Und genau deshalb hatte Larry darauf gehofft, dass sie mit ihm ins Bett gehen würde. Sie nahm die Wohnung und warf die Schule hin.

Gelegentlich kam er vorbei, um die Post seiner Großmutter abzuholen oder sich um die Wasserhähne zu kümmern. «Wir sehen uns ja überhaupt nicht mehr», sagte er mit kaum verhohlener Enttäuschung.

«Ich habe immer so viel um die Ohren», erwiderte sie dann, ohne je zu spezifizieren, womit sie gerade so beschäftigt war.

Larry arbeitete in der Werbung. Er war der Ehemann, der in dem Immobilienspot das neue Haus besichtigte, der Mann, den seine

Hämorrhoiden schier um den Verstand brachten, ehe er erleichtert aufatmen konnte. Zwischen den Aufnahmen ging er zur Schauspielschule und sprach bei Castings vor. «Ist doch gut, wenn man zu tun hat», sagte er. «Ohne Struktur ist das Leben einfach schrecklich.»

Sie stimmte ihm höflich zu und verließ so schnell wie möglich die Wohnung. Sie wusste, dass er nichts durcheinanderbringen oder herumschnüffeln würde – er war ein grundehrlicher Typ und eben deshalb auch kein besonders erfolgreicher Schauspieler –, ganz abgesehen davon, dass er sowieso nichts Interessantes finden würde.

Tatsächlich hatte sie überhaupt nichts zu tun. Wenn ihr Leben schon keine Struktur hatte, war es zumindest schrecklich angenehm. Sie hatte genug Geld gespart, um sich eine Weile über Wasser halten zu können, während sie sich nach einem Job umsah, und sie war fest davon überzeugt – ohne Konkretes in Aussicht zu haben –, dass sich schon das Richtige ergeben würde. Ihr Vertrauen in die Großzügigkeit des Universums hatte etwas Mystisches an sich und blieb unerschütterlich. Sie saß von morgens bis abends in Cafés an der Houston Street, las Stanislawski und sah die Casting-Angebote in der Zeitung durch. Bei jedem Vorsprechen erntete sie lediglich Kopfschütteln und wurde mit den immergleichen Worten abgespeist: «Diese Rolle passt nicht zu Ihnen, aber glauben Sie mir, es ist nur eine Frage der Zeit, bis die richtige für Sie kommt.» Sie glaubte den Casting-Leuten. Inzwischen hatte sie die Phrase so oft gehört, dass die Worte *eine Frage der Zeit* gleichsam Gestalt annahmen, wie eine weiche Decke, die ihr Trost und Wärme spendete.

Schließlich nahm sie einen Job bei einer Zeitarbeitsagentur in Midtown an, in erster Linie, weil ihr Kellnern zu klischeehaft vorkam. Dort gab sie Daten ein, wenn sie nicht gerade zu einem Vorsprechen musste. Im Wartebereich sah sie immer die gleichen Leute, die für sie das wurden, was sie noch am ehesten als Freunde hätte bezeichnen können, auch wenn sie genau wusste, dass es keine waren. Dann wurde sie als Elfe in einer *Sommernachtstraum*-Aufführung besetzt – nach 9/11 musste sie dabei natürlich einen

Turban und eine Handgranate tragen. Doch obwohl es eine ausgesprochen scheußliche Aufführung war, spürte sie die Blicke des Publikums, das Scheinwerferlicht auf ihrem Gesicht, während das Blut schneller und schneller durch ihre Adern zu rasen schien.

::::::::::::

Nach zehn Aufführungen wurde das Stück wieder abgesetzt, und so hatte sie abends wieder frei. Larry war schon seit einiger Zeit nicht mehr vorbeigekommen. Eines Abends sah sie ihn in einer Bar an der Avenue A, wo er Händchen haltend mit einer Frau an einem kleinen Tisch saß, sein Blick glasig vor Glück. Natürlich bedeutete er ihr nichts, doch der Anblick versetzte ihr trotzdem einen Stich. Am Abend ging sie zu einer Lesung in der New School. Der Dichter war ein Ire mittleren Alters mit gespenstischen blaugrünen Augen. Seine Gedichte handelten allesamt vom Scheitern seiner Ehe und dem Verlust seines Glaubens an die Welt, den er eigentlich schon vorher verloren zu haben glaubte. Das war das Schlimmste, schienen seine Gedichte auszusagen: Man glaubte, sich mit Zynismus vor Verletzungen schützen zu können, um doch nur erkennen zu müssen, dass es eine andere, geheime Verletzlichkeit der Seele gab. Anne saß in der ersten Reihe, kaufte hinterher sein Buch und sagte ihm, dass seine Gedichte ihr aus dem Herzen gesprochen hätten. «Ich habe mich weniger allein gefühlt», sagte sie.

Sie gingen auf einen Drink in die nächste Bar. Der Dichter war ein reizender, sanfter Mann, der viel redete und weinte, als er von seiner verstorbenen Mutter erzählte. Er stellte Anne keine Fragen über ihr Leben, aber es machte ihr nichts aus. Einer ihrer Lehrer hatte ihr erklärt, dass es bei der Schauspielerei auch ums Zuhören ging: Man konzentrierte sich auf die andere Person in der jeweiligen Szene und ließ sie das Geschehen diktieren. Man reagierte, ging auf den anderen ein; so musste man nicht von vornherein festlegen, wie man seine Rolle spielen wollte. Und genauso verhielt sie sich an jenem Abend. Während sie ihm zuhörte, wurde sie zur einzigen Frau auf der ganzen Welt, die ihn verstand. Sein zwei Tage alter Salz-und-Pfeffer-Bart strich über ihre Wange, als sie sich küssten; sein Atem roch säuerlich nach Rotwein. Später, als sie in ihrem Bett gelandet waren, fluchte er in einem fort über den Typen, der seine Frau vögelte. Am nächsten Morgen entschuldigte er sich, er habe wohl zu viel gequatscht.

«Überhaupt nicht», erwiderte sie. «Es war genau, was ich brauchte.» Womit sie die Stöße, die Wucht eines anderen Körpers meinte, eine Kollision, die ihr das Gefühl gab, am Leben zu sein. Sie hatte benutzt werden wollen; sie brauchte niemanden, der ihr zuhörte oder sich um sie kümmerte. Sie brauchte nicht mal jemanden, der sie überhaupt bemerkte.

::::::::::::

«Schöne Frauen wie du sind ein verdammter Albtraum», schnauzte sie ein Betrunkener eines Abends nach der Arbeit in einer schummrig beleuchteten Bar in der Fiftieth Street an. Sie hatte sich von ihm einen Drink spendieren lassen, dann aber eine Einladung zum Abendessen ausgeschlagen, weil ihr der Geruch seines Rasierwassers nicht gefiel. Nun war er sauer. «Ihr seid doch alle gleich. Außen hübsch, innen hohl.»

«Von wegen hohl.» Sie schenkte ihm ein süßes Lächeln. Ihr Inneres war geschmolzen, radioaktiv. Unter der Oberfläche war sie krank, der letzte Dreck, verseuchte sie sich selbst. Aber das war etwas anderes, als hohl zu sein. Etwas ganz, ganz anderes.

::::::::::::

An einem Tag Ende Februar kam sie gegen sechs Uhr abends nach Hause. Der irische Dichter hatte ihr eine Rolle in einem Stück über die Große Hungersnot in Irland vermittelt. Bei den Proben musste sie sich in einem eisigen Keller auf dem Boden hin und her wälzen, und anschließend war sie nicht nur völlig erschöpft, sondern verspürte tatsächlich nagenden Hunger.

Im Hausflur stank es. Der Vermieter beschäftigte den Hausmeister vorübergehend nicht mehr, um den Bewohnern der mietpreisgebundenen Apartments das Leben so unangenehm wie möglich zu machen. Die Flure waren nicht geputzt, im Treppenhaus funktionierten die Glühbirnen nicht mehr, und es gab niemanden, den man in einem Notfall hätte anrufen können. In der Ecke, gleich unter den Briefkästen, lag etwas, das Anne zunächst für einen Haufen Lumpen hielt, bis sie erschrocken feststellte, dass es sich um einen Menschen handelte.

Derjenige, der dort lag, bewegte sich leicht unter einer braunen Wolldecke und einem grünen Parka, aus denen er sich eine Art Höhle gebaut hatte. Draußen war es feucht und stürmisch; es herrschte eine schneidende Kälte, die einem durch Nähte und Knopflöcher geradewegs in die Knochen fuhr. Sie kümmerte sich nicht weiter um ihn.

Am nächsten Morgen aber war er immer noch da. Die Großmütter des Hauses – fast alle Wohnungen wurden von kleinen alten Damen bewohnt – gluckten unruhig auf ihren Etagen zusammen und tuschelten. Der Hausmeister ging natürlich nicht ans Telefon, und so hatte eine der alten Ladies bei der Polizei angerufen. «Die haben mich ausgelacht, die Mistkerle», sagte sie. «Sie haben mich damit abgespeist, sie hätten Wichtigeres zu tun.» Andere Mieter, anscheinend nervös, was ihren eigenen Aufenthalt im Haus oder im Land anging, schlichen mit gesenkten Köpfen vorbei, ohne die fremde Person im Hausflur auch nur eines Blickes zu würdigen.

Theoretisch hätte sich Anne genauso verhalten können. Sie wohnte hier illegal zur Untermiete, und nur Larrys Konfliktscheu hielt ihn davon ab, sie auf die Straße zu setzen. Aber mit ihm würde sie schon fertig werden. Also stieg sie kurzerhand in das Gespräch der alten Damen ein.

Bald darauf hatte der Eindringling im Hausflur die Mieter zusammengeführt wie Überlebende eines Sturms. Wenn Anne während der nächsten beiden Tage aus dem Haus ging oder von der Arbeit zurückkam, begegnete sie den Blicken ihrer Nachbarn mit einem Schulterzucken und einem Lächeln, und die alten Damen zuckten ebenfalls mit den Schultern und lächelten zurück.

Der Bursche unter der Decke zeigte sein Gesicht kein einziges Mal; nur der Geruch seines Urins verbreitete sich im Treppenhaus. Wenn sich die Mieter nun über den Weg liefen, rümpften sie angeekelt die Nase und verzogen sich ängstlich und empört wieder in ihre Wohnungen.

Schließlich ergriff Mrs. Bondarchuk – die alte Dame, die bei der Polizei angerufen hatte – Annes Arm und zog sie in ihre Küche. «Sie müssen etwas unternehmen!»

«Ich? Wieso nicht der Hausmeister? Oder die Cops?»

Mrs. Bondarchuk musterte sie vorwurfsvoll. «Glauben Sie ernstlich, die würden sich darum scheren?»

«Nein, aber was soll ich denn machen?»

Mrs. Bondarchuk war eine winzige alte Ukrainerin, knapp 1,50 Meter groß, doch ihr runzliges Gesicht ließ keinen Zweifel an ihrer Hartnäckigkeit. Ihr kurzes Haar war in einem nicht sehr überzeugenden Grellrot gefärbt. Bis vor Kurzem hatte sie Anne stets die kalte Schulter gezeigt, doch ihre neu entwickelte Freundlichkeit hatte ihren Preis. «Reden Sie mit dem», sagte sie mit Nachdruck. «Sie sind jung.» Die Logik ihrer Worte lag für sie auf der Hand. «Sie müssen das übernehmen.»

«Na schön», sagte Anne. «Okay.»

Sie ging nach unten und verharrte vor dem Lumpenhaufen ohne die geringste Idee, was für eine Kreatur sich darunter verbergen mochte. «Pardon», sagte sie schließlich.

Weder erhielt sie eine Antwort noch regte sich etwas unter den Lumpen. Durchdringender Gestank lag über dem Hausflur. Es war bereits der vierte Tag.

«Tut mir leid, aber hier können Sie nicht bleiben. Sie müssen das Haus verlassen.»

Keine Antwort. Schlief er? Hatte er Drogen genommen?

«Ich weiß, draußen ist es kalt», sagte sie. «Aber es gibt doch auch andere Orte, wo Sie unterkommen können. Obdachlosenasyle, meine ich. Da kriegen Sie zu essen und können auch duschen und so. Es gibt immer eine Alternative.»

Im selben Moment erinnerte sie sich, wie einst jemand etwas ganz Ähnliches zu ihr gesagt hatte, als sie noch sehr jung gewesen war, und sich eine lautlose, trotzige Stimme in ihr zu Wort gemeldet hatte: *Für mich nicht.*

Wie auch immer, der Lumpenhaufen gab keinen Ton von sich. Resigniert wandte sie sich um und ging zurück in ihre Wohnung.

::::::::::::

Es war die Scheiße, die das Fass zum Überlaufen brachte. Sie war bei einer Probe gewesen, und als sie drei Stunden später zurückkam, lagen am anderen Ende des Hausflurs ein paar fein säuberlich gefaltete Seiten aus dem Kulturteil der *New York Times*. Der Gestank war unverkennbar.

«Du lieber Himmel», sagte sie. «Das darf doch wohl nicht wahr sein.»

Sie holte tief Luft, hielt den Atem an, ergriff einen Zipfel der Wolldecke und zog. Wer auch immer sich darunter verkrochen hatte, zog ebenfalls, und ein paar Sekunden lang war es wie beim Tauziehen. Anne war drauf und dran aufzugeben, weil sie sich vor der schmutzigen Decke ekelte, doch dann ließ die andere Person los, und sie taumelte rückwärts und hätte sich um ein Haar auf den Hintern gesetzt. Als ihr die Decke aus der Hand glitt, sah sie erschrocken, dass es sich um ein Mädchen handelte. Ein blondes, stämmiges Mädchen im Teenageralter mit runden, von Pickeln übersäten Wangen.

«Ich brauche was zu essen», sagte das Mädchen, verkroch sich in ihrem grünen Parka und schlang die Arme um ihre bis ans Kinn gezogenen Knie, als wolle sie sich so klein machen wie die Zeitung in der Ecke. Sie roch nach Müll und Schimmel, wie etwas, das langsam vor sich hin faulte.

«Ich habe Hunger», beharrte das Mädchen. Dann fügte sie hinzu, als könne sie Annes Gedanken lesen: «Außerdem stinke ich. Kann ich bei Ihnen duschen? Ich fühle mich total eklig.»

Sie sprach so unverblümt, so geradeheraus, dass es Anne einen Moment lang die Sprache verschlug. Sie hatte einen älteren Mann erwartet, vielleicht einen leicht oder sogar komplett durchgeknallten Kriegsveteranen, der schon lange auf der Straße lebte. Nie im Leben wäre sie auf die Idee gekommen, dass es sich um eine Ausreißerin – ein Mädchen, das neben seinem eigenen Kot schlief – handeln könnte.

«Wenn ich dich bei mir duschen lasse», sagte sie, «gehst du dann in eine Notunterkunft? Ich bringe dich hin, wenn du willst.»

Das Mädchen starrte sie an; es war unmöglich zu erraten, was ihr durch den Kopf ging. «Ich habe Hunger», sagte sie nur.

«Ich habe etwas oben», sagte Anne. «Okay?»

Das Mädchen kam mühsam auf die Beine und schlang den Parka um die Schultern. Sie war müde und bereit, ihr nach oben zu folgen, vielleicht sogar gerne. Als sie an Mrs. Bondarchuks Tür vorbeikamen, klopfte Anne leise, um ihr so Bescheid zu geben – obwohl die alte Dame wahrscheinlich ohnehin schon durch den Spion spähte. Dafür bist du mir was schuldig, dachte sie.

::::::::::::

Das Mädchen betrat die Wohnung, als wäre sie dort zu Hause. Sie trug eine dreckige Jeans, Turnschuhe und einen blauen Pullover, und Anne blieben nur ein paar Sekunden, um zu raten, wie alt sie sein mochte – fünfzehn, vielleicht sechzehn? –, ehe sie im Badezimmer verschwand und die Tür hinter sich schloss, ohne um Erlaubnis zu fragen. Kurz darauf hörte sie, wie die Dusche lief.

«Okay», sagte sie laut. Sie ging in die Küche, stellte Brot, Erdnussbutter und Marmelade auf den Tisch. Essen gehörte nicht zu ihren Leidenschaften; sie kochte so gut wie nie, und in ihrem Küchenschrank befanden sich lediglich Flyer vom Asia-Lieferservice und ein paar übrig gebliebene Beutel Sojasauce. In den anderen Wohnungen vertrieben sich die alten Damen die Zeit damit, Suppen zuzubereiten und Kartoffeln zu kochen, damit sie etwas bereitstehen hatten, wenn unverhofft Verwandte hereinschneiten (was aber nur selten vorkam); das gesamte Treppenhaus stank nach guter alter Hausmannskost. Womöglich hatte das Mädchen darauf gehofft, eine der alten Damen würde sie hereinbitten.

Anne begann ein Sandwich zuzubereiten, aber dann fiel ihr ein, dass das Mädchen etwas zum Anziehen brauchte, wenn sie aus der Dusche kam. Sie kramte eine selten getragene Jogginghose und ein paar zu weite T-Shirts aus ihrer Kommode; das Mädchen war um einiges kräftiger gebaut als Anne. Dann betrat sie das Bad. «Ich lege ein paar Sachen für dich hierher», sagte sie, doch der Schatten hinter dem Duschvorhang reagierte nicht. Zurück im Wohnzimmer, wartete sie. Solche Umstände war sie nicht gewöhnt. Sie hatte nie Gäste; wenn sie Männer mit hierher brachte, gab sie ihnen, was sie wollten – sie ging mit ihnen ins Bett –, aber verschwendete nie einen Gedanken daran, ob sie hungrig oder durstig waren. Wenn sie ein Glas Wasser brauchten, konnten sie es sich selbst holen. Und falls das Mädchen etwas stehlen wollte, hatte sie wohl Pech gehabt, da Anne nichts von Wert besaß. Es hatte eben auch Vorteile, wenn man aus dem Koffer lebte.

Ein paar Minuten nachdem das Wasser abgedreht worden war,

kam das Mädchen aus dem Bad. Sie trug die Jogginghose und hatte mehrere weite T-Shirts übereinandergezogen. Es war unübersehbar, dass sie enorm große, schwere Hängebrüste hatte. Ihr Körper sah aus wie der einer Frau, aber ihr Gesicht war rund, pausbäckig und kindlich. Den Blick auf die Erdnussbutter gerichtet, setzte sie sich an den Küchentisch. Sie machte sich ein Sandwich und dann noch eins. Als sie das zweite halb gegessen hatte, sagte sie: «Milch?»

Anne, die bereits bedauerte, dieses Geschöpf – dieses *Tier* – in ihre Wohnung gelassen zu haben, schüttelte den Kopf.

Während das Mädchen weiteraß, ging Anne ins Bad und stopfte die miefenden Klamotten in einen Plastikmüllsack. Es versetzte ihr einen Stich, als sie sah, dass ihr Shampoo, die Haarspülung, das Gesichtspeeling und die Körperlotion offen und verschmiert herumstanden. Es waren teure Pflegemittel, eine Investition in ihre Schönheit.

«Ich bringe deine Sachen nach unten in die Waschküche», sagte sie. Als sie zurückkam, schlief das Mädchen tief und fest in ihrem Bett.

::::::::::::

Sie schlief schlecht auf ihrer unbequemen Couch. Gute Taten waren noch nie ihre Stärke gewesen. Sie war nicht egoistisch – nur unabhängig. Sie blieb gern in ihren eigenen Grenzen. Trotzdem schleppte sie sich aus irgendeinem Grund am Morgen zum nächsten Deli und kaufte Orangensaft und Donuts. Das Mädchen sah aus, als stünde es auf Donuts. Wieder zu Hause, setzte sie sich auf das Sofa und trank schwarzen Kaffee, bis das Mädchen gegen zehn aufwachte und das Wohnzimmer betrat, offenbar ziemlich überrascht von Annes Gegenwart.

«Müssen Sie nicht zur Arbeit?» Sie hatte einen leichten Akzent, vielleicht nicht richtig mittelwestlich, aber sie sprach breit und vernuschelte die Konsonanten, als käme sie vom Land.

«Heute nicht.» Anne sah zu, wie sich das Mädchen schwerfällig auf den Hocker sinken ließ, wobei ihr auffiel, dass ihre vom Schlaf zerknitterten Züge völlig teilnahmslos blieben, wie gefroren in einem öden Traum. Erst der Anblick der Donuts ließ etwas über ihr Gesicht huschen, das entfernt an einen Gefühlsausdruck erinnerte. Sie zog die Pappschachtel zu sich heran; an ihrer Nase blieb Puderzucker kleben, als sie in den ersten Donut biss.

«Wie heißt du?»

Ohne ein Wort nahm sich das Mädchen einen zweiten Donut.

Anne stand auf, riss ihr den Donut aus der Hand und warf ihn zusammen mit dem Rest der Schachtel in den Müll, ehe sie die Arme vor der Brust verschränkte und die aufgebrachte Mutter spielte.

Das Mädchen kaute, schluckte.

Raus hier, dachte Anne.

«Hilary.»

Hätte das Mädchen in diesem Moment nichts weiter gesagt, hätte Anne sie am Ohr von ihrem Hocker gezogen und zur Tür expediert. Vielleicht hätte sie auch die Polizei gerufen, auf jeden Fall umgehend etwas unternommen, um sie aus ihrer Wohnung und ihrem Leben zu entfernen.

Doch dann fuhr sie fort: «Sind Sie eine Schauspielerin oder ein Model oder so was? Sie sehen echt super aus.»

Auch wenn ihr auf der Stelle klar war, dass sich die Kleine bloß lieb Kind bei ihr machen wollte, fühlte Anne sich geschmeichelt. «Ich bin am Theater», sagte sie.

Das Mädchen zog eine Grimasse. «Da komm ich nie hin», sagte sie. «Dazu bin ich viel zu fett und hässlich.»

«Bist du nicht», widersprach Anne mechanisch. Diese Art von Unterhaltung führte sie fast jeden Tag mit anderen Schauspielerinnen. *Ich bin so fett* führte unausweichlich zu *Quatsch, du bist doch spindeldürr* und *Ich bin so hässlich* automatisch zu *Ach was, du bist hinreißend*. Es war die ewig gleiche Melodie, rhythmisch und ritualisiert, wie Vogelgezwitscher.

Das Mädchen ging nicht weiter auf ihre Heuchelei ein. «Spielen Sie denn gerade in einem Stück?»

«Wir proben noch. Ich spiele eine Bäuerin während der Großen Hungersnot in Irland. Hast du schon mal davon gehört? Jedenfalls muss ich mich prostituieren, um meine Familie vor dem Verhungern zu bewahren.»

«Prostituieren?» Hillary stützte sich mit den Ellbogen auf den Küchentresen. Ihre riesigen Brüste lagen wie Brotteig auf der Tresenplatte.

Anne nickte. Tatsächlich wurde die Prostitution mehr angedeutet als gezeigt; sie hatte nur ein paar Zeilen, aber um das Ganze etwas interessanter zu gestalten, hatte sie den Hintergrund der Figur ein wenig ausgeschmückt. Sie hatte so viel Zeit damit verbracht, dass sie mittlerweile glaubte, ihre Figur habe die tragische Dimension einer Hauptrolle. Sie stand im Mittelpunkt des Dramas, bei ihr liefen alle Fäden zusammen, auch wenn sie die Einzige war, die davon wusste. «Tja, eigentlich könntest du mir sogar helfen, ein bisschen Text zu üben», sagte sie, wobei sie sich ziemlich großzügig vorkam. «Und anschließend kümmern wir uns darum, wo wir dich unterbringen können.»

Während sie ihr Skript aus der Tasche kramte, fischte Hilary die Donuts aus dem Mülleimer. Sie schlang den nächsten hinunter, trank einen Schluck Orangensaft und streckte die Hand nach den Seiten aus. «Bin so weit», sagte sie.

Hilary hatte eine erstaunlich klare Stimme und schien nicht müde zu werden, die Zeilen ein ums andere Mal zu wiederholen. Als sie anfingen, versank Anne in ihrer Rolle wie in einem Swimmingpool: Zunächst war das Wasser noch unangenehm kalt, aber erfrischend; dann wurde sie langsam warm, die Temperatur erwies sich als genau richtig, und sie schwamm mit langen, sicheren Zügen ihre Bahnen, nun ganz mit dem Körper dabei. Sie vergaß alles um sich herum. Nur in diesen Augenblicken der Konzentration, in denen sie gleichzeitig ganz losließ, gelang es ihr, vollständig in eine andere Haut zu schlüpfen.

Plötzlich war es schon Mittag.

«Mist», sagte Anne. «Ich muss los. Der Kostümbildner wartet auf mich. Hör zu, Hilary.» Zum ersten Mal sprach sie das Mädchen mit ihrem Namen an, aber die Wirkung war gleich null. Ihr rundes Gesicht blieb so teilnahmslos wie immer.

Dann sagte Hilary plötzlich: «Das Bad sieht aus wie ein Schweinestall.»

«Was?»

«Ich kann ja sauber machen, während Sie weg sind. Die Toilette, die Wanne, den Boden. Ich kümmere mich drum.» Sie sprach kurz und abgehackt. Anne ging auf, dass sie weder bitten noch betteln, nur feilschen würde.

In den kommenden Wochen und Monaten sollte sie ihren Entschluss noch oft infrage stellen. Später konnte sie sich nicht daran erinnern, was sie in jenem Moment gedacht hatte: Es war, als wäre sie ohnmächtig geworden und erst wieder aufgewacht, nachdem sie ihre Entscheidung getroffen hatte. Doch der Umstand, dass sie es sich selbst nicht erklären konnte, war vielleicht ein ebenso guter Grund zum Handeln wie jeder andere. Manchmal musste man eben aus dem Bauch heraus agieren, um sich zu beweisen, dass man Tiefen hatte, die man selbst nicht verstand.

«Na gut», erwiderte sie. «Aber den Schlüssel nehme ich mit, also musst du wohl oder übel hierbleiben. Essen kannst du, was du willst, aber es ist ohnehin nicht viel da. Zum Klauen gibt's hier nicht viel, aber ich würde dir trotzdem raten, die Finger von meinen Sachen zu lassen. Falls hier irgendwas verschwindet, rufe ich die Polizei.»

«Ich stehle nicht», sagte Hilary.

«Natürlich nicht. Ich bin um fünf wieder da.»

Nachdem sie die Wohnung verlassen hatte, vergaß sie das Mädchen komplett – ihren Namen, ihre Notlage, sogar, dass sie in den

Hausflur geschissen hatte. Und zwar nicht etwa, weil sie naiv oder gutgläubig gewesen wäre, sondern weil sie alles außer sich selbst als unwirklich empfand.

::::::::::::

Nach dem Termin mit dem Kostümbildner stand eine Probe an, und anschließend ging sie noch etwas trinken mit einem Typ, der gerade dabei war, eine Inszenierung von *Equus* mit einem ausschließlich weiblichen Ensemble auf die Beine zu stellen, die in einem Parkhaus an der Manhattan Bridge aufgeführt werden sollte. Sie ging durch Chinatown nach Hause. Auf den Stufen vor einer Kirche verkaufte ein Mann Schuhe, die er weiß Gott wo aufgegabelt hatte; sie waren fein säuberlich nebeneinander aufgereiht, als würden sie zu einer Gruppe unsichtbarer Gemeindemitglieder gehören. Sie besah sich ein Paar spitzer schwarzer Pumps mit strassbesetzten Riemchen. Sie rochen leicht nach Schweiß, und das Leder war ein wenig zerknautscht, aber sie passten perfekt. Als Kind hatte sie häufig die Sachen ihrer Mutter angezogen und davon geträumt, wie es sein würde, wenn sie eine schöne, erwachsene Lady wäre, und das Gefühl, die abgelegten Schuhe einer anderen Frau zu tragen, erinnerte sie an diese glücklichen Tage ihrer Kindheit. Sie drückte dem Mann einen Fünfer in die Hand, und er bedankte sich: «Gott segne dich, Süße.»

Erst als sie die Haustür öffnete, fiel ihr Hilary wieder ein. Sie hatte eine Fremde den ganzen Tag über allein in ihrer Wohnung gelassen. So etwas konnte nur jemand tun, der nicht ganz klar im Kopf war.

Aber in ihrer Wohnung war alles ruhig. Hilary hatte sich auf dem Sofa unter einer Decke zusammengerollt und schlief; ihr stämmiger Körper wirkte erstaunlich kompakt. Der Anblick warf Annes Absichten über den Haufen. Eigentlich hatte sie vorgehabt, sie kurzerhand hinauszuwerfen, doch stattdessen zog sie ihre Stiefel aus und stellte leise ihre Tasche ab, als wolle sie sie nicht stören.

Dann dachte sie: Was zum Teufel mache ich hier eigentlich?

Sie knipste das Licht an, trat an den Küchentresen und aß das Nudelgericht, das sie sich unterwegs bei Panda Kitchen gekauft hatte. Als Hilary sich bewegte und ihre massige Figur in sitzende Position brachte, fragte sich Anne, ob sie auf Drogen war.

«Kann ich auch was haben?», fragte Hilary.

Anne aß nie viel und ließ stets etwas von ihren Portionen übrig. «Kein Problem.»

Hilary schien ihre Stimmung zu spüren, häufte etwas Lo mein auf ihren Teller und trug ihn zum Sofa. Wie ein Tier beachtete sie die unausgesprochene Rangordnung, hielt intuitiv Distanz.

Plötzlich erschöpft, stellte Anne ihren Teller in die Spüle und ging ins Schlafzimmer. Das Bett war frisch bezogen. Die Zahnpastakleckse im Waschbecken waren verschwunden, die Wanne war frisch geputzt, und alles roch schwach nach Reinigungsmittel. Sie kroch ins Bett und lauschte nach störenden Geräuschen, wartete darauf, dass Hilary sich auf dem Sofa herumwälzte, schnarchte oder einfach nur zu laut atmete. Von draußen drangen Verkehrslärm, Gehupe, Stimmen an ihre Ohren; von nebenan war kein einziges Geräusch zu hören.

Auch am nächsten Tag setzte sie das Mädchen nicht vor die Tür, ebenso wenig wie am übernächsten, und allmählich wurden sie zu seltsamen, ungleichen WG-Genossinnen. Die Unterbringung Hilarys in einer Notunterkunft wurde nie wieder angesprochen. Hilary hielt die Wohnung sauber und kochte gelegentlich. Sie reparierte das klemmende Schlafzimmerfenster, kümmerte sich um die Wäsche, wischte sogar das Treppenhaus und wechselte die Glühbirnen auf den Etagenfluren aus. Mrs. Bondarchuk, die nicht mitbekommen hatte, woher Hilary gekommen war, ging davon aus, dass sie Annes Cousine war, und sie sahen keine Notwendigkeit, sie genauer aufzuklären. Die anderen alten Damen im Haus begannen sie zu grüßen und verhielten sich auch Anne gegenüber deutlich freundlicher, als wäre sie ihnen zuvor als allein wohnende Frau irgendwie bedrohlich vorgekommen.

Anne ging zu ihren Proben, zur Arbeit und ihren Verabredungen, ohne Hilary je zu fragen, was sie tagsüber neben der Hausarbeit sonst noch so trieb. Nach einer Weile gab sie Hilary die Zweitschlüssel für die Wohnung und fing an, ihr regelmäßig 20 Dollar für Lebensmittel dazulassen. Nun fand sie Milch, Brot und Früchte vor, wenn sie nach Hause kam. Sie hatte keine Ahnung, was Hilary sonst so aß, fest aber stand, dass das Mädchen noch pummeliger geworden war; sie bekam definitiv zu essen, wo auch immer. Ihre Haut war reiner geworden; ihr Haar, das sie nun regelmäßig wusch, wirkte luftiger, besaß mehr Glanz, und manchmal machte sie sich zwei Zöpfe. Sie sah so blitzsauber und kerngesund aus wie ein Milchmädchen, und der bäuerliche Eindruck verstärkte sich noch, als Anne sich eines Tages bei einem Vorsprechen hinter der Bühne umsah und eine weite Latzhose und ein paar Karohemden mit nach Hause brachte, die Hilary trug, ohne sich zu beklagen oder auch nur zu fragen, woher die Sachen überhaupt stammten.

Keine von ihnen stellte der anderen Fragen. Anne nahm an, dass Hilary von zu Hause ausgerissen war, und ihrer Erfahrung nach hatten Kids für so etwas meist gute Gründe. Und obwohl Hilary so selbstbewusst in ihre Wohnung marschiert war, schien sie instinktiv zu spüren, dass Anne ihre Privatsphäre heilig war. Wenn Anne von der Arbeit nach Hause kam, verzog sie sich manchmal sofort ins Schlafzimmer, und Hilary störte sie nie. Die wenigen Klamotten, die Hilary nun besaß, befanden sich in einer Plastikkiste neben dem Sofa; die Decke, unter der sie schlief, lag zusammengefaltet obenauf. Zuweilen vergingen ganze Tage, ohne dass sie ein einziges Wort miteinander sprachen.

Eine Weile verzichtete Anne auf Männerbekanntschaften, eine kleine Auszeit, die sie zunächst als durchaus angenehm empfand, weil sie ihr ein Gefühl von Reinheit und Askese gab. Doch da sie

Hilary tagsüber vertrauen konnte, beschloss sie bald, dies auch für nachts gelten zu lassen. Wenn sie also mit einem Mann schlafen wollte oder glaubte, dass es ihrer Karriere förderlich sein würde – ganz pragmatisch, da sie sich über Sex noch nie Illusionen gemacht hatte –, ging sie mit zu ihm. Was verheiratete Männer von vornherein ausschloss, und das war wohl auch gut so. Außerdem konnte sie so darüber bestimmen, wann die Nacht zu Ende war, indem sie einfach ging.

Eines Abends kämpfte sie sich auf dem Nachhauseweg am St. Mark's Place durch Horden von Teenagern, die in die Stadt gekommen waren, um sich mit T-Shirts und CDs einzudecken und sich mit Nasenringen und Tattoos verschönern zu lassen. Zwei blonde Mädchen mit Rastalocken, die einen halb verhungerten Golden Retriever bei sich hatten, saßen auf dem Bürgersteig auf einer mexikanischen Decke, als würden sie Picknick machen. Anne beging den Fehler, dem dünneren, ziemlich verdreckten Mädchen in die Augen zu sehen. Sie trug ein Kapuzenshirt, hatte grün lackierte Fingernägel, und obwohl ihr Haar schmutzig und verfilzt war, besaß sie strahlend weiße Zähne. Anne nahm an, dass sie noch nicht lange von zu Hause fort war. Irgendwo suchten Menschen nach ihr, fragten sich, warum sie ausgerissen war, wo sie sich aufhielt.

«He», sagte das dünne Mädchen. «Haben Sie ein bisschen Kleingeld übrig? Bitte!»

Anne schüttelte den Kopf.

«Unser Hund hat echt großen Hunger.»

Anne setzte ihren Weg fort, während das Mädchen zornig hinter ihr herkrächzte.

«Nur 'nen Dollar!», rief sie. «Haben Sie nicht mal verdammte 50 Cent?»

Anne sah nicht zurück. Man konnte nicht allen helfen.

::::::::::::

«Ich bin froh, dass ich keine Schwester habe», sagte Hilary.

Es war Donnerstag, und sie und Anne saßen auf dem Sofa, aßen Spaghetti und sahen sich eine Realityshow im Fernsehen an. Seit Neuestem aßen sie immer zusammen im Wohnzimmer, wenn Anne keine Proben hatte. Den Fernseher hatte Hilary besorgt; sie behauptete, ihn auf der Straße gefunden zu haben. Seit einem Monat wohnte sie nun in Annes Apartment, wurde immer rosiger, stiller und fetter. Manchmal nannte Anne sie insgeheim *Die Kuh*, doch war es nicht abwertend gemeint, vielmehr hatte es mit der Einsilbigkeit des Mädchens zu tun, ihren großen braunen Augen und der Schwerfälligkeit, mit der sie es sich auf dem Sofa bequem machte.

Sie sahen sich eine Serie an, in der zwei Schwestern die Familien tauschten, sich nun mit dem nervigen Ehemann und den nervigen Kindern der jeweils anderen herumschlagen mussten und darüber lernten, den eigenen nervigen Ehemann und die eigenen nervigen Kinder wieder zu schätzen.

«Ich habe einen Bruder», sagte Hilary. «Er ist zwölf. Er steht auf Videospiele. Ab und zu schicke ich ihm eine Postkarte.»

Anne konnte sich nicht erinnern, jemals einen derartigen Wortschwall aus ihrem Mund gehört zu haben. «Wie heißt er denn?»

«Joshua.»

«Nicht Josh?»

Hilary schüttelte den Kopf. «Wir nennen ihn immer beim vollen Namen. Meine Eltern sind sehr religiös. Ich komme vom Land – na ja, eigentlich nicht so richtig vom Land, bloß aus einer Kleinstadt. Nur dass es da nicht viel Stadt gibt. Joshua will auch weg. Wie gesagt, manchmal schreibe ich ihm eine Karte, aber ich schicke sie nicht hier ab. Ich frage Leute am Bahnhof, ob sie die Karten für mich in den Briefkasten stecken können, wenn sie angekommen sind. So weiß niemand, wo ich bin.»

«Du gibst sie irgendwelchen Fremden am Bahnhof?»

«Älteren Frauen, die allein unterwegs sind. Die sind am nettesten. Ich sag dann einfach, ich hätte nirgendwo einen Briefkasten gefunden, und frage, ob es ihnen etwas ausmachen würde, die Karte für mich einzuwerfen. Sie sagen immer Ja und stellen auch keine Fragen.»

«Du hast eine ziemlich gute Menschenkenntnis», sagte Anne.

Das Mädchen musterte sie kurz. «Ja, ich glaub schon.»

Durch diese beiläufigen Enthüllungen erfuhr Anne, dass Hilary gern Bananen aß und allergisch gegen Kokosnüsse war. Dass man in ihrer Heimatstadt nur zu Walmart gehen konnte, wenn man abends etwas erleben wollte. Dass ihr Vater tot, sie bei ihrer Mutter und ihrem Stiefvater aufgewachsen und Joshua eigentlich ihr Stiefbruder war. Doch über diese lapidaren Sachverhalte hinaus war sie nicht besonders mitteilsam. Nie ergab sich eine Anekdote aus dem, was sie erzählte, und sie zeigte so wenig Gefühle, weder positive noch negative, dass Anne sich allmählich fragte, ob sie irgendein schweres Trauma verdrängte. Wäre sie eine Figur in einem Film gewesen, wäre sie irgendwann komplett durchgedreht. Aber das Leben war länger als Filme, und man wusste nie, wann die Dämme brechen würden; manchmal merkte man es nicht mal, wenn sie zu brechen begannen.

Allmählich begann sich Anne nicht wie eine Mutter – Mütter waren für sie alt und asexuell –, sondern wie eine ältere Schwester zu fühlen. Es machte sie traurig, dass Hilary so allein auf der Welt war. Auch sie war allein, aber das war etwas anderes; sie war 22, attraktiv, Schauspielerin in New York. Eine Ausreißerin, die in Hausfluren schlief, war verletzlich, eine trostlose Existenz. Sie zerbrach sich den Kopf, weil Hilary jeden Tag mehr zuzunehmen schien. Irgendwo hatte sie einen sackartigen marineblauen Jogginganzug gefunden, den sie praktisch täglich trug und in dem sie wie ein alternder, fett gewordener Footballspieler aussah. Anne kaufte keine Donuts mehr, sondern bestückte den Kühlschrank mit Obst und Gemüse. Wenn sie abends nach Hause kam, machte sie häufig einen Salat und nötigte Hilary, ihn zu essen. Nicht dass sonderlich viel Zwang erforderlich gewesen wäre. Sie musste nur «Hier» sagen, und schon aß das Mädchen, was immer sie ihr auch vorsetzte.

Gelegentlich schlug Anne nach dem Abendessen vor, noch eine Runde um den Block zu machen, und dann zogen sie ihre Mäntel an, schlenderten ein, zwei Stunden durch das East Village und sahen sich die Schaufenster an. Zwischendurch tranken sie einen Tee im Café Mogador, lauschten anderen Leuten, die gerade flirteten, miteinander Schluss machten oder über den Krieg stritten, ehe sie ihren Spaziergang fortsetzten. Doch nichts schien Hilarys Gewicht reduzieren zu können.

Auch fing Anne an, sich Sorgen um die Zukunft des Mädchens zu machen – wie sollte es weitergehen ohne Ausbildung, ohne Job, ohne Freunde? Sie hielt nicht viel von Konventionen, glaubte aber an das Prinzip der Selbstverwirklichung; unter Schauspielern wurde viel darüber geredet. Für sie bedeutete Selbstverwirklichung, dass man allein darüber bestimmte, was man wirklich sein wollte. Doch Hilary hatte offenbar nicht die Absicht, etwas aus sich zu machen. Sie las nichts, hörte keine Musik, erzählte nicht mal, wovon sie träumte. Sie schien in einer ewigen Gegenwart zu leben, ohne je einen Gedanken daran zu verschwenden, was morgen passieren mochte.

::::::::::::

Mitte März ergatterte Anne eine tragende Rolle in einem neuen Theaterstück. Sie war nicht die Hauptdarstellerin, sondern spielte eine leicht durchgeknallte und sexbesessene Fremde, deren Leidenschaft die Geschichte ins Rollen und alle anderen Figuren aus dem Konzept brachte. «Du bist so perfekt dafür, dass ich am liebsten tot umfallen würde», sagte der Regisseur – wann immer er von etwas begeistert war, wollte er am liebsten tot umfallen. Doch als sie das

Skript las, wusste sie genau, was er meinte. Sie wünschte sich, ebenfalls tot umzufallen, bevorzugt auf der Bühne.

Es war ein langes Stück mit entsprechend langen Proben in Long Island City, die praktisch unmittelbar danach begannen. Weshalb Anne plötzlich weit weniger häufig zu Hause war. Wenn sie spätabends heimkam, sah sie von Hilary oft nicht mehr als ihre unförmige Gestalt unter der Decke.

Außerdem gab es da einen Mann, einen Bühnentischler mit Dreitagebart und leiser Stimme, der mit dem Regisseur befreundet war und zum Team gehörte. Er war ernst und klug, hatte dunkle Augen und ein erstaunlich weißes Strahlelächeln. Nach den Proben ging sie oft mit zu ihm nach Hause, und wenn sie nach ein oder zwei Tagen wieder in ihr eigenes Apartment zurückkehrte, kam es ihr beinahe so vor, als würde sie eine fremde Wohnung betreten, in der sie nur zu Gast war.

::::::::::::

An einem Wochenende erkrankte der Regisseur an einer Lebensmittelvergiftung und sagte die Proben ab. Anne hatte sich so sehr in ihre Rolle – und nicht zuletzt in die zusätzliche Dimension, die sie ihrer eigenen Persönlichkeit verlieh – verliebt, dass sie sich fast betrogen fühlte. Missmutig beschloss sie, die verschenkten Tage dazu zu nutzen, ein paar ganz alltägliche Dinge zu erledigen, die sie zu lange aufgeschoben hatte: Wäsche, Rechnungen, Maniküre. Als sie Hilary am Samstagmorgen nicht zu Hause antraf, fragte sich Anne, ob sie ihrem Rat gefolgt war und sich einen Job besorgt hatte, doch als das Mädchen den ganzen Tag über nicht auftauchte, begann sie sich unerklärlicherweise ernste Sorgen zu machen. Ihr hatte die Vorstellung gefallen, dass während ihrer Abwesenheit jemand zugegen war, dass Hilary sich um die Wohnung kümmerte und darauf wartete, dass sie zurückkam. Nun fiel ihr wie Schuppen von den Augen, dass sie nicht die geringste Ahnung hatte, was Hilary tagsüber machte oder wo sie sich herumtrieb, und das brachte sie auf seltsame Weise aus dem Gleichgewicht.

Als die Wäsche fertig war, ging sie zum Tante-Emma-Laden um die Ecke, um Milch zu kaufen. Sie nahm gerade einen Karton aus dem Kühlregal, als sie eine vertraute Stimme sagen hörte: «Jetzt hätte ich echt Lust auf ein Eis.»

Hilary stand am anderen Ende des Ladens; die blonden Zöpfe fielen über ihre Schulterblätter. Zwischen ihr und Anne befanden sich zwei Regalreihen und etliche andere Kunden, sodass das Mädchen sie nicht bemerkte. Den Typ, mit dem sie sprach, konnte Anne nicht sehen – ein Stapel Toilettenpapier und ein Verkaufsständer mit Müsli versperrten ihr die Sicht –, aber sie hörte, wie er erwiderte: «Immer willst du Eis. Du bist echt süchtig nach Eis.»

«Ich bin nicht süchtig.»

«Aber hallo!»

«Bin ich nicht. Welche Sorte willst du? Ich will Schoko-Chunk, Cookie Dough oder Cherry Cheesecake.»

«Drei Sorten, und du sagst, du wärst nicht süchtig?»

«Ach, halt die Klappe.»

Hilarys Tonfall klang süß, neckisch und aufgekratzt. Ihre Stimme war die eines Mädchens, das sich leichtfüßig bewegte, gern nackte Haut zeigte und sich schnell verliebte. Sie passte kein bisschen zu der Hilary, die Anne kannte.

Sie trat einen Schritt näher und spähte durch ein Regal mit Nahrungsmitteln. Der Junge sah noch jünger als Hilary aus und war spargeldünn; sein vernarbter Teint stand in scharfem Kontrast zu seinen vollen, dunklen Lippen. Seine Haare hatte er zu einem Mini-Irokesen gestylt; seine Nase und Augenbrauen waren gepierct. Sein rotes Kapuzenshirt hing schlaff über seine Schultern, und seine Jeans schien ihm jede Sekunde über die Hüften rutschen zu wollen. Er war kaum mehr als Haut und Knochen. Sie hätte ihn zwischen

Daumen und Zeigefinger zerquetschen können, dachte Anne. Er machte nicht viel her, aber dasselbe galt auch für Hilary in ihrem sackartigen blauen Jogginganzug. In dieser Hinsicht passten sie zusammen wie Topf und Deckel.

Schließlich einigten sie sich auf Schokolade, und Anne folgte ihnen, ohne sich weiter um ihren Einkauf zu kümmern, zurück nach Hause. Dann wartete sie fünf Minuten, ehe sie ebenfalls nach oben ging.

Hilary blickte ungerührt auf, als sie hereinkam. «Das ist Alan», sagte sie.

«Hey», sagte er.

Anne setzte sich auf das Sofa und musterte die beiden, ohne ein Wort zu sagen, in der Hoffnung, damit so viel Unbehagen heraufzubeschwören, dass der Junge die Wohnung verlassen würde, aber es sah ganz und gar nicht danach aus. Stattdessen standen sie am Küchentresen, aßen Eiscreme und alberten miteinander herum, als hätten sie Annes Anwesenheit überhaupt nicht bemerkt. Ihre Unterhaltung war wie der schlechteste Bühnendialog, den man sich vorstellen konnte.

«Du frisst wie ein Schwein.»

«Tu ich nicht.»

«Du hast Schokolade am Kinn.»

«Du doch auch.»

«Wo?»

«Na, da.»

Und so weiter, und so fort. Sie war das Publikum – eine Rolle, die ihr ganz und gar nicht gefiel. Nach einer Weile ging sie ins Schlafzimmer und schloss die Tür hinter sich, gefangen im Netz ihrer Gefühle: Sie war sauer, weil sie genervt war, und das machte sie nur noch wütender. Sie holte ein paarmal tief Luft und zählte bis hundert; dann verließ sie die Wohnung und ging zwei Stunden zum Yoga. Als sie zurückkam, waren die beiden verschwunden; ihre Teller waren abgewaschen und trockneten neben der Spüle.

Doch obwohl sie nun allein war, fühlte sie sich plötzlich deplatziert in ihren eigenen vier Wänden; die Luft vibrierte förmlich vor fremder sexueller Energie. Was geschah hier eigentlich?

::::::::::::

Sie schlief unruhig, wartete darauf, dass Hilary zurückkam. Und irgendwie verpasste sie ihre Rückkehr, doch als sie kurz nach drei Uhr morgens aufwachte, waren beide wieder im Wohnzimmer – Hilary auf dem Sofa, Alan auf dem Boden. Er schlief auf einem Lager aus Decken, die sie weiß Gott wo organisiert hatten; den Kopf hatte er auf seine zusammengerollten Klamotten gebettet.

Anne stand im Türrahmen und betrachtete die beiden. Ein Neonlicht auf der anderen Straßenseite tauchte ihre Umrisse in bläuliches Licht. Hilarys Körper wirkte riesig, als sie sich schwerfällig auf der Couch umdrehte. Sie öffnete die Augen und sah Anne völlig ausdruckslos an – Leere beschrieb nicht einmal ansatzweise, was in ihrem Blick lag. Während sie dort in ihrem Top und ihrer Pyjamahose stand und sich die Härchen an ihren Unterarmen aufrichteten, fühlte sich Anne durch und durch machtlos, und zum ersten Mal in ihrem Leben wünschte sie sich, größer, schwerer, stärker zu sein. Nun fühlte sie sich wie jemand, der mühelos zerquetscht werden konnte. Ohne ein Wort schloss Hilary die Augen und schien gleich wieder eingeschlafen zu sein.

::::::::::::

Was sollte sie der Polizei erzählen? Da ist jemand in meiner Wohnung – nein, es war kein Einbruch, die beiden haben sich mehr oder weniger eingeschlichen? Oder: Ich werde von einem fetten Mädchen und ihrem pickeligen Freund bedroht? Überhaupt, worin bestand ihr Verbrechen? Die ganze Nacht brütete sie über diesen Fragen, während ihre Wut immer größer wurde. Gegen Morgen beschloss sie, Hilary zu sagen, dass sie die Polizei rufen würde, wenn der Junge nicht wieder verschwand. Eine Ausreißerin war eine Ausreißerin. Womöglich prangte Hilarys Vermisstenfoto längst als Suchanzeige auf einem Milchkarton. Vielleicht würden ihr Hilarys Eltern dankbar sein.

::::::::::::

Als sie am Morgen ins Wohnzimmer kam, war der Junge nicht mehr da. Anne machte Kaffee und wartete, dass Hilary aufwachte, während sie sich fragte, was sie zu ihr sagen sollte. Sie hatten keine gemeinsame Sprache für das Gespräch, das sie führen mussten. Sie hatten nie über irgendetwas Vertrauliches, schon gar nicht über Liebesdinge geredet, und nun war es zu spät, eine derartige Basis zu finden. Sie konnte Hilary nicht fragen, wer der Junge war, weil sie nie gefragt hatte, wer *Hilary* war.

Als Hilary schließlich erwachte und Anne bemerkte, schien sie nicht im Mindesten besorgt zu sein. Stattdessen hatte es den Anschein, als hätte sie sich im Schlaf bereits auf die Konfrontation vorbereitet. Ihre trägen Kuhaugen waren wachsam. «Danke, dass wir bei dir unterkriechen durften», sagte sie.

«*Wir?*», gab Anne zurück.

«Ich und Alan. Wir waren echt am Verzweifeln. Du hast uns den Arsch gerettet.»

«Mir war nicht bewusst, dass ihr zu zweit seid.»

«Na ja, 'ne Weile hat Alan oben in Syracuse auf dem Bau gearbeitet. Aber jetzt ist er wieder da.»

Anne konnte sich beim besten Willen nicht vorstellen, wie der dürre Punk einen Hammer schwang oder schwere Bretter schleppte.

Was, wenn irgendein Werkzeug in seinen Piercings hängen blieb? Plötzlich ging ihr auf, dass sie sich allmählich genau wie ihre Mutter verhielt und nun auch noch auf der falschen Seite des Generationenkonflikts stand. «Ihr könnt nicht beide hierbleiben», sagte sie.

Hilary nickte, als hätte sie das bereits erwartet. «Okay. Aber geht es nicht wenigstens, bis das Baby kommt?»

Bis das Baby kommt. Anne musste die Worte gedanklich mehrmals wiederholen, um ihre Tragweite zu begreifen. «Du lieber Himmel», sagte sie. «Du bist schwanger.»

Für ein paar flüchtige Augenblicke spiegelten sich verschiedenste Gefühle – Begreifen, Angst, leichtes Amüsement – auf Hilarys Zügen, doch dann hatte sie sich auch schon wieder unter Kontrolle. «Ich bin erst in drei Monaten so weit», erwiderte sie. «Alan will sich so lange um eine Bleibe für uns kümmern. Er kennt ein paar Hausbesetzer in Jersey City.»

Anne wusste nicht, was sie darauf sagen sollte, obwohl ihr klar war, dass Hilary ihr Schweigen als Einverständnis deuten würde. Sie fühlte sich wie eine Vollidiotin.

«Keine Sorge», fügte Hilary sanft hinzu, als spräche sie mit einem Kind. «Alles wird gut.»

Zum ersten Mal seit Jahren wusste Anne nicht, was sie tun sollte; sie wünschte, sie hätte eine Freundin gehabt, die sie um Rat bitten konnte. Sie war nicht viel älter als Hilary gewesen, als sie ihr Elternhaus verlassen hatte, und seitdem hatte sie andere Menschen stets auf Distanz gehalten, insbesondere Frauen, die sich die intimsten Geheimnisse anvertrauten, als hinge davon ihr Seelenheil ab. Allein und autark zu sein bedeutete, anderen überlegen zu sein. Aber vielleicht war es doch nicht die beste Strategie.

::::::::::::

Aus Respekt oder wahrscheinlich eher, um sie nicht noch weiter zu provozieren, ließ Alan sich an jenem Morgen nicht mehr blicken. Nach dem Frühstück schlug Anne vor, einen Spaziergang zu machen, und Hilary nickte.

Sie gingen Richtung Tompkins Square Park; der Wind peitschte ihnen ins Gesicht, und Anne zog sich ihre Mütze über die Ohren. Trotz des unfreundlichen Wetters waren jede Menge Leute unterwegs, genossen ein spätes Frühstück, erledigten ihre Einkäufe oder führten ihre Hunde Gassi. Die Mädchen trugen zerschlissene Cordhosen, die Jungen karierte Hemden. Aus einem offenen Fenster roch es nach Cannabis. Im Park spielten ein paar Kids Kickball, und unter einer riesigen Eiche spielte und sang eine Gruppe von Hare-Krishna-Jüngern.

Hilary trabte neben ihr her wie ein Hund an der Leine.

Nun, da Anne endlich wusste, woher Hilarys Körperfülle in Wahrheit rührte, schien ihre gesamte Körpersprache auf ihre Schwangerschaft hinzuweisen: die Hände, die auf ihrem Bauch ruhten, ihre Wangen, die noch runder geworden waren, ihr ruhiger Blick, in dem sich ihre gesamte innere Energie zu bündeln schien. Urplötzlich gingen Anne Dinge auf, die ihr vorher auch nicht ansatzweise seltsam vorgekommen waren, was ihr nicht zuletzt deshalb peinlich war, weil Schauspielerinnen immer wieder angehalten wurden, ihre Beobachtungsgabe zu schulen. Und so stellte sie Hilary nun jede nur mögliche Frage, die ihr gerade in den Sinn kam, während sie durch die Straßen schlenderten. Woher genau kam sie? Warum war sie von zu Hause ausgerissen? Wussten ihre Eltern, wo sie sich aufhielt? Wussten sie von ihrer Schwangerschaft? Stammte Alan aus ihrer Heimatstadt? Wann genau würde das Baby zur Welt kommen? Wie lange hatte sie schon auf der Straße gelebt, ehe sie in ihrem Hausflur gelandet war? Wie stellte sie sich ihre Zukunft vor?

Offen und ehrlich beantwortete Hilary ihre Fragen. Sie kam aus einem kleinen Ort zwischen Binghampton und Syracuse. Ihre Mutter arbeitete in einem Lebensmittelladen. Ihr Vater hatte sie sexuell missbraucht, und sie war schon zuvor zweimal abgehauen, aber wegen Alan zurückgekehrt, der versprochen hatte, sie zu beschützen. Kurz vor Weihnachten waren sie schließlich nach New York gekommen und zunächst bei Alans Cousin untergekommen, der mit zwei Kumpels in einer Zweizimmerwohnung in Brooklyn wohnte, aber nach einem Streit hatte er sie rausgeschmissen. Dann hatte sie einen Studentenausweis und eine Schlüsselkarte auf der Straße gefunden, mit der sie sich Zugang zu einem Wohnheim verschafft und ihr Lager in einem leer stehenden Abstellraum aufgeschlagen hatte; dort hatten sie sich frei bewegen können, ohne größeren Verdacht zu erregen. Sobald sie sich dort einigermaßen häuslich eingerichtet hatte, war Alan nach Syracuse zurückgekehrt, um Geld für eine Wohnung und «den anderen Kram» zu verdienen. Allein aus diesen Worten konnte Anne heraushören, dass Hilary nicht nur überzogen romantische Vorstellungen, sondern darüber hinaus keinen Schimmer hatte, was es bedeutete, Mutter zu werden. Während Alans Abwesenheit war sie aus dem Wohnheim geflogen, hatte sich aber von Obdachlosenheimen ferngehalten, weil der Wachdienst des Wohnheims wahrscheinlich die Polizei eingeschaltet hatte. Und so war sie schließlich in Annes Hausflur gelandet, erschöpft und hundemüde, hatte einfach nur noch schlafen und es ein paar Tage warm haben wollen. Und bei Alans Rückkehr war sie bei Anne untergekommen.

«Ich habe ihm gesagt, dass ich schon klarkomme», sagte sie. «Ich kann für mich selbst sorgen, aber er macht sich ständig Sorgen um mich.»

«Das hättest du mir sagen müssen», platzte Anne heraus.

«Was?»

«Alles!»

Das Mädchen blickte sie ungerührt an. «Du hast mich nicht gefragt», stellte sie fest.

«Was hätte ich denn fragen sollen? ‹Oh, übrigens, bist du zufällig schwanger?› Oder: ‹Hast du 'ne Ahnung, ob irgendwann vielleicht ein versiffter Punk in meiner Küche auftaucht?»

Sie sprach so laut, dass die Hare-Krishna-Jünger zu ihnen herübersahen, aber sie starrte sie finster an, bis sie wieder zu singen begannen.

Wütend schüttelte Hilary den Kopf. «Alan ist nicht versifft. Wir sind beide echt ordentlich, und ich habe mich die ganze Zeit um deine Wohnung gekümmert, stimmt's? Ich weiß, du hast eine Menge für mich getan. Du hättest mich längst wieder vor die Tür setzen können. Aber ich schwöre, sobald wir eine Wohnung gefunden haben, zahle ich dir alles zurück. Du kannst von mir haben, was du willst.» Zum ersten Mal klang sie wie ein Teenager, und einmal mehr setzte sie den Hebel instinktiv an der richtigen Stelle an. «Aber mal ehrlich, Anne. Bist du nicht auch von zu Hause abgehauen?»

Und natürlich lag das Mädchen richtig. Obwohl sie nichts, aber auch gar nichts davon wissen konnte. Sie war eine Magierin, eine Seherin. Anne war so perplex, dass sie kein Wort mehr herausbekam. Und die beiden weiter bei sich wohnen ließ.

::::::::::::

Im Lauf der nächsten Wochen erzählte Anne ihrer Mitbewohnerin, wie sie mit sechzehn ihr Zuhause in Montreal verlassen hatte. Sie war mit einem Typ nach Burlington, Vermont, durchgebrannt, wo sie einen Job als Kellnerin in einem Coffeeshop angenommen und zur Untermiete bei der Schwester des Typen gewohnt hatte, die sie für eine Studentin hielt. Dann ging sie nach Vancouver; es gefiel ihr dort nicht, aber während ihres Aufenthalts trieb sie sich in der dortigen Theaterszene herum und beschloss, Schauspielerin zu werden. Sie blieb ein Jahr, ehe sie weiterzog – Las Vegas, Denver, Chicago. Ein Jahr lag lebte sie mit einem Typen zusammen, den sie in einem Park beim Entenfüttern kennengelernt hatte. Er sagte, sie könne bei ihm wohnen, wenn sie für ihn kochen würde. Sechs Monate später gestand er ihr, dass er sie liebte, und sie glaubte ihm. Er war ein Gentleman und sagte, er wisse, dass sie schwere Zeiten hinter sich habe, dass er sie mit Respekt und Zartgefühl behandeln wolle. So redete er allen Ernstes, von *Zartgefühl*. Und während all der Zeit, die sie mit ihm zusammenwohnte, fasste er sie kein einziges Mal an. Gegen Ende des Jahres machte er ihr einen Heiratsantrag, doch sie sagte, sie fühle sich noch nicht reif für eine Ehe. Er nickte und erwiderte, er würde sie verstehen, doch um Mitternacht kam er in ihr Zimmer, schlüpfte zu ihr ins Bett und begann, ihren nackten Rücken zu streicheln. Sie setzte sich auf und sagte, «Lass das, bitte», wobei sie versuchte, so kindlich und verletzlich wie möglich zu klingen.

«Ich weiß, wie es wirklich in dir aussieht», sagte er. «Du willst es doch auch.»

Sie floh im Pyjama aus dem Haus. Es war das erste Mal, dass sie in einem Obdachlosenheim übernachten musste, und sie schwor sich, dass es auch das letzte Mal sein würde. Danach war sie nie wieder mit einem Mann zusammengezogen. Sie benutzte Männer, um an Jobs zu kommen, ließ sich von ihnen zum Essen einladen oder durch die Gegend kutschieren, lebte aber nicht mit ihnen zusammen. In New York hatte sie zunächst in einer Jugendherberge gewohnt und die Rechnung bar bezahlt, ehe sie über Larry an die Wohnung gekommen war. Sie vertraute niemandem, nur sich selbst.

In den vergangenen sechs Jahren hatte sie ihren Eltern drei Mal geschrieben. Das erste Mal, um ihnen mitzuteilen, dass es ihr gut ging und sie nicht nach ihr suchen sollten. Beim zweiten Mal hatte sie ihnen in einer sentimentalen Anwandlung eine Weihnachtskarte aus Las Vegas geschickt, als sie betrunken gewesen war. Das letzte Mal war erst ein Jahr her. Sie war mitten in der Nacht aufgewacht, hatte sich plötzlich furchtbare Sorgen um ihre Mutter gemacht; es war, als wäre sie aus einem Albtraum erwacht, ohne sich an etwas erinnern zu können. Sie war schweißgebadet und zitterte am ganzen Körper. Sie glaubte nicht an Vorahnungen oder böse Omen, aber sie war so durch den Wind, dass sie trotzdem nach Hause schrieb. Ihre Adresse gab sie nicht an, und sie zog auch nicht in Betracht, wieder nach Hause zurückzukehren. Dazu war zu viel Zeit vergangen; mittlerweile war sie ein anderer Mensch, selbst eine Erwachsene. Sie schrieb einfach: *Mom, ich liebe dich. Annie.* Es war nicht gerade das, was sich eine Mutter erträumt hätte, aber immerhin war es überhaupt etwas, und das musste reichen.

«Und warum bist du abgehauen?», fragte Hilary. «Na ja, dafür gab's doch bestimmt einen Grund.»

Anne zuckte mit den Schultern.

«Hast du mal dran gedacht, nach Hause zurückzugehen?»

«Nein.»

Schweigend strich sich das Mädchen über den Bauch. Ihr Blick war schläfrig, unergründlich.

«Woher wusstest du, dass ich abgehauen bin?», fragte Anne.

Hilary machte eine ausholende Handbewegung. «Hier ist alles leer», sagte sie. «Nirgendwo etwas Persönliches.»

«Sieht so aus», erwiderte Anne.

Hilary sah sie an, und plötzlich war ihr Blick durchdringend scharf. «Mädchen wie du können haben, was immer sie sich wünschen», sagte sie. «Du hast dir dein Leben selbst ausgesucht.»

Anne hielt ihrem Blick stand. «Genau wie du», sagte sie.

3

Iqaluit, 2006

Natürlich wollte Martine nicht, dass er ging. Als er ihr von seinem Auftrag erzählte, stand sie mit verschränkten Armen im Wohnzimmer. Tatsächlich war sie Rechtsanwältin, doch mit ihrer missbilligend gerunzelten Stirn und der dickrandigen Brille sah sie eher wie eine Bibliothekarin aus. Wann immer sie eingeschnappt oder verletzt war, reagierte sie mit verbissenem Zorn, und Mitch liebte sie für die Durchsichtigkeit ihrer Pose – fast so sehr wie für die stille, resignierte Art, mit der sie einlenkte, als sie zusammen im Bett lagen, nicht ohne die eine oder andere Träne zu vergießen.

«Ich verstehe dich nicht», sagte sie. Ihre wirren Locken ergossen sich silbrig blond über das Kissen. Wie immer, wenn ihr etwas naheging, trat ihr französischer Akzent deutlicher hervor. «Es ist so weit weg.»

«Die Rotation dauert doch nur ein paar Monate», sagte er. «Und das Ganze wird gut bezahlt.»

«Aber da oben ist es doch total deprimierend. Das hast du selbst gesagt.»

«Das liegt daran, dass die Menschen dort depressiv sind.»

«Und warum musst du ausgerechnet dorthin?»

«Weil die medizinische Versorgung für die einheimische Bevölkerung nicht ausreicht», erwiderte er. «Sie benötigen Hilfe. Sie brauchen mich.»

Martine stützte sich auf den Ellbogen, eine Hand auf ihr Ohr gelegt, als wolle sie seine Worte ausblenden. «*C'est assez, là*», murmelte sie in ihr Kissen, aber er hakte nicht nach, wovon genau sie nun genug hatte – seiner Reise oder den Argumenten, mit denen er sich rechtfertigte. Im Kinderzimmer wälzte sich Mathieu ruhelos von einer Seite auf die andere, wie er es immer stundenlang machte, ehe er irgendwann einschlief. Dann aber schlief er wie ein Toter, und morgens, während Martine das Frühstück bereitete, war es Mitchs Aufgabe, ihn wieder ins Reich der Lebenden zu holen. Er hätte nie zugegeben, wie sehr er diese Pflicht hasste, wie oft er neben dem Bett des Jungen kauerte, den Blick auf seine Brust geheftet, um sich zu vergewissern, dass er noch atmete – stets davon überzeugt, dass diesmal, an diesem Morgen seine Atmung ausgesetzt hatte –, oder wie heftig er manchmal an Mathieus Schulter rütteln musste, ehe er schließlich zögernd die Augen aufschlug. *Den Bären wecken*, so nannte es Mitch insgeheim, als wäre sein Sohn ein riesiges, bedrohliches Tier statt eines mageren, feingliedrigen Fauns. An den meisten Morgen rollte er sich zu einem Ball zusammen und murmelte zornig «*Non, non*» – ein Aufbegehren gegen das Erwachen, gegen Mitch, gegen den Lauf der Welt. Wenn Mitch ihn dann aus dem Bett nahm und in die Küche trug, hämmerte Mathieu mit den Fäusten gegen seine Brust, bis Mitch ihn wieder herunterließ. Das war ihr tägliches Ritual.

Zwischen Martine und Mitch unausgesprochen blieb der Vorwurf, dass er den Job nur angenommen hatte, um sich nicht mit ihrem Sohn auseinandersetzen zu müssen, dass die Menschen in Nunavut vielleicht wirklich seine Hilfe benötigten, es ihm in erster Linie aber darum ging, sich aus dem Staub machen zu können.

Er hatte Martine an dem Tag kennengelernt, als ihre Scheidung rechtskräftig geworden war, in einem Moment von Schmerz und Verletzlichkeit, den er mehr oder minder skrupellos zu seinem Vorteil ausgenutzt hatte. Hätte er sie nur einen Tag später kennengelernt, glaubte er, wäre wohl nie etwas zwischen ihnen gelaufen.

Martine war fünfundvierzig, sexy, scharfsinnig und intelligent. Sie investierte ihre gesamte Energie in ihren Job und die Erziehung ihres Sohns; ihrem Ehemann hatte sie den Laufpass gegeben, nachdem sich herausgestellt hatte, dass er mit einem schwierigen Kind völlig überfordert war und sich mit anderen Frauen tröstete. Nur nachts zeigten sich Risse in ihrer autarken Fassade, doch selbst dann verwandelte sie sich nur selten in die weinende Frau, die damals vor dem Palais de Justice eine Zigarette geraucht hatte, ihr Husten und Schluchzen erstickte Laute in grauem Dunst. Seit dem Scheitern seiner eigenen Ehe war Mitch meist Single gewesen, und bei seinen wenigen Beziehungen hatten stets Frauen die Initiative ergriffen. Diese Frau aber brauchte so dringend Zuspruch – eine aufmunternde Geste, ein Taschentuch –, dass er stehen blieb und ein Tempo aus seiner Manteltasche kramte. Es war ein kalter Tag, und ihre Augen waren rot und verquollen. Ihre Locken hatte sie zu einer komplizierten Frisur aufgetürmt, aus der sich einige Strähnen gelöst hatten. Sie bedankte sich auf Französisch, ließ die Zigarette grazil zwischen die Finger ihrer linken Hand gleiten und schnäuzte sich ohrenbetäubend laut mit der rechten. Es machte Mitch sprachlos, wie jemand dabei so wunderschön aussehen konnte. Er war schon immer ein Romantiker gewesen, aber Scheidung und mittlere Jahre hatten ihn völlig desillusioniert – jedenfalls hatte er das bislang geglaubt.

«Alles okay mit Ihnen?», fragte er.

Die Frau musterte ihn mit unverhohlener Verachtung, unter deren Oberfläche gleichwohl eine Art Verlangen zu schlummern schien. Bestimmt hatte sie auf einen besseren Kandidaten gehofft, dachte er, aber in der Not fraß der Teufel bekanntermaßen Fliegen.

Sie wechselte ins Englische. «Ich brauche einen Drink», sagte sie.

«Darf ich Sie einladen?»

Sie nickte und führte ihn zu einer Bar in der Saint-Paul – ziemlich aggressiv, wie er fand, doch später bekam er heraus, dass Martine schlicht keinen Sinn darin sah, so zu tun, als wüsste sie nicht, was sie wollte. Er bestellte einen Martini für sie und ein Bier für sich selbst. Sie rauchte weiter, zündete sich am glühenden Stummel der letzten eine neue du Maurier an, während sie sich über die wesentlichsten Dinge austauschten: Namen, Beruf, wo sie lebten und arbeiteten. Ihre Frisur machte sich weiter selbstständig; die Hälfte ihrer Locken hatte sich bereits gelöst.

«Waren Sie lange verheiratet?», fragte er.

«Es fühlt sich wie eine kleine Ewigkeit an», erwiderte sie. «Aber während der letzten Jahre haben wir ohnehin getrennt gelebt. *Fait que*, eigentlich hat sich gar nicht viel verändert.»

«Aber trotzdem ist es ein Einschnitt.»

Sie nickte. «Ja.»

Er bestellte noch einen Drink für sie, und dann noch einen. Gegen zehn landeten sie in ihrer Wohnung und dann in ihrem Bett – sie hielt die Augen geschlossen, er hatte noch sein T-Shirt an.

«*J'ai besoin*», murmelte sie an seinem Hals. «*J'ai besoin de toi.*» Sie ließ keinen Zweifel daran, welchen Teil von ihm sie wirklich brauchte. Seine Antwort bestand darin, dass er sich an sie presste, und sie gab sich ihm hin. Um elf bedankte sie sich bei ihm – so freundlich und unpersönlich wie bei einem Kellner für besonders guten Service – und bat ihn zu gehen. Hinterher stand er kopfschüttelnd in der eisigen Kälte. Die Straße war leer und dunkel. Über den Apartmentblocks im Osten schien ihm der Turm des Olympiastadions zuzuzwinkern. Am liebsten hätte er laut gejubelt. Er fragte sich, ob all das tatsächlich geschehen war. Und er wünschte sich inbrünstig, dass es wieder passieren würde.

::::::::::::

Zwei Wochen nachdem er ihr die Neuigkeiten unterbreitet hatte, flog er nach Iqaluit. Von seinem Fensterplatz aus sah er die dichte Wolkendecke, die über dem Land lag; er versuchte, sich die Felsen und das Eis vorzustellen, hoffte, sich dabei frei und ungebunden zu fühlen. Einst war er dort glücklich gewesen, in jenem Sommer, als er sich von Grace getrennt hatte, als die Arktis eine Zuflucht gewesen war, einen Neuanfang für ihn bedeutet hatte. Nachdem er als Ehemann so erbärmlich gescheitert war, hatte er sich mit Feuereifer in die Arbeit gestürzt, jeden Tag zwölf bis vierzehn Stunden im Job verbracht, fest entschlossen, sich in seinem Beruf zu bewähren. Das Schlimmste an der Scheidung war, dass er jeden Respekt vor sich selbst verloren hatte. Er liebte alles an Grace, immer noch – ihre Werte, ihre Persönlichkeit, ihre Träume. Nur sie selbst liebte er nicht mehr. Die Einsicht war demütigend, fatal. Mitch war immer der nette Kerl von nebenan gewesen, der sich schulterzuckend damit abgefunden hatte, dass man mit Nettigkeit keinen Blumentopf gewinnen konnte, und nun musste er feststellen, dass er gar nicht so nett war und trotzdem leer ausging. Und er allein trug die Schuld daran. Darum hatte er sich voll und ganz auf seine Arbeit in der Arktis konzentriert. In seiner Freizeit trainierte er eine Jugend-Basketballmannschaft. Es war die anstrengendste und aufreibendste, aber letztlich auch bereicherndste Zeit seines Lebens. Nachdem er nach Montreal zurückgekehrt war, blieb er noch eine Weile in Verbindung mit den Jungs, doch nach und nach riss der Kontakt ab. Die Einladung, wieder dort zu arbeiten, war aus heiterem Himmel gekommen, und in den letzten Wochen hatten ihn die pausenlosen Diskussionen mit Martine so sehr beschäftigt, dass ihm kaum Zeit geblieben war, sich mit dem Ort selbst zu befassen.

Es war Juni und noch hell, als sie nach zehn Uhr abends landeten. Die Häuser von Iqaluit lagen verstreut wie Kiesel, die jemand willkürlich zu Boden hatte fallen lassen, mitten im Nichts. Hier und da erhoben sich graue, halb von Moos bedeckte Felsmassive, die wie aus stürmischer See aufragende Walrücken aussahen. Weit und breit war kein Wölkchen zu sehen; der Himmel war strahlend blau, die Luft klar und dünn. Die anderen Passagiere – die meisten erweckten den Eindruck, als würden sie nach Hause zurückkehren – marschierten schweigend über die Rollbahn in das kleine Terminal.

Er hatte ein Taxi bestellt, und während der Fahrt fiel ihm sofort auf, dass er sich bei Weitem nicht an alles erinnern konnte. Es lag nicht daran, dass der Ort besser oder schlechter gewirkt hätte – es waren dieselben auf Pfählen gebauten Fertighäuser, die steinigen Vorgärten einiger Anwesen gepflegt, während vor anderen Schneemobile und allerlei Gerümpel herumstanden –, sondern an seinem Orientierungssinn, der im Lauf des vergangenen Jahrzehnts mehr oder weniger verloren gegangen war. Nur die raue, bläulichschwarze Frobisher Bay gab ihm einen Anhaltspunkt, die schaumigen Wellen, die sich am nicht weichen wollenden Eis brachen. Der Ort war gewachsen, und es gab ein paar neue Viertel, die er nicht kannte. Der Taxifahrer, ein Einwanderer aus Bosnien, den es über Winnipeg hierher verschlagen hatte, beantwortete wortkarg seine wenigen Fragen. Während der Wagen langsam durch die verzweigten Schotterstraßen kurvte, starrten ihn Kinder mit unverhohlener Neugier an. Die Jungs, die er damals trainiert hatte, waren inzwischen längst erwachsen und hatten wahrscheinlich selbst Familien, und Mitch ahnte, dass er wohl keinen von ihnen wiedererkennen würde. Er hatte hier Freundschaften geschlossen, aber meist mit anderen Weißen, die ebenfalls aus Quebec oder Ontario stammten, sich nur für kurze Zeit in Iqaluit aufgehalten hatten und zweifellos wieder in südlichere Gefilde zurückgezogen waren.

Das Taxi hielt vor dem Haus, das für ihn gemietet worden war. Ihm war lediglich gesagt worden, dass es sich um ein Zweifamilienhaus handelte, doch als er den Fahrer bezahlte, trat ein hochgewachsener, dünner Mann mit rotem Haarschopf aus der Haustür.

«Sie sind bestimmt der Neue.» Er streckte die Hand aus. «Ich bin Johnny.»

«Mitch.»

«Wir teilen uns das Quartier», sagte Johnny. «Aber keine Angst, für hiesige Verhältnisse ist das Haus ziemlich groß. Sie wissen sicher, wie beengt die Leute hier wohnen.» Sein melodischer Akzent ließ darauf schließen, dass er aus den Seeprovinzen im südöstlichen Kanada stammte. Er griff sich eine von Mitchs Taschen und winkte dem Taxifahrer fröhlich zu, der sie beide ignorierte und davonfuhr. Johnny war etwa Mitte dreißig, hatte rote Wangen und einen Teint, der wie gegerbtes Leder aussah – ob von den Elementen oder einem gewissen Hang zur Flasche, ließ sich schlecht sagen. Er führte Mitch in ein Zimmer mit Bett und Schreibtisch, warf die Tasche auf die Matratze und deutete den Flur hinunter.

«Mein Zimmer ist dahinten. Wenn Sie etwas brauchen, sagen Sie einfach Bescheid, ich bin sowieso immer wach. Im Sommer kriege ich hier kein Auge zu. Das Wetter macht mich komplett rappelig. Im Winter sehe ich den halben Tag fern, wenn die Arbeit es erlaubt, und schlafe vierzehn Stunden lang. Tja, diese Gegend ist nicht ohne. Aber lassen Sie uns erst mal was trinken. Sie waren schon mal hier, stimmt's?»

«Das ist schon weit über zehn Jahre her», sagte Mitch, als sie in der Küche standen und Johnny ihm zwei Fingerbreit Whiskey in ein schmieriges Glas einschenkte. Zwar hatte ihm niemand etwas von einem Mitbewohner erzählt, aber er hatte auch nichts dagegen einzuwenden. So würde er wenigstens nicht allein vor sich hin grübeln.

«Ich bin Ingenieur», sagte Johnny. «Ursprünglich komme ich aus St. John's, aber ich bin heilfroh, da weg zu sein. Hier bin ich als Berater beim Bau der neuen Kläranlage tätig. Ich stecke sozusagen metertief in der Scheiße.»

«Sehen die das so?»

«Aber hallo», erwiderte Johnny. «Prost.»

Sie saßen auf Stühlen mit roten Plastiksitzen an einem Resopaltisch; das Mobiliar sah aus, als hätte es bestimmt vierzig Jahre auf dem Buckel. Am einen Ende des Küchentresens stand eine mit Saucenresten und altem Fett verschmierte Mikrowelle, am anderen eine Batterie Schnapsflaschen. Durchs Fenster hörte Mitch die Kinder, die auf der Straße Fußball spielten. Eigentlich hätten sie längst im Bett sein müssen, aber draußen war es nach wie vor taghell. Ohnehin hielten die Inuit nicht viel von Gutenachtritualen, da sie der Meinung waren, dass ihre Kinder über kurz oder lang ihren eigenen Rhythmus entwickeln würden. Er trank seinen Whiskey langsam, behielt jeden Schluck einen Augenblick lang auf der Zunge, ehe er ihn die Kehle hinuntergleiten ließ; die Nachwehen des Flugs, die Helligkeit und der Alkohol machten ihn angenehm benommen und gaben ihm das Gefühl, weit weg von zu Hause zu sein.

Johnny schenkte sich nach. Auf den ersten Blick hatte Mitch ihn jünger geschätzt, doch nun sah er die tiefen Falten, die dunkelbraunen Flecken auf seinen Wangen und seiner Stirn, die gelblichen Zähne. Er hätte genauso gut Mitte vierzig oder Anfang fünfzig sein können, und womöglich verdankte sich seine hagere Statur keineswegs regelmäßigem Fitnesstraining, sondern einer Diät aus Whiskey und Nikotin. Genau in jenem Moment zündete er sich eine Zigarette an und blies eine dicke Rauchwolke aus. «Sie sind also Seelenklempner, ja?»

«Therapeut», erwiderte Mitch, während er sich daran erinnerte, wie schnell sich Neuigkeiten in einem kleinen Ort wie diesem verbreiteten. «Ich bin spezialisiert auf Suchterkrankungen, und ...»

«Wie, keine Drogen?» Johnny war sichtlich enttäuscht. «Sie verschreiben nicht mal Medikamente?»

«Nein.»

«Kein Xanax? Keine kleinen Helfer?»

«Kognitive Verhaltenstherapie.» Mitch betonte jede einzelne Silbe in leicht verärgertem Ton.

Johnny machte eine wegwerfende Handbewegung. «Blablabla.

Her mit den Drogen, das ist meine Devise. Ehrlich, wenn Sie mein Verhalten ändern wollen, schießen Sie mir am besten direkt was in die Vene.»

Mitch stand auf. «Ich glaube, ich hau mich in die Falle.»

Johnny sprang auf. Die lange Asche von seiner Zigarette fiel zwischen ihnen auf den Tisch, als er Mitch auf die Schulter schlug. «Du liebe Güte», sagte er. «Ich wollte Sie nicht in Ihrer Berufsehre kränken. Ich hatte bloß gehofft, Sie würden für Nachschub sorgen, verstehen Sie? Damit sich das Medizinschränkchen mal wieder ein bisschen füllt.» Er lächelte Mitch verschwörerisch an, als könne man unter Freunden so etwas erwarten. Als Mitch schwieg, errötete er und sah plötzlich wieder jünger aus. «Bitte verzeihen Sie», sagte er. «Ich bin einfach schon zu lange hier oben.»

«Vergessen Sie's», erwiderte Mitch.

«Ist auch egal, ich habe andere Quellen», sagte Johnny gleichmütig. «Alles kein Problem.»

Mitch ging, während er sich die nächste Zigarette ansteckte. Er legte sich auf das Einzelbett; das Licht drang fast ungehindert durch den fadenscheinigen rosafarbenen Vorhang. Der Nikotingeruch in seinen Sachen erinnerte ihn an Martine, und einen Moment lang überlegte er, ob er sie anrufen sollte, um ihr zu sagen, dass er wohlbehalten angekommen war, doch während er noch daran dachte und sich der Whiskey in seinem Blutkreislauf ausbreitete, schloss er die Augen und schlief ein.

::::::::::::

Nach der ersten Verabredung mit Martine hätte er die Sache ruhen lassen sollen. Sicher hatte sie so etwas erwartet; er war kein sonderlich aussichtsreicher Kandidat für eine Langzeitbeziehung, aber wenigstens sprach für ihn, dass er klug genug war, dies zu erkennen. Aber er wollte es gar nicht. Im Lauf der Jahre hatte er sich mit ein paar geschiedenen Frauen eingelassen; für gewöhnlich war er lange genug mit ihnen zusammengeblieben, um einige Male mit ihnen ins Bett zu gehen, sich in Erinnerung zu rufen, wie es überhaupt war, Sex zu haben, und schließlich ließ er das Ganze wieder einschlafen. Er wurde zu dem Typen, der nie zurückrief. Dem Typen, der am Wochenende mit dem Kleinen Fangen spielte und sich anschließend nie wieder blicken ließ. Es lag weniger an seiner Herzlosigkeit als an seiner Apathie, und Grace hätte ihm bestimmt klargemacht, dass die eine allzu leicht aus der anderen erwuchs. Doch Grace war eben nicht mehr da.

Mit Martine aber war es, als hätte er einen Filmstar kennengelernt. Ihre Telefonnummer kannte er nicht, und ihren Nachnamen hatte er gleich wieder vergessen, nachdem sie sich in der Bar einander beiläufig vorgestellt hatten. Doch er erinnerte sich an ihr hübsches Apartmenthaus an einer kleinen Allee in Hochelaga-Maisonneuve und versuchte es aufs Geratewohl. Eines Freitagabends um halb sieben kam er mit einer Flasche Wein und einer gut gefüllten Kühltasche vorbei. Eins sprach jedenfalls für ihn: dass er kochen konnte. Und warum sollte er nicht auf seine Stärken zurückgreifen?

Der etwa sieben Jahre alte Junge, der die Tür öffnete, war schmal und blond, ein Kind wie aus dem Bilderbuch. Mitch fragte ihn auf Französisch, ob seine Mutter zu Hause wäre. Der Junge starrte ihn nur an, während er rhythmisch an seiner Unterlippe nagte. Als Mitch ihn nach seinem Namen fragte, erhielt er immer noch keine Antwort. Schließlich ging er in die Hocke und stellte sich vor, konnte ihm aber auch dadurch kein Wort entlocken. Der Junge rieb lediglich seinen rechten großen Zeh am Teppichboden in der Diele, in genau demselben Rhythmus, in dem er sich auf die Unterlippe biss.

Aus irgendeinem unerfindlichen Grund hielt er einen Zwanzigdollarschein in der rechten Hand, ließ ihn unvermittelt fallen und rannte davon.

Mitch erhob sich wieder, unsicher, was er jetzt tun sollte. Aus dem hinteren Teil der Wohnung hörte er Martine rufen, dass es ziehen würde, und dann stand sie auch schon in der Diele. Sie roch nach Parfüm und Zigaretten; ihr Haar hatte sie zu einem tief im Nacken sitzenden Knoten frisiert. Als sie Mitch erblickte, blieb sie abrupt stehen.

«Tut mir leid», sagte sie. «Wir haben gedacht, es wäre der Pizzamann. Du hast Mathieu wahrscheinlich total verunsichert.» Der kritische Unterton in ihrer Stimme war nicht zu überhören.

«Entschuldigung», sagte Mitch. «Ich wusste nicht, dass du einen Sohn hast.» Er fragte sich, wo der Junge letztes Mal gewesen war.

Sie sah ihn ausdruckslos an, schien in Gedanken immer noch beim Bügeln oder Geschirrspülen – wobei auch immer er sie unterbrochen haben mochte. Die Brille rutschte ihr die Nase hinunter.

«Ich habe etwas zu essen mitgebracht», sagte er.

«Pardon?»

«Ihr habt zwar Pizza bestellt, aber ... Na ja, ich habe eine gebratene Lammkeule, Frühkartoffeln und Salat mitgebracht. Und eine Flasche Wein.» Er deutete auf die Kühltasche zu seinen Füßen. «Es ist Freitagabend, und ich dachte, du hättest vielleicht keine Lust zu kochen.»

Es sah nicht so aus, als wolle sie antworten. Kein Wunder, dass der Kleine kein Wort herausbekommen hatte. Sie biss sich sogar auf die Unterlippe, genau wie er.

Aus einem der hinteren Zimmer drang plötzlich ein markerschütternder Schrei, gefolgt vom dumpfen Aufprall eines Möbelstücks. Martine wandte sich um und lief den Flur entlang, und kurz darauf hörte er, wie sie auf den Jungen einredete, bis seine Wutausbrüche allmählich verklangen wie kleiner werdende Wellen, die gegen ein Gestade wuschen.

Der kalte Hauch des Winters strich durch den Hausflur, und ihn fröstelte. So unerwünscht hatte er sich sein ganzes Leben noch nicht gefühlt. Nach ein paar Minuten schrieb er seine Telefonnummer auf ein Stück Papier, klemmte es unter den Deckel der Kühltasche und rief: «Also, ich geh dann mal wieder. Auf Wiedersehen!»

Er erhielt keine Antwort.

::::::::::::

Als er in Iqaluit erwachte, rief er zu Hause an, doch niemand ging ans Telefon. Es war Samstag, und wahrscheinlich war Martine mit Mathieu im Zoo oder im Museum. Sie hatte einen Hang zum Aktionismus. Sie hoffte, dass ihr leicht autistischer Sohn insgesamt ausgeglichener werden würde und sich irgendwann für anderes als ausschließlich technische Dinge begeistern würde, wenn sie ihm nur genug Auswahl an Alternativen bot. Ratschläge von Dritten tolerierte sie nicht. Er hinterließ ihr eine Nachricht auf dem Anrufbeantworter und machte sich auf den Weg zur Klinik. Es war kühl und windig; der Himmel changierte in verschiedensten Grautönen von Asche über Stahl bis hin zu Perlmutt. Dennoch war Sommer: Im harten Boden blühten Gänseblümchen und Arktischer Mohn, und auf den Felsen breiteten sich mattgrüne Flechten aus. Einen Moment lang ergriff ein überbordendes Glücksgefühl Besitz von ihm. Was immer hier auch geschehen würde, ob gut oder schlecht, er war nicht zu Hause, und diese Freiheit ließ sich nicht mit Gold aufwiegen.

Im Krankenhaus angekommen, stellte er sich der diensthabenden Schwester vor, die ihn zu seinem Schreibtisch brachte und ihm seinen Terminplan vorlegte. Es ging sofort los. Seit Wochen stauten sich Patienten, die darauf warteten, dass endlich der neue Doktor eintraf – sein Vorgänger hatte offenbar so etwas wie einen Burn-out erlitten und war einen Monat früher als vorgesehen nach Toronto zurückgekehrt –, deshalb waren die Termine im Zwanzigminutentakt vereinbart. Als die Schwester nebenbei ein paar Worte über den früheren Therapeuten verlor, hörte er deutliche Verachtung für die Weicheier aus dem Süden heraus, doch er nickte nur gelassen, bereit, sich an die Arbeit zu machen. Aus Erfahrung wusste er, dass mindestens die Hälfte der Patienten nicht erscheinen würde. Sie vergaßen ihren Termin, überlegten es sich anders oder hatten von vornherein nicht vorgehabt, ihn tatsächlich wahrzunehmen; viele meldeten sich nur an, weil ein Richter oder Arzt ihnen professionelle Hilfe empfohlen hatte, sagten dann aber nicht wieder ab, weil sie nicht unhöflich sein wollten.

Also blieb ihm durchaus die eine oder andere freie Minute. Er blickte aus dem Fenster hinaus auf den Parkplatz, wo ein paar Vögel im Abfall herumpickten, der aus einer überquellenden Mülltonne gefallen war; außerdem schien eine Pfütze ihre Aufmerksamkeit erregt zu haben, die verdächtig nach Erbrochenem aussah. Hinter ihm klopfte es, und als er sich umwandte, erblickte er einen Jungen von vielleicht siebzehn, der in der Tür stand. Er war auffällig dünn, hatte dunkle Augen, schlaff herabhängendes schwarzes Haar und so dunkle Lippen, dass sie wie gemalt aussahen. Er trug eine verdreckte rote Windjacke.

«Hey», sagte Mitch. «Kann ich dir helfen?»

Der Junge leckte sich über die rissigen Lippen. «Die haben mich hergeschickt», sagte er.

«Wer?»

«Die Leute von unten.»

«Welche Leute?»

Die Antwort des Jungen bestand in einem vagen Schulterzucken. Mitch deutete auf einen Stuhl und fragte nach seinem Namen.

«Thomasie.»

Der Junge setzte sich. Er hatte ein rundliches Gesicht und hohe

Wangenknochen; mit den langen Haaren, die ihm in die Augen fielen, sah er aus wie ein Filmstar.

«Thomasie wie?»

«Reeves. So heißt mein Vater. Er lebt unten in Sarnia. Da arbeitet er.»

«Und deine Mutter?»

«Yeah», sagte der Junge mit eigentümlich lauerndem Blick.

Während sie miteinander sprachen, blätterte Mitch in den Patientenakten und seinem Terminkalender, fand aber niemanden namens «Reeves». Der Junge saß ihm gegenüber, balancierte die Ellbogen auf den Knien und sah ihn mal verstohlen, mal ausdruckslos an. Dann warf er einen Blick aus dem Fenster und fing an, bedächtig an einem Fingernagel zu knabbern, betrachtete eingehend das abgekaute Stück und schnippte es auf den Boden.

«Also, was führt dich zu mir?», fragte Mitch.

Thomasie lächelte freudlos, während er im Schutzpanzer seiner Jacke zu versinken schien. Mitch hatte das Gefühl, dass der Junge ihn einzuschätzen versuchte, dass er beim ersten falschen Wort aufspringen und aus dem Zimmer flüchten würde. Also wartete er ab. Das Schweigen zwischen ihnen wurde lang und länger, und keiner schien es brechen zu wollen.

Thomasie kramte eine Packung Zigaretten aus seiner Tasche, schüttelte eine heraus, tippte sie gegen seine Handfläche, steckte sie hinters Ohr und räusperte sich. Als er den Blick auf Mitch richtete, sah er seltsam ehrlich und aufrichtig, beinahe unschuldig aus. «Sie sind neu», sagte er.

«Stimmt. Ich bin gerade erst angekommen. Aber ich bin schon mal hier gewesen.»

Thomasie nickte. «Ja, hat mein Vater auch gesagt. Er hat damals in Ihrem Basketballteam gespielt. Aber jetzt ist nichts mehr mit Basketball. Da gibt's jemanden, der so 'ne Art Abenteuerklub macht, aber die meisten Kids bleiben lieber zu Hause und spielen Videospiele.»

Erneutes Schweigen. Mitch versuchte sich an einen Jungen namens Reeves zu erinnern, aber von den meisten hatte er nur die Vornamen gekannt – die Mannschaft war ein Bündel nervöser pubertärer Energie gewesen, und er hatte jede Trainingsstunde damit verbracht, wenigstens so viel Begeisterung fürs Spiel zu entfachen, dass sie sich nicht pausenlos in die Haare gerieten. Im selben Moment ging ihm siedend heiß auf, dass er sich auch an die meisten Vornamen nicht erinnern konnte.

«Und was kann ich für dich tun?», fragte er schließlich.

Thomasie lächelte abermals. Allmählich begann Mitch die leere Geheimnistuerei seines Lächelns auf die Nerven zu gehen. Er rieb sich die Schläfen und ermahnte sich, geduldig zu bleiben. Der Whiskey vom Vorabend machte ihm leicht zu schaffen.

«Na, das wissen doch alle», erwiderte der Junge. «Ich dachte, Sie wüssten es auch.»

Erwartungsvoll hielt er inne, doch Mitch hatte weder eine Patientenakte noch die geringste Ahnung, was vorgefallen sein mochte. Er schüttelte den Kopf, und Thomasie sah zu Boden. Offenbar hatte er darauf gehofft, dass es ihm erspart bleiben würde, die ganze Geschichte erzählen zu müssen.

«Meine Mutter ist im Krankenhaus», sagte er. «Schon eine ganze Weile.»

«Das tut mir leid», sagte Mitch. Als der Junge nicht fortfuhr, fügte er hinzu: «Was ist denn passiert?»

«Sie war auf einer Feier, zusammen mit meiner kleinen Schwester. Na ja, jedenfalls gab's einen Sturm, und sie hat's nicht nach Hause geschafft.»

«Was meinst du damit?»

Thomasie kaute an einem weiteren Fingernagel herum, ehe er antwortete. Sein rechtes Knie bewegte sich wie ein Presslufthammer auf und ab. «Sie ist im Schnee ohnmächtig geworden», sagte er in jenem leisen, fast emotionslosen Tonfall, der so vielen Inuit eigen war, so gleichmütig, dass Mitch einen Moment lang brauchte, um zu begreifen, auf welches Grauen die Worte seines Gegenübers zusteuerten. «Als sie aufgewacht ist, war die ganze Welt weiß. So hat sie's jedenfalls gesagt. Meine kleine Schwester ist dabei gestorben. Kann sein, dass sie meine Mom ins Gefängnis stecken, aber im Augenblick liegt sie noch im Krankenhaus. Sie konnte fast gar nichts mehr sehen, deshalb war alles so weiß. Die Ärzte wissen nicht, was mit ihren Augen passiert ist. Sie hat auch ein paar Finger und Zehen verloren, aber das macht ihr weniger Sorgen als ihre Augen. Alles war weiß. Sie sagt, das wäre merkwürdig, weil erst alles schwarz war, als sie aufgewacht ist. Plötzlich war sie blind.»

«Das tut mir leid, wirklich leid», wiederholte Mitch, und der Junge nickte. Er hatte ruhig und gefasst gesprochen, ohne Tränen oder Zorn; seine Gefühle spiegelten sich lediglich in seinem nervösen Gezappel und dem Kauen an seinen Nägeln. Die Tür des Sprechzimmers stand nach wie vor offen. Schritte und Stimmen drangen vom Korridor herein; anscheinend wartete draußen jemand mit einem regulären Termin.

Thomasie lehnte sich zurück, als sei er völlig erschöpft, und lutschte an seinem blutigen Fingernagel.

«Wie hieß deine Schwester?», fragte Mitch.

Der Junge blickte auf seine Schuhe und inspizierte sie eine Weile. «Karen», sagte er schließlich, ehe er erneut in Schweigen verfiel. Dann sagte er, den Blick immer noch auf seine Schuhe gerichtet: «Manchmal träume ich von ihr. Sie steht allein im Schnee. Es ist, als wäre sie im Himmel ... aber nicht wirklich, weil es so kalt und ungemütlich ist. Sie sagt dann immer, ich soll zu ihr kommen, und ich versuch's auch, aber es geht nicht. Und dann wache ich auf.»

Mitch nickte. «Du wünschst, du hättest ihr und deiner Mom helfen können.»

Thomasie zuckte mit den Schultern. «Ich war so oft bei meiner Mutter im Krankenhaus, da haben sie mich zu Ihnen geschickt.»

«Ich freue mich, dass du gekommen bist», sagte Mitch. «Tja, dann lass uns mal ein paar neue Termine ausmachen.»

«Können Sie mir was verschreiben?», sagte der Junge. «Ich kann nicht einschlafen.»

Mitch errötete. «So ein Arzt bin ich nicht.»

«Ein Freund von mir hat aber auch Pillen bekommen, als sein Dad gestorben ist.»

Mitch lehnte sich zurück. «Ich würde dir gern helfen», sagte er, und Thomasie sah auf. «Wir können einen Psychiater hinzuziehen und klären, ob in deinem Fall Medikamente gerechtfertigt sind. Aber wir beide werden hauptsächlich miteinander reden und versuchen, das aufzuarbeiten, was du erlebt hast.»

Der Junge war bereits aufgestanden. «Okay», sagte er mit so monotoner Stimme, dass weder Zustimmung noch Ablehnung durchklangen. Ehe Mitch ihn bitten konnte, noch kurz zu warten, öffnete er die Tür und lief hinaus; seine Turnschuhe quietschten auf dem Linoleum. Kurz darauf trat ein Mann mittleren Alters ein, der sich lauthals beschwerte, es könne doch wohl nicht wahr sein, dass man ihn wegen «eines bekloppten Streits» mit seiner Frau zu einem Besuch beim Psychotherapeuten verdonnert habe. Mitch hatte alle Hände voll damit zu tun, ihn zu beruhigen, und bald war er ganz auf die neue Geschichte, die neue Krise konzentriert. Dann aber stach ihm etwas Rotes ins Auge, als er aus dem Fenster sah – Thomasie Reeves' Windjacke, die sich deutlich gegen den grauen Parkplatz abhob, während der Junge, den Kopf wegen des Winds tief zwischen die Schultern gezogen, mit schnellem Schritt davoneilte.

Der Rest des Tages verlief ganz normal, die üblichen Abhängigen, Arbeitslosen, Zwangsgeräumten. Eine Elendssaga nach der anderen, aber er war daran gewöhnt. Er wusste, wie man derartige Geschichten in ihre Bestandteile zerlegte und neu zusammenzusetzen begann. Sein Berufsverständnis bestand darin, seinen Patienten so behutsam wie möglich den Druck zu nehmen, der sie zu ersticken drohte. Als junger Mann hatte er sich als Heilsbringer betrachtet und mit seiner Überzeugung auch Grace angesteckt. Mittlerweile glaubte er an breit angelegte Statistiken und kleine, gezielte Schritte. Seine Arbeit begeisterte ihn nicht mehr so wie früher, aber er hatte mehr Vertrauen in seine Fähigkeiten und schlief auch besser.

Um sechs packte er seine Sachen zusammen und machte sich auf den Weg zum Ausgang. Die Klinik war ein stiller, düsterer Bau mit grünen Korridoren und überarbeiteten, apathisch wirkenden Ärzten, Pflegern und Schwestern, die ihn keines Blickes würdigten. Es war ihm egal, und ebenso wenig kümmerte ihn die Kälte des Juniabends, die ihn frösteln ließ. Er war noch einmal davongekommen.

::::::::::::

Nach dem gründlich fehlgeschlagenen Besuch bei ihr war er sicher, dass er Martine nie wiedersehen würde. Das Junggesellenleben, mit dem er sich im Lauf der Jahre arrangiert hatte, kam ihm jetzt leer und erbärmlich vor, und plötzlich befiel ihn ein Gefühl der Sinnlosigkeit, das ihn langsam, aber sicher zu ersticken drohte. Von nun an würde er allein sein.

Dann rief sie an.

Diesmal trafen sie sich tagsüber, gingen mit Mathieu ins Kino und hinterher in den Park. Und dann geschah etwas ganz und gar Unerwartetes. Mitch hatte eine Schwäche für Martine – auf die hoffnungslos verunsicherte Art und Weise, wie man für eine Frau schwärmt, die in einer völlig anderen Liga spielt, eine Frau, die sich einmal dazu herabgelassen hatte, mit jemandem wie ihm ins Bett zu gehen –, doch er verliebte sich in ihren Sohn. Und seine Liebe wurde erwidert. Anscheinend litt der Junge am Asperger-Syndrom; er wusste alles über Dinosaurier und kannte ganze Lexikoneinträge auswendig. Er erzählte Mitch alles über den Tyrannosaurus Rex und das «Land vor unserer Zeit», womit er offenbar die Ära der Dinosaurier meinte. Und während Mitch dem wunderschönen, roboterhaften Kind lauschte, schmolz sein Herz wie Eiswürfel in warmem Wasser. Als der Nachmittag dem Ende zuging, hielt Mathieu seine Hand und dozierte über Velociraptoren.

Martine schien es nicht glauben zu können. «Das ist noch nie passiert», sagte sie und klang dabei fast gekränkt.

«Kann er mit zu uns kommen?», fragte Mathieu seine Mutter auf Französisch. «Ich will mit ihm spielen.»

«Er ist kein Spielzeug, Schatz», erwiderte Martine.

Der Junge sah sie nur ausdruckslos an. Wenn es nicht gerade um Dinosaurier ging, ließ sich schwer sagen, was er dachte. Mitch ahnte, welche Sorgen er seiner Mutter bereitete, die ihn pausenlos mit neuen Offerten köderte und hoffte, dass er irgendwann anbeißen würde. Mitch hätte gern eingewilligt, schwieg aber, da er sich noch ziemlich lebhaft an seine erste Begegnung mit dem Jungen erinnern konnte.

«Frag ihn doch selbst», sagte Martine schließlich.

«Kommst du mit zu uns?», fragte Mathieu ihn, ohne zu zögern. Noch war er nicht bereit, ihn mit seinem Namen anzusprechen oder als Erwachsenen zu akzeptieren. Er behandelte ihn wie eine Mischung aus Kumpel und Publikum.

«Na klar», sagte Mitch und warf Martine einen Seitenblick zu. Eigentlich hatte er ein dankbares Lächeln oder ein anerkennendes Nicken erwartet, doch stattdessen wirkte sie irritiert und leicht besorgt. Sie hielt ihrem Sohn die Hand hin, doch Mathieu ignorierte sie und griff nach Mitchs Hand. Derart vereint, derart getrennt traten sie den Nachhauseweg an.

Im Lauf der nächsten Monate nahm Mitchs Verhältnis zu dem Jungen beinahe leidenschaftlich intensive Züge an. Sie verbrachten jedes Wochenende zusammen. Er nahm Mathieu mit in den Parc Lafontaine und ins Planetarium, spielte mit ihm, las ihm *Tim und Struppi* vor. Da Martine Besuche an Schultagen als störend empfand, sehnte er sich bereits Mitte der Woche nach dem Jungen, fragte sich, was Mathieu gerade so machte, und stellte sich vor, wie er schlief, den Blondschopf auf sein rotes Flanellkissen gebettet.

Seine Beziehung zu Martine gestaltete sich verständlicherweise ein wenig seltsam. Sie waren so gut wie nie für sich allein. Sie gingen nie zusammen essen oder ins Kino, und er lernte auch keine Freunde von ihr kennen. Und doch nahm er an ihrem Alltag teil, eroberte er sich seinen Platz im Kokon ihres Apartments, an ihren Wochenenden, an ihrem Küchentisch. Wenn Mathieu zu Bett gegangen war, redeten sie – meist über den Kleinen –, während sie den Abwasch erledigten oder zusammen ein Glas Wein tranken. Sie gingen zusammen ins Bett, doch meist schliefen sie nur, Martine an seiner Seite, eine Hand auf seine Schulter oder Hüfte gelegt. Erschöpft von der langen Woche, wollte sie sich nur an ihn kuscheln und festgehalten werden, während sie einschlief. Der Sex zwischen ihnen war ritualisiert, zweckmäßig und schnell – was aber keineswegs unbefriedigend war. In der Monotonie lag eine tiefe Tröstlichkeit, die er niemals hätte voraussehen können. Manchmal bat sie ihn, auf Mathieu aufzupassen, während sie ein Bad nahm und dabei eine Zeitschrift las. Es war, als ob sie die Flirtphase übersprungen hätten und direkt zum alten Ehepaar mutiert wären.

So ging das ein Jahr und dann noch eins. Martines Familie lernte er nicht kennen, obwohl ihre Eltern in Montreal North lebten und ihre Schwester keine fünf Straßen entfernt wohnte. Irgendwie hatten sich bestimmte Regeln etabliert, ohne dass sie je diskutiert worden wären. Weiterhin trafen sie sich nur an den Wochenenden, selbst im Sommer – außer im August, wenn sie den Urlaub in Maine verbrachten, wo Mitch und Mathieu am Strand Frisbee spielten und in die Wellen sprangen.

Ab und zu fragte er sich, warum er diese Gegebenheiten tolerierte, und kam stets zu denselben Schlussfolgerungen. Doch so seltsam ihre Beziehung auch sein mochte, bestand zunächst einmal kein Zweifel, dass Alleinsein schlimmer – tausendmal schlimmer – war. Und auch wenn er es gegenüber Martine nie artikulierte, war er fest davon überzeugt, dass er irgendwann mehr als der Spielgefährte ihres Sohns und ihr Wochenendtröster sein würde, wenn er nur lange genug dranblieb. Schließlich würde sie nicht mehr auf ihn verzichten können. Darauf zählte er.

::::::::::::

Thomasie Reeves kam eine Woche später wieder. In der Zwischenzeit hatte Mitch sich in seinem neuen Domizil häuslich eingerichtet, Lebensmittel besorgt und die Küchenvorräte aufgestockt; außerdem war er ein paarmal im Ort gewesen, um die Leute wissen zu lassen, wer er war und wie lange er bleiben würde. Er wurde ungewöhnlich höflich, aber gleichzeitig auch ein wenig reserviert empfangen; die Einheimischen waren daran gewöhnt, Menschen wie ihn kommen und gehen zu sehen.

Wie sich herausstellte, glänzte Johnny zuweilen mit längeren Abwesenheiten, um dann unvermittelt wieder aufzutauchen. Manchmal bekam Mitch drei Tage lang nichts von ihm zu sehen, und dann stand er urplötzlich in der Küche, fragte Mitch, ob er ihm auch ein paar Spiegeleier braten sollte, und redete wie ein Wasserfall über irgendeine Frau, mit der er die Nacht verbracht hatte. Gelegentlich brachte er eine der Frauen mit nach Hause, und dann traf Mitch morgens eine Fremde an, die im Wohnzimmer schläfrig ihre Schuhe anzog und ihn verlegen mit einem verkaterten Winken begrüßte. Zuletzt hatte er einen Mitbewohner gehabt, als er neunzehn gewesen war, aber in Wahrheit hatte er ganz und gar nichts gegen ein bisschen Leben in der Bude. Ein paarmal verbrachte er die halbe Nacht mit Johnny, der zum Brüllen komische Anekdoten über seine Verwandtschaft in Neufundland zum Besten gab, die aber so lang und kompliziert waren, dass Mitch sich am nächsten Morgen an so gut wie nichts mehr erinnern konnte. Johnny war ein Selbstdarsteller, ein echter Geschichtenerzähler, und der Umstand, dass er sich für andere nicht interessierte, war Mitch nur recht, da er keine Lust hatte, etwas von seinem Leben in Montreal zu erzählen.

Mit Martine hatte er immer noch nicht gesprochen. Er hatte ihr mehrere Nachrichten hinterlassen, und einmal – obwohl ihr klar gewesen sein musste, dass er um diese Uhrzeit bis über beide Ohren in Terminen steckte – hatte sie zurückgerufen und ihm auf die Mailbox gesprochen, dass alles in Ordnung sei und sie sich freue, dass er gut angekommen war. Trotzdem, es war offensichtlich, dass ihre Beziehung in die Binsen ging. Über seine Gefühle war er sich nicht so im Klaren. Hauptsächlich war er froh, dass er so viel Distanz zwischen sich und die Probleme zu Hause gelegt hatte. Er versuchte sich nicht allzu viele Sorgen um Mathieu zu machen. Der Junge war stur, aggressiv und auf seine eigene Weise emotional, aber nicht sehr gefühlsbetont. Was bedeutete, dass er zwar an Mitch hing, ihn aber wohl kaum vermissen würde, wenn er nicht da war. Zumindest hatte Mitch es sich so zurechtgesponnen.

Er fragte in der Klinik wegen Thomasie Reeves herum, doch alle schüttelten bloß den Kopf und sprachen davon, was für ein überaus trauriger Fall das sei, doch darüber hinaus wollte sich niemand äußern. Jedes Gespräch über Thomasie endete unweigerlich in Schweigen. An einem freien Nachmittag ging er in die Bibliothek und fragte eine der Mitarbeiterinnen, ob sie ihm weiterhelfen könne. «Gloria Reeves», erwiderte sie seufzend und wies ihm den Weg ins Zeitungsarchiv. Das kleine Mädchen, Karen, war drei Jahre alt gewesen. Sie hatte sich unter dem Mantel an der Brust ihrer Mutter zusammengerollt; so hatte man sie gefunden. Ein Foto zeigte die Familie auf einem Sofa, Karen auf dem Schoß ihrer Mutter und Thomasie, der neben den beiden saß; alle drei trugen weiße Rollkragenpullover und Wolljacken, und im Hintergrund stand ein Weihnachtsbaum.

Ein paar Tage später stand Thomasie im Türrahmen von Mitchs Sprechzimmer. Er trug dieselben Sachen wie beim letzten Mal, und seine Lippen waren immer noch genauso rissig.

«Komm rein, setz dich», sagte Mitch ruhig. «Na, wie steht's?»

«Meiner Mom geht's immer schlechter», sagte der Junge. «Sie liegt im Koma oder so was. Ich glaube, sie will einfach nicht mehr aufwachen.»

«Ich glaube nicht, dass man das selbst bestimmen kann», sagte Mitch.

«Für mich sieht's so aus», sagte der Junge.

«Was sagen die Ärzte?»

Thomasie schien so darauf zu brennen, Mitch zu erzählen, weswegen er hergekommen war, dass er seine Frage offenbar nicht registrierte. «Die haben gesagt, ich soll sie nicht mehr so oft besuchen. Dass ich lieber zu meinem Vater ziehen soll.»

Mitch hatte keine Ahnung, was gegen die Krankenhausbesuche des Jungen sprach, aber vielleicht war ein wenig Luftveränderung gar keine so schlechte Idee. «Und?», fragte er. «Wäre das nichts, ein paar Tage unten im Süden?»

Thomasie krempelte den einen Ärmel seiner Windjacke hoch und hielt ihm seinen Unterarm hin. In seiner Ellenbeuge befand sich ein Wirbel weißen, erhabenen Narbengewebes. «Mein Vater», sagte er.

Mitch zerriss es das Herz. «Hast du jemandem davon ...»

Der Junge schüttelte den Kopf. «Das ist Privatsache», sagte er.

Mitch versuchte seine Gedanken zu ordnen. Bei seinem letzten Aufenthalt war Thomasie wahrscheinlich eins der kleinen, scheinbar so ausgelassenen Kinder gewesen, die er auf der Straße beim Spielen gesehen hatte – und sein Vater, an den Mitch sich nicht erinnern konnte, wohl ein Teenager, der zu früh Vater geworden war und nach dem Basketballtraining seine Wut an seinen Kindern ausgelassen hatte. Mitch hatte eine ganze Reihe von Leuten in Iqaluit kennengelernt, die arbeitslos waren und kein Geld hatten, sich aber aufopferungsvoll um ihre Angehörigen kümmerten, Verwandten in Not Obdach gewährten und ihr letztes Erspartes zusammenkratzten, um Schulsachen für die Kinder kaufen zu können. Doch hatte er auch Familien kennengelernt, in denen die Dinge aus dem Ruder gelaufen waren. Dazu brauchte es lediglich eine Generation, die aus der Art schlug, und manchmal gab es dann kein Zurück mehr, insbesondere für die Kinder. Thomasie war offenbar in einem derartigen Elternhaus aufgewachsen – dagegen sprachen allerdings seine Ausdrucksweise und sein freundliches Wesen, ganz zu schweigen davon, dass sich Kids aus zerrütteten Verhältnissen selten an jemanden wie Mitch wandten, weil sie dadurch bloß an ihr eigenes Elend erinnert wurden.

«Können Sie nicht mit den Ärzten reden?», sagte Thomasie.
«Damit ich nicht zu meinem Vater muss?»
«Warum?», gab Mitch zurück. Er klang schroff, ja, fast grausam, aber er wusste nicht, was der Junge von ihm erwartete. Im selben Moment schämte er sich, während Thomasie ihn aus arglosen dunklen Augen ansah. «Na gut», lenkte er ein.

Der Junge nickte, sprang urplötzlich auf und lief aus dem Zimmer, als befürchte er, Mitch könne es sich doch noch anders überlegen.

Bis zum nächsten Termin blieb noch ein wenig Zeit. Er sah aus dem Fenster, den Blick ins Leere gerichtet, und dachte nach. Der Junge hatte etwas Fiebriges an sich, eine Art unterdrückter Intensität, die sich zweifelsohne seinem Kummer verdankte. Mitch war bewusst, dass er auf einen hochexplosiven Konflikt zusteuerte, der unmöglich leicht oder befriedigend zu bewältigen war, und der Gedanke erfüllte ihn mit demselben erregenden Risikogefühl, das andere beim Konsum von Drogen oder beim Drachenfliegen empfinden mochten. Wenn sie sich in die falsche Frau verliebten. Wenn sie sich in die richtige Frau verliebten.

Seine Gedanken schweiften zu Martine und Mathieu, zu glücklicheren Tagen, den langen Wochenenden, an denen sie über Dinos gefachsimpelt und Frisbee gespielt hatten. Sie fehlten ihm, doch seine Sehnsucht hatte weniger mit der Entfernung zu tun als mit seiner unstrittigen Befähigung, alles komplett und unwiderruflich zu versauen, egal, wie gut seine Absichten auch sein mochten. Sie hatten immer noch nicht miteinander gesprochen. Sie bestrafte ihn dafür, dass er den Job hier oben angenommen hatte, für alles, was vor seinem Abschied passiert war. Es war, als führten sie eine Unterhaltung. Seine Abreise und ihr Schweigen – sie wusste genau, wann sie ihn erreichen konnte – waren *Aussagen*, genau so, als würden sie eine Diskussion führen. In diesem Hin und Her blieb nur die Frage, wer als Erster nachgeben würde – und sein Gefühl sagte ihm, dass es bestimmt nicht Martine sein würde.

::::::::::::

Als es passierte, war Mitch bereits über zwei Jahre mit ihr zusammen gewesen. Es war März, doch der Winter wollte nicht lockerlassen, ließ einen Schneesturm nach dem anderen über dem Land niedergehen, als wolle er sich mit einem großen Finale verabschieden. Mitchs Kollegen buchten Kurzurlaube in Florida oder auf den Bahamas, und wenn sie fünf Tage später mit Sonnenbrand zurückkehrten, zogen sie grimmige Mienen, weil der Winter immer noch nicht aufgegeben und den Rückzug angetreten hatte. Mathieu aber liebte den Schnee und schien die Kälte überhaupt nicht zu spüren, wenn er im Park spielte, selbst wenn seine Lippen langsam blau wurden und seine Zähne klapperten. Wenn Martine schließlich darauf drängte, nach Hause zu gehen, bebte er vor Wut, als wolle sie ihm die schönste Zeit seines Lebens nehmen, riss sich los und lief weg. Und wenn sie ihn eingeholt hatte, schlug er mit seinen Fäusten wahllos auf sie ein, womit er ihr gleichermaßen körperlich wie seelisch wehtat. Wenn sie zu Hause angekommen waren und ihn ins Bett gebracht hatten, war sie völlig fertig. Mitch brachte ihr Tee, strich ihr durchs Haar und hielt sie manchmal in den Armen, während sie weinte.

In seiner Obhut war Mathieu ruhiger. Mittlerweile interessierte er sich nicht mehr für Dinosaurier, sondern für Teilchenphysik, und allmählich hielt ihn Mitch für ein Genie. Er konnte die Prinzipien der Kernspaltung und ihre komplexen Abläufe erklären, wobei es für ihn keine Rolle spielte, ob Mitch selbst etwas sagte oder nicht. Wenn er aber den Raum verließ, wurde Mathieu böse, weshalb er sich darauf verlegte, die Zeitung im Kinderzimmer zu lesen, während der Junge seine Vorträge hielt.

Es war kein perfektes Leben. Ihm war klar, dass Martine sich etwas anderes vorgestellt hatte, aber ihr Leben hatte durchaus seine eigene Wärme, seinen eigenen Puls und seine eigenen Freuden.

Eines Samstags gingen sie zusammen in den *Biodome*, einen Hallenzoo, der vier verschiedene Lebensräume und die dazugehörige Flora und Fauna beherbergte; man konnte von einer Halle in die andere wechseln, von tropischer Feuchtigkeit in arktische Kälte. Wie immer hoffte Martine darauf, dass diese neue Erfahrung Mathieus Interesse für andere Dinge wecken würde. Und zunächst lief auch alles bestens. Die feuchtwarme Luft gab ihnen regelrecht das Gefühl, im Urlaub zu sein. Sie spazierten durch den Regenwald, erspähten tropische Vögel hoch oben in den Bäumen und große Wasserschweine in den Flussläufen unter sich. Mathieu ging an Martines Hand, ohne sich zu beschweren. Dann entdeckte er etwas im dichten Laubwerk über ihnen – ein über die Äste huschendes Löwenäffchen, dessen goldgelbes Fell zwischen den Blättern aufblitzte. Mathieu wollte es anfassen, mit ihm spielen, es mit nach Hause nehmen. Geduldig erklärte ihm Martine, dass der Affe kein Haustier war, das man kaufen konnte, und in einer Wohnung unglücklich sein würde, weil es dort keine Bäume gab und für ihn viel zu kalt war.

Keins ihrer Argumente kam bei ihm an. Stattdessen schrie er weiter «*Singe! Singe!*» und Mitch fragte sich, ob Mathieu den Affen nicht nur unbedingt haben wollte, sondern sich irgendwie mit ihm identifizierte, sich selbst dort oben sah, wild, widerspenstig und ungezähmt.

Die Familien um sie herum verzogen sich schleunigst, damit der kreischende Junge ihre Kinder nicht mit seinem Verhalten ansteckte. Mitch versuchte, Mathieu auf andere Gedanken zu bringen, indem er ihm von den Schlangen im nächsten Raum erzählte, doch vergebens. Dann beging er den schlimmsten Fehler von allen, einen Fauxpas, der ihn noch wochenlang beschäftigen sollte: In der Hoffnung, Mathieus Aufmerksamkeit ablenken und ihn in eine andere Richtung steuern zu können, ergriff er ihn an der Schulter, doch der Junge schrie noch lauter, riss sich von ihm los und rannte weg. Als Martine ihn festhalten wollte – in solchen Momenten entwickelte er ungeahnte Kräfte –, stieß er sie mit aller Gewalt zurück; sie stürzte über das Geländer hinter ihnen auf einen steilen Felsabhang, fand keinen Halt und rutschte ungebremst hinunter. Während entsetzte Aufschreie erklangen und Leute auf sie zeigten, griff Mitch instinktiv nach Mathieu. Als der Junge abermals versuchte sich von ihm loszureißen, verdrehte Mitch ihm den Arm und hörte – über die Rufe der anderen Zoobesucher und das aufgebrachte Schnattern der Affen hinweg – das leise Knacken, mit dem der Oberarmkopf aus der Gelenkpfanne sprang.

Mathieus hübsches Gesicht verzerrte sich vor Schmerz, während gleichzeitig alle Farbe aus ihm wich. Dann wurde er ohnmächtig.

::::::::::::

Im Krankenhaus renkten sie Mathieus Arm wieder ein und bandagierten Martines verstauchten Knöchel. Obwohl es sich um relativ harmlose Verletzungen handelte, dauerte das Ganze eine kleine Ewigkeit, und Martine weigerte sich, Mathieu mit Mitch allein zu lassen, der sich immer wieder entschuldigte, es sei ein Unfall gewesen.

Aber sie schüttelte nur den Kopf, als versuchte sie, ihre Ohren frei zu bekommen, und schwieg. Sie bat ihn, nicht zu gehen, und schließlich begriff er auch, warum. Wegen ihres verstauchten rechten Knöchels konnte sie nicht allein nach Hause fahren. Tja, Martine war schon immer sehr pragmatisch veranlagt gewesen. Als sie vor ihrem Haus hielten, sagte sie, es sei wohl besser, wenn sie den Abend getrennt verbringen würden, und er machte sich zu Fuß nach Hause auf, während eisiger Regen aufkam, der unablässig auf ihn niederprasselte.

::::::::::::

Obwohl er sich am nächsten Tag erneut entschuldigte und schwor, dass so etwas nie wieder vorkommen würde, war auf einen Schlag alles anders. Erste Risse zeigten sich an der Oberfläche ihrer Beziehung, die vom ersten Tag an fragil gewesen war. Und es sollte noch schlimmer kommen.

Am nächsten Wochenende ging er bei ihnen vorbei, um für sie zu kochen. Er hatte Martine nicht gesehen, aber mit ihr am Telefon gesprochen – zähe, von langen Pausen durchsetzte Gespräche, die sie auf die Schmerzmittel schob, die sie wegen ihres Knöchels einnehmen musste. Als er klingelte, kam Mathieu an die Tür. Mitch hatte den Jungen größer, stärker, ja, dämonischer in Erinnerung, und es traf ihn wie ein Schock, als er sah, wie zerbrechlich und kindlich der Junge war.

«Hey», sagte er.

«*Je peux faire un ruban de Möbius. Venez voir*», sagte Mathieu, wandte sich um und ging in sein Zimmer, als wäre nie irgendetwas vorgefallen. Mitch sah zu, wie er das Papierband hin und her drehte, und lauschte eine Weile seinen mit hoher, atemloser Stimme vorgetragenen Ausführungen, ehe er sagte: «Lass mich mal kurz deine Mutter begrüßen.» Mathieu antwortete nicht, hielt jedoch in seinem Vortrag inne, während seine kleinen Hände das Band immer noch drehten.

Martine war in der Küche und, ihrem violetten Lächeln nach zu urteilen, bereits beim dritten oder vierten Glas Rotwein. Sie winkte ihm achtlos zu und fuhr fort, den Tisch zu decken. Als er sich zu ihr beugte, um sie auf die Wange zu küssen, stieß sie sich die Hüfte an einem Stuhl. «Oh, scheiße», sagte sie.

So viel zu ihrer Begrüßung.

Er bat sie, sich zu setzen, während er die Spaghetti Bolognese zubereitete, und sie erzählte von ihren Folgebesuchen beim Arzt, amüsierte sich über die lustigen Bemerkungen, die Mathieu über ihren verstauchten Knöchel gemacht hatte – ihre untypische Ausgelassenheit war besorgniserregend, und als sie Mathieu zu Tisch rief, verfiel er in Schweigen. Während des Abendessens zog sie dieselbe Schau ab, neckte Mathieu und zerzauste sein Haar, bis er sie mit ernster Stimme bat, damit aufzuhören. Fünf Bissen später fragte er, ob er aufstehen dürfe, und sie ließ ihn gehen. Sie aß auch nicht sehr viel.

Während Mitch sich um den Abwasch kümmerte, bereitete er sich in Gedanken aufs Gehen vor. Der bevorstehende Abschied lastete schwer auf seiner Seele. Er war sicher, dass er die kleine, gemütliche Küche mit den tomatenroten Wänden nie wiedersehen würde, ebenso wenig wie Martines Handschrift auf den Zetteln, die am Kühlschrank hingen, oder Mathieus Wissenschaftsbücher, die nebeneinander auf dem Küchentresen aufgereiht waren.

Martine hatte sich ins Schlafzimmer zurückgezogen, und als er hereinkam, um ihr gute Nacht zu sagen, küsste sie ihn. Ihre Lippen waren violett vom Rotwein, aber er schmeckte das Salz von Tränen. Sie zog ihn auf sich, schob die Hände unter seinen Pullover und schlang ihr unverletztes Bein um seine Hüfte. In all der Zeit, die sie zusammen gewesen waren, hatte sie nur sehr selten die Initiative ergriffen, nie solch pulsierende Lust, solche Verzweiflung offenbart. Dann hatte sie ihm auch schon Pullover und Hemd ausgezogen und wollte sich aus ihren eigenen Sachen kämpfen, doch verhakte sie sich mit dem Ellbogen in ihrer Strickjacke und schlug ihm dabei die Brille von der Nase.

«Fick mich», sagte sie. Sie weinte immer noch.

«Martine, Liebste.» Mitch küsste ihre tränenfeuchte Wange.

Ohne Rhythmus, ohne Kraft glitt er in sie hinein, unfähig, mit den ruckartigen, zuckenden Bewegungen ihrer Hüften in Einklang zu kommen. Sie schluchzte heftig, und so zog er sich aus ihr heraus und legte die Arme um sie. Er wusste nicht, was er sonst tun sollte. Es war, als würde sich die Martine, die er kannte, unter ihm auflösen. Kurz darauf lag sie neben ihm, rollte sich zusammen, die Knie bis ans Kinn gezogen. Er versuchte sie zu trösten, murmelte ihr sanfte, sinnlose Laute ins Ohr, als er plötzlich ein leises Geräusch hinter sich hörte. Er wandte den Kopf und erblickte Mathieus Silhouette im Türrahmen.

Der Junge starrte ihn mit großen blauen, angsterfüllten Augen an. Mitch stockte der Atem. Er wartete darauf, dass Mathieu ausflippen würde, doch der Junge stand einfach nur da, ohne den Blick auch nur einen Sekundenbruchteil abzuwenden, nicht einmal, um den zitternden Körper seiner Mutter in Augenschein zu nehmen. Dann machte er kehrt und trottete durch den Flur in sein Zimmer zurück.

Martine flüsterte leise vor sich hin; es war, als würde sie mit ihren Knien sprechen. Er rückte näher, schmiegte sich beschützend an sie wie eine zweite Haut. Erst als er seine Wange an die ihre legte, verstand er, was sie sagte. Er hatte gedacht, sie würde mit sich selbst sprechen, aber jetzt hörte er, dass sie Englisch sprach und ihre Worte an ihn gerichtet waren.

«Bitte verlass mich nicht», sagte sie.
Es war das Letzte, was er erwartet hätte. Was sollte er tun? Während ihre Tränen trockneten, schmiegte er sich noch enger an sie. Er blieb bei ihr. Er sagte, er würde sie nie verlassen.

::::::::::::

Hätte er doch nur für immer so mit ihr verweilen können in diesem Augenblick der Ruhe. Aber so funktionierte das Leben nicht; es bestand aus Arbeit und Kochen und Erziehung, und Martine erfüllte ihre Pflichten mit geradezu soldatischer Disziplin. Er bemühte sich nach Kräften, ihr zu helfen, doch irgendetwas zwischen ihnen hatte sich verändert. Ein Damm war gebrochen, und erst jetzt begriff er, dass sie ihn deshalb so lange auf Abstand gehalten hatte, weil sich hinter diesem Damm ein tosender Strudel befand, der sie beide mit in den Abgrund reißen konnte. Sie brauchte ihn. Sie begann, ihn jeden Abend nach zehn anzurufen, wenn Mathieu eingeschlafen war, erzählte ihm davon, was sie tagsüber erlebt hatte. Er freute sich darüber, aber wenn sie einmal dran war, wollte sie nicht mehr auflegen. Und schließlich ging ihm auf, dass sie mit dem Telefon an der Wange einschlafen wollte, während er beruhigende Worte durch die Leitung murmelte. Kurze Zeit später schlief er mittwochs und donnerstags bei ihr und flüsterte ihr seine Beschwichtigungen persönlich ins Ohr.

Sie bekam nie wieder einen Weinkrampf, doch manchmal wachte er auf, wenn sie mitten in der Nacht ins Bad ging, und jedes Mal sah er im matten Licht des Schlafzimmers Tränenspuren auf ihren Wangen glitzern, wenn sie zurückkam. Die Vorstellung, dass sie im Schlaf weinte, brach ihm das Herz.

Bald darauf verbrachte er seine gesamte Zeit in ihrem Apartment, während seine eigene Wohnung zu verstauben begann.

Sie sprachen über alles und jedes, diskutierten ständig die verschiedensten Dinge aus. Sie redeten über das, was im Zoo passiert war, wie wütend sie auf ihn und Mathieu gewesen war, wie sehr ihn ihr Zorn bedrückt hatte, wie sehr er den Vorfall bereute, wie leid ihm das Ganze immer noch tat. Sie sagte, alles sei verziehen. Es schien, als müsse er ihr nur zuhören, um weiter in ihrer Gunst zu stehen. Martine konnte stundenlang darüber reden, wie schwierig es mit Mathieu war, konnte seine Worte, seine Gesten und seinen Stuhlgang bis ins kleinste Detail examinieren. Nach der ersten dieser Sitzungen schlang sie die Arme um ihn und bedankte sich.

«Wofür?», fragte er.

«Fürs Zuhören. Dafür, dass du für mich da bist. Ich brauche dich so sehr.»

Es waren genau die Worte, nach denen er sich so lange gesehnt hatte; doch nun, als er sie hörte, hatten sie nicht die erwartete Wirkung. Was mit Mathieu zu tun hatte. Mitch hätte es Martine gegenüber nie zugegeben, aber er kam nicht darüber hinweg, dass er an jenem Nachmittag im Zoo so außer sich vor Wut gewesen war, dass er Mathieu um ein Haar zu Boden geschlagen hätte. Er hatte geglaubt, er würde den Jungen lieben, doch in jenen Sekunden erkannte er die Wahrheit: Er hatte sich nur ihretwillen mit dem Jungen arrangiert.

Er war so enttäuscht von sich selbst, schämte sich so sehr, dass er nur noch wegwollte. Während er den Frühling bei ihr verbrachte, am Wochenende mit Mathieu in den Park ging, mit seiner schönen, herzzerreißend verletzlichen Frau im Bett lag, dachte er ununterbrochen darüber nach, wie er aus ihrem Leben fliehen konnte.

Er hatte Martine erzählt, das Jobangebot aus dem Norden sei aus heiterem Himmel gekommen, was sogar stimmte – auch wenn es ihn wochenlange Bemühungen, jede Menge subtiler Fingerzeige und freundliche E-Mails an alte Bekannte gekostet hatte, mit denen er schon seit Ewigkeiten nicht mehr gesprochen hatte. Und als er

Martine eröffnet hatte, dass er mit dem Gedanken spiele, die Stelle anzunehmen, es aber erst mit ihr besprechen wolle, war es für ihn längst beschlossene Sache gewesen.

::::::::::::

An einem trüben Donnerstagmorgen traf er sich mit Thomasie Reeves vor dem Krankenhaus, in dem seine Mutter im Koma lag. Sie hatten sich telefonisch verabredet; der Junge hatte langsam und gekünstelt gesprochen, als käme er von einem anderen Kontinent. Er schien zu glauben, dass die Ärzte Mitch mehr Gehör schenken würden als ihm, dass sich alles ändern würde, sobald Mitch seine Mutter mit eigenen Augen gesehen hatte. Thomasie kam mit leicht seitwärts gerichteten, beschwingten Schritten die Straße entlang; als er zu ihm trat, schlug Mitch eine nahezu überwältigende Marihuanawolke entgegen. Thomasie roch, als hätte er darin gebadet. Seine Augen waren rot, seine Gesichtszüge matt; seine gesamte Persönlichkeit schien ein paar Stufen heruntergedimmt zu sein. Mitch verstand ihn nur allzu gut; an Thomasies Stelle hätte er sich vor diesem Besuch ebenfalls betäubt.

Als er die Hand ausstreckte, starrte Thomasie sie einen Augenblick halb verwirrt, halb fasziniert an, ehe er sie schüttelte, dann gingen sie hinein. Die Krankenschwestern, die an ihnen vorbeihasteten, rochen das Dope, und eine verzog missbilligend das Gesicht. Mitch musterte sie kurz, woraufhin sie die Augen verdrehte. Im Wartezimmer saß ein Vater, der ein zwei- oder dreijähriges Mädchen in den Armen hielt. Sein Gesicht war ausdruckslos; die Wangen des Mädchens schimmerten in einem ungesunden Dunkelrot. Ihnen gegenüber saß eine schlafende alte Frau, das Kinn war ihr auf die Brust gesackt.

Mit angespannter Miene führte Thomasie ihn einen mit Linoleum ausgelegten Korridor hinunter. Er trug dieselbe Windjacke wie sonst und einen blauen Rucksack. Sein Haar hing dünn und schlaff herab. Mitch stieg ein anderer, muffiger Geruch in die Nase. Er fragte sich, ob sich überhaupt jemand um den Jungen kümmerte – ihm sagte, dass er baden sollte, darauf achtete, dass er etwas zu essen bekam. Bei jedem ihrer Treffen hatte er dunkle Ringe unter den Augen.

Thomasie blieb kurz vor einer geschlossenen Tür stehen, ehe er sie öffnete. Es war ein Zweibettzimmer; das eine Bett war leer, und die Frau in dem anderen musste die Mutter des Jungen sein. Der Zeitung zufolge war Gloria Reeves erst neununddreißig, aber sie sah viel älter aus; ihr Gesicht war von Flecken und Runzeln übersät. Mitch warf einen Blick zu Thomasie hinüber, der unbedingt hatte hierherkommen wollen; unschlüssig verharrte er am Fußende des Betts.

Die Augen seiner Mutter waren geschlossen; sie hing am Tropf, und neben dem Bett stand ein Monitor, mit dem ihr Herzschlag überwacht wurde. Es dauerte ein paar Sekunden, bis Mitch bemerkte, dass der Daumen und der Mittelfinger ihrer Rechten sowie ein Stück ihres Ohrs fehlten. Ihre Nasenspitze war schwarz. Obwohl sie schwer atmete, lag sie reglos da wie eine Wachsfigur.

Mitch sah draußen einen Arzt vorbeigehen, nickte Thomasie kurz zu und trat auf den Flur. Er hatte ihn ein paar Tage zuvor kennengelernt, einen freundlichen Naturburschen aus Victoria, der erst kürzlich sein Examen gemacht und für ein Jahr ebendiese Rotationsstelle angenommen hatte.

«Bobby», sprach ihn Mitch an. «Wie geht's?»

Der junge Arzt schüttelte nicht nur seine Hand, sondern ergriff gleichzeitig seinen Oberarm und musterte ihn besorgt. «Ich sehe, du bist mit Thomasie hier», sagte er. «Eigentlich hatten wir ihn gebeten, hier nicht mehr so häufig vorbeizukommen.»

«Warum? Ein Kind wird doch wohl noch seine Mutter besuchen dürfen, oder?»

«Er stiftet nur Unruhe», erwiderte Bobby. «Er ist meistens bekifft und legt sich sogar zu ihr ins Bett. Und manchmal ist er besoffen und krakeelt hier rum. Das stört die anderen Patienten, und seiner Mutter tut er damit auch keinen Gefallen, egal wie weggetreten sie sein mag.»

«Wie ist ihr Zustand?»

«Schlecht», sagte Bobby nüchtern. «Na gut, es besteht immer eine minimale Chance, aber hier steht es eins zu einer Million. Ich fürchte, sie hat da draußen im Schnee einen irreparablen Hirnschaden erlitten.»

«Das heißt, sie kommt nie wieder aus diesem Bett heraus?»

«So weit würde ich nicht gehen. Ihr Zustand hat sich verschlechtert, und es ist kaum noch neuronale Aktivität festzustellen. Wenn sie zwischendurch mal die Augen aufschlägt, ist Thomasie immer ganz aufgeregt, dabei handelt es sich lediglich um Muskelreflexe, die nichts zu bedeuten haben.»

Mitch nickte, und Bobby verpasste ihm einen freundschaftlichen Klaps auf den Arm, ehe er den Korridor hinunterging, leise vor sich hin pfeifend, jung und voller Energie.

Als er wieder in das Zimmer trat, bot sich ihm ein erstaunlicher Anblick. Thomasie lag halb auf dem Bett, die Füße am Boden, den Oberkörper an seine Mutter gepresst, den Kopf in ihrer Halsbeuge vergraben. Offenbar spürte er Mitchs Anwesenheit, denn er richtete sich abrupt auf, wich seinem Blick aus und schob etwas unter ihr Kissen – ein Fläschchen Korn, das sich anscheinend in seinem Rucksack befunden hatte. Dann sah er Mitch verstohlen an, ohne ein Wort zu sagen. Zusammen verließen sie das Zimmer.

Draußen vor dem Krankenhaus sagte Mitch: «Vielleicht solltest du deine Mutter lieber doch nicht so oft besuchen, Thomasie. Ich bin mir nicht sicher, ob du ihr damit hilfst.»

Der Junge zuckte verlegen mit den Schultern, als hätte Mitch ihm ein Kompliment gemacht. «Ach was», sagte er. «Ich habe ja sonst nichts zu tun.» Und nun sah er Mitch direkt in die Augen.

«Reden Sie mit denen», sagte er. «Ich komme echt gern hierher.» Dann ging er davon, stemmte sich mit hochgezogenen Schultern gegen den Wind.

::::::::::::

Einige Tage vergingen, ohne dass er von Thomasie etwas sah oder hörte. Dann rief eines windigen Freitagnachmittags der junge Arzt zwischen zwei Terminen an.

«Ich wollte dir nur mitteilen», sagte Bobby, «dass Gloria Reeves heute Morgen gestorben ist. Multiples Organversagen. Thomasie war bei ihr.»

«Danke für die Information», sagte Mitch. «Und wie geht es Thomasie?»

«Er war sehr still. Hat fast nichts gesagt. Vielleicht erleichtert es ihn ja, dass sie endgültig von uns gegangen ist.»

«Vielleicht», antwortete Mitch und legte auf. Den Optimismus des Arztes fand er so unangebracht, dass es an eine Beleidigung grenzte. Allein saß er in seinem Sprechzimmer und dachte an die Frau, die im Schnee eingeschlafen war, an ihre kleine Tochter, die an ihrer kalten Brust gezittert hatte. *Die ganze Welt war weiß.* Die Vorstellung löste eine geradezu schmerzhafte Sehnsucht nach Mathieu und Martine in ihm aus, doch als er in Montreal anrief, ging niemand ans Telefon. Anscheinend hatte sie keine Lust, mit ihm zu reden.

Am nächsten Tag beschloss er herauszufinden, wo Thomasie wohnte. Was keinerlei Problem darstellte. Iqaluit war ein kleiner Ort und fast jeder mit jedem verwandt oder sonst wie verbandelt. Wie sich herausstellte, war eine der Nachtschwestern die Cousine von Thomasies Vater, doch als Mitch ihr erzählte, er habe gehört, dass er unten in Sarnia lebte, presste sie die Lippen aufeinander und schüttelte den Kopf. Sie war eine tüchtige, kompetente Krankenschwester, die in Montreal ihr Diplom gemacht hatte, bevor sie in den Norden zurückgekehrt war. Über ihr Leben in der Stadt ließ sie sich lang und breit aus, während sie sich über ihre Familie mehr oder weniger ausschwieg.

«Thomasie war ein paarmal in meiner Sprechstunde», sagte Mitch so beiläufig wie möglich.

Sie sah zu ihm auf. Sie war klein, aber kräftig und hatte lange dunkle Haare, die sie mit einem Stirnband zähmte, das ihr eine unpassende Mädchenhaftigkeit verlieh. «Er hat eine Zeit lang bei uns gewohnt», sagte sie. «George und Gloria haben schon immer zu viel getrunken, und manchmal ist Thomasie bei uns untergekrochen. Ebenso wie drei von den Kids meiner Schwester, nachdem sie mit ihrem zweiten Mann abgehauen war. Aber irgendwann müssen eben auch Kinder lernen, auf eigenen Beinen zu stehen.»

Mitch errötete, da sie instinktiv gespürt hatte, dass er sie indirekt angegriffen hatte. «Ja, natürlich», sagte er. «Ich wollte keineswegs andeuten, dass ...»

«Er ist ein netter Junge», fuhr sie fort. Ihr Blick wurde wieder weicher, und sie gab ihm die Adresse, ehe sie einen Stapel Krankenakten an sich nahm und leise den Flur hinunterging.

Und so machte sich Mitch mit einer Tüte Kekse zu dem Jungen auf. Ihm war kein anderes Mitbringsel eingefallen. Thomasies Elternhaus war, so wie die meisten Häuser in Iqaluit, ziemlich klein; im Garten stand ein weißes Dreirad mit rosafarbenen Bändern, die schlaff von den Lenkergriffen herunterhingen, außerdem lagen verdreckte Puppen und ein ausgebleichter Strandball herum. Im beständigen Sonnenlicht ließ sich unmöglich sagen, ob jemand zu Hause war. Er klopfte an der Haustür, doch im Innern des Hauses war nichts zu hören. An der Straße vor dem Haus parkte kein Wagen, aber er wusste nicht mal, ob Thomasies Familie überhaupt ein Auto besaß. Er klopfte erneut, und diesmal drang ein Geräusch an seine Ohren, das sich anhörte, als würde jemand etwas über den Boden schleifen. Er klopfte ein drittes Mal, und eine Minute später öffnete Thomasie die Tür.

Er trug eine Jogginghose, ein langärmliges Hemd und über seinen Schultern eine Bettdecke. Mitch, der ihn noch nie ohne seine rote Windjacke gesehen hatte, erschrak regelrecht darüber, wie dünn er war. Thomasie starrte Mitch an, als hätte er ihn noch nie gesehen; sein Blick schien auf alles und nichts gerichtet zu sein, und seine Haare waren ein einziges Durcheinander. Er war total bekifft.

Hinter ihm ertönte eine Mädchenstimme. «Wer ist denn da?»

«Ich habe gehört, dass deine Mutter gestorben ist», sagte Mitch. «Ich wollte wissen, wie es dir geht.» Als Thomasie nichts erwiderte, hielt er ihm die Kekse hin, die der Junge wortlos entgegennahm. Er raffte die Decke um sich, riss die Tüte auf und begann zu essen. Um ihn herum fielen Krümel zu Boden.

«Ich habe gefragt, wer da ist!», rief das Mädchen ungeduldig. «Oder wieso stehst du da in der offenen Tür?» Mitch hörte Schritte, und dann schubste sie Thomasie beiseite und musterte ihn. «Oh», sagte sie – offensichtlich war sie im Bilde, wer er war. Sie war in Thomasies Alter, trug Jeans und Kapuzenjacke und hatte ihr Haar zu einem straffen Pferdeschwanz zusammengebunden.

«Das ist meine Freundin», sagte Thomasie. «Fiona.»

«Hi», sagte Mitch verlegen, und sie nickte ihm zu.

«Er hat Kekse mitgebracht», sagte Thomasie.

«*O Mann*», sagte Fiona. «Jetzt lass ihn doch endlich rein.»

Sie zerrte Thomasie an seiner Decke zurück ins Haus und bedeutete Mitch, hereinzukommen, wies auf ein Sofa und dirigierte Thomasie zu einem Sessel vis-à-vis. Ihre Gestik war streng und bestimmt und in Anbetracht ihrer Jugend und ihrer Fragilität umso beeindruckender. Sie hatte hier die Hosen an. Mitch hatte erwartet, dass hier das nackte Chaos herrschte, doch tatsächlich war alles sauber und aufgeräumt. Überall erinnerten Dinge an die tote Mutter und das tote Schwesterchen: mit Fingerfarbe gemalte Bilder an den Küchenwänden, ein Kalender mit eingekringelten Tagen neben der Tür, darunter auf dem Boden ein Haufen von Schühchen und kleinen Stiefeln.

«Weshalb sind Sie gekommen?», fragte Fiona eher neugierig als streitlustig.

«Ich wollte mein Beileid aussprechen», antwortete Mitch, doch sie sah ihn an, als hätte er in einer fremden Sprache gesprochen. Vielleicht konnte sie sich auch einfach nicht vorstellen, was das bringen sollte. Als sie nach einer langen Pause immer noch nichts erwiderte, versuchte Mitch es anders: «Wohnst du hier?»

Sie blickte zu Thomasie hinüber, der in seinen Schoß starrte, komplett auf die Kekse fixiert. In ihrer Miene spiegelten sich gleichermaßen Enttäuschung, Besorgnis und Zuneigung. «Ich bin seine Cousine», sagte sie, bemerkte dann aber Mitchs irritierten Gesichtsausdruck. «Cousine zweiten Grades. Meine Eltern wohnen in der Nähe vom Krankenhaus. Nach der Sache mit seiner Mom bin ich hergekommen, um mich ein bisschen um ihn zu kümmern.»

«Fiona kümmert sich um alle», sagte der Junge.

«Halt die Klappe, Thomasie», sagte sie leise, aber wohlwollend.

«An unserer Schule ist sie die Beste. Sie will Rechtsanwältin werden.»

Fiona seufzte, als hätte sie all das schon tausendmal gehört, als wünschte sie, er hätte sich dieselben Ziele gesetzt.

«Prima», sagte Mitch. Er wandte sich an Thomasie: «Ich habe mir Sorgen gemacht und wollte wissen, ob so weit alles mit dir in Ordnung ist.»

Fiona sah ihn weiter an, mit einer Unmittelbarkeit, die er nicht richtig deuten konnte. Er war nicht sicher, ob sie ihm vorhielt, dass er nicht schon eher die Initiative ergriffen hatte, oder ob sie ihm durch die Blume zu verstehen geben wollte, es gut sein zu lassen. Vielleicht beides.

«Er ist ja nicht allein», sagte sie schließlich.

Mitch spürte, dass sie sich herabgesetzt fühlte. Es war, als würde er sie alle enttäuschen, all diese Frauen, die ihr Bestes taten, um die Welt um sich herum zusammenzuhalten. «Gott sei Dank», bemerkte er, womit er wiederum das Falsche gesagt hatte, da sie die Stirn runzelte und Thomasie ein leises Schnauben von sich gab.

Fiona stand auf, fragte ihn halb schulterzuckend, halb pflichtbewusst, ob sie ihm einen Tee anbieten könne, und verschwand in der engen Küche, um Wasser aufzusetzen. Thomasie hatte die Tüte mit den Keksen auf den Boden gestellt und kaute versonnen, den Blick zur Zimmerdecke gerichtet. Er hatte in den letzten Minuten rapide abgebaut, war nicht nur high bis unter die Hirnschale, sondern schien zu keinerlei Kommunikation mehr fähig zu sein – es war, als hätte er komplett aufgegeben.

Mitch beugte sich vor, versuchte irgendwie zu ihm durchzudringen. «Das mit deiner Mutter tut mir leid», sagte er. «Wie war sie denn so?»

Langsam und sichtlich mühsam richtete Thomasie den Blick – seine Augen waren rot und glasig – auf Mitch und machte eine vage Geste, als würde er eine Wassermelone in Händen halten. «Klein», sagte er.

Fiona kam mit zwei Bechern zurück. Sie reichte Mitch den einen und Thomasie den anderen, nachdem sie ihn unsanft an der Schulter gerüttelt hatte; sie schien nicht nur Freundin, sondern auch Mutterersatz für ihn zu sein. Während er mal mehr, mal minder weggetreten war, gelang es Fiona und Mitch, ein Gespräch zu führen. Er erfuhr, dass sie seit ihrem dreizehnten Lebensjahr in einem Lebensmittelladen in Iqaluit arbeitete, für ihre schulischen Leistungen mehrfach ausgezeichnet worden war und vorhatte, Jura an der Akitsiraq Law School zu studieren. Ihre Mutter arbeitete ebenfalls in dem Lebensmittelgeschäft, und ihr Vater kümmerte sich größtenteils um den Haushalt. Sie ging offenbar davon aus, dass er dieser Fakten wegen hierhergekommen war, sprach sachlich und nüchtern, klang weder beschämt noch prahlerisch.

Thomasie schlief unterdessen in seinem Sessel ein.

Nach etwa zwanzig Minuten warf Fiona einen Blick auf ihre Uhr. «Sie sollten jetzt gehen», sagte sie.

Mitch nickte, bedankte sich für den Tee und blieb an der Tür stehen, um ihr die Hand zu schütteln.

Während sie seine Hand in der ihren hielt – kühl und trocken fühlte sie sich an –, trat plötzlich ein Funkeln in ihre Augen. «Er ist ziemlich fertig», sagte sie, und nun, mit den hängenden Schultern und dem zierlichen Körper unter dem zu großen Kapuzenshirt, wirkte sie endlich wie ein Teenager. «Könnten Sie ihm vielleicht helfen?»

«Selbstverständlich», antwortete Mitch automatisch. Erst als er auf der Straße stand, wurde ihm klar, dass keine therapeutische Maßnahme der Welt Thomasies Schwester oder seine Mutter zurückbringen, sein Leben nie mehr so wie vorher sein würde. Er hatte das Mädchen nicht anlügen wollen; er hatte nur gewollt, dass sie sich, wenigstens für einen Augenblick, nicht so schrecklich einsam fühlte.

::::::::::::

An jenem Abend rief er Martine an. In der vergangenen Woche hatten sie schließlich doch ein paarmal miteinander gesprochen, aber sie war jedes Mal in Eile gewesen und hatte ihre Gespräche schnell beendet. Es gab zu viel Gesprächsstoff, vielleicht auch zu wenig. Er hatte bereits tausend Erklärungen abgegeben, und nun war kein Platz mehr für andere Dinge. Wie schon die Male zuvor erzählte er von den Menschen in Iqaluit, wie sehr ihn die Leute brauchten, welche Erfüllung er in seinem Job fand – alles Lügen oder zumindest maßlose Übertreibungen.

«Das freut mich für dich, Mitch», sagte sie müde.

Eigentlich hatten sie schon vor langer Zeit aufgehört, sich mit ihren Vornamen anzureden, hatten stattdessen Spitznamen und

Koseworte verwendet, und als sie nun seinen Namen aussprach, klang es seltsam formell, distanziert, sogar ein wenig verletzend. Er seufzte. «Wie geht es Mathieu?»

«Er hat endlich einen Freund gefunden.»

«Was? Wie ist das denn passiert?» Freundschaft war ein soziales Bedürfnis, das sich Mathieu nie erschlossen hatte.

«Im Ferienlager. Er heißt Luc. Wenn er zu uns kommt, spielt er auf seiner Playstation, Mathieu auf seiner Xbox. Sie reden nie miteinander, aber offenbar sitzen sie gern zusammen herum. Mathieu fragt mich sogar, wann Luc das nächste Mal kommen darf.»

«Das ist doch prima, Martine. Absolut erstaunlich.»

Am anderen Ende entstand eine Pause. Vielleicht glaubte sie ihm nicht, oder es traf sie ebenso wie ihn, dass er sie mit ihrem Vornamen angesprochen hatte, statt sie «Schatz» zu nennen. Und womöglich dachte sie: Schöner wär's, wenn du dich mit eigenen Augen überzeugen würdest.

«Ich muss Schluss machen», sagte sie. «Ich habe noch nichts fürs Abendessen eingekauft.»

«Okay», sagte er. «Ich freue mich schon auf euch – sind ja nur noch drei Wochen.» Er hielt weiter die Fiktion aufrecht, dass ihre Trennung zwar schmerzhaft, aber notwendig war, verursacht von äußeren Umständen, auf die sie keinen Einfluss hatten, sie aber am Ende wieder glücklich vereint sein würden.

«Ich muss dir etwas sagen», erwiderte sie. «Ich habe einen anderen Mann kennengelernt.»

«Nie im Leben», sagte er geradeheraus. Es war schlicht unvorstellbar. «Ich glaube dir kein Wort.»

Sie lachte. «Musst du ja nicht. Aber das ändert nichts daran, dass es die Wahrheit ist.»

«Ist es dieser Kollege von dir? Michel? Du weißt doch, dass er ein Arschloch ist.»

«Es ist nicht Michel. Aber wenn du es genau wissen willst: Es ist Dr. Vendetti.»

Den Namen hatte er noch nie gehört. «Wer?»

«Er ist mein Frauenarzt.»

Das brachte ihn zum Schweigen. Er konnte es nicht fassen, und der Umstand, dass ihm nie bewusst gewesen war, dass Martine überhaupt einen Frauenarzt hatte, löste so heftige Schuldgefühle bei ihm aus, dass ihm regelrecht schwindlig wurde. Es gab so vieles in ihrem Leben, dem er keinerlei Beachtung geschenkt hatte. Und obwohl er das Bild ganz bestimmt nicht heraufbeschworen hatte, sah er klar und deutlich vor seinem inneren Auge, wie dieser andere Mann die Hand zwischen Martines gespreizte Beine führte. In diesem Moment hätte er alles getan, um sie zurückzugewinnen, wünschte er sich nichts mehr, als sie nie verlassen zu haben – und ihm war bewusst, dass sie es ihm genau deshalb gestanden hatte.

«Wie gesagt, ich muss noch Besorgungen fürs Abendessen machen», sagte sie. «Also dann. Pass auf dich auf.»

Er hatte sich gerade zurechtgelegt, was er erwidern wollte, als er merkte, dass sie aufgelegt hatte.

Mitch hatte kaum Laster. Er rauchte nicht, aß meist nicht mehr als nötig und erledigte die meisten Dinge zu Fuß. Deshalb war nicht viel vonnöten, wenn er sich bis zur Besinnungslosigkeit betäuben wollte.

Um seinen Plan in die Tat umzusetzen, kaufte er zwei Flaschen Whiskey und lud Johnny zum Kartenspielen ein. Nicht mal eine Stunde später hatte er zwanzig Dollar verloren, außerdem war ihm so heiß, dass er seinen Pullover ausziehen musste. Johnny saß ihm gegenüber, ein rätselhaftes Lächeln auf den Lippen; seine von Sommersprossen übersäten Wangen waren gerötet, und um ihn herum waberte der Rauch einer Zigarette nach der anderen, was ihm die Aura eines Magiers verlieh.

«Du trinkst nicht so häufig, was?»

«Na ja, mäßig aber regelmäßig.»

«Du bist ja schon platt, obwohl du erst ein Glas getrunken hast.»

«Wie? Hatte ich nicht schon zwei?»

«Ist jedenfalls 'ne echte Kunst, beim Gin Rummy zwanzig Dollar zu verlieren.»

«Du», lallte Mitch, «bist 'n verdammter Kartenhai.»

Johnny zuckte mit den Schultern und schenkte ihm den nächsten Drink ein.

Mitch kämpfte gegen den Drang an, laut loszuheulen und ihm zu sagen, dass er sein einziger Freund war. Dabei entsprach es sogar der Wahrheit: In diesem Moment war er genau das. Johnny gewann weitere zwanzig Dollar, ehe Mitch das Bewusstsein verlor.

::::::::::::

Er hatte schon so lange keinen Kater mehr gehabt, dass er die grauenhaften Auswirkungen völlig vergessen hatte. Im ersten Moment dachte er, er hätte eine Lebensmittelvergiftung, doch dann erinnerte er sich, dass er am Abend zuvor nichts gegessen hatte. Im Zimmer hing ein widerlicher Gestank, und als er die Augen öffnete, sah er, dass er sich in einen Eimer erbrochen hatte, den Johnny ihm zu genau diesem Zweck neben das Bett gestellt haben musste. Vom Nacken bis zu den Knien tat ihm alles weh; er fühlte sich, als hätte er Fieber, und es ging ihm so miserabel, dass er nicht imstande war, auch nur an Martine zu denken. In jenem Moment war Selbstekel das einzige Gefühl, das er aufbringen konnte.

Und so hatte eigentlich alles perfekt funktioniert.

Er hatte den Tag frei und beschloss, den Rest des Morgens im Bett zu verbringen; nachmittags konnte er dann einen Spaziergang machen und anschließend sehen, ob Johnny für ein weiteres abendliches Besäufnis zur Verfügung stand. Wenn er sich ein paar Abende sinnlos betrank, würden seine Seelenwunden vielleicht heilen, und dann konnte er langsam wieder auf den Boden der Tatsachen zurückkehren. Vielleicht hatte er dann seine Gefühle wieder im Griff. Oder er fühlte überhaupt nichts mehr.

Das Licht, das durch die dünnen rosafarbenen Vorhänge fiel, verursachte ihm Kopfschmerzen. Er überlegte, ob er sich auf die andere Seite rollen sollte, kam aber zu dem Schluss, dass derart drastische Bewegungen fatale Konsequenzen nach sich ziehen würden. Der Magen drehte sich ihm um, und er schloss die Augen.

«Da hast du's dir aber gründlich besorgt», sagte eine Stimme.

Als er aufsah, erspähte er Johnny, der an seinem Bett stand. Seine Silhouette zeichnete sich vor dem Fenster ab, dessen Vorhänge er gerade aufgezogen hatte.

«Steh auf», sagte er. Er wirkte riesenhaft, ragte auf wie ein ganzes Gebirge. Dann verließ er das Zimmer, doch obwohl Mitch hoffte, er würde nicht wiederkommen, kehrte er gleich darauf mit einer Dose Pepsi und einer Handvoll Tabletten zurück, die Mitch schluckte, ohne weiter nachzufragen, worum es sich handelte.

«Bald geht's dir wieder besser», sagte Johnny.

«Danke.» Nachdem er sich aufgesetzt und sich das Kissen in den Rücken geschoben hatte, war er fast stolz darauf, es in eine halbwegs vertikale Lage geschafft zu haben. Johnny saß schweigend neben ihm, reichte ihm die Dose und befahl ihm, einen Schluck zu trinken, weit fürsorglicher, als Mitch es ihm zugetraut hätte. Während seine Kopfschmerzen langsam abebbten, wurde ihm klar, worauf Johnny wartete – dass die Wirkung der Tabletten einsetzte.

Die Dose war halb leer, als Johnny sagte: «Der Junge, von dem du mir gestern erzählt hast, dieser Thomasie. Er war heute Morgen in den Nachrichten.»

Mitch öffnete den Mund, doch kein Ton drang heraus. Er schloss ihn wieder, schmeckte die letzten, Übelkeit erregenden Spuren des Whiskeys, die süßliche Penetranz der Cola. Noch war die Nachricht zu frisch, um irgendein Gefühl bei ihm auszulösen, und er schwieg einen Moment, in der Gewissheit, dass ihn seine Gefühle wohl nur allzu bald überwältigen würden. «Was ist passiert?», fragte er dann.

«Er hat eine Flasche Wodka getrunken und sich mitten in der Nacht auf dem Highway vor einen LKW geworfen. Der Trucker ist im Krankenhaus. Kein Abschiedsbrief, gar nichts.»

Jetzt war es heraus. Eine weitere Katastrophe in einer Welt, die nur noch aus Katastrophen zu bestehen schien. Ich sollte ebenfalls Schluss machen, dachte Mitch. Seine Schultern bebten, und er wartete auf das erlösende Schluchzen – doch stattdessen revoltierte sein Magen, die Cola und die Pillen kamen ihm wieder hoch, und er erbrach sich abermals in den Eimer.

Johnny legte ihm eine Hand auf die Schulter. «Ich weiß, dass du alles versucht hast.»

«Offenbar nicht genug.»

Johnny ergriff seine Hand, als wollte er sie halten, legte jedoch lediglich Mitchs Finger um die immer noch kalte Cola-Dose. «Zieh dich erst mal an», sagte er und verließ das Zimmer.

::::::::::::

Zum ersten Mal wollten alle im Krankenhaus mit ihm reden. Alle wollten wissen, was in Thomasie vorgegangen war, was er Mitch über seine Mutter erzählt hatte. Selbst aus Montreal war ein Helikopter mit Reportern gekommen, die über die Probleme der Inuit, über Suchtkrankheiten, Armut und zerrüttete Familien berichten wollten. Mitch galt als Experte für diese Themen, und sein Telefon klingelte derart unablässig, dass er schließlich das Kabel aus der Wand riss. Er hatte nichts zu sagen.

::::::::::::

Die Trauerfeier für Thomasie und seine Mutter fand im Gemeindehaus statt. Einer der Kirchenältesten hielt die Trauerrede; von den Verwandten meldete sich niemand zu Wort. Ein Freund von Thomasie aus der Highschool spielte Gitarre und sang einen John-Denver-Song. Thomasies Vater war nirgends zu sehen. Die Schwester aus dem Krankenhaus war gekommen, ebenso wie Fiona und ihre Eltern, doch als Mitch ihr sein Beileid aussprach, sah sie durch ihn hindurch, ohne ein Wort zu erwidern. Er drückte ihr seine Visitenkarte in die Hand und bat sie, ihn anzurufen, falls sie etwas brauchte. Sie stopfte die Karte in ihre Tasche, als handele es sich um ein wertloses Stück Papier.

Als er darum bat, die Stelle wieder aufgeben zu können, wurde seinem Antrag sofort stattgegeben. Vor allem wollte er den verständnisvollen, nachsichtigen Blicken entkommen. Noch so ein Weichei aus dem Süden, schienen die Einheimischen zu denken. Sie hatten nicht erwartet, dass er länger bleiben würde, und trugen es ihm nicht nach, dass er wieder wegwollte. Hätte ihm jemand Vorwürfe gemacht, wäre es ihm vielleicht sogar möglich gewesen, zu bleiben.

::::::::::::

Als er im August nach Montreal zurückkehrte, lag sengende Hitze über der fast menschenleeren Stadt. In seiner Wohnung fühlte er sich wie in der eines Fremden. Mehrmals war er drauf und dran, Martine anzurufen, legte aber jedes Mal wieder auf. Obwohl ihm Urlaub zustand, ging er zur Arbeit, da ihm nur allzu bewusst war, dass er eine feste Struktur und die Gesellschaft von Kollegen brauchte, um den Sommer überstehen zu können. So hatte er es während schwieriger Phasen immer gemacht – er hatte freiwillig an den Wochenenden gearbeitet und seinen Tagesablauf genauestens geregelt, damit alles perfekt organisiert war.

Am Sonntagabend ging er oben auf dem Berg joggen; sein Puls schlug im selben Rhythmus wie die Trommeln, deren gedämpfter Klang vom Cartier Monument zu ihm herüberwehte. Nach den kalten Nächten in Iqaluit empfand er die schwüle, feuchte Luft als Wohltat auf seiner Haut, und seine Muskeln lockerten sich, während er alles ausschwitzte, was ihn innerlich zu vergiften drohte. Er hatte geglaubt, er würde nicht schlafen können, verfiel dann aber doch in einen traumlosen, beinahe komatösen Zustand. Als er frühmorgens erwachte, fühlte er sich, als hätte er die Nacht unter Wasser verbracht. Um halb sieben klingelte das Telefon.

«Sie sind eine Null», sagte eine Frauenstimme am anderen Ende.

«Wer ist da?»

Die Frau weinte. Rhythmisches Schluchzen drang an sein Ohr.

«Sie hätten ihm helfen müssen.»

«Wer ist da, bitte?»

«Ich hoffe, Sie verlieren auch jemanden, den Sie lieben.»

«Fiona», sagte er.

«Sie sind eine Null», wiederholte sie und legte auf.

In seiner Unterwäsche stand er im Wohnzimmer, das Telefon in der Hand, während die Morgensonne hell hinter den Vorhängen schien und die Vögel zwitscherten. Er dachte an nichts, nur an Thomasie Reeves: seine rissigen Lippen, seine rote Windjacke, sein Gesicht, wie es wohl ausgesehen haben musste, als er mit fest entschlossenem Blick auf den Highway getreten war, ins grelle Licht der Scheinwerfer, die, massiv wie Planeten, durch die fahle arktische Nacht auf ihn zugedonnert waren.

Das Freizeichen ertönte, gefolgt von einem schnellen, hohen Piepton. Mitch war glücklich. Endlich hasste ihn jemand so sehr, wie er es verdiente, und war bereit gewesen, es ihm ins Gesicht zu sagen. Wenigstens gab es einen Menschen auf der Welt, der nicht mit der Wahrheit hinter dem Berg hielt.

4

Montreal, 1996

Grace war gerade von der Arbeit nach Hause gekommen, als es klingelte. Einen Augenblick lang beschleunigte sich ihr Puls, beseelte sie die kurz aufflackernde, illusorische Hoffnung, dass es Tug war. Vielleicht war er gekommen, um ihr zu erklären, was wirklich passiert war. Um sich bei ihr zu bedanken. Da sie ihm ihren Nachnamen gesagt hatte, wäre es sicher kein großes Problem für ihn gewesen, sie ausfindig zu machen. Sie strich sich die Haare hinter die Ohren, zupfte ihren Pullover zurecht und spürte, wie sie errötete. Im selben Moment knisterte die Gegensprechanlage, und ihr wurde klar, dass es nicht Tug war.

«Dr. Tomlinson», sagte eine Mädchenstimme. «Ich bin's, Annie. Ich komme hinauf zu Ihnen.»

Sie hörte Schritte auf der Treppe, und dann sah Grace, wie Annie Hardwick unsicher, die Hand am Geländer, die letzten Stufen heraufkam, das blasse Gesicht nach oben gerichtet. Sie trug eine dicke Skijacke, die ihre dünne Gestalt kleiner erscheinen ließ, und ging gebeugt unter der Last ihres Rucksacks.

«Ich habe mir ein Taxi genommen», brachte sie keuchend hervor, als sie auf der obersten Stufe stand. «Ich wusste nicht, wo ich sonst hingehen sollte. Ich muss mich ein paar Stunden hinlegen. Ich kann nicht nach Hause – meine Mom würde die Blutung bemerken, und sie weiß, dass meine Periode jetzt gar nicht fällig ist.»

«O Gott», sagte Grace und ließ sie herein.

Das Mädchen zitterte. Unter der Skijacke trug sie ihre Schuluniform, einen kurzen Rock, eine Strumpfhose und einen Baumwollpullover über einer Button-Down-Bluse. Ihr langes Haar hatte sie mit einem dunkelblauen Haarreif nach hinten geschoben. Grace nahm ihr die Jacke ab, führte sie zur Couch und breitete eine Decke über sie.

«Meine Mom sagt, alle Frauen in unserer Familie sind damit so pünktlich dran, dass man die Uhr danach stellen kann», fuhr Annie fort. «Und da wir unsere Regel fast gleichzeitig haben, würde sie sofort merken, dass irgendwas nicht stimmt.»

«Was ist passiert?»

«Ich war beim Arzt», sagte sie. «Und dann habe ich im Telefonbuch nach Ihrer Privatadresse gesehen. Meiner Mom habe ich gesagt, dass ich bei einer Freundin zu Abend esse und um neun wieder zu Hause bin.»

Offenbar hatte sie Krämpfe, da sie sich zusammenkrümmte, die Knie bis ans Kinn zog und zu weinen begann, ohne die Tränen wieder wegzuwischen. «Ich wünschte, ich könnte einfach schlafen gehen», sagte sie mit leiser, seltsam ferner Stimme. «Ich wünschte, meine Mom wäre für mich da.»

Grace setzte sich zu ihr, bettete den Kopf des Mädchens in ihren Schoß und strich ihr übers Haar, bis sie zu weinen aufhörte und schließlich einschlief.

::::::::::::

Eine Stunde später wachte Annie wieder auf. Sie schien sich ein wenig erholt zu haben. Sie ging ins Bad, kam nach ein paar Minuten zurück und fragte, ob es etwas zu essen gäbe. Grace machte ihr eine Suppe, die Annie wie ein kleines Kind auf der Couch schlürfte. Dann reichte sie Grace die leere Schale, lächelte und rückte ihren Haarreif zurecht. «Hübsch haben Sie's hier», sagte sie. «Klein, aber fein.»

«Geht's dir wieder besser?»

«Ein bisschen.»

«Soll ich deine Eltern anrufen, damit sie dich abholen kommen?»

«Nein. Ich nehme später ein Taxi, okay? Hören Sie, es tut mir echt leid, dass ich aus heiterem Himmel hier aufgekreuzt bin, aber ich wusste wirklich nicht, was ich sonst machen sollte. Ich kann Sie ja bezahlen, für eine Extrasitzung oder so.»

Ihre Eltern hatten ihr beigebracht, sich den Weg mit Geld zu ebnen. Als Grace schwieg, errötete sie. «Es tut mir leid.»

Sie ließ sich wieder auf das Sofa zurücksinken, machte es sich diesmal fast bequem und begann zu reden, frei von der Leber weg; sie sprach offener über ihre Eltern, als sie es in Grace' Praxis je getan hatte, über ihre finanziellen Probleme und Streitereien und darüber, dass sie sowieso nicht das Geringste über ihr Leben wussten. Sie sagte, sie täten ihr leid, dass sie wegen jeder Kleinigkeit Stress machen würden und eine bessere Tochter verdient hätten.

«Es ist wie mit Ollie», sagte sie. «Einige von meinen Freundinnen verstehen nicht, warum ich mich mit ihm eingelassen habe, weil er mich manchmal echt mies behandelt. Vor Eltern und Lehrern macht er immer einen auf supernett, und alle kaufen ihm das ab, obwohl er ihnen bloß was vorspielt. Außerdem baggert er andere Mädchen an, und soweit ich weiß, macht er auch mit ihnen rum. Meine Freundinnen meinen, er nutzt mich aus, ich würde für ihn das Opfer spielen oder so was. Aber sie kapieren nicht, dass ich jemanden wie ihn *brauche*, jemanden, der so ist wie ich. Ollie und ich sind zusammen, weil wir sonst normale Menschen verletzen würden. Von den anderen Sachen habe ich ihm nichts erzählt, aber so muss ich wenigstens kein schlechtes Gewissen haben, und das hätte ich bestimmt, wenn ich mit einem netten Normalo zusammen wäre.»

«Was für Sachen?»

«Sachen eben», sagte Annie träumerisch. «Manchmal treffe ich halt andere Typen.»

«Für mich klingt das, als würdest du mit dem Feuer spielen», sagte Grace. «Und das halte ich für keine gute Idee.»

«Nee, echt nicht», sagte Annie. «Schon klar.»

Sie schlief wieder ein, und als Grace sie um halb neun weckte, setzte sie sich abrupt auf. Besorgt runzelte sie die Stirn. «Bin ich zu spät dran?», sagte sie. «Scheiße.»

Vom Telefon in der Küche rief sie sich ein Taxi. «Danke für Ihre Hilfe», sagte sie in unverhohlen unpersönlichem Ton, den Blick auf einen Punkt über Grace' linker Schulter gerichtet. Einen Moment lang schien sie zu überlegen, ihr die Hand zu schütteln, dann aber wandte sie sich mit einer ruckartigen Bewegung ab, verließ die Wohnung und stürmte die Treppe hinunter.

Grace schenkte sich ein Glas Wein ein. Sie musste sich eingestehen, dass sie einen Riesenfehler begangen hatte. Sie hatte sich von Annie in die Sache hineinziehen lassen, war Teil ihres Geheimnisses, mehr als je zuvor. Sie überlegte, ob sie Annies Eltern informieren sollte, doch irgendetwas hielt sie davon ab. Das Mädchen hatte geweint, offen mit ihr gesprochen, sich ihr anvertraut. In größter Not hatte sie an ihre Tür geklopft, und wie hätte Grace sie abweisen können?

::::::::::::

In ihrem ersten Jahr als Psychotherapeutin hatte Grace einen Patienten namens Morris Tinkerton, einen Amerikaner, der in Montreal für eine Telekommunikationsfirma arbeitete. Die gesamte erste Sitzung verbrachte er damit, ihr seinen Job bis ins kleinste Detail auseinanderzusetzen, und Grace ging davon aus, dass all diese Informationen irgendwie zum Grund seines Besuchs führen würden, ehe sie begriff, dass es sich lediglich um eine Vermeidungsstrategie handelte, die nichts mit seinem eigentlichen Problem zu tun hatte. In der zweiten Sitzung begann er von seiner Frau Suzanne zu erzählen, einer Uni-Professorin, die daheim in Minneapolis geblieben war. Nachdem er erklärt hatte, dass sie auf dem Gebiet der Gesundheitssoziologie forschte – wer welche Behandlungen bekam und warum –, ging er ebenso weitschweifig auf die Arbeit seiner Frau ein. Grace machte sich Notizen auf einem Schreibblock, während sie sich allmählich fühlte, als hätte sie ein extremer Langweiler bei einer extrem öden Dinnerparty in Beschlag genommen. Sie kam zu dem Schluss, dass sich die beiden über ihr berufliches Engagement sowohl geografisch als auch emotional auseinandergelebt hatten.

Morris war fünfunddreißig, sah aber zehn Jahre älter aus; seine Gesichtszüge waren bereits schlaff und bassettartig, und obwohl sein Poloshirt und die Khakihose seltsam kindlich wirkten, ließ ihn seine Kleidung paradoxerweise noch älter erscheinen. Er sprach mit einem melodischen, fast skandinavischen Akzent und hockte auf ihrer Couch, die Hände auf den Knien, als befände er sich angeschnallt auf einem Autositz. Als er aus heiterem Himmel jemanden namens Molly erwähnte, dachte Grace, dass sie vor Langeweile wohl überhört hatte, dass es noch eine dritte wichtige Person in ihrer Familie gab.

«Nun ja, jedenfalls war ich neulich mit Molly spazieren», sagte Morris. «Dabei habe ich über Suzanne und bestimmte Theorien in ihrer Dissertation nachgedacht.» Und: «Ich mache neuerdings so viele Überstunden, dass mir kaum noch Zeit für Molly bleibt, und das tut mir in der Seele weh.» Derartige Sätze ließen Grace irritiert in ihren Notizen blättern. Hatte er irgendwann ein Kind erwähnt? Eine Schwester oder Verwandte, die bei ihnen wohnte? Oder hatte Morris eine Affäre? Nach jener Sitzung verbrachte sie eine schlaflose Nacht und machte sich Vorwürfe, was für eine armselige und unaufmerksame Therapeutin sie war.

Dann aber ging ihr auf, dass System dahintersteckte, dass seine Gedanken hinter der Fassade aus steifem Habitus und einstudierter

Gelassenheit unablässig um ein Trauma kreisten, dem man sich nur auf Umwegen nähern konnte. Ein Trauma, das – sie begriff es in der dritten Sitzung, als er eine Leine und einen Park erwähnte – irgendwie mit einer Hündin namens Molly zusammenhing.

«Erzählen Sie mir mehr von ihr», sagte Grace. «Wie ist sie denn so.» Im ersten Moment sah Morris sie an, als hätte er einen Schlag in die Magengrube bekommen. Er zog die Wangen zwischen die Zähne, schnappte mühsam nach Luft. Dann ließ er den Blick durch das Zimmer schweifen, starrte mit feuchten Augen auf das Plakat hinter ihr wie auf einen fernen Horizont. «Als wir sie bekommen haben, war sie noch ein Welpe, nur ein kleines Fellbündel, nicht viel größer als ein Nadelkissen. Ehrlich, das können Sie sich nicht vorstellen. Inzwischen wiegt sie beinahe so viel wie Suzanne. Fast 45 Kilo. Klar, eine Menge davon ist natürlich Fell. Würde man sie rasieren, wären es bestimmt gleich fünf Kilo weniger.» Er lachte bei dem Gedanken, leise und herzlich, als hätte er schon öfter darüber nachgedacht.

«Also kümmern Sie sich hauptsächlich um den Hund?», sagte Grace.

«Ich?», sagte Morris perplex. Ihre Wortwahl schien ihm gegen den Strich zu gehen, da seine sonst stets so beherrschten Hände plötzlich nervös aufflatterten, ehe sie wieder wie große fahle Motten in seinen Schoß zurücksanken. «Irgendwie schon. Obwohl es mir eher so vorkommt, als würde sie sich um mich kümmern. Wenn ich abends nach Hause komme, gehen wir zusammen in den Park und spielen Stöckchenbringen, und wenn wir wieder zu Hause sind, machen wir es uns zusammen auf dem Sofa gemütlich – und wenn sie dann neben mir liegt, fühle ich mich jedes Mal, als ob es eigentlich sie ist, zu der ich nach Hause komme.»

«Und was ist mit Suzanne?», fragte Grace.

«Sie versteht Molly nicht», platzte er mit ungewohnter Heftigkeit heraus. «Sie hat keine Ahnung von ihr! Dauernd spricht sie in dieser Babystimme mit ihr: ‹Was willst du denn, Süße? Ja, komm mal her, meine Süße!› Jedem geistig halbwegs gesunden Menschen wäre doch wohl klar, dass sie Gassi gehen will. Genauso gut könnte Molly ihr ein Schaubild unter die Nase halten.» Er schüttelte den Kopf. «Das treibt mich in den Wahnsinn.»

Den Rest der Sitzung verbrachten sie damit, seine Erwartungen zu diskutieren, sprachen darüber, warum es für ihn so wichtig war, dass seine Frau den Hund «verstand». Morris regte sich derart auf, dass ihm die Haare an den schweißnassen Schläfen klebten, und mehr denn je sah er wie ein kleiner Junge aus. Grace vermutete, dass Molly Platzhalter für seinen eigenen Frust war, dafür, dass er sich verlassen und zurückgewiesen fühlte, weil Suzanne nicht mit nach Montreal gekommen war. Am Ende der Sitzung hatten sie echte Fortschritte gemacht, und auch Morris schien müde, aber glücklich.

Sie war davon so überzeugt, dass sie zunächst kein Wort herausbekam, als er zu ihrer nächsten Sitzung mit einem Hund erschien.

«Da wir schon so viel über sie gesprochen haben, dachte ich, Sie sollten die berühmte Molly mal persönlich kennenlernen», sagte er, und Grace verspürte ein Stechen in ihren Schläfen. Erst drückte sich die Hündin mit dem Rücken an seine Schienbeine, dann legte sie den Kopf in seinen Schoß. Sie war riesig; das zottige schwarze Fell verdeckte ihre Augen. Morris streckte die Hand aus, rubbelte ihre Brust und gab kehlige, liebevolle Laute von sich. Was Grace derart befremdete, dass sie sich kerzengerade aufsetzte und hüstelte.

«Seit Molly in mein Leben getreten ist, hat sich alles verändert», sagte er. «Sie gibt mir das Gefühl, ein besserer Mensch zu sein, und wir verstehen uns blind. Sie gibt mir *Ruhe und Kraft*.»

«Vieles deutet darauf hin, dass Haustiere helfen können, Ängste und Depressionen abzubauen», sagte Grace. «Aber glauben Sie, dass Ihre Ehe ...»

«Eine kurze Frage», unterbrach sie Morris, während er seine große Hand zärtlich auf Mollys wuscheligen Kopf legte. «Finden Sie es seltsam, wenn man seinen Hund mehr liebt als seine Ehefrau?»

Grace musterte ihn eingehend. «Ich denke, wir alle wünschen uns manchmal, unsere Beziehungen wären von derselben bedingungslosen Zuneigung erfüllt, die wir gegenüber Tieren empfinden.»

Morris schüttelte den Kopf. «Ich habe nicht von Zuneigung gesprochen. Ich *liebe* Molly. Sie ist wunderschön, ein edles Tier. Ihre Existenz auf dieser Erde ist ein Wunder, und ich würde alles tun, um sie glücklich zu machen. Bei Suzanne habe ich nie so etwas gefühlt, nicht mal während unserer Flitterwochen.»

Grace beschloss, lieber behutsam vorzugehen. «Damals haben Sie Suzanne bestimmt in einem» – zuerst kam ihr das Wort *romantisch* in den Sinn, aber dann nahm sie davon doch lieber Abstand – «optimistischeren Licht gesehen.»

«Optimistisch?», erwiderte Morris ungeduldig. «Das habe ich nicht gemeint. Ich liebe alles an Molly – ihre Augen, ihren Körper, die Art, wie sie sich an mich presst, so wie jetzt auch. Sie ist meine Heimat. Sie ist mein *Zuhause*.»

Grace ließ ihren Federhalter sinken. Sie wusste, dass sie sich kein vorschnelles Urteil bilden durfte. Und trotzdem war man tagtäglich gezwungen, Urteile zu fällen und Entscheidungen zu treffen – links oder rechts, richtig oder falsch. «Glauben Sie nicht, Morris», sagte sie leise, «dass es uns leichter fällt, einen Hund zu lieben, weil er keine Widerworte gibt?»

Der große, kindliche Mann, der vor ihr saß, begann zu weinen; es waren die kümmerlichen, krampfhaft hervorgepressten Tränen eines Menschen, der nur selten weint. «Manchmal wünschte ich», sagte er, «Molly und ich könnten ganz für uns sein. Dass Suzanne uns ein für alle Mal in Ruhe lassen würde. Sagen Sie nichts. Ich weiß selbst, dass ich Unsinn rede. Es ist einfach lächerlich.» Er gab ein leises, gequältes Stöhnen von sich, und als der Hund plötzlich auf die Couch sprang, sein Gesicht ableckte und sich auf seinem Schoß wand, lächelte er durch seine Tränen hindurch. «Ich liebe sie», sagte er.

::::::::::::

Es ist unmöglich, einen Hund nicht so wie ein Haustier, sondern wie einen anderen Menschen zu lieben. Das wäre so, als würde man von einem Kind erwarten, sich wie ein Erwachsener zu verhalten, oder von seinem Partner verlangen, stets Liebe zu geben, ohne jemals etwas zurückzubekommen, oder stets Liebe zu empfangen, ohne diese je zu erwidern – eine Phantasie, eine Weigerung, sich den komplexen, oft undurchsichtigen Erfordernissen zu stellen, die jede echte Beziehung definieren. All das versuchte Grace ihrem Klienten zu erklären, während er eine 45-Kilo-Hündin auf seinem Schoß wiegte. Morris hörte ihr zu, nickte und trocknete seine Wangen. «Danke sehr», sagte er schließlich und verließ ihre Praxis. Er kam nie wieder.

::::::::::::

Als sie John Tugwell wiedersah, kam ihr unwillkürlich Morris in den Sinn – weil ihr bewusst war, dass es keinen vernünftigen Grund für ihr übersteigertes Interesse an ihm gab, dass er tausend Probleme hatte und sie höchstwahrscheinlich mit hineinziehen würde. Doch bei seinem Anblick durchströmte sie ein derartiges Glücksgefühl, dass ihr der Atem stockte. Und obwohl sie all ihren gesunden Menschenverstand zusammenzunehmen versuchte, konnte nichts dieses Glücksgefühl zunichtemachen und sie auf den Boden der Tatsachen zurückholen.

Bis dahin hatte sie sich eingeredet, dass sie nur nach einem Geburtstagsgeschenk für ihre Freundin Azra suchte. Dass ihr Abstecher in dieses Schreibwarengeschäft in Westmount nichts mit dem Vorfall auf dem Berg zu tun hatte. Dann sah sie ihn. Er stand am anderen Ende des Ladens hinter einem Tresen und zeigte einem Pärchen einen Katalog mit Hochzeitseinladungen. Als sie hereinkam, warf er ihr einen Blick zu, doch keiner von ihnen lächelte oder nickte auch nur. Mit heftig klopfendem Herzen wandte Grace sich ab und nahm ein paar in Leinen gebundene Tagebücher in Augenschein. Im Hintergrund hörte sie seine Stimme, während er seinen Kunden geduldig Papiersorten und Preise nannte.

Eine Verkäuferin mit platinblondem Haar trat zu ihr und fragte: «*Est-ce que je peux vous aider?*» Grace schüttelte den Kopf. Sie hatte die Kappen von bestimmt hundert Federhaltern abgeschraubt und jede einzelne Glückwunschkarte betrachtet, ehe sie sich schließlich für eine entschied und ein Tagebuch als Geschenk für ihre Freundin kaufte. Er wartete noch immer, dass sich das Hochzeitspaar endlich einigte, doch die Frau schien sich nicht entscheiden zu können.

«Ich glaube, ich würde lieber noch mal mit meiner Mutter reden», sagte sie.

«Sie ist mit deiner Wahl bestimmt einverstanden», wandte ihr Verlobter ein.

«Aber meine Mutter hilft mir sonst auch immer», erwiderte sie.

Die blonde Frau, die Grace' Einkäufe in die Kasse tippte, grinste süffisant. «Ich gebe den beiden ein Jahr», murmelte sie.

Grace nickte mechanisch und nahm die Einkaufstüte entgegen. Gerade wollte sie den Laden verlassen, als sich das junge Paar bei Tug bedankte und ging.

«Ich mache mich überhaupt nicht von meiner Mutter abhängig», sagte die Frau. «Ich vertraue einfach auf ihr Urteil. Ist doch gut, eine zweite Meinung einzuholen.»

«Wie wär's mal mit meiner?», erwiderte ihr Verlobter.

Tug lächelte ironisch in sich hinein, als Grace, um eine möglichst beiläufige Miene bedacht, auf ihn zuging. Sie legte ihre Plastiktüte auf den Tresen und sagte: «Könnten Sie mir ein paar Einladungskarten zeigen?»

«Heiraten Sie?»

«Nein.»

«Um was für einen Anlass geht es denn?»

«Um keinen speziellen.» Sie sah kurz über die Schulter zu der Verkäuferin hinüber. «Ich wollte mich einfach nur mal erkundigen.»

«Hypothetische Einladungen also», sagte er und schlug eins der vor ihm liegenden Alben auf.

Als sie sich zu ihm beugte, spürte sie die Wärme, die von ihm ausging. «Ich habe mich nur gefragt, wie es Ihnen geht», sagte sie.

«Alles okay.»

«Wo sind denn Ihre Krücken?»

«Ich bin längst wieder auf dem Damm.» Er bemerkte, wie sie einen Blick auf seinen Hals warf – die leichte Rötung konnte man leicht mit einem Ausschlag verwechseln – und errötete.

«Und sonst?», sagte sie.

«Wunderbar», sagte er. «Alles bestens.»

«Sie müssen mich nicht so abblitzen lassen», sagte sie. «Ich werfe Ihnen nichts vor und will auch nichts von Ihnen. Ich habe mir bloß Sorgen gemacht.»

«Warum?» Er klang eher erstaunt als verärgert. «Ich lerne eher selten Menschen kennen, die sich so sehr für mein Wohlergehen engagieren.»

Grace hielt seinem Blick stand. «Und ich lerne selten Menschen unter solchen Umständen kennen wie Sie.»

«Es tut mir leid, dass ich Sie in mein Leben hineingezogen habe», erwiderte er. «Das hatte ich nicht geplant.»

«Keine Ursache», sagte sie.

Sie nahm ein teures Büttenpapier-Muster aus dem Album und notierte mit einem der schicken Federhalter ihren Namen, Adresse und Telefonnummer. «Das bin ich», sagte sie. «Sie können mich jederzeit anrufen, wenn Sie wollen.»

«Und wenn ich's nicht tue?», gab er zurück. «Lassen Sie mich dann in Ruhe?»

Grace war einen Moment lang sprachlos. «Ich weiß es nicht», sagte sie dann.

Ein weiteres Lächeln, gleichermaßen erstaunt, zynisch und amüsiert, erschien auf seinen Zügen, und plötzlich sah er wie ein anderer Mensch aus, jünger und weicher. Nun fiel ihr auch auf, wie attraktiv er war. Er hatte ein hübsches Lächeln, ebenmäßige weiße Zähne und ein Grübchen auf der linken Seite. «Sie sind irgendwie anders», sagte er. «Vielleicht komme ich noch dahinter, inwiefern genau.»

Sie erwiderte sein Lächeln. Im selben Augenblick räusperte sich die blonde Verkäuferin, um ihn auf neue Kunden aufmerksam zu machen, und so nahm sie ihre Tüte und ging.

Natürlich rief er nicht an. Sie hatte auch nicht damit gerechnet. Sie waren Fremde. Also bemühte sie sich, alles zu vergessen – ihn, den Vorfall auf dem Berg, sein unerwartet weiches Lächeln. Doch in stillen Momenten, wenn sie nach Hause fuhr, Wäsche zusammenlegte oder unter der Dusche stand, flackerten Bilder vor ihrem inneren Auge auf. Keine Erinnerungen, sondern Bilder von Dingen, die sie nicht gesehen hatte: Tug, wie er auf seinen Skiern in den Wald glitt. Wie er die Schlinge um seinen Hals legte. Seinen Körper, der schwer und lautlos in den Schnee fiel. Wie er darauf gewartet hatte, dass sie vom Chalet zu ihm hinunterkam, darauf, von ihr gefunden zu werden.

::::::::::::

Das Wetter brachte sie auf eine Idee. Als sie am Samstagmorgen erwachte, hatte frisch gefallener Schnee die Welt in weiche Konturen gehüllt. Draußen schaufelten die Leute ihre Autos frei, Räumfahrzeuge pflügten durch die Straßen und streuten Salz. Ihr Nachbar, Mr. Diallou, war gerade dabei, seinen Wagen vom Schnee zu befreien, als der nächste Schneepflug vorbeidonnerte und ihn erneut zuschüttete. Er hob die Faust und rief dem Fahrer einen Fluch hinterher. Grace lächelte. Sie hatte einen Plan.

Sie rief in dem Papierwarenladen an und fragte nach ihm. Als ihr der Chef sagte, dass er freihatte, räumte sie ihren Wagen frei, holte ihre Ausrüstung und fuhr zu seiner Wohnung. Es war kurz vor zehn.

Dann stand er in der Tür. Er trug einen dicken grauen Pullover und Jeans und befand sich offensichtlich noch im Halbschlaf; seine Lider waren schwer, und seine Sachen sahen aus, als wäre er in ihnen eingenickt.

«Wie wär's mit einem kleinen Skiausflug?», sagte sie.

Sie bemerkte keine Spur von jenem distanzierten Zynismus, der sich sonst in seinen Zügen gespiegelt hatte; vielleicht war es ihm nicht gelungen, rechtzeitig seine Maske aufzusetzen. «Wollen Sie einen Kaffee?», fragte er.

Sie folgte ihm hinein und zog ihre Stiefel aus; stirnrunzelnd fragte sie sich, weshalb er ihren Vorschlag überhört hatte. Sie öffnete den Reißverschluss ihrer Skijacke, während er ihr einen Kaffee einschenkte. Auf dem Tisch stand seine eigene Tasse sowie ein Teller mit Krümeln, neben dem eine Zeitung lag. Geistesabwesend fuhr er sich durch die Haare; seine Locken standen in alle Richtungen ab, und er hatte tiefe Ränder unter den Augen.

«Milch? Zucker?»

Sie schüttelte den Kopf. Er wies auf den Stuhl, der seinem Platz gegenüberstand, und sie setzte sich. Sie verstand es als Willkommensgeste, als er einen Teil der Zeitung zu ihr hinüberschob. Es war der Wirtschaftsteil, und sie las ihn sorgfältig durch, während sie ihren Kaffee trank, als wollte er sie womöglich anschließend dazu befragen. Die Einkünfte der Laurentian Bank waren gestiegen. Bei einem Unfall in einer Diamantenmine in Botswana waren vier Menschen zu Tode gekommen. Tug gähnte, blätterte in seinem Teil und kommentierte den einen oder anderen Artikel mit einem Kopfschütteln.

Eine Viertelstunde verging. Von dem Hund war nirgends etwas zu sehen, und sie fragte sich, ob seine Exfrau das Tier abgeholt hatte. Und, falls ja, ob er ihr von seinem Selbstmordversuch erzählt hatte.

Erneut fuhr er sich durch die Haare, wobei er sie noch mehr zerstrubbelte. «Vor dem ersten Kaffee ist mit mir nicht viel anzufangen. Früher, als ich noch viel mit dem Auto unterwegs war, habe ich mir immer eine Thermoskanne mitgenommen. Alle haben sich immer darüber lustig gemacht, dass ich nicht in die Gänge kam, und Marcie ist schier verrückt geworden. Beim Frühstück hat sie mir von ihren Träumen erzählt und von ihren Plänen für den Tag, und eine halbe Stunde später habe ich sie dann angesehen: ‹Hast du irgendwas gesagt?›»

Es war das erste Mal, dass er etwas von sich aus erzählte, und sie nickte nur, da sie ihn nicht unterbrechen wollte.

«Kein Wunder, dass sie mich verlassen hat», sagte er, klang aber nicht verbittert dabei.

Sie lächelte ermutigend, während er ihr erst prüfend ins Gesicht sah, dann den Blick über ihre Kleidung schweifen ließ.

«Hatten *Sie* irgendwas gesagt?»

«Ich hatte gedacht, wir könnten vielleicht zusammen Ski fahren.»

Es war, als würde er den Schnee erst jetzt bemerken, als er aus dem Wohnzimmerfenster sah. «Ich kümmere mich nie ums Wetter», sagte er leise, wie zu sich selbst. «Was stimmt bloß nicht mit mir?»

Grace schwieg. Es kam ihr wie eine rhetorische Frage vor, ganz davon abgesehen, dass sie die Antwort nicht kannte.

«Ich würde gern mitkommen», sagte er nach einer Pause, «aber ich habe keine Ski mehr.» Er sah sie an und zuckte mit den Schultern, und plötzlich war die Erinnerung an jenen Tag wieder da, an dem sie sich kennengelernt hatten.

«Ich habe Ihnen welche mitgebracht», sagte Grace. Als er die Stirn runzelte, erklärte sie: «Sie haben meinem Exmann gehört. Er war ungefähr so groß wie Sie. Die Skier müssten jedenfalls ihren Zweck erfüllen. Ihre Stiefel haben Sie doch noch, oder? Seine könnten Ihnen zwar passen, aber ich bin mir nicht sicher.»

Tug blies die Wangen auf und ließ dann langsam die Luft entweichen. Offensichtlich war er froh, dass sie ihm keine neuen Ski *gekauft* hatte.

«Das Schicksal aller Geschiedenen», sagte er. «Überall stehen alte Sachen herum.»

Grace beugte sich über den Tisch und berührte ihn am Handgelenk, so plötzlich, dass ihr die Geste erst bewusst wurde, als es bereits zu spät war. Sie spürte seine warme Haut und den Schmetterlingsschlag seines Pulses. Als sich ihr Blick mit dem seiner ruhigen, grünen Augen traf, wusste sie, dass die gleichsam elektrische Spannung, die zwischen ihnen herrschte, nicht nur von ihr ausging. Und auch er errötete.

«Lassen Sie uns einfach fahren», sagte sie. «Bevor Sie es sich noch anders überlegen.»

::::::::::::

Statt zum Mount Royal zu fahren, nahmen sie die Trans-Canada zu einem Naturpark auf West Island. In den ersten Jahren ihrer Ehe war sie dort oft mit Mitch langlaufen gewesen. Sie hatte die Familien um sich herum beobachtet, die mit Kindern und Hunden unterwegs waren, und gedacht, sie würde ihre Zukunft vor sich sehen. Eins hatte sie definitiv nicht vor ihrem inneren Auge gesehen: sich und Tug, zwei Menschen, die sich so gut wie überhaupt nicht kannten und nun dabei waren, Skier und Stöcke zu entladen. Während der Fahrt hatten sie sich nicht viel zu sagen gehabt, aber sie war trotzdem nicht unglücklich. Sie war froh, dass er mitgekommen war, und außerdem freute sie sich auf die Skitour.

Dann machten sie sich auf in den Wald. Tug fuhr voran, bewegte sich rhythmisch und behände. Mit Mitchs Skiern schien er gut klarzukommen. Alte Spuren waren von frischem Schnee bedeckt, und beide fühlten sie das beglückende Knirschen und die feste Struktur der Loipe unter ihren Brettern. Vor sich sah sie ihren Atem. Links und rechts der Loipe sprenkelten Piniennadeln den Schnee. Als sie einen Hügel hinaufstiegen, hörte sie Tug leise schnaufen. Die Sonne schien. Während sie ihm zusah, dachte Grace unvermittelt: *Du musst doch verrückt sein, nicht mehr leben zu wollen.*

Eine halbe Stunde später erreichten sie eine Lichtung und legten eine Pause ein, um wieder zu Atem zu kommen. Ein paar Wintervögel pickten an den kahlen Bäumen. Als sie ihn fragte, ob er einen Schluck Wasser wolle, wandte er sich zu ihr um. Seine Wangen waren rot, seine Augen hell und klar. Er schien bester Dinge zu sein.

«Als ich in Genf gelebt habe», sagte er, «bin ich dauernd Ski gefahren. Ich habe sogar für einen Biathlon trainiert. Aber dann musste ich wieder zurück, bevor ich teilnehmen konnte.»

«Was haben Sie denn in Genf gemacht?», fragte Grace.

Er reichte ihr die Flasche zurück und bückte sich, um seinen Stiefel in der Bindung zurechtzurücken. «Austauschstudent», sagte er, ohne zu ihr aufzusehen.

Sein ausweichender Tonfall ließ darauf schließen, dass er log, aber sie verzichtete darauf, weiter nachzuhaken. «Die Schweizer Berge sind bestimmt spektakulär», sagte sie. «Aber das hier ist auch nicht schlecht.»

«Nein.» Sie konnte seine Miene nicht deuten, hoffte aber, sie sollte seine Erleichterung darüber ausdrücken, dass sie keinen Druck auf ihn ausgeübt hatte. «Ganz und gar nicht.»

Sie setzten ihren Weg fort, diesmal mit Grace vorneweg. Einige Zeit später begegneten sie einem Paar mittleren Alters, das mit zwei großen Hunden unterwegs war. Tug blieb stehen und unterhielt sich kurz mit ihnen über das Wetter, die Schneebedingungen und darüber, wie viel Auslauf Hunde brauchten, sehr viel freundlicher, als er je mit ihr gesprochen hatte. Mit seinem vom Wind geröteten Gesicht sah er jünger und gesünder aus, und sein beiläufiges Lächeln verlieh seinen Zügen eine andere Aura.

Inzwischen war es Mittag, und der Naturpark wimmelte nur so von Neuankömmlingen, Kindern und Hunden. Es hatte wieder zu schneien begonnen. Wie Watte rieselten dicke Flocken vom Himmel. Es wurde wärmer; schmelzender Schnee machte die Loipe rutschig, und sie zogen wortlos das Tempo an. Grace öffnete den Reißverschluss ihrer Jacke und verstaute ihre Mütze in der Tasche, und plötzlich fiel ihr auf, dass sie Tug noch nie mit Mütze gesehen hatte. Allmählich dachte sie über ihn, als würden sie sich schon seit einer Ewigkeit kennen.

Der letzte Teil der Loipe führte bergauf, zurück zur Hütte, und sie sprinteten die kleine Anhöhe mit weit gespreizten Beinen hinauf. Hinter sich hörte sie den Stakkatorhythmus seines Atems, doch sobald sie langsamer wurde, holte er sofort auf, weshalb sie ihre letzten Reserven mobilisierte, da sie keinerlei Schwäche zeigen wollte. Als sie die Hügelkuppe erreichten, brannten ihre Muskeln. Die letzten Meter liefen sie wie bei einem Rennen, kämpften sich mit immer größeren Schritten vorwärts, bis der Schnee schließlich von Fußstapfen übersät war, ihre Skier auf zertrampeltem Eis und Kies knirschten und ihr Wettlauf notgedrungen zu Ende war – viel zu früh, wie sie fand.

Tug lächelte sie an. «Tja», sagte er. «Da haben Sie's mir aber ganz schön gezeigt.»

«Ich bin früher Rennen gefahren.»

Er zog eine Augenbraue hoch. «Ich sehe Sie förmlich vor mir. In einem Rennanzug mit einer Nummer drauf. Immer voll auf Sieg gepolt, es sei denn, jemand hat sich verletzt oder war sonst wie in Schwierigkeiten. Dann haben Sie sofort die Piste verlassen.»

Sie war sich nicht sicher, ob das ein Witz sein sollte, und sah ihn argwöhnisch an. «Gegen meinen Ehrgeiz war kein Kraut gewachsen», erwiderte sie, und er lachte.

Sie verstauten die Ski im Wagen und fuhren zurück. Reifenspuren zogen sich durch den graubraunen Schneematsch auf dem Highway; der Wagen roch nach Schweiß und nasser Wolle. Die Wärme der Heizung machte sie beinahe gefährlich schläfrig. Wie Tug sich fühlte, wusste sie nicht. Erschöpft oder entspannt saß er neben ihr, an die Beifahrertür gelehnt.

Sie hielt in zweiter Reihe vor seinem Haus und wartete.

«Netter Ausflug», sagte Tug. Er klang, als hätte ihn das überrascht. «Gut, dass Sie vorbeigekommen sind.»

«Das freut mich. Ich hatte gehofft, dass es Ihnen gefallen würde.»

«Unglaublich, die ganzen Leute da draußen, die einfach nur Spaß am Schnee und der Natur haben. Manchmal vergesse ich ganz, dass Menschen tatsächlich solche Dinge tun.»

«Dass sie sich amüsieren?»

Ungeduldig runzelte er die Stirn. «Nein, dass Menschen zusammen auf die Piste gehen, an Orten, wo auch andere Leute sind, und trotzdem Spaß dabei haben. Ich bin eigentlich schon immer allein gefahren.»

Sie nickte. Normalerweise fuhr sie ebenfalls allein in die Berge, um die aufreibenden Stunden in der Praxis, die endlosen Gespräche, Diskussionen und Probleme zu vergessen.

«In der Schweiz bin ich immer dorthin gefahren, wo sonst weit und breit keine Menschenseele war. Aber vielleicht hätte ich ja mehr Spaß gehabt, wenn ich an belebteren Orten Ski gelaufen wäre.»

«Als Sie als Austauschstudent in Europa waren.»

Sie dachte, sie hätte ganz beiläufig gesprochen, doch Tug schien es als Herausforderung zu verstehen. «Ich geb's zu. Ich war nicht als Austauschstudent dort.»

«Ich wollte Ihnen keine Lüge unterstellen.»

«Es war aber eine.»

«Okay», sagte sie.

Eine Pause entstand. Offenbar erwartete er, dass sie ihn nach der Wahrheit fragte, doch sie schwieg. Sie dachte an die Tiere, die sie als Kind gerettet hatte, die streunenden Katzen und herrenlosen Hunde. Sie hatte gelernt, dass man ihnen nicht gut zuredete oder hinter ihnen herlief, sondern wartete, bis sie von selbst zu einem kamen.

Als Tug die Beifahrertür öffnete, wehte kalte Luft in den Wagen.

Er setzte einen Fuß auf die Straße, lächelte sie mit glänzenden Augen an und sagte: «Das war in einem anderen Leben.»

Sie nickte. «So eins hatte ich auch schon mal.»

::::::::::::

Sie war todmüde und spürte jeden einzelnen erschöpften Muskel bis tief in die Knochen, als sie an jenem Abend zu Bett ging. Sie glaubte, dass sie von ihm träumen würde, doch falls sie das tatsächlich getan hatte, waren die Bilder im tintenfarbenen Dunkel ihres Schlafs verweht, und am nächsten Morgen konnte sie sich an nichts erinnern.

::::::::::::

Am folgenden Abend konnte sie nicht einschlafen. Ununterbrochen kreisten ihre Gedanken um all die Dinge, die sie in der kommenden Woche erwarteten – lauter Brandherde und wenig Erfreuliches. Zum Beispiel musste ihr endlich eine Lösung einfallen, wie sie mit Annie und ihren Eltern verfahren wollte. Und so war sie noch wach, oder zumindest nicht ganz eingeschlafen, als gegen drei Uhr morgens das Telefon klingelte.

«Was machen Sie gerade?» Tugs Stimme klang schleppend und undeutlich. Er war offensichtlich betrunken.

«Eigentlich wollte ich schlafen, aber irgendwie kriege ich kein Auge zu.» Das Telefon zwischen Ohr und Schulter geklemmt, setzte sie sich auf. Von draußen hörte sie entfernte Verkehrsgeräusche, und durch die Vorhänge drang das winterliche Schimmern des Schnees auf der Straße ins Zimmer.

Eine lange Pause entstand, ehe er sagte: «Dann bin ich ja froh, dass ich Sie nicht geweckt habe.» Die Pause ließ keinen Zweifel daran, dass er daran wohl kaum einen Gedanken verschwendet hatte.

«Und was machen Sie?», fragte Grace zurück.

«Ich befinde mich gerade in einem tiefen, schwarzen Loch. Und da dachte ich, am besten rufe ich Sie an.»

«Das freut mich.» Grace versuchte sich vorzustellen, wie er allein in seiner dunklen Wohnung in seinem Bett lag und sich durch die lockigen Haare fuhr. «Natürlich nicht, dass Sie sich in einem schwarzen Loch befinden. Das gefällt mir ganz und gar nicht.»

«Ach, mir schon», sagte Tug. «Alles ganz schön aufregend.»

Auf keinen Fall wollte sie ihn in seinem Sarkasmus bestärken. Stattdessen konzentrierte sie sich auf das Schweigen zwischen ihnen, die Kadenzen seines Atems. «Und was hält Sie wach?», fragte sie schließlich.

«Inzwischen sind's die Drinks», antwortete Tug.

«Und davor?»

«Ich habe ein schlechtes Gewissen, weil ich Sie belogen habe», sagte er; keine Antwort auf ihre Frage, sondern ein neuer Gesprächsfaden. «Und Sie haben es auch noch bemerkt. Daran liegt es wahrscheinlich auch, dass andere Menschen nicht gern Zeit mit Ihnen verbringen, Grace. Weil Sie merken, wenn andere lügen, und es ihnen auch noch auf den Kopf zu sagen.»

Das versetzte ihr einen Stich. «Andere Menschen verbringen nicht gern Zeit mit mir? Wie kommen Sie denn darauf?»

«Ihr Sozialleben scheint mir nicht besonders ausgeprägt zu sein. Und Sie verwenden eine Menge Energie darauf, sich mit Leuten wie mir anzufreunden, warum auch immer. Außerdem sind Sie geschieden.»

«Sie doch auch.»

«Sehen Sie?», gab er zurück. «Genau das meinte ich.»

Tug lag falsch, dachte Grace; sie hatte durchaus Freunde. Andererseits musste sie zugeben, dass er auch nicht ganz unrecht hatte. Was Männer anging, war sie neugierig genug, um sich mit ihnen einzulassen, doch entweder zogen sie sich über kurz oder lang zurück, als wäre sie ihnen zu anstrengend, oder sie breiteten ihre Lebensgeschichten vor ihr aus, erzählten ihr alles – «Du kannst echt gut zuhören, Grace» – und suchten sich eine andere Frau. In letzter Zeit hatte sie sich kaum noch mit jemandem verabredet. Während ihre Freundinnen älter wurden, sich vorrangig ihren Ehen und Kindern widmeten, fühlte sie sich mehr und mehr isoliert. Sie kam sich vor, als wäre sie auf ihrer privaten Insel gestrandet, und manchmal vergingen Wochen, ohne dass sich in ihrem Leben etwas ereignete.

Aber Tug hatte ihre Neugier geweckt. «Und inwiefern haben Sie mich belogen?»

Er senkte die Stimme und sprach so leise weiter, dass sie ihn nur schwer verstehen konnte. «Ich war nie als Austauschstudent in der Schweiz. Und in dem Schreibwarenladen habe ich auch nicht immer gearbeitet. Eine Zeit lang hatte ich mich in Genf niedergelassen, dann war ich drüben in Mittelamerika und Afrika, und schließlich bin ich wieder hier gelandet. Ich war schon immer ein unruhiger Charakter, und vielleicht ist das mein Problem – dass ich wieder nach Hause zurückgekehrt bin.»

«Sind Sie ein Spion?», fragte Grace.

«Früher. Jetzt nicht mehr.»

Abermals lauschte sie dem Schweigen, das sich zwischen ihnen ausbreitete, ein improvisiertes Gemeinschaftsprojekt, wie ein Stück Schnur zwischen zwei Blechdosen.

«Das war ebenfalls gelogen. Das mit dem Spion, nicht die geografischen Angaben.» Er war kaum noch zu verstehen, und sie sah ihn genau vor sich, den Kopf auf dem Kissen, das Telefon wie ein Schoßtier neben sich.

«Ah», sagte sie.

Am anderen Ende klang es, als würde er den Hörer wieder näher zu sich heranziehen. Er räusperte sich, als wolle er etwas sagen, doch dann legte er unvermittelt auf – ob versehentlich oder absichtlich, wusste sie nicht. Er rief nicht noch einmal an.

::::::::::::

Am nächsten Tag arbeitete sie wieder. Nie war sie dankbarer gewesen für den Rhythmus der einstündigen Sitzungen, widmete sich voll und ganz ihren Klienten. Nur während ein paar freier Minuten erinnerte sie sich an seinen seltsam vertraulichen Tonfall, die Intimität seiner nächtlichen Stimme. Sie widerstand der Versuchung, sich ihrer Erinnerung zu ergeben. Sie wollte den Leuten gegenüber fair sein, die ihre Hilfe benötigten, sich voll auf sie konzentrieren, und sie sagte sich, dass sie ein andermal so viel über ihn nachdenken konnte, wie sie wollte.

Als wolle er sie dafür belohnen, rief er abends um halb acht an. Er war wieder nüchtern, sprach übertrieben betont und leicht stockend. «Ich wollte mich bei Ihnen entschuldigen», sagte er. «Wegen letzter Nacht.»

«Keine Ursache.»

«Wirklich?», sagte er. «Ich dachte, ich wäre bei Ihnen unten durch.»

«Ich freue mich, dass Sie anrufen.»

«Schon merkwürdig, wie wild Sie darauf sind, einem Versager helfen zu wollen», sagte er.

«Eigentlich halte ich Sie nicht für einen Versager», gab Grace freundlich zurück. Sie stand in ihrer Küche, ein halb gegessenes Sandwich in der Hand. «Davon abgesehen ist es vielleicht ein bisschen merkwürdig, dass Sie anscheinend glauben, Sie hätten keine Hilfe verdient.»

«Möglich.» Er klang nicht sehr überzeugt. «Jedenfalls sollte ich besser niemanden anrufen, wenn ich zu viel getrunken habe. Tut mir leid.»

«Ist alles in Ordnung mit Ihnen?»

«Mein Kater macht mir eher psychologisch als körperlich zu schaffen, wenn Sie das meinen.»

«So war's nicht gemeint, aber okay.»

«Haben Sie mich gefragt, ob ich ein Spion sei? Ich kann mich dunkel daran erinnern.»

«Sie haben mir erzählt, Sie hätten viel Zeit im Ausland verbracht, und da schien mir die Frage nur logisch. Schließlich war es drei Uhr morgens. So richtig klar denken kann ich da auch nicht mehr.» Vor ihrem inneren Auge sah sie, wie er sich müde die Augen rieb.

«Ich habe eine Zeit lang für eine Hilfsorganisation gearbeitet, die versucht, die Versorgung von Flüchtlingen in Hungerregionen sicherzustellen», sagte er. «Ich war für die Logistik zuständig. Ich habe den Import von Reis organisiert, Lieferungen koordiniert und bei der Errichtung von Zeltlagern mitgeholfen.»

«Okay», sagte sie.

«Und jetzt koordiniere ich Papierlieferungen. Wie Sie sehen, war das ein logischer Schritt.»

«Was ist denn passiert?»

«Ich hatte die Nase voll. Da bin ich kein Einzelfall. Wie auch immer, ich dachte, ich schulde Ihnen eine Erklärung. Tut mir leid, dass ich Sie mitten in der Nacht angerufen habe. Das kommt nicht wieder vor.»

«Warten Sie», sagte Grace, doch er hatte bereits aufgelegt.

Trotz seiner Eröffnungen spürte sie, dass ihr Verhältnis einen Rückschlag erlitten hatte. Er hatte ein paar Bruchstücke aus seiner Vergangenheit offenbart, aber vor allem, um sie auf Abstand zu halten. Ihm war sehr wohl bewusst, dass Fakten nicht die Wahrheit über einen Menschen erzählten. Und Grace stand nicht so sehr neben sich, als dass sie nicht bemerkt hätte, wie wenig Fragen er seinerseits gestellt hatte, und sie wünschte sich, dass er ebenfalls Interesse an ihr zeigte. So würde sie vielleicht wieder ihr eigenes Gewicht in der Welt wahrnehmen können. Wobei sie sich fragte, ob sie überhaupt einen Eindruck bei ihm hinterlassen hatte.

::::::::::::

Ein paar Tage später, als sie an einem eisig kalten Spätnachmittag aus ihrer Praxis kam, stand er auf dem Parkplatz, an ihren Wagen gelehnt. Seine Wangen waren rot, die Hände hatte er in den Taschen einer marineblauen Kapitänsjacke vergraben. Sie fragte sich, wie lange er schon auf sie gewartet hatte. «Sie sehen ziemlich durchgefroren aus», sagte sie lächelnd.

Er erwiderte ihr Lächeln nicht; tatsächlich blickte er so ernst drein, dass er fast zornig erschien. «Tja, eigentlich weiß ich gar nicht, warum ich hier bin.»

«Schön, Sie zu sehen», sagte sie.

«Oh», sagte er. «Gut.» Zum ersten Mal schien er unsicher, wie er fortfahren sollte.

«Ehrlich, die Kälte scheint Ihnen ganz schön in den Knochen zu stecken», sagte Grace.

«Glauben Sie, dass ...» Er hielt abrupt inne. «Hören Sie, wollen wir nicht irgendwo anders hingehen?»

Grace nickte, schloss die Wagentüren auf und fuhr zu ihrer Wohnung, da sie nicht wusste, was sie sonst tun sollte. Tug zog seine Jacke aus, nahm den Drink, den Grace ihm anbot, und setzte sich auf das Sofa. Er sah sich weder um, noch machte er Anstalten, Small Talk zu betreiben. Sie nahm neben ihm Platz, wobei sie seine Nähe so intensiv wie nie zuvor spürte. Er trug ein Hemd und einen Pullover mit V-Ausschnitt, und sie sah, dass die Blessuren an seinem Hals komplett verheilt waren.

«Und, wie geht es Ihnen heute?», fragte sie.

Er nippte an seinem Weinglas. «Besser.»

«Ihre ganze Situation – irgendwie verwirrt mich das alles ein bisschen, Tug.»

Er lächelte, als er seinen Namen hörte. «Wär's Ihnen lieber, Sie hätten mich damals auf dem Berg einfach nicht beachtet?»

«Nein.»

Er nickte zögernd. «Irgendwie ist Ihnen das alles egal, oder? Was ich getan habe. Was ich um ein Haar getan hätte.»

«Natürlich ist es mir nicht egal», sagte sie. «Und es entmutigt mich auch nicht.»

Seine Lippen waren dunkelrosa verfärbt, fast rot, und sie fragte sich, ob sie aufgesprungen oder rissig von der Kälte waren. Aber das waren sie nicht. Weich waren sie, wie sie im selben Moment feststellte, als er sie plötzlich küsste. Völlig perplex legte sie die Hand auf seinen Arm, fühlte den Wollpullover unter ihren Fingern – es ist wirklich wahr, sagte sie sich, ich berühre ihn. Er legte ihr den anderen Arm um die Taille, und dann lag ihr Bein über dem seinen. Sie hörte auf, ihn zu küssen, da ihr vor Verlangen beinahe übel war.

«Alles in Ordnung?», flüsterte er ihr ins Ohr.

«Lass uns aufhören.»

«Okay.» Er lehnte sich zurück und sah sie an.

Sie holte tief Luft, versuchte sich zu sammeln. Ihre Nerven vibrierten wie zu straff gespannte Saiten. Es war lange her, dass sie mit jemandem zusammen gewesen war.

«Soll ich gehen?», fragte er. «Du kannst es ruhig sagen.»

«Nein.»

«Nein was? Du kannst es nicht sagen, oder soll ich nicht gehen?»

«Das weißt du schon», sagte Grace. Sie ging in die Küche, trank einen Schluck Wasser und kehrte dann zurück ins Wohnzimmer, zu diesem Menschen, den sie kaum kannte, diesem dunklen, schwierigen Mann, und küsste ihn. Manche Dinge waren einfach zu intensiv, um sie langsam anzugehen.

::::::::::::

Hinterher zogen sie sich an. Alles war sehr schnell gegangen – hektisch, keuchend und ein wenig unbeholfen –, und als es vorüber war, fühlten sie sich immer noch wie Fremde. Tug lümmelte auf dem Sofa, wirkte ein bisschen schläfrig. Grace fühlte sich immer noch ziemlich durch den Wind, fiebrig, und ihre Wangen brannten von seinem Dreitagebart. Sie schenkte ihnen Wein nach und fragte sich, worauf sie sich da eingelassen hatte. Wäre sie ihre eigene Patientin gewesen, hätte sie sich geraten, dem Ganzen so schnell wie möglich ein Ende zu machen. Stattdessen zog sie die Beine unter sich und betrachtete ihn. Sie wollte nicht, dass er ging.

«Und?», sagte sie. «Wie geht's dir jetzt?»

Er musste lachen und stellte sein Glas ab; zum ersten Mal seit einiger Zeit hatte sie das Gefühl, etwas erreicht zu haben.

«Grace», sagte er. «Müssen wir jetzt reden?»

Tatsächlich konnte sie sich nicht vorstellen, was sie sonst tun sollten.

Tug schien ihre Verwirrung zu spüren, da er sacht neben sich auf das Sofa klopfte. Seltsamerweise empfand sie die Geste als herablassend, rutschte aber zu ihm, legte den Kopf an seine Schulter und wartete darauf, dass er etwas sagte. Dann drang ein leises Pfeifen an ihre Ohren. Er schnarchte.

Den Kopf an der Sofalehne, war er eingeschlafen und hatte sie einfach so sitzen lassen. Sie schmiegte sich an ihn, und sein Arm schloss sich enger um sie. Es war unbequem, doch sie wollte ihn nicht stören, da er immer so müde und niedergeschlagen aussah;

nach zehn Minuten aber war ihr rechtes Bein eingeschlafen, und ihre Nase juckte wie verrückt. Tugs leises und zischendes Schnarchen hörte sich an wie ein entfernter Zug. Vorsichtig streckte sie ihr Bein aus, um ihn nicht zu wecken. Im selben Moment bewegte er sich, riss den Kopf abrupt nach vorn und schlug sie mit der Hand, die eben noch an ihrer Schulter geruht hatte, ins Gesicht.

«Du liebe Güte!», stammelte sie. «Was ist denn jetzt los?»

«Was ist passiert? Habe ich dich *geschlagen?*» Er war noch völlig verschlafen und sichtlich verwirrt. «Alles okay mit dir? O Gott, verzeih mir.» Sanft strich er über die Wange. «Du bist ja ganz rot.»

«Ach was. Das ist nur wegen deinem Gesicht.»

«Meinem Gesicht?»

«Deinem Bart. Den Stoppeln, meine ich.»

«Oh, Grace.» Er küsste ihre wunde, geschundene Wange. «Es tut mir so leid.»

«Schon gut», sagte sie. «Ich bin froh, dass du ein wenig schlafen konntest.»

«Ich war so unendlich müde.» Abermals küsste er sie, diesmal auf die Lippen, und kurz darauf landeten sie wieder im Bett, diesmal ganz ohne Eile und Verlegenheit, so wie sie es sich wünschte. Und als sie sich geliebt hatten, war sie diejenige, die einschlief.

::::::::::::

Während der nächsten zwei Wochen kam er, meist spätabends, entweder zu ihr oder lud sie in seine Wohnung ein. Nur selten gingen sie essen, tranken stattdessen Wein und redeten, ehe sie miteinander ins Bett gingen. Morgens saßen sie sich schweigend beim Kaffee gegenüber. Eigentlich wäre sie davon ausgegangen, dass sie nur eine marginale Rolle in seinem Leben spielte, doch wenn sie mitten in der Nacht aufwachte, lag er eng an sie geschmiegt neben ihr, ein

Bein über ihren Hüften, den Arm um ihre Schultern gelegt, und sie spürte seine Wärme an ihrem Rücken; oder er hielt ihre Hand im Schlaf, zog sie an sich, und wenn ihr Kopf an seiner Brust ruhte, hörte sie ihn leise seufzen.

Grace erlebte jene Tage wie in einem Nebel, eingehüllt in ihre geheimsten Gefühle. Ihren Patienten gegenüber zeigte sie sich freundlich und warmherzig, gewissermaßen als Wiedergutmachung dafür, dass ihre Gedanken immer wieder abschweiften, aber sie schienen bestenfalls dankbar zu sein, wenn sie sich voller Mitgefühl wieder in die Unterhaltung einklinkte und sich den Feinheiten ihres Problems mit unerschöpflicher Hingabe und großem Einfühlungsvermögen widmete. Die Einzige, die eine Veränderung wahrzunehmen schien, war Annie. Seit dem Abend, als sie in Grace' Wohnung aufgetaucht war, begegnete sie ihr mit einer Selbstverständlichkeit, in der gleichermaßen Vertrauen wie Herablassung lagen. Es war die Ungezwungenheit eines Mädchens, das bezahlte Hilfe gewohnt war, jene gönnerhafte Zuneigung, die eine junge Frau aus bestem Haus ihrer Haushälterin entgegenbrachte. Sie war jetzt offener, aber auch respektloser, und ihr war bewusst, dass sie damit durchkam, was Grace ein wenig Sorgen bereitete.

Als sie versuchte, Annie zu entlocken, wie sie zu der Entscheidung stand, die sie getroffen hatte, fragte das Mädchen: «Sind Sie schwanger?»

«Ich? Nein», erwiderte Grace verblüfft. «Wie kommst du denn darauf?»

«Sie sehen anders aus als sonst.» Annie fläzte sich in den Sessel – selbst ihre Sitzhaltung hatte sich drastisch verändert – und ließ die Beine über die Armlehne baumeln. «Als hätten sie zugenommen, aber es steht Ihnen gut.»

«Und als Allererstes denkst du, ich wäre schwanger», sagte Grace, «statt daran, dass es mir einfach nur gut geht. Wieso ist das wohl so?»

«O Gott», sagte Annie. «Das war doch bloß ein Kompliment.»

«Im ersten Moment hörte sich das aber nicht so an.»

«Oder vielleicht sind Sie ja *verliebt*.» Sie klang hämisch, wie ein zwölfjähriger Junge.

«Treib's nicht zu weit, Annie», warnte Grace.

Das ließ sie aufmerken. Sie nahm die Beine von der Armlehne und setzte sich aufrecht hin. «Tut mir leid.»

«Du musst dich nicht entschuldigen.»

«Stimmt. Therapie bedeutet ja, dass man nie etwas bereuen muss.»

«Das kann ich dir nicht versprechen. Aber eigentlich geht es eher darum, dass du herausfindest, *warum* dir bestimmte Dinge im Nachhinein leidtun.»

«Ich weiß», sagte Annie. «Genau das macht mich ja so müde.»

::::::::::::

Die Abende verbrachte sie weiter mit Tug, und bald darauf gingen sie auch zusammen zum Abendessen aus oder ins Kino. Sie kauften ihm neue Ski und gingen langlaufen, und an faulen Sonntagnachmittagen lagen sie zusammen im Bett und lasen die Zeitung. Sie vergaß die seltsamen Umstände, unter denen sie sich kennengelernt hatten, ebenso wie die Tatsache, dass lauter unbeantwortete Fragen zwischen ihnen standen, die zum Ende ihrer Beziehung führen konnten. Alles war in der Schwebe, und es fühlte sich an, als könnte es ewig so weitergehen.

::::::::::::

Eines Morgens ertönte ein scharfes Klopfen an ihrer Sprechzimmertür, und noch bevor sie «herein» rufen konnte, traten ein Mann und eine Frau ein. Sie konnte das Paar nicht einordnen, obwohl sie wusste, dass sie den beiden schon einmal begegnet war, und während sie sie fragend anstarrte, ohne sich zu erheben, bemerkte sie, dass ihre Besucher außer sich vor Wut zu sein schienen.

«Wir müssen mit Ihnen sprechen», sagte der Mann.

«Setzen Sie sich doch bitte», sagte Grace, während ihr alle möglichen unwahrscheinlichen Szenarios durch den Kopf schossen, ehe ihr aufging, dass es sich um Annies Eltern handelte.

Sie nahmen auf dem Sofa Platz, setzten sich dabei aber so weit wie möglich auseinander. Annies Mutter trug ein dunkelblaues Kostüm, hochhackige Stiefel und hatte ihr blondes Haar zu einem Knoten im Nacken frisiert; zornig tippte sie mit einem Fuß auf den Boden. Ihr Mann trug einen Anzug in derselben Farbe. Sie waren erstklassig aufeinander abgestimmt, teuer und perfekt gestylt.

«Was kann ich für Sie tun?», fragte Grace. An die Vornamen von Annies Eltern konnte sie sich immer noch nicht erinnern.

«Was Sie für uns tun können? Was haben Sie *getan?*», fuhr Annies Mutter sie an. Sie weinte zwar nicht, aber ihre Augen waren gerötet, und einen Moment lang setzte Grace' Herz aus.

«Ich nehme an, es geht um Annie», sagte sie.

«Es geht um das Ende Ihrer Karriere», blaffte der Mann.

Er war es offenbar gewohnt, Drohungen auszustoßen, und Grace erinnerte sich an etwas, das Annie einmal zu ihr gesagt hatte: «Meine Eltern setzen immer ihre Interessen durch, und sie kapieren nicht, warum ich nicht genauso bin.»

«Wir wissen Bescheid», sagte er. «Darüber, dass Sie Annie ins Krankenhaus gefahren haben. Dass Sie unsere Tochter dazu ermutigt haben, eine Abtreibung vornehmen zu lassen.»

«Was?», platzte Grace heraus. «Das stimmt doch nicht.»

«Annie hat uns alles erzählt», sagte seine Frau. «Sie haben ihr geraten, uns nicht einzuweihen, weil das alles nur komplizieren würde. Sie sind ein Ungeheuer. Annie ist unsere Tochter.»

«Ihre Tochter hat große Probleme», erwiderte Grace. «Möglicherweise größere, als wir uns vorstellen können.»

«Leuten wie Ihnen sollte verboten werden, in anderer Menschen Leben herumzupfuschen!», erklärte der Mann.

«Nur um von vornherein Missverständnisse auszuräumen», sagte Grace. «Geht es Ihnen um die Abtreibung selbst oder darum, dass Annie Ihnen den Eingriff verheimlicht hat?»

«Sie sind also über alles im Bilde», sagte Annies Vater. «Ich fasse es nicht. Ich werde dafür sorgen, dass man Ihnen die Zulassung entzieht. Ich werde Sie ruinieren.»

«Tun Sie, was Sie nicht lassen können», gab Grace ruhig zurück. «Stattdessen könnten wir uns aber auch ernsthaft über Ihre Tochter unterhalten.»

Er starrte sie finster an und erhob sich, doch Grace sah genau, dass seine Frau bleiben wollte. Sie strich über seinen Arm und blickte mit bittendem Lächeln zu ihm auf. Er setzte sich wieder.

«Dann klären Sie mich auf», sagte er.

Grace sah ihn einen Augenblick schweigend an und wählte ihre Worte mit Bedacht. «Als Annie zum ersten Mal zu mir kam», sagte sie, «glaubte ich, dass ihr selbstzerstörerisches Verhalten auf den Druck zurückzuführen war, den sie auf sich selbst ausübte.» Sie hielt inne. «Und ich bin nach wie vor der Meinung, dass ich damit richtiglag.»

Annies Mutter strich eine Haarsträhne hinter ihr Ohr. Trotz des maßgeschneiderten Kostüms sah sie Annie sehr ähnlich: hübsch, blond, verletzlich. Annies Vater saß stoisch aufrecht und erlaubte ihr, seine Hand zu halten, während er mit verbissener Miene darauf wartete, das sie fortfuhr.

«Meines Erachtens ist Annie so sehr in ihren Mustern gefangen», sagte Grace, «dass sie nicht mehr aus ihnen herausfindet. Sie versucht alle Erwachsenen um sich herum zu manipulieren, um sich weiter Schmerzen zufügen und allen – inklusive sich selbst – beweisen zu können, wie wertlos sie ist. Ich muss wohl kaum hinzufügen, wie gefährlich das ist.»

Annies Vater war puterrot, gab aber keinen Ton von sich. Während sich das Schweigen weiter und weiter im Raum ausbreitete, wartete Grace auf die Explosion, die unweigerlich folgen musste. Schließlich gab Annies Mutter ein leises Schluchzen von sich.

«Als ich nach Hause gekommen bin, lag Annie im Bett», begann sie. «Sie sagte, sie hätte die Grippe. Ich habe nicht das Geringste geahnt. Und in der Schule war sie ja auch, wussten Sie das? Sie hat die Mathearbeit mitgeschrieben, und hinterher ist sie ins Krankenhaus gefahren. Sie hatte einen Termin um vier. Sie ist so verantwortungsbewusst. So organisiert. Sie hat alles so arrangiert, dass wir nichts mitbekommen konnten.»

Grace schwieg und wartete.

«Wir hätten nie etwas davon erfahren», fuhr Annies Mutter fort. Tränen liefen ihr über die Wangen.

«Und wie haben Sie es herausgefunden?», fragte Grace.

«Das war nach Annies gestrigem Termin bei Ihnen», sagte der Vater.

«Wir hatten gestern keinen Termin.»

«Doch, natürlich. Wie üblich. Vor sechs Monaten haben Sie doch selbst zwei Sitzungen pro Woche vorgeschlagen.»

Grace seufzte. «Und was hat sie gesagt?»

«Sie war letzte Nacht völlig außer sich und hatte Weinkrämpfe. Sie hat gesagt, sie wolle nicht mehr zu Ihnen gehen. Als wir sie gefragt haben, warum, hat sie uns alles erzählt. Was Sie ihr geraten haben und wie sehr sie mit sich gekämpft hat.»

«Sie hat geweint wie ein kleines Kind mit einem Aua am Knie», ergänzte Annies Mutter. «Sie hat in meinen Armen geschluchzt.»

Ein Aua?, dachte Grace. «Ich weiß nicht, was Annie mittwochnachmittags macht», sagte Grace, «aber bei mir ist sie jedenfalls nicht gewesen. Außerdem können Sie meinen Rechnungen entnehmen, dass wir nur eine Sitzung pro Woche haben.»

«Wir haben keine Zeit, uns Ihre Rechnungen genauer anzusehen», erwiderte Annies Vater. «Wo zum Teufel ist sie dann gewesen?»

Annies Mutter befand sich am Rand der Hysterie. Sie schluchzte so heftig, dass sie kein Wort mehr hervorbrachte, sondern nur noch entschuldigend den Kopf schütteln konnte. Ihr Mann reichte ihr ein Papiertaschentuch aus der Schachtel, die auf Grace' Schreibtisch stand, machte aber keine Anstalten, sie zu trösten.

«Wir haben im Krankenhaus angerufen», sagte er, «aber die berufen sich auf ihre Schweigepflicht. Sie müssen uns sagen, was Sie wissen.»

Wieder schwieg Grace einen Moment, während sie sich in Erinnerung rief, wie wenig Vertrauen diese Leute zu ihr hatten. «Die Gespräche zwischen Annie und mir sind vertraulich», sagte sie schließlich.

In seinem Blick stand nackte Wut, als er sich vorbeugte; das teure weiße Hemd wölbte sich vor seiner Brust. «Wer hat ihr das Kind gemacht?»

«Ich weiß es nicht.»

«Etwa dieser Oliver? Ich bringe ihn um!»

«Ich weiß es wirklich nicht», sagte Grace. «Ich weiß nur, dass Annie all unsere Hilfe benötigt, um ihre Krise durchzustehen.»

«Ach ja? Und Sie helfen ihr, indem Sie ihr ohne Wissen ihrer Eltern zu einer Abtreibung raten?»

«Das habe ich nicht getan.»

«Ich wüsste nicht, warum wir Ihnen glauben sollten.» Er erhob sich wieder. «Sie und Annie, sie lügen beide. Kein Wunder, dass Sie sich gut mit ihr verstehen. Und deshalb redet sie wohl auch lieber mit Ihnen statt mit uns. Sie stützen sich gegenseitig mit ihren Lügen!»

«Einen Moment. Setzen Sie sich doch bitte wieder. Lassen Sie uns in Ruhe miteinander reden.»

Doch sich zu setzen wäre für ihn einer Niederlage gleichgekommen. «Das ist alles Ihre Schuld», schnauzte er sie an. «Sie sollten ihr helfen. Das war Ihr Job, und Sie sind verantwortlich!» Er sprach langsam und präzise. Er hatte sie zum Sündenbock auserkoren, an dem er seine Wut auslassen konnte. «Dafür werden wir Sie zur Rechenschaft ziehen. Sie werden Ihre Zulassung verlieren. Sie werden keine weiteren Familien zerstören!»

Grace stand auf und sah ihm in die Augen. «Ich verstehe, wie schrecklich all das für Sie sein muss», sagte sie. «Sehr gut sogar.»

«Was Sie verstehen, ist mir scheißegal.»

«Annie ist mir wichtig», sagte Grace. «Sie können auf meine Hilfe zählen.»

«Wenn ich mit Ihnen fertig bin», sagte Annies Vater, «werden Sie Hilfe brauchen, verlassen Sie sich drauf. Am besten suchen Sie sich einen sehr guten Anwalt.»

Er öffnete die Tür und marschierte aus ihrem Sprechzimmer. Seine Frau folgte ihm, ohne auch nur eine Sekunde zu zögern, sichtlich dankbar, dass er jemanden gefunden hatte, dem man die Schuld in die Schuhe schieben konnte.

5

New York, 2002

Das Kind existierte für ihre Dreiergemeinschaft in vielen Formen – als Zankapfel, Verhandlungsbasis, Diskussionsgegenstand, als ein Andenken an den Sex, als heikle Angelegenheit, als wunder Punkt, als wunderbares Ereignis –, ehe es überhaupt zur Welt gekommen war.

Hilary schien von heiterer Gelassenheit erfüllt zu sein, während das Baby in ihr heranwuchs; nichts konnte sie erschüttern. Zuweilen konnte Anne den Blick nicht mehr von ihr abwenden. Wie fühlte sich das an, wenn man immer mehr in die Breite ging, allmählich aus allen Nähten platzte? Jeden Tag legte sie mehr zu, aß literweise Eiscreme, tütenweise Salzcracker und sogar ganze T-Bone-Steaks, die Anne, die normalerweise keinen Fuß in eine Metzgerei setzte, für sie mit nach Hause brachte.

Auch ihr Freund hatte ordentlich zugelegt. Mittlerweile verbrachte er mehrere Stunden mit Liegestützen und Gewichtheben – auf der Straße hatte er einen Satz Hanteln gefunden – in einer Ecke des Wohnzimmers, die er für sich okkupiert hatte: ein winziges männliches Reich, abgesteckt mit Fitness-Magazinen, den Hanteln und einem Paar müffelnder Sportschuhe. Er arbeitete als Zimmerer auf einer Baustelle in Queens, und sowohl die Arbeit als auch das Training sorgten dafür, dass er immer athletischer wurde. An seinem Nacken traten Muskelstränge hervor, die Schultern waren breiter, Ober- und Unterarme deutlich straffer. Es war, als glaubte er, Muskeln würden zur Vaterschaft gehören.

Wenigstens ging er einer Arbeit nach, und Anne hoffte, dass er ein wenig Geld beiseitelegte. Sie wusste nicht, was aus den beiden werden würde, sobald das Baby auf der Welt war und sie eine eigene Bleibe gefunden hatten. Zumindest hoffte sie darauf, dass sie sich etwas suchten. Doch als sie versuchte, mit Hilary zu sprechen, war es vorbei mit ihrer Gelassenheit; sie begann zu weinen, und ihr sonst so blasser, milchiger Teint war rot und verquollen. «Wir kümmern uns drum», heulte sie, weniger eine konkrete Zusicherung als ein halbherziges Versprechen an sich selbst und ihr ungeborenes Kind. Prompt bekam Anne ein schlechtes Gewissen und beschloss, nicht weiterzubohren. Wer will schon eine schwangere Frau zum Weinen bringen?

Eines Tages fand sie Alan allein vor, als sie nach Hause kam. Er stand in seiner Ecke und stemmte seine Hanteln. «Wo ist Hilary?», fragte sie.

Sein Gesicht war verzerrt vor Anstrengung; er gab ein Grunzen von sich, ohne sie weiter zu beachten.

Sie konnte sich nicht erinnern, wann sie je allein gewesen waren. Hilary war immer da, ihr Körper gewissermaßen als Puffer zwischen ihnen. Alan bückte sich und griff nach einer schwereren Hantel. Die Hanteln waren sein Ein und Alles und schimmerten im Licht. Sein Bizeps zog sich zusammen und entspannte sich wieder, während er zum Fenster sah und mit seinem Training fortfuhr. Sie trat einen Schritt näher – sein Schweißgeruch stieg ihr unangenehm in die Nase – und versuchte, ihm in die Augen zu sehen, doch er hielt den Blick stur auf seine Muskeln gerichtet.

«Hör zu», sagte sie. «Dir ist doch wohl klar, dass ihr hier nicht ewig bleiben könnt. Ich hoffe, du hast ein bisschen Geld gespart. Sobald das Baby da ist, musst du für die beiden sorgen. Du musst erwachsen werden.»

Kaum waren die Worte ausgesprochen, kam sie sich lächerlich

vor. Was wusste sie schon davon, was es hieß, für eine Familie zu sorgen? Einst war sie selbst in Hilarys Lage gewesen und hatte sich für die gegenteilige Lösung entschieden. Ihre Eltern hatte sie ebenfalls zurückgelassen, sich von jeder Art von Familie so weit wie nur eben möglich entfernt. Während sie daran zurückdachte, konnte sie sich kaum erinnern, welche Überlegungen sie zu ihren Entscheidungen geführt hatten, ja, ob sie überhaupt einen klaren Gedanken gefasst hatte. Nichts als blanken Hass hatte sie zu jener Zeit empfunden: Ihr Vater war ein Scheusal, ihre Mutter eine Jammergestalt, und beide waren so mit sich selbst beschäftigt, dass sie keine Ahnung hatten, was in ihr vorging. Alles hatte sie allein, ohne ihre Eltern bewerkstelligt. Der einzige Mensch, der sich um sie gekümmert hatte, war ihre Therapeutin gewesen, und das auch nur, weil sie dafür bezahlt worden war. Der Gedanke daran ließ neue Wut in ihr aufsteigen, und diese Wut richtete sich auf Alan, der, statt ihr zu antworten, seine Hantel weiter von einer Hand in die andere gleiten ließ. Sie sah, wie sich seine Lippen bewegten, während er die Wiederholungen zählte.

«Hast du mal überlegt, wo ihr unterkommen wollt?»

Mit einem genervten Stöhnen ließ er die Hantel sinken. Er trug ein schmutziges, ärmelloses T-Shirt; Schweiß glänzte auf seiner weißen Haut. Sein Gesicht war knallrot, als er sich aufrichtete. «Warum hältst du nicht einfach mal die Fresse?», sagte er.

Annes Gesicht brannte, als hätte er ihr eine Ohrfeige verpasst. «Was?»

«Du führst dich hier auf, als hättest du die Weisheit mit Löffeln gefressen, aber du blickst null durch. Kümmere dich um deinen eigenen Kram.»

«Wie denn? Solange *ihr* hier in *meiner* Wohnung haust?»

«Und das gibt dir das Recht, uns herumzukommandieren? So zu tun, als wärst du was Besseres?»

«Ach ja? Wovon redest du eigentlich?»

«Blöde Spießerkuh», sagte er und wandte sich ab.

Außer sich vor Wut, ergriff sie ihn am Arm und riss ihn herum. Sie sah ihm an, wie überrascht er über ihre Kraft war. «Wenn hier einer die Fresse hält, dann du», sagte sie. «Du bist nichts. Absolut *nichts*. Ohne mich wärt ihr am Arsch.»

Als er seinen Arm wegzog, schrappten ihre Fingernägel über seine schweißfeuchte Haut. Ihr gefiel, was sie in seinen Augen sah. Er hatte Angst vor ihr.

::::::::::::

Dann kam der Mai; wehmütig hob sich die rosafarbene Blüte der Bäume gegen den fahlen Himmel ab. In den Parks verblassten die Vermisstenanzeigen, die Bilder der Gesuchten, inzwischen grau und ausgefranst an den Rändern. Die Köpfe alter, vertrockneter Blumen schwankten im Wind; Gefäße und Gläser, in denen sich einst Kerzen befunden hatten, lagen leer im Gras. In den Straßen häufte sich der Müll. Aber das Wetter war angenehm, und draußen vor den Cafés und Restaurants saßen die Leute, froh, wieder die Sonne auf den Gesichtern zu spüren.

Annes Stück hatte Premiere, und sie war richtig gut; sie wusste es einfach. Es kamen kaum Besucher, größtenteils Studenten und Theater-Freaks, die sich sowieso alles ansahen, aber es waren genug. In zwei Wochenzeitungen erschienen Besprechungen, und ein Kritiker nannte ihren Auftritt «unwiderstehlich.» Sie schnitt die Kritiken aus und klebte sie neben den Flyer für die Aufführung in ein Album. So etwas hatte sie seit der Highschool nicht mehr getan.

Sie schenkte Hilary und Alan Karten für eine Freitagsaufführung, und als sie nicht auftauchten, war sie wütender, als sie erwartet hätte. Sie hatte den beiden Ausreißern ihre Wohnung geopfert, und sie konnten sich nicht mal aufraffen, zwei Stunden Theater für sie durchzustehen? Und das Schlimmste daran war, dass sie ihnen nicht einmal Vorhaltungen machen konnte, da die Basis ihrer Beziehung darin bestand, dass die beiden sie brauchten und nicht umgekehrt. Ihnen unter die Nase zu reiben, wie enttäuscht sie war, hätte bedeutet, das bisschen emotionale Oberhand zu verlieren, das sie noch besaß. Sie nahm an, dass Alan Hilary über ihren Zusammenstoß informiert hatte und sie deshalb nicht aufgetaucht waren.

Als sie spätabends nach Hause kam, waren die beiden nicht da. Was mehr als ungewöhnlich war, da sie jeden Abend zusammen vor dem Fernseher verbrachten. Hatten sie sich womöglich mit der U-Bahn verfahren? Schließlich waren sie nur zwei Teenager vom Land. Nichtsdestotrotz hatten sie ihre Familien ohne ein Wort der Erklärung verlassen, und wahrscheinlich hatten ihre Eltern schweigend und mit offenem Mund dagestanden, so wie sie jetzt, während sie sich fragte, wo sie stecken mochten.

Gegen drei Uhr morgens – sie hatte kein Auge zugetan – hörte sie, wie die Wohnungstür aufgeschlossen wurde. Als sie das Wohnzimmer betrat, erblickte sie Alan, der Hilary stützte und zum Sofa führte.

«Was ist passiert? Alles okay mit euch?»

«Sie hatte Fieber und musste sich dauernd übergeben», sagte Alan mit leiser Stimme. «Wir sind in die Notaufnahme gefahren. Wir hatten Angst, etwas könnte mit dem Baby sein.»

«Und was haben die Ärzte gesagt?» Anne machte Licht in der Küche; im bläulichen Schimmer der Neonleuchte wirkte Hilarys Gesicht aschfahl, leichenblass.

«Sieht so aus, als hätte sich Hilary eine Lebensmittelvergiftung eingefangen. Wahrscheinlich bei Panda Kitchen.»

«Was sollen wir jetzt machen? Braucht sie Wasser? Oder soll ich lieber Ginger Ale kaufen?»

Alan schüttelte den Kopf. «Sie haben sie für eine Weile an den Tropf gehängt. Sie will jetzt erst mal nur schlafen.»

Was wohl ein Wink mit dem Zaunpfahl war, dass sie in Ruhe

gelassen werden wollten – jedenfalls verstand Anne es so. «Und mit dem Baby ist alles in Ordnung?», fragte sie.

«Alles bestens, hat der Doc gesagt», erwiderte Alan. «Gesunde junge Mutter, gesundes kleines Baby.»

«Okay.» An der Schlafzimmertür wandte sie sich noch einmal um. «Tut mir leid wegen neulich», sagte sie und wartete darauf, dass er einlenken würde, doch sie erntete nur Schweigen.

::::::::::::

Am nächsten Morgen sah Hilary immer noch nicht besser aus; ihr Teint war so wächsern wie Plastikobst. Sie wälzte sich auf dem Sofa herum und wickelte die Decke eng um sich.

«Mir ist kalt», sagte sie. «Mir ist heiß. Ich fühle mich beschissen. Mir tut alles weh. Ich habe Fieber.» Sie warf die Sätze gleichsam in die Luft, als erwartete sie, dass sie jemand auffing. Alan wollte nicht zur Arbeit gehen, doch Anne versicherte ihm, sie könne sich um Hilary kümmern, sie sei ohnehin den ganzen Tag zu Hause.

«Ich schwitze so», sagte Hilary. «Meine Klamotten stinken. Mir ist schwindelig.»

Halb aus schlechtem Gewissen, halb aus echtem Mitgefühl sagte Anne: «Vielleicht solltest du lieber in meinem Bett schlafen. Das ist bestimmt etwas bequemer.»

Und so kam es, dass sie ihr Schlafzimmer aufgab und selbst auf die Couch zog.

Wirklich, es war besser so. Während Hilary auf dem Bett lag wie ein gestrandeter Wal, erinnerte sie Anne zuweilen an ihre Mutter, die damals, während der schwierigen Zeit vor Annes Flucht von zu Hause, die meisten Wochenenden genauso verbracht hatte. Ihre Mutter stahl sich neuerdings immer öfter in ihre Gedanken – ihre Stimme, ihr Geruch, ihr schmales, flehentliches Lächeln, die Spiele, die sie in ihrer Kindheit zusammen gespielt hatten. Anne hätte niemals zugegeben, dass sie ihre Mutter vermisste; sie sagte sich, dass sie sich wahrscheinlich nur deshalb an diese Dinge erinnerte, weil sie so häufig mit Hilary zusammen war und sich fragte, was sie später wohl für eine Mutter sein würde.

Nachdem Hilary in Annes Schlafzimmer übergesiedelt war, betrachtete sie es als ihr uneingeschränktes Königreich, ihr Seerosenblatt, als Insel für sich ganz allein. Jedes Mal, wenn Anne die Wohnung betrat, rief Hilary vom Bett aus nach ihr, meist schon, ehe sie die Tür hinter sich geschlossen hatte. Wenn Anne dann im Türrahmen stand, erblickte sie Hilary, im Rücken von Kissen gestützt, den aufgeschlagenen, verkrumpelten *National Enquirer* neben sich, auf dem Nachttisch ein halb leerer Teller, das Bett übersät mit Verpackungen von Schokoriegeln und Papiertaschentüchern.

«Anne? Kannst du mir ein bisschen Eiscreme bringen?»

Damit sie fernsehen konnte, hatten sie den Apparat ins Schlafzimmer geschafft. Alan war ebenfalls dort eingezogen, schlief aber auf einer Matte auf dem Boden. Mit jedem Tag wurde Hilary kindlicher, unfähig, etwas selbst zu erledigen, dabei aber gleichzeitig immer fordernder und körperlich einschüchternder, eine kapriziöse Riesin, die bei Laune gehalten werden wollte.

Anne brachte ihr einen Becher mit ihrem Lieblingseis, Schokolade mit bunten Streuseln. Hätte ihr jemand ein Jahr zuvor erzählt, dass sie einem fremden Mädchen in ihrer Wohnung Eiscreme kredenzen würde, hätte sie nicht mal darüber gelacht. Nun aber nahm ebendiese Fremde den Becher entgegen, ohne sich bei ihr zu bedanken, und deutete auf den Bildschirm, wo sich eine Sitcom-Familie am Küchentisch gegenseitig das Herz ausschüttete, bis das Konservengelächter verstummte und sich Zerknirschung und Scham in den Mienen der Kinder spiegelten.

«O Gott, bin ich froh, dass ich so was nicht mitmachen muss.»

Anne nickte. «Ich auch.»

Der Erfolg kam, als er ihr immer weniger bedeutete und sie sich eigentlich gar nicht mehr dafür interessierte. Diese Einstellung verlieh ihr ein entspanntes Selbstvertrauen; die Fähigkeit, Risiken einzugehen, machte sie zu einer besseren Schauspielerin. Der Regisseur liebte ihr Spiel so sehr, dass er am liebsten an jedem einzelnen Abend gestorben wäre. Außerdem gab er ihr durch die Blume zu verstehen, dass er mit ihr schlafen wollte, was Anne zuvor als notwendiges Übel betrachtet hätte. Doch nun gab sie ihm einen Korb, und er schien ihr deswegen nicht böse zu sein, sondern machte ihr lediglich von Zeit zu Zeit neue Avancen, so wie auch einige andere aus der Truppe – was nur bestätigte, welchen Status sie sich erarbeitet hatte.

Unablässig klingelte ihr Handy: Einladungen zum Vorsprechen, zu Workshops, zu Fotoshootings. Anscheinend stimmte, was sie einmal während einer Pause gehört hatte: Hatte man einmal den Dreh raus, lief alles wie am Schnürchen. Drei Agenten kontaktierten sie, zwei luden sie zu teuren Mittagessen ein. Sie ließ neue Porträtfotos von sich machen. Die Spielzeit ihres aktuellen Stücks wurde verlängert. Anne sonnte sich in ihrem Glanz, und jeden Abend gab sie sich, emotional nackt und ohne Angst, erneut ihrem Publikum hin. Und nachdem ihr nun alles gleichsam in den Schoß fiel, betrachtete sie die Anerkennung, um die sie monatelang so hart gekämpft hatte (da die Zeiten der Entbehrung Vergangenheit waren, konnte sie es sich endlich eingestehen), als ihr ureigenes Verdienst.

Ihr aktueller Lover – Magnus hieß er – zeigte sich von seiner charmantesten Seite, und möglicherweise hatte es auch mit ihrem Erfolg zu tun. Zu jeder Samstagabend-Aufführung brachte er Freunde mit, schenkte ihr Blumen und lud sie hinterher auf ein paar Drinks ein. Wenn sie freihatte, kochte er drüben bei sich für sie. Das einzige Problem bestand darin, dass er Fragen stellte, die sie nicht zu beantworten bereit war. In New York schienen die Leute extrem scharf darauf zu sein, ihre Beziehungs- und Familiengeschichten voreinander auszubreiten. Es wurde erwartet, ganz offen über alles zu reden – über *alles*, selbst über persönliche Neurosen, über sie ganz besonders – und sein gesamtes Innenleben bloßzulegen.

Anne konnte das nicht. Sie wollte nicht über ihre Familie sprechen, sagte nur, dass sie schon früh von zu Hause weggegangen sei und keinen Kontakt zu ihren Eltern habe. Und eigentlich sah es auch so aus, als würde sie damit durchkommen, da Magnus sich in sie verliebt hatte und sich seine eigene Version ihrer Lebensgeschichte zurechtlegte. Er ging davon aus, dass sich ihre Zurückhaltung einer tragischen Vergangenheit verdankte und sie sich schon irgendwann öffnen würde, wenn der richtige Mann vorbeikam. Und er war willens, zu warten und zu beweisen, dass er dieser Mann war, der lang ersehnte Prinz, der sie mit einem Kuss wecken konnte.

Aber da war noch ein anderes kleines Problem – ihre Wohnung. Er hatte sie diverse Male nach Hause gebracht, doch noch nie hatte sie ihn zu sich heraufgebeten. Anne spürte, dass ihn das irritierte, doch sie konnte nicht zulassen, dass er von Hilary und Alan erfuhr. Das Ganze war einfach zu schwer zu erklären. Sie war nicht mal sicher, ob sie sich ihre häusliche Situation selbst erklären konnte. Deshalb sagte sie immer: «Vielleicht nächstes Mal. Ich bin hundemüde. Bis bald.»

Zuerst machten sie Witze darüber. Magnus fragte, ob ihre Wohnung wie ein Schweinestall aussähe, sie einen Tiger als Haustier hätte oder – in dem Moment hatte er nicht sehr lustig geklungen – ob sie verheiratet wäre, worauf sie jedes Mal lachte und abwinkte.

Schließlich sagte er: «Na ja, ich will ja keine Bedingungen stellen und deshalb auch nicht weiter darauf herumreiten, ich finde es nur einfach ein bisschen komisch. Also, wenn du's so willst, Anne, okay, aber ...» Sein letztes Wort war stets *aber*. Wahrscheinlich war es auch sein letztes Wort überhaupt gewesen. Sie machten nicht Schluss miteinander; stattdessen entfernten sie sich immer mehr voneinander. Erst kam er nicht mehr zu jeder Aufführung, dann ließ er sich gar nicht mehr blicken, und sie ließ es einfach geschehen, wobei es sie überraschte, dass es mehr wehtat als erwartet. Für eine andere, bessere Ausgabe von ihr wäre er der perfekte Mann gewesen.

::::::::::::

Es war Anne, die sich um einen Arzt für Hilary kümmerte; soweit sie wusste, hatte das Mädchen bis jetzt nichts dergleichen unternommen. Ihr ausgeprägter Wille ließ Anne meist vergessen, dass es mit ihrem gesunden Menschenverstand nicht so weit her war. Mit ihrer Schwangerschaft ging sie um wie mit einem schlimmen Husten, als müsste sie sich nur ins Bett legen und viel Flüssigkeit zu sich nehmen. Als Anne sie fragte, ob schon eine Ultraschalluntersuchung gemacht worden sei, schüttelte Hilary den Kopf.

«Ich bin nicht krankenversichert», erklärte sie.

«Es gibt ja Alternativen», erwiderte Anne.

«Außerdem will ich sowieso nicht.»

«Ich glaube nicht, dass du da eine große Wahl hast.»

Auf die Kissen gebettet, deutete Hilary vage auf ihren Bauch. «Frauen bekommen seit Jahrtausenden Kinder», sagte sie. «Ich bin jung. Und breit gebaut.»

«Und seit Jahrtausenden sind Frauen im Kindbett gestorben», gab Anne zurück.

Aus dem Wohnzimmer rief Alan: «Hey! Hör auf, sie verrückt zu machen! Sie hat schon genug Angst vor der Geburt!»

«Wirklich?», fragte Anne. «Du hast Angst?»

Das Mädchen sah sie mit leerem Blick an und zuckte mit den Schultern. Das war ihre übliche Verteidigungsstrategie: einfach auf Durchzug zu schalten. Angst oder Zorn waren Dinge, die sie grundsätzlich nicht erkennen ließ.

Trotzdem, sie konnten die Sache nicht auf die lange Bank schieben. Und so verbrachte Anne den Nachmittag damit, in allen möglichen Krankenhäusern anzurufen, bis sie bei einer Klinik an der Lower East Side einen Termin für den kommenden Tag bekam. Anschließend sagte sie Hilary, sie würde sie hinbringen.

«Und was ist mit mir?», sagte Alan.

«Musst du nicht arbeiten?» Anne klang unfreundlicher als beabsichtigt.

«Ich nehme mir einen Tag frei.»

«Und das Geld?»

«Ist bloß Geld.» Alan sah sie an, als wäre sie diejenige, die die falschen Prioritäten setzte. «Hier geht's um das *Baby*.»

«Wenn dir das Baby so am Herzen liegt, wieso hast du dich dann nicht um einen Arzttermin gekümmert?»

Alan wurde knallrot. Er war ein merkwürdiger Junge, mal umsichtig, mal misstrauisch, und oft schien er eher Hilarys Diener als ihr Freund zu sein. Manchmal bekam er Wutausbrüche, manchmal schmollte er vor sich hin, und an manchen Tagen gab er keinen Ton von sich. Trotzdem sah Anne genau, dass ihm ihre Frage an die Nieren gegangen war, wie mies er sich fühlte. Wie entschlossen er war, das Richtige zu tun, und wie hilflos, den Wunsch in die Tat umzusetzen.

::::::::::::

Er nahm sich den Tag frei, aber Anne bestand darauf, ebenfalls mitzukommen, da sie es für besser hielt, dass eine Erwachsene dabei war. Sie fuhren mit der U-Bahn; Anne suchte Hilary einen Sitzplatz und stellte sich wie eine Leibwächterin vor sie. Im Wartezimmer sammelte sie alle ausgelegten Broschüren ein und steckte sie in ihre Handtasche. Die Klinik wurde von einer Frauenhilfsorganisation betrieben, und überall liefen junge Ärztinnen in selbst gestrickten Pullovern mit politischen Ansteckern herum. An den Wänden hingen vergilbte Plakate, die noch aus den Siebzigern zu stammen schienen. *Yo amo la leche* stand unter dem Bild eines glücklich lächelnden Babys. Die meisten Patientinnen saßen mit im Schoß gefalteten Händen da und blickten auf ihre Körper, als warteten sie auf eine Erklärung, wie sie in diesen Schlamassel geraten waren.

Als eine Krankenschwester Hilarys Namen aufrief, wandten Anne und Alan sofort den Blick zur Tür, während Hilary kaum aufblickte, nur schläfrig nickte und sich behäbig auf die Füße kämpfte.

Sie wurden in ein winziges Untersuchungszimmer geführt, dessen Wände mit einer trübseligen, halb nach Tee, halb nach Kaffee aussehenden Farbe gestrichen waren; außerdem wirkte der Raum nicht gerade sauber. Anne verspürte einen Anflug von Panik. Was, wenn irgendetwas Schlimmes passierte? Was würde sie tun? Im selben Augenblick wusste sie auch schon die Antwort, die aus ihrem geheimsten, wahrhaftigsten Unterbewusstsein zu kommen schien: weglaufen.

Alan stand neben Hilary, die sich auf einer Behandlungsliege ausstreckte, und hielt ihre Hand. Er würde ganz bestimmt nicht weglaufen. Er würde vielleicht nicht wissen, was er tun sollte, aber weglaufen würde er nicht. Sie nahm ein paar zerfledderte Exemplare von *Good Housekeeping* und *Redbook* – Zeitschriften, auf deren Lektüre werdende Teenagermütter sicher nicht besonders scharf waren – von einem Stuhl und setzte sich.

Eine Ärztin kam herein. «Na, hier wird's jetzt aber eng!», erklärte sie fröhlich. Sie war ungefähr in Annes Alter, eine burschikose junge Frau in Clogs und einem Bleistift in den Haaren.

«Können wir bleiben?», fragte Anne.

«Gern, wenn die Patientin nichts dagegen hat», antwortete die Ärztin. Hilary schüttelte den Kopf. «Na, wunderbar. Dann fangen wir doch einfach an.»

In diesem Krankenhaus machte einem niemand Vorhaltungen,

warum man nicht früher gekommen war; eher ging es darum, die Patientinnen zum Wiederkommen zu bewegen. Dementsprechend wurde Hilary von der jungen Ärztin ausdrücklich dafür gelobt, dass sie ganz zweifellos kerngesund war und einen Termin ausgemacht hatte, also praktisch dafür, dass sie sich gern mit Eiscreme vollstopfte und sich regelmäßig die Zähne putzte. Hilary sagte nicht viel und konzentrierte sich auf einen Punkt an der Wand, während sie die Untersuchung mit gespreizten Beinen über sich ergehen ließ. «Alles bestens!», verkündete die Ärztin, streifte die Latexhandschuhe mit einem hörbaren Schnalzen ab und zog das Ultraschallgerät zu sich heran. Und da war es, ein schwarz-weißes Püppchen, das in einer dunklen Lache schwamm. «Die Organe sind gut entwickelt. Finger und Zehen sind auch alle da», sagte die Ärztin. «Wollen Sie das Geschlecht des Babys wissen?»

«Ja», erwiderte Hilary.

«Es ist ein kleines Mädchen.»

Anne, die immer noch auf den Bildschirm sah, hörte plötzlich ein seltsames Geräusch. Dann sah sie, dass Hilary weinte. «Ich habe mir ein Mädchen gewünscht», sagte sie.

::::::::::::

Am Abend desselben Tages hatte sich in dem kleinen Theater in Long Island City ein besonders dankbares Publikum versammelt, das die Aufführung mit angehaltenem Atem verfolgte. Annes Dialoge und Gesten waren inzwischen Teil ihrer selbst geworden, eins mit ihr wie Muskeln und Sehnen. Sie musste sich nicht mehr konzentrieren, sich nicht mehr an irgendwelche Zeilen erinnern, befand sich in einem Zustand purer Energie, in dem sie sich einfach treiben ließ. Sie *war* Mariska, und es gab keine Grenze mehr zwischen ihr und der Figur, die sie darstellte. Es fühlte sich nicht mehr an, als würde sie etwas spielen, vielmehr *lebte* sie es einfach. Während jener zwei Stunden vor ihrem Publikum war sie so glücklich wie nie zuvor, doch als alles vorüber war, schlug eine Woge der Ernüchterung über ihr zusammen. Es war, als hätte sie im Traum fliegen können, wirklich daran geglaubt – und wäre dann aufgewacht, nur um festzustellen, dass es nicht wirklich war und niemals Wirklichkeit werden würde.

Es war eine lange Fahrt mit der U-Bahn, aber sie verschwendete kein Geld für ein Taxi oder einen Fahrservice. Sie hatte begonnen, Geld für das Baby zu sparen; sie wollte sichergehen, dass die Kleine etwas hatte, worauf sie später zurückgreifen konnte, falls sie vielleicht irgendwann von anderen Menschen im Stich gelassen wurde. Zu Hause angekommen, zog sie sich im Dunkeln leise aus, legte sich aufs Sofa und zog die Decke über sich. Die ganze Wohnung roch nach Pizzaresten. Sie seufzte. Wie auch immer, bald würde diese Phase vorüber sein und sie schließlich auch verstehen, was all das zu bedeuten hatte, welche Rolle Hilary und Alan in ihrem Leben einnahmen.

Während sie dort lag, seltsam angespannt, drang ein leises Stöhnen an ihre Ohren. Sie setzte sich auf und lauschte. Noch ein Stöhnen, und dann hörte sie, wie das Bett knarrte. Alan gab ein ersticktes Geräusch von sich. Sie zog sich das Kissen über den Kopf und versuchte die beiden auszublenden, die Ausreißer, die Eindringlinge, die Kinder, die sich drüben liebten und bald selbst ein Kind haben würden.

::::::::::::

Ein Monat verging. Mittlerweile war Hochsommer, und draußen war es unerträglich schwül. Nach der endgültig letzten Aufführung ihres Stücks hielt sie sich wieder mit Teilzeitjobs über Wasser und versuchte ein wenig Geld beiseitezulegen. Während der Laufzeit des

Stücks hatte sie diverse Angebote erhalten, doch hatte sich wenig Konkretes ergeben. Sie entschied sich für ein Theaterprojekt mit einem angesehenen Experimentalregisseur, dessen Markenzeichen knochentrockene Dialoge und sackartige Kostüme waren; die Körper der Schauspieler spielten praktisch keine Rolle in seinen Inszenierungen. Sie hoffte, sich künstlerisch weiterentwickeln und ihren schauspielerischen Mut unter Beweis stellen zu können. Und so stand sie in kratzigem Sackleinen auf der Bühne im Keller einer Kirche vor einem Publikum, das aus gelangweilten Hipstern bestand, und murmelte Zeilen, die ihr beim besten Willen nicht einleuchten wollten. Da sie nicht mit ihrem Körper arbeiten konnte, wusste sie nicht, was sie tun sollte, und weil sie sich nicht eingestehen wollte, dass sie die ästhetische Agenda nicht verstand, wurstelte sie sich durch ihre Rolle, brachte den Regisseur gegen sich auf und kassierte vernichtende Kritiken. Mit einem Mal war es, als stünde sie wieder ganz am Anfang.

«Sie sind hübsch», sagte die Agentin, für die sie sich entschieden hatte, bei einem Drink. «Ich bringe Sie in der Werbung unter. Da gibt's ein neues Reinigungsmittel, das *perfekt* für Sie wäre.»

«Ich will aber keine Werbespots machen», wandte Anne ein.

Die Agentin zuckte mit den Schultern. «Ich könnte auch versuchen, Sie bei *Law & Order* reinzubringen.»

«Okay, aber ich will auch etwas Seriöses machen. Etwas Bedeutendes.»

Die Agentin zog die Augenbrauen hoch. «Sie sind hübsch», wiederholte sie. «Konzentrieren Sie sich auf Ihre Stärken.»

Eine Woche später rief die Agentin an, um ihr zu sagen, dass sie ihr ein Engagement beim Sommertheater in Southampton besorgt hatte. «Es ist nicht gerade Williamstown, aber dafür liegt der Strand gleich vor der Haustür.»

Das Stück war okay. Die Zuschauer, alles Urlauber, waren meist schon ein bisschen angetrunken, wollten Spaß haben, applaudierten Anne frenetisch und luden sie hinterher zu Drinks an der Bar ein. Sie hatte sich ein Zimmer bei ein paar jungen Anwälten gemietet, die jeden Abend schwer abfeierten, und schlief mit Stöpseln in den Ohren. Wenn sie frühmorgens am Strand joggte, sah sie sich selbst wie aus großer Entfernung: eine schöne, junge Frau mit wehendem Haar, die Brandung der sanften grauen Wellen im Ohr. Sie genoss es, sich aus der Perspektive einer Fremden zu betrachten, die alles über sie wusste und ihr überaus zugetan war, einer Fremden, die selbst von Weitem sofort erkannte, dass sie etwas Besonderes war.

An einem schwülheißen Sonntagnachmittag im Juli kehrte sie nach New York zurück. In ihrer Wohnung war es überraschend kühl; in beiden Zimmern war eine Klimaanlage installiert worden. Die Rollläden waren heruntergelassen, und nirgendwo brannte Licht. «Hallo?», sagte sie, während sie ihre Taschen abstellte. «Jemand zu Hause?»

Im Schlafzimmer war niemand, und die Lebensmittel im Kühlschrank schimmelten vor sich hin. Die Wohnung wirkte staubig und verlassen; es war ein völlig ungewohntes Gefühl.

Dann hörte sie, wie die Wohnungstür aufgeschlossen wurde, und plötzlich stand ein Mann mittleren Alters vor ihr, den sie noch nie gesehen hatte.

«Verlassen Sie sofort meine Wohnung», sagte sie instinktiv, «oder ich rufe die Polizei!»

Beschwichtigend hob er die Hände. Er wirkte ängstlich, obwohl er gut gebaut und zweifellos stärker als sie war. Er trug eine Khakihose und ein kurzärmliges Karohemd. «Einen Moment», sagte er. «Sie sind bestimmt Anne.»

«Wer sind Sie?»

«Ned Halverson.» Er hielt inne, erwartete offenbar eine Reaktion, atmete dann aus und ließ die Hände sinken. «Ich bin Hilarys Onkel.»

Anne runzelte die Stirn. Hilarys Nachname war Benson, und einen Onkel hatte sie nie erwähnt. «Wo ist sie?»

Der Mann gab einen Seufzer von sich. «Würde es Ihnen etwas

ausmachen, wenn ich mich einen Augenblick setze?», sagte er. «Das Treppensteigen bei dieser Hitze macht mich völlig fertig.»

Er ging zur Couch; auf den Kissen lagen die zusammengefalteten Decken, und nun fiel ihr auch ein kleiner brauner Koffer auf dem Wohnzimmerboden ins Auge. Er nahm Platz, saß ganz aufrecht da, die Hände auf den Knien, wie ein Soldat. Dann griff er in seine hintere Hosentasche, zog ein Taschentuch heraus und wischte sich damit über die Stirn.

«Hilary hat mir erzählt, was Sie für sie getan haben», sagte er. «Nun ja, eigentlich hat sie nichts dergleichen gesagt. Sie tut immer so, als würde sie alles selbst schaffen, aber für mich ist sonnenklar, was sie Ihnen zu verdanken hat. Dass Sie den beiden Unterschlupf gewährt haben, ihr und ... Alan.» Sein Tonfall ließ keinen Zweifel daran, dass er den Jungen nicht ausstehen konnte.

«Wo sind sie?», fragte Anne.

Halverson hob eine Augenbraue. «Eigentlich sollte sie Ihnen eine Notiz hinterlassen», sagte er. «Aber das hat sie natürlich nicht getan, oder? Tja, sie hat sich noch nie etwas vorschreiben lassen.»

Anne blickte sich um. «Ich bin gerade erst nach Hause gekommen», sagte sie.

Halverson schien sich auf dem Sofa ausgesprochen wohlzufühlen; jedenfalls machte er keine Anstalten, sie darüber aufzuklären, was geschehen war. Sie trat an den Küchentresen und ging dann ins Schlafzimmer. Es war ungewöhnlich sauber und aufgeräumt. Das Bett war gemacht. Und irgendwie kam ihr das noch seltsamer als alles andere vor.

Zurück im Wohnzimmer, sagte sie: «Ich sehe nirgends einen Zettel oder Brief. Warum sagen Sie mir nicht einfach, was los ist? Haben Sie Hilary nach Hause gebracht?»

«Ja, natürlich», erwiderte er. «Meine Frau hat die beiden gleich mitgenommen, und ich bin hier, um ihre restlichen Sachen abzuholen. Wir waren krank vor Sorge. Sie ist ja selbst noch ein Kind, verstehen Sie. Wir können uns um sie kümmern, und wenn das Baby erst da ist ...» Er breitete die Arme aus. Mit seinem steifen, umständlichen Gehabe und dem bedächtigen Gestus erinnerte er sie an die alten Männer, die im Tompkins Square Park ihre Tai-Chi-Übungen machten. Anne war nicht ganz klar, worauf er hinauswollte; es irritierte sie, dass sich von einer Minute auf die andere alles geändert hatte, und es machte sie zornig, dass sie kein Wörtchen hatte mitreden können. Es musste ein Riesentheater gegeben haben – Hilary wäre niemals freiwillig gegangen –, und sie war außen vor geblieben. Hätte es etwas geändert, wenn sie zugegen gewesen wäre? Hätten sie sich entschiedener gewehrt, um weiter bei ihr bleiben zu können?

«Also, mein Sohn gibt sich wirklich Mühe», fuhr er fort. «Jedenfalls glaube ich das, aber, nun ja, es ist schwer zu sagen, was in seinem Erbsenhirn vorgeht. Manchmal verliere ich einfach die Geduld. So etwas wie gesunder Menschenverstand scheint ihm völlig fremd zu sein. Und das Schlimmste ist, dass er sich völlig in seinen eigenen Vorstellungen verrennt. Immer muss er seinen Kopf durchsetzen. Meine Frau sagt, das hätte er von mir, und das wäre auch der Grund, warum wir nicht miteinander klarkommen. Aber das sagt sie bloß, damit wir uns weiter um ihn kümmern, selbst wenn er sich noch so schwachsinnig benimmt.»

Er schien endlos weiter schwadronieren zu wollen. Anne hockte sich auf die Truhe, die dem Sofa gegenüberstand. «Wovon reden Sie eigentlich?»

Halverson ließ die Hände wieder auf die Knie sinken. «Natürlich von meinem Sohn. Alan.»

::::::::::::

Wie sich herausstellte – sie hätte es ahnen müssen –, war alles, was Hilary über ihre Familie erzählt hatte, frei erfunden. Halverson erzählte ihr die ganze Geschichte, ohne auch nur eine Sekunde seine militärische Haltung zu verändern, und sie glaubte ihm – nicht, weil er ihr überzeugender erschien, sondern weil sie Hilary kannte und früher genau wie sie gewesen war. Sie wusste, wie leicht einem Lügen über die Lippen kamen, wenn man sich erst einmal daran gewöhnt hatte, fortwährend die Unwahrheit zu erzählen.

Laut Halverson war Hilary, die Tochter seiner Schwester, nie sexuell missbraucht worden und ein nettes, braves Mädchen gewesen. Ihre Eltern hatten eine kleine Farm betrieben, und sie war mit Kühen und Hühnern aufgewachsen, in deren Nähe sie sich anscheinend wohler gefühlt hatte als unter Menschen. Dann aber – sie war zehn Jahre alt gewesen – waren ihre Eltern tödlich mit dem Auto verunglückt, und sie war zu den Halversons gekommen.

«Es war seltsam, aber es schien ihr überhaupt nicht nahezugehen», sagte er. «Sie hat nie geweint, kaum von ihnen gesprochen. Eine Zeit lang war sie bei einer Psychologin in Hawkington zur Therapie, aber es schien alles mit ihr in Ordnung zu sein. Es ist, als pralle alles an ihr ab, verstehen Sie, was ich meine?»

Anne nickte. Unbewusst hatte sie Halversons Pose nachgeahmt und saß nun ebenfalls mit den Händen auf den Knien da. Als es ihr auffiel, verlagerte sie ihr Gewicht und schlug die Beine übereinander.

Halverson musste nicht sonderlich zum Reden ermutigt werden. Er hielt es für seine Pflicht, Anne zu informieren; dafür, dass Anne seiner Nichte Obdach gewährt hatte, war er bereit, ihr die ganze Geschichte zu erzählen. «Sie hat bei uns gewohnt, bis sie vierzehn war, aber dann lief plötzlich alles aus dem Ruder. Wahrscheinlich spielten ihre Hormone verrückt, ich weiß es nicht. Die Kids in unserer Stadt sind wie Wildkatzen. Im einen Augenblick wirken sie noch ganz normal, und im nächsten sind sie nicht mehr zu bändigen. Völlig außer Kontrolle.»

Er seufzte. Ihm war anzusehen, dass jetzt der unangenehme Teil der Geschichte kam. «Was ist passiert?», fragte sie.

«Oh.» Halverson machte eine langsame, vage Handbewegung, als könnte sie daraus bereits alles entnehmen. Als Anne nichts sagte, seufzte er abermals. Sie wusste, dass sie einfach nur warten musste, da die meisten Männer – die meisten Menschen – Stille nicht ertragen können. Und so war es auch. Kaum eine Minute verstrich, ehe er sein Schweigen brach und schneller weiterredete als zuvor.

«Tja, eines Tages kommt meine Frau nach Hause und erwischt Alan und Hilary im Bett. In ihrem rosa Kinderzimmer! Überall lagen Stofftiere herum. Plüschhasen auf dem Boden. Sie war zu Tode erschrocken. So außer sich, dass sie das ganze Spielzeug in die Mülltonne geworfen hat. Anscheinend konnte sie die Vorstellung nicht ertragen, dass die beiden es inmitten all dieser Kleinmädchensachen miteinander trieben. Es ging nicht bloß darum, dass sie miteinander verwandt oder so jung waren. Sondern um beides zusammen. Und irgendwie war es alles andere als unschuldig, auch wenn sie noch Kinder waren, verstehen Sie?»

Anne nickte. Sie wusste genau, was er meinte. Auf sie hatten Hilary und Alan stets naiv und planlos gewirkt, doch als unschuldig hätte sie die beiden nie bezeichnet. Dazu war ihre Beziehung zu körperlich, waren sie beide zu abgebrüht.

«Ich wollte die Kids noch mal zu dieser Therapeutin in Hawkington bringen. Aber natürlich haben sie sich mit Händen und Füßen gewehrt, und meine Frau war so fassungslos, dass sie sich geweigert hat, überhaupt noch einmal über den Vorfall zu reden. Tja, und Hilary war wegen der Plüschtiere so sauer, dass sie weggelaufen ist. Und seitdem ist sie immer mal wieder ausgerissen.» Er wich ihrem Blick aus und starrte zum Küchentresen, was sie als Scham missdeutete, bis er sich räusperte und sagte: «Ich hätte nichts gegen ein Glas Wasser einzuwenden.»

Anscheinend hatte Hilary ihre Manieren von ihm. Als sie ihm ein Glas einschenkte, fiel ihr etwas ein. Ihre Frage betraf nicht Alan;

sie konnte sich seine Sicht der Dinge recht gut vorstellen, und davon abgesehen hatte er sie nie besonders interessiert. Sie sah Halverson an und fragte: «Was können Sie mir über Joshua sagen?»

Er schwieg so lange, dass sie fast glaubte, er habe sie nicht gehört. Er saß einfach nur da und starrte ins Leere, das leere Wasserglas auf dem rechten Knie. Er war ebenso verstockt wie Hilary. Vielleicht hatte sie es auch von ihm.

«Joshua», sagte er schließlich.

Allmählich war Anne genervt. «Sie schreibt ihm immer wieder», sagte sie. «Postkarten. Sie gibt sie alten Frauen am Bahnhof und bittet sie, die Karten für sie einzuwerfen.»

Wieder blieb er stumm. Um sich davon abzuhalten, mit den Fingern zu trommeln, senkte sie den Blick und verschränkte die Finger ineinander. Als sie wieder aufsah, schimmerten Tränen in seinen Augen. «Was ist denn?», fragte sie.

Halverson biss die Zähne zusammen, schluckte. «Er ist ebenfalls bei dem Unfall ums Leben gekommen. Sechs war er damals. Jetzt wäre er wohl so um die zwölf. Das mit den Postkarten wusste ich nicht. Ist das wahr? Es bricht mir das Herz.»

Sie glaubte ihm.

::::::::::::

Nach einer Weile hatte er seine Fassung wiedergewonnen und ging ins Schlafzimmer, um Hilarys und Alans Habseligkeiten zusammenzupacken. Anne saß im Wohnzimmer, unschlüssig, was sie tun sollte.

Schließlich kam er mit einer prallen Sporttasche in der Hand wieder heraus. Er stellte sie auf den Boden und streckte die Rechte aus. «Ich möchte Ihnen im Namen meiner Familie für alles danken», sagte er.

«Warten Sie einen Moment», sagte Anne. «Wie kann ich Sie denn kontaktieren?»

Er sah sie nur ausdruckslos an.

«Ihre Adresse und Telefonnummer», sagte sie. «Damit ich mich mit Hilary in Verbindung setzen kann.»

Er wendete den Blick ab und ließ ihn durch die Wohnung, dann zur Tür schweifen, während er offenbar überlegte, was er tun sollte. Zum ersten Mal kam ihr sein Spießeraufzug – das Karohemd, die beigefarbene Hose, die ordentlich gekämmten Haare – in seiner Akkuratesse sonderbar vor. «Ich weiß nicht so recht, Miss», sagte er. «Das würde Hilary doch nur ermutigen, über kurz oder lang wieder bei Ihnen aufzutauchen. Und damit muss Schluss sein. Sie muss endlich akzeptieren, dass sie eine Familie hat. Es geht auch nicht mehr nur um sie und Alan. Es geht um das Baby.»

Die Sache mit dem Baby war sozusagen sein Ass im Ärmel, dachte Anne. Sie stellte sich zwischen ihn und die Tür. «Die beiden haben hier fast ein halbes Jahr gelebt», sagte sie, und beinahe hätte sie hinzugefügt, *und meine Familie sind sie auch*. Erst als sie die Worte um ein Haar über die Lippen gebracht hatte, ging ihr auf, dass sie tatsächlich so empfand, und einen Moment lang versagte ihr die Stimme. Aber es war die Wahrheit.

Doch statt damit herauszurücken, spielte sie eine Rolle – was auch sonst? Sie nahm ihm die Trümpfe aus der Hand, indem sie die Ersatzmutter spielte, die besorgte New Yorkerin, älter, abgeklärter und umgänglicher, als sie eigentlich war. «Ich habe eine Menge für die beiden getan», erklärte sie. «Ich habe sie versorgt und ihnen ein Dach über dem Kopf gegeben. Ich habe ihnen sogar mein eigenes Bett überlassen. Insofern ist ein wenig Entgegenkommen Ihrerseits wohl nicht zu viel verlangt, Mr. Halverson.»

Er stemmte die Hände in die Hüften, taxierte sie einen Augenblick und lenkte dann ein. «Na schön», sagte er. «Haben Sie was zu schreiben?»

Sie sah zu, wie er seine Adresse – eine Straße irgendwo auf dem

Land im Norden des Staates New York – und Telefonnummer notierte. Natürlich war es möglich, dass er sich die Adresse kurzerhand ausgedacht hatte, so, wie sie manchmal irgendwelchen Typen nach dem letzten Drink eine falsche Telefonnummer aufschrieb. Schließlich war Hilary seine Nichte; das Lügen lag ihnen wahrscheinlich in den Genen, so wie ihr auch.

Sie nahm den Zettel aus seiner Hand. «Ich rufe demnächst mal an», sagte sie.

Halversons Blick nahm eine metallische Schärfe an. «Tun Sie's lieber nicht», sagte er.

::::::::::::

Er hatte all ihre Sachen mitgenommen, sogar Alans Hanteln und Hilarys Zeitschriften, und die kleine Wohnung wirkte gähnend leer. Eine Zeit lang ging sie, durcheinander und gedankenverloren, im Wohnzimmer auf und ab, bis sie plötzlich ihre Mutter vor ihrem inneren Auge sah, so deutlich, als sei sie zu Besuch vorbeigekommen. Zusammengesunken saß sie auf einem Sofa in einem geräumigen Zimmer mit weißem Teppichboden, kaute an ihren Nägeln und weinte leise vor sich hin.

Eigentlich hätte sie das sanfter stimmen und traurig machen müssen, doch stattdessen verschloss sie sich immer mehr. Den Rest des Tages verbrachte sie damit, alle Spuren der letzten sechs Monate zu beseitigen. Sie stellte die Möbel um, räumte den Kühlschrank aus, bezog das Bett neu, rückte es an die gegenüberliegende Wand und schleppte drei große Mülltüten nach unten auf die Straße. Mittlerweile war es neun Uhr abends, und sie war so müde, dass sie auf der Treppe stolperte, als sie wieder nach oben ging. Sie hockte sich auf den dreckigen Treppenabsatz und spürte die Tränen aufsteigen. Sie ließ ihnen freien Lauf, bis sie bis zehn gezählt hatte, dann stand sie auf und ging hinein.

Nun war es also vorbei, dachte sie. So hatte sie es sich nicht vorgestellt.

::::::::::::

Natürlich hätte sie hinfahren können, um sich zu überzeugen, dass es ihnen gut ging. Es wäre durchaus eine Möglichkeit gewesen. Aber sie ließ es bleiben. Sie war sicher, dass Halverson, seiner autoritären Aura zum Trotz, sich rührend um das Baby kümmern würde. Sie stellte sich ein Kinderzimmer – Hilarys altes Zimmer? – mit einer Wiege, pastellfarbenen Tapeten und Teddybären vor. Sie bezweifelte, dass Hilary sich bei ihr melden würde, wenn das Baby zur Welt gekommen war. Wäre Anne an ihrer Stelle gewesen, hätte sie es auch nicht getan.

Anne glaubte nicht an die Macht des Schicksals oder daran, dass einem das Universum geheime Signale sendete. Stattdessen war sie davon überzeugt, dass jeder selbst für sein Glück verantwortlich war. Und so zog sie am Tag nach Halversons Besuch ein Top mit tiefem Ausschnitt an, verabredete sich mit einem Regisseur und entlockte ihm die Namen von drei Theaterensembles, die demnächst auf Tournee gehen würden. Dann traf sie sich hintereinander mit den Verantwortlichen der Ensembles, und kurz darauf hatte sie ein Angebot für eine Festival-Tournee durch Schottland in der Tasche. Am Freitag darauf stand sie mit gepackten Sachen am Flughafen, stolz darauf, alles selbst in die Wege geleitet zu haben. Hätte sie jemand nach Alan und Hilary gefragt, hätte sie geantwortet, dass sie sich kaum an ihre Namen erinnern konnte.

::::::::::::

Es war ihr erster Trip nach Europa, und seit über zehn Jahren hatte sie keinen Fuß mehr in ein Flugzeug gesetzt. Es verblüffte sie, wie sehr sich die Sicherheitsvorkehrungen verändert hatten; als sie ein Kind gewesen war, hatte es gereicht, wenige Minuten vor Abflug am Gate zu erscheinen. An Bord saß sie neben einer erfahrenen, sarkastischen Schauspielerin namens Elizabeth, die den gesamten Flug lang über die anderen Mitglieder der Truppe lästerte und ihr erklärte, wer sexsüchtig, magersüchtig oder ein Flittchen war. Anne fand diese Informationen durchaus hilfreich, da sich Schauspieltruppen zuweilen als echte Schlangengruben entpuppten, und hatte nichts dagegen, eine temporäre Allianz zu schmieden. Allerdings war sie nicht daran interessiert, irgendetwas von sich selbst zu erzählen, und als ihre Sitznachbarin erst sanft, dann mit mehr Nachdruck zu bohren begann, wich sie weiter aus, so gut es eben ging. Um ihr Vertrauen zu gewinnen, erzählte Elizabeth ihr eine lange Geschichte, vielleicht wahr, vielleicht frei erfunden, über eine Affäre, die sie mit einem verheirateten Mann gehabt hatte, gefolgt von Depressionen, Alkoholmissbrauch, Heroin, Entzug und «einem aktuellen Faible für Koks und Nikotinpflaster». All das diente natürlich dem Zweck, Anne ihrerseits eine Beichte zu entlocken. In solchen Unterhaltungen war man letztlich gezwungen, etwas von sich preiszugeben.

«Wo bist du denn aufgewachsen?», hakte Elizabeth nach.

«Auf einer Farm», erwiderte Anne. «Nördlich von New York.»

«*Du?* Auf einer Farm? Das kann ich mir beim besten Willen nicht vorstellen.»

Anne nickte, während sie durch den Vorhangspalt einen Blick in die erste Klasse zu werfen versuchte. «Ich habe mich um die Hühner gekümmert.»

«Ich sehe dich förmlich mit Zöpfen vor mir, wie du die Eier einsammelst und in einen Korb legst.»

«Ich habe die Hühner zusammengetrieben, wenn sie geschlachtet werden sollten.» Anne rief sich in Erinnerung, was Hilary und Alan

ihr erzählt hatten. «Ich habe sie in den Armen gehalten und zu beruhigen versucht. Ihre kleinen Herzen haben wie verrückt geschlagen. Sie sind sofort weggelaufen, sobald ich kam. Aber ich habe sie immer gefangen. Ich habe sie an den Beinen kopfüber gehalten, sodass ihnen das Blut in den Kopf schoss. Und dann haben wir sie getötet.»
«So was könnte ich nie tun», sagte Elizabeth.
Anne zuckte mit den Schultern. «Man gewöhnt sich dran.»

::::::::::::

Edinburgh war grau, gotisch und voller Schauspieler. Sie hatte keine Ahnung von der Größe des Festivals gehabt; die Straßen wurden verstopft von Menschenhorden, die Flyer für Aufführungen verteilten und Hauswände mit Plakaten vollpflasterten. Es gab norwegische Tänzer, japanische Performer, Aufführungen in Kirchen und an Straßenecken; es wimmelte nur so von Schauspielern, und Gott allein wusste, ob überhaupt genug Publikum für die endlose Zahl von Inszenierungen zugegen war. Am Abend drang der Lärm von der Straße durch die Hotelwände, und Anne, die ohnehin mit ihrer Aufregung zu kämpfen hatte, bekam fast kein Auge zu.

Morgens gab es eine kurze Generalprobe im Hinterraum des Pubs, in dem die Aufführung stattfinden sollte. Das Wetter war hier auch im August ausgesprochen kühl und der Raum ungeheizt, sodass sie sich mehr oder weniger durch die Proben schlotterte. Die meisten anderen Schauspieler hatten das Stück bereits einen guten Monat lang in Soho aufgeführt, und sie fühlte sich völlig fehl am Platz, wie eine dissonante Note in einer Melodie, die diese, ohne sie zu singenn gelernt hatten. Ihre Unsicherheit machte sie nervös, und ihre Nervosität machte sie noch unsicherer.

Es schien ihr, als würden die anderen dem Regisseur stirnrunzelnde Blicke zuwerfen, und als Mittagspause war, ließ Elizabeth sie links liegen und dampfte mit dem männlichen Hauptdarsteller, einem gewissen Tony, ab. Anne ging zurück ins Hotel und vergoss ein paar Tränen der Wut und Verzweiflung. Dann wischte sie sich die Augen und arbeitete eine Stunde lang an ihrem Text.

Obwohl es erst früher Nachmittag war, kam es ihr vor, als sei bereits der Abend angebrochen; da sie die Nacht zuvor so gut wie nicht geschlafen hatte, fühlte sie sich völlig erschöpft und bereute, überhaupt hierhergekommen zu sein. Ihre Nerven lagen blank. Sie verfluchte den Regisseur, weil er ihr keinen Rückhalt gegeben hatte, und die Schlange Elizabeth, die sie schon vor der Premiere fallen gelassen hatte. Sie hatte ihnen einen Gefallen getan, aber Dankbarkeit konnte sie offenbar nicht erwarten.

Ihre Wut half ihr, sich wieder in den Griff zu bekommen und sich auf ihre Rolle zu konzentrieren, aber sie war immer noch sauer. Sie musste sich entspannen, ehe die Aufführung begann. Sie ging durch die Straßen und hielt Ausschau nach einer Sauna oder einem Yoga-Zentrum, doch da sie nichts dergleichen finden konnte, beschloss sie, die nächste nette Bar aufzusuchen. Sie setzte sich an den Tresen, rief sich die alte Regel in Erinnerung, dass man es wie die Einheimischen machen sollte, und bestellte einen Scotch. Als der Barkeeper sie fragte, was für einen Scotch sie wollte, zuckte sie hilflos mit den Schultern. «Da verlasse ich mich ganz auf Sie», sagte sie.

Er lächelte und schenkte ihr ein Glas ein. Der Whiskey hatte ein dunkles, rauchiges Aroma. Am anderen Ende der Bar kippten sich ein paar junge Amerikaner ein Bier nach dem anderen hinter die Binde, ohne Notiz von ihr zu nehmen. Anne seufzte und nahm einen weiteren Schluck, als ein Mann auf den Hocker neben ihr glitt und ebenfalls einen Drink bestellte. Nach und nach trudelten noch mehr Leute ein. Zwischendurch ging sie aufs Klo, und als sie zurückkam, bemerkte sie, dass sich ein paar Köpfe nach ihr umwandten.

«Kann ich dir noch einen ausgeben?», fragte der Mann neben ihr. Er war schlank, dunkelhaarig und trug eine Menge Ringe an den Fingern. Sein Akzent klang spanisch oder portugiesisch.

«Okay», sagte sie. «Aber nur einen.»

Als der nächste Scotch vor ihr stand, hob sie dankend das Glas, und er lächelte und deutete auf seine Brust. «Sergio.»

«Millicent», sagte sie.

«Milly? Das ist aber ein hübscher Name.»

«Na ja, wenn du meinst.» Sie verdrehte die Augen. Im Grunde hatte sie bereits bekommen, wonach sie sich sehnte – einen flüchtigen Moment der Aufmerksamkeit, eine Bestätigung ihres Daseins in der Welt. Sie glitt von ihrem Barhocker.

Sergio berührte sanft ihre Hand. «Tut mir leid, falls ich was Falsches gesagt haben sollte.» Entschuldigend zog er die Augenbrauen zusammen. «Manchmal bin ich echt ein Riesenross.»

«Ein Riesenross?» Es war ein so wenig gebräuchliches Wort, dass sie lachen musste, und als er mit einstimmte, sah sie, dass er große, weiße Zähne hatte. Unterhalb seines Mundwinkels befand sich ein hellbraunes, leicht erhabenes Muttermal, das wie ein Krümel aussah.

«Tja, jedenfalls sagen das meine Freunde.»

«Und wo stecken diese Freunde? In Spanien?»

«Ursprünglich komme ich aus Lissabon, aber momentan arbeite ich in London. In der Telekommunikationsbranche. Ich bin hier auf Geschäftsreise. Jetzt weißt du alles über mich. Und du, Millicent?»

«Ich bin Lehrerin», sagte sie. «Ich bin mit ein paar Schauspielschülern hier.»

«Und wo stecken deine Schüler, Millicent?»

Sie zuckte mit den Schultern. «Ich habe nicht behauptet, ich wäre eine *gute* Lehrerin.»

Er schüttelte lachend den Kopf. «Du bist ja ganz schön schlagfertig.»

«Unsinn, aber trotzdem danke. Ich muss gehen. Danke für den Drink.» Sie wandte sich ab, doch im selben Moment fühlte sie, wie er sie am Handgelenk ergriff.

«Willst du nicht doch noch ein bisschen bleiben? Deine Schüler kommen bestimmt noch ein paar Minuten ohne dich klar.»

«Tut mir leid», sagte sie. «Ich muss los.»

Sie nahm ihre Handtasche und verließ die Bar, beflügelt von einem Adrenalinschub, der sie wieder klarer sehen ließ. Als er sie draußen eingeholt hatte und an ihrem Ärmel zupfte, war sie keineswegs überrascht, sondern beschleunigte lediglich ihre Schritte. Doch er blieb neben ihr, drängte sie nach links, und nach ein paar Schritten befanden sie sich in einer gepflasterten Gasse, sie mit dem Rücken zur Wand, während er sich seitlich an sie presste. Die Gasse war schmal und dunkel, und obwohl jede Menge Menschen auf der Straße unterwegs waren, würde sie bestimmt niemand bemerken. Sie spürte seine Ringe kalt auf der Haut, als er eine Hand unter ihren Pullover schob. Seine Lippen am Hals, legte sie den Kopf in den Nacken, schob ein Bein zwischen die seinen und rammte ihm das Knie in den Schritt.

«Verdammte Schlampe!» Ein Hauch von Bewunderung schwang in seinem Zorn mit, als er zurücktaumelte. Sie blickten sich an, und im ersten Überraschungsmoment hätte sie problemlos fliehen können, aber sie wollte nicht. Sie war bereit. Als sie die Hand ausstreckte, als wolle sie ihm den Krümel vom Mundwinkel streichen, schlug er ihr mitten ins Gesicht. In ihren Ohren rauschte es, und aus ihrer Nase schoss warmes, dünnes Blut. Ein metallischer Geschmack verbreitete sich in ihrem Mund. Als er zum zweiten Hieb ausholte, hakte sie einen Fuß um seinen Knöchel, brachte ihn zu Fall, zückte ihr Pfefferspray und sprühte ihm eine satte Dosis in die Augen. Stöhnend wälzte er sich auf dem Boden, und sie nahm die Beine in die Hand.

Zurück im Hotel, nahm sie erst einmal eine lange heiße Dusche. Als sie sich abtrocknete, musste sie sich plötzlich übergeben. Ihre Wange war immer noch knallrot. An Hals und Rücken hatte sie ein paar Kratzer.

Als sie in den Pub kam, starrten sie alle an, und auf der Toilette stand sofort Elizabeth hinter ihr. «Bist du okay? Was ist passiert?»

«Ich will nicht darüber reden», sagte sie.

An jenem Abend war sie schlicht brillant. Sie spürte, wie sich die Energie der Truppe verlagerte, sich nun komplett auf sie konzentrierte, die neue Anne, die nichts mehr mit der gehemmten, unsicheren Außenseiterin zu tun hatte, die sie bei der Probe kennengelernt hatten. Während der zwei Wochen in Edinburgh zeigte sie kein einziges Mal auch nur die geringste Schwäche. Ihre Kollegen bewunderten sie, schmeichelten ihr und luden sie dauernd zu Drinks ein. Und alle naselang wurde sie gefragt, was an jenem Nachmittag geschehen war – speziell, als ihre Blessuren deutlich sichtbar wurden –, doch sie schüttelte jedes Mal nur den Kopf.

Den Kick gaben ihr nicht die Verletzungen, die sie davongetragen hatte. Sondern vielmehr der Umstand, dass sie eine Geschichte in der Hinterhand hatte, die allen anderen ein Rätsel war, ihre Weigerung, irgendjemanden in diese Geschichte einzuweihen. Ihre geheime Hochstimmung speiste sich daraus, dass keiner von ihnen sie wirklich kannte.

6

Montreal, 2006

Mitch war seit zwei Wochen zurück in Montreal, als er zum ersten Mal seit Jahren seine Exfrau traf. Es war September und bereits spürbar herbstlich. Das Labor-Day-Wochenende zeigte sich von seiner stürmischen Seite, eine Warnung an alle, dass die Leichtigkeit des Sommers vorüber war. Kids schlurften lustlos in ihren neuen Schulklamotten durch die Straßen, mit gesenkten Köpfen, gebeugt unter der Last ihrer Rucksäcke. Der September war Martines liebste Zeit des Jahres gewesen; ein Monat voller Verheißungen, hatte sie immer gesagt. Wann immer das Telefon klingelte, dachte er, sie würde anrufen. Und obwohl er wusste, dass es nicht sie war, nahm er stets beim ersten Klingeln ab, nur um jedes Mal wieder eine Enttäuschung zu erleben, da doch bloß irgendein Telemarketing-Heini oder sein Bruder aus Mississauga anrief.

Er selbst rief sie nie an, weil er nicht wusste, was er ihr hätte sagen sollen.

Eines frühen Abends überquerte er gerade den Krankenhausparkplatz, als eine Frau mittleren Alters seinen Namen rief. Ein angedeutetes Lächeln auf den Lippen, starrte er sie mit leerem Blick an. Sie legte eine Hand auf seine Brust. «Azra», sagte sie.

«Du liebe Güte, das tut mir echt leid», sagte er und umarmte sie. Azra war Grace' beste Freundin, war es zumindest damals während ihrer Ehe gewesen. Sie hatte zugenommen und trug die Haare jetzt anders – seinerzeit waren sie lang, dunkel und lockig gewesen, jetzt glatt und rot getönt –, aber ihr Blick, in dem sich ebenfalls leise Verblüffung darüber spiegelte, wie er sich verändert hatte, war immer noch so offen und ironisch wie früher. Sie war immer lebhaft und voller Energie gewesen, als würde ihre Persönlichkeit von einem inneren Kraftfeld gespeist. Sie und Grace hatten stundenlang zusammen in der Küche gesessen, über ihre Zukunftspläne, Männer und Jobs, ihr Sexleben und ihre Probleme mit ihren Eltern geredet. Es hatte ihn immer wieder erstaunt, mit welcher Leichtigkeit sie in die Tiefen eines Themas abtauchen konnten, als gäbe es nicht die geringste Oberflächenspannung.

«Wie geht's dir?», fragte er nun.

«Oh, na ja, also ...», sagte sie, und sie mussten beide lachen. Sie hielt ihn kurz an den Armen fest – sie hatten sich immer gemocht –, bevor sie ihn wieder losließ. «Hast du sie besucht?»

Er folgte ihrem Blick, der sich auf das Gebäude hinter ihr richtete. «Grace liegt hier im Krankenhaus?», fragte er. «Was ist passiert?»

Azra zog eine Grimasse, als sei sie nicht sicher, ob sie ihm wirklich erzählen sollte, was passiert war, doch offensichtlich gab es dafür keinen Grund. Er und Grace hatten hart daran gearbeitet, sich gegenseitig zu vergeben, und auch wenn es ihnen nicht zur Gänze gelungen war, hatten sie beide doch ihr Bestes getan. In den ersten Jahren nach der Scheidung waren sie in Verbindung geblieben, doch schließlich hatten sich ihre Wege endgültig getrennt.

«Sie hatte letzte Woche einen Unfall», sagte Azra. «Ich dachte, du hättest vielleicht davon gehört. An einer roten Ampel an der Jean-Talon ist ihr ein anderer in den Wagen reingeknallt. Dabei hat sie sich ein Bein gebrochen, das Becken und weiß Gott noch was.»

«Du lieber Himmel», sagte Mitch. «Und du besuchst sie gerade? Dann komme ich mit.»

Sie zögerte einen Moment, zuckte dann aber mit den Schultern und nickte. Während sie hineingingen, brachten sie sich gegenseitig auf den neuesten Stand. Azra und Mike hatten zwei Kinder, und ihre

Namen versetzten Mitch den üblichen kleinen Stich, als hätte er etwas Wichtiges in seinem Leben verpasst. Vor Grace' Zimmer hielt er inne und berührte Azra am Arm. «Am besten, du fragst sie erst, ob sie nichts gegen meinen Besuch hat.»

Dann wartete er draußen auf dem Flur. Er arbeitete in einem anderen Trakt der Klinik und kannte hier kaum einen der Ärzte. Plötzlich ging ihm auf, wie begrenzt sein Wirkungsgrad eigentlich war. Schließlich öffnete sich die Tür, und Azra winkte ihn herein.

«Grace», sagte er.

Niemand sah besonders attraktiv aus, wenn er nach einem Unfall im Krankenhaus lag, und Grace stellte keine Ausnahme dar. Ihr Gesicht war von tiefen Furchen durchzogen, ihre Haut fahl und schlaff. Er registrierte die grauen Strähnen in ihrem kraftlosen braunen Haar. Ihr weiß eingegipstes Bein schwebte wenige Zentimeter über der Bettdecke. Die flauschige rote Socke bildete den einzigen Farbklecks im Raum. Inmitten der Apparate und Schläuche wirkte sie schmal und zerbrechlich. Unwillkürlich musste Mitch an Gloria und Thomasie Reeves, an Mathieus Schulter und Martines Knöchel denken. Es war, als hätte die Welt alle Menschen um ihn herum ihrer Unversehrtheit beraubt. Er schloss die Finger um Grace' kleine trockene Hand. «Du siehst aus, als hätte dich ein Bus überfahren.»

«Eigentlich war es ein Honda», sagte sie. Auf ihren Zügen lag der abwesende Ausdruck eines Menschen, der unter dem Einfluss von Schmerzmitteln stand. Hinter ihm räusperte sich Azra. Sie hatte ihren Mantel abgelegt und stellte ein paar Sachen auf einen Tisch am Fenster: Bücher, ein Kissen, einen Teddybär. Grace blickte zu ihrer Freundin hinüber, hatte aber offensichtlich Probleme, den Kopf zu wenden.

«Sarah meinte, du solltest den Bären haben.» Azra hielt das Stofftier hoch. «Er könnte dir ein bisschen Gesellschaft leisten.»

Grace fuhr sich mit der Zunge über die rissigen Lippen. «Wie geht's ihr?» Ihre Stimme brach, und Mitch schenkte ihr ein Glas Wasser aus dem Krug ein, der auf dem Nachttisch stand.

«Bestens. Eigentlich wollte sie mitkommen, aber ich habe ihr gesagt, dir wäre es bestimmt lieber, wenn sie ihren Schwimmkurs nicht versäumt. Ich bringe sie morgen mit.»

«Ich weiß nicht, wie ich dir danken soll.»

«Jetzt mach aber mal einen Punkt.» Azra lächelte.

«Wer ist Sarah?», fragte Mitch.

Grace sah ihn an. «Meine Tochter.»

Mitch schluckte verblüfft. Es war ihm völlig entgangen, dass sie offenbar wieder geheiratet und eine Familie gegründet hatte. Andererseits hatten sie sich seit der Scheidung in unterschiedlichen Kreisen bewegt und waren einander nie über den Weg gelaufen. Er war derjenige gewesen, der sich von ihren gemeinsamen Freunden zurückgezogen hatte und in eine neue Gegend gezogen war. So war es einfacher gewesen.

«Solange ich hier bin, wohnt sie bei Azra und Mike», fuhr Grace fort. «Und anscheinend versteht sie sich prächtig mit ihnen. Wahrscheinlich will sie gar nicht mehr nach Hause.»

«Wir freuen uns alle, dass sie bei uns ist», sagte Azra.

«Sie hat es immer gehasst, ein Einzelkind zu sein», sagte Grace. Obwohl sie irgendwie traurig zu sein schien, klang sie ruhig und gefasst.

Der Vater wurde mit keiner Silbe erwähnt; Mitch vermutete, dass er keine Rolle mehr spielte. Er merkte, dass ihn beide Frauen erwartungsvoll anblickten. «Kann ich irgendwie helfen?», sagte er, mehr zu Azra als zu Grace.

«Ja, schon», erwiderte Azra. «Das mag sich vielleicht komisch anhören, aber Mike und ich sind berufstätig und haben alle Hände voll mit den Kindern zu tun … Na ja, könntest du bei Grace die Blumen gießen und die Post aus dem Briefkasten nehmen?»

«Selbstverständlich. Wenn es dir nichts ausmacht, Grace.»

Sie wirkte benommen. Fest stand jedenfalls, dass sie in ihrem Zustand wohl kaum Einwände erheben würde.

«Sie wohnt in der Monkland Avenue, ich schreibe dir die Adresse auf», sagte Azra. «Hier, ich habe einen zweiten Ersatzschlüssel dabei. Das ist wirklich nett von dir, Mitch. Danke.»

Damit schien das Gespräch beendet. Abermals drückte er Grace' kalte Hand. Dann ging er den grünen Korridor hinunter, ihren Schlüssel in der Tasche.

::::::::::::

Er fuhr in westlicher Richtung die Sherbrooke Street entlang, vorbei an den dunkelroten Türmchen der Westmount Library. Die untergehende Sonne stach durch die Windschutzscheibe. Überall waren Leute unterwegs, die von der Arbeit nach Hause eilten und sich gegen den Wind stemmten, der Blätter von den Bäumen fegte und sie durch die Luft wirbelte. Obwohl er in dieser Gegend viele Leute kannte, kam er nur noch selten hierher, da er mit diesem Teil seines Lebens abgeschlossen hatte.

Das satte Grün der Bäume vor Grace' Haus verfärbte sich allmählich gelb. Als er die Stufen hinaufging, erinnerte er sich an die Wohnung, die sie als junges Ehepaar vor all den Jahren bezogen hatten. Es war so aufregend gewesen, die ersten Sachen für den gemeinsamen Haushalt anzuschaffen, Möbel und Teller zu kaufen. Kaum zu glauben, dass sie je so jung gewesen waren. Er legte die Post auf das Tischchen in der Diele, ging in die Küche und sah sich nach einer Gießkanne um. In der Spüle stapelte sich schmutziges Geschirr, auf dem Küchentresen lagen Cornflakes-Schachteln und Müsliriegel herum. Trotzdem war es eine gemütliche Küche. Am Kühlschrank hingen ein paar Bilder, die ein Kind mit Fingerfarben gemalt hatte. Über der Arbeitsplatte hing ein Schulfoto von einem lächelnden Mädchen mit Zahnlücke und großen grünen Augen. Sie sah Grace, die schon als Kind dunkles Haar gehabt hatte, nicht besonders ähnlich.

Da er nichts fand, womit er die Blumen hätte gießen können, kramte er in den Schränken und fand schließlich eine Teekanne, die sie damals von seiner Mutter geschenkt bekommen hatten. Gott allein wusste, wann das gewesen war. Sie war bereits seit sieben Jahren tot.

Er füllte die Teekanne mit Wasser und begann die Pflanzen zu gießen. Grace' Schlafzimmer befand sich im hinteren Teil der Wohnung; er warf einen Blick hinein, stellte erleichtert fest, dass nirgendwo Pflanzen standen, und ging wieder hinaus. Der nächste Raum war ein typisches Mädchenzimmer mit rosa Bettwäsche, massenhaft Plüschtieren, Büchern und Spielzeug. Auch hier waren keine Pflanzen zu sehen.

Fünf Minuten später war er fertig und stellte die Kanne exakt an dieselbe Stelle zurück, was angesichts des Chaos in der Küche eigentlich idiotisch war, aber es schien ihm einfach das Richtige zu sein.

Er fuhr nach Hause zurück. Während er sein Abendessen zubereitete, dachte er an Grace. Als sie einander begegnet waren, hatte er an seiner Doktorarbeit gesessen und als wissenschaftlicher Assistent ein Seminar über Persönlichkeitsfindung geleitet, an dem Grace teilgenommen hatte. Später hatte sie ihm gestanden, dass sie sich bis ins allerletzte Detail an diese Zeit erinnerte – was sie gesagt hatten, wo sie gewesen waren, welche Kleidung sie getragen hatten. Er hatte gelächelt und genickt, obwohl er sich tatsächlich kaum an diese frühen Begegnungen erinnern konnte. In Erinnerung geblieben war ihm Grace' Arbeit, ihre professionellen, detaillierten Analysen, die um so vieles besser waren als die ihrer Kommilitonen, dass er sich nach der Hälfte des Semesters nicht mehr die Mühe machte, sie zu lesen, sondern ihr automatisch eine Eins gab. Ihre messerscharfe Beobachtungsgabe stand in krassem Gegensatz zu ihrer runden, schnörkelhaften Handschrift. Sie schmückte ihre Is zwar nicht mit Herzen oder Blümchen, schien jedoch zu jenen Mädchen zu gehören, die genau das bis vor Kurzem noch getan hatten. Sie drückte den Stift so fest aufs Papier, dass die Spitze gelegentlich das

Papier durchstieß. Es war die Handschrift einer jungen Frau, die genau wusste, was sie wollte.

Obwohl er damals geglaubt hatte, er sei depressiv, empfand er seine Zeit als Doktorand im Rückblick als die glücklichste seines Lebens. Die Fragen, die ihn damals umgetrieben hatten, kamen ihm auf einmal wie reiner Luxus vor. War Psychologie *wichtig*? War sie *effektiv*? Brachte sie einen *weiter*? Bis spätnachts zerbrach er sich den Kopf über die verschiedenen intellektuellen und emotionalen Unzulänglichkeiten seines Berufs; Zweifel, mit denen er sich letzten Endes nur darüber hinwegzutäuschen versuchte, dass er sich selbst für unfähig hielt. Als er schließlich seinen Beruf auszuüben begann, verflogen seine Bedenken, und nachts beschäftigte er sich mit seinen Patienten und ihren Problemen, statt über sich selbst zu grübeln.

Als sein Seminar beendet war, sah er Grace gelegentlich auf den Fluren der Fakultät, ins Gespräch mit anderen Dozenten vertieft. Ab und zu liefen sie sich spätabends am Kaffeeautomaten über den Weg oder griffen um acht Uhr morgens im Uni-Café gleichzeitig nach dem Milchkännchen. Beide führten sie kein eigenes Leben – was also lag näher, als ein gemeinsames in Angriff zu nehmen?

Er erinnerte sich an überhaupt nichts, was Grace damals zu ihm gesagt hatte, als sie die ersten Male miteinander ausgegangen waren. Er erinnerte sich lediglich daran, wie *er* sich gefühlt hatte, an die Dinge, die *er* gesagt hatte, die sie zum Lachen oder einem bewundernden Nicken gebracht hatten. Wenn sie bei Kerzenlicht zusammen beim Abendessen saßen, wirkte sie manchmal, als würde sie sich am liebsten alles notieren, was er von sich gab. Im ersten Moment fand er das großartig, doch dann begann es ihn zu irritieren. Wieso merkte sie nicht, dass er gar kein so toller Typ war?

Doch nachdem sie sich besser kennengelernt hatten, verstand er, dass es schlicht ihre Natur war. Sie konzentrierte sich voll und ganz auf ihr Gegenüber, auf ihn, so lange, bis er trunken von sich selbst war. Dabei versuchte sie noch nicht einmal, ihn zu manipulieren, sondern interessierte sich aufrichtig für ihn, das war alles. Als ihm das aufgegangen war, begann ihn zu stören, dass sie ihn nicht für ein Genie hielt. Es war unfair, aber er konnte nun mal nicht aus seiner Haut. Er rief sie nicht mehr an, ließ sie links liegen; im Gegenzug lud sie ihn zu sich nach Hause ein, kochte für ihn und erzählte ihm alles über sich, ihre Familie, ihre Kindheit. Dann lotste sie ihn sanft in ihr Bett, und dort, ohne echten Nachdruck oder gar Aggression, ließ sie ihn wissen, dass er ihr keine Aufmerksamkeit geschenkt hatte und es nun endlich an der Zeit war, sie zu beachten. Und genau das tat er dann auch.

::::::::::::

Ein Jahr später hatten sie geheiratet. Sie waren beide Anfang zwanzig, und die einzigen Ehepaare, die sie kannten, waren so alt wie ihre Eltern. Alle um sie herum fanden ihren Entschluss süß – oder verantwortungslos. «Ihr seid geschieden, bevor du fünfunddreißig bist», murmelte seine Mutter düster, als er ihr von seinen Plänen erzählte. Und sie behielt, wie so oft, recht. Dennoch hatte er Grace geliebt. Er fragte sich, ob seine Mutter immer noch davon überzeugt gewesen war, dass sie sich trennen würden, als sie ihr die Teekanne geschenkt hatte. Sie war durch und durch Materialistin gewesen, und er erinnerte sich noch genau, wie sie während ihrer letzten Lebenstage über ihre Lieblingsdecke und ihre Strickjacke gestrichen hatte, lange nachdem sie seinen Namen vergessen hatte.

Er hatte es sich nie eingestehen wollen, doch er trauerte der Grace hinterher, die er verloren hatte, der Studentin, die ihn so sehr bewundert hatte. Als sie ihren eigenen Abschluss gemacht hatte und sie Kollegen wurden, verschoben sich die tektonischen Platten ihrer Beziehung. Sie schliefen nicht mehr miteinander. Sie wurden Freunde. Was all das über ihn aussagte, sein sexuelles Desinteresse, sein Bedürfnis zu dominieren, war so überaus unschmeichelhaft – und so unaussprechlich, unabänderlich wahr –, dass er sich nicht überwinden konnte, auch nur ansatzweise darüber nachzudenken.

Grace war perfekt für ihn. Sie war treu, fürsorglich; sie war loyal und klug; sie verstand sowohl ihn als auch seine Arbeit. Und daher war ihre Scheidung eine Zeit lang für ihn die große Niederlage seines Lebens – bis er in noch ganz anderen Dingen versagte.

Die Wahrheit über seine Ehe ging ihm auf, als er beinahe mit einer Patientin schlief. Marisa war eine vierzigjährige, unglücklich verheiratete Bankerin, deren Ehemann an Bauchspeicheldrüsenkrebs litt; sie war vollbusig, wirkte leicht verlebt, hatte ihr braunes Haar zu einem strähnigen Wirrwarr aufgetürmt und trug ein unangenehm aufdringliches Parfüm. Mit ihrem verschmierten Lippenstift wirkte sie stets, als sei sie kurz zuvor flachgelegt worden, auch wenn er aus ihren Gesprächen wusste, dass dem nicht der Fall war. Einsam und traurig, sehnte sie sich nach jemandem, der ihre Hand hielt; sie liebte es, mit Mitch zu reden, und bald entwickelte sich eine unausgesprochene Spannung zwischen ihnen. Er ließ sich darauf ein, und schließlich fieberte er den Sitzungen mit ihr regelrecht entgegen, jenen Momenten, die zuweilen zum einzigen Höhepunkt der Woche für ihn wurden.

Grace und er schliefen noch im selben Bett, hatten dabei aber ein perfektes Timing, sich aus dem Weg zu gehen, da sie früh schlafen ging und er meist bis nach Mitternacht aufblieb. Dann starb Marisas Mann, und am Tag nach der Beerdigung gestand sie ihm völlig verweint, dass sie trotz ihrer Trauer eine überwältigende Erleichterung verspürte. Mitch tätschelte ihre Hand; ihm war klar, warum sie ihre Gefühle ihm und nicht einem Priester gebeichtet hatte, aber er brachte es nicht fertig, ihr Vertrauen zu missbrauchen.

Jahre später sah er sie auf dem Jean-Talon-Markt wieder. Sie sah gut aus, hatte abgenommen, und auch ihr Haar war nicht mehr so nachlässig zusammengesteckt, nur im Umgang mit Lippenstiften schien sie nicht geschickter geworden zu sein. Sie stand vielleicht zehn Meter von ihm entfernt und kaufte gerade eine Aubergine, und als sie aufsah und ihn erblickte, wirkte sie zu Tode erschrocken. Er nickte ihr unverbindlich zu und verschwand im Gewühl, während er jäh begriff, dass sie damals, in jener Zeit der Trauer und der Not, keineswegs etwas Erotisches ausgestrahlt hatte. Sie war nichts weiter als ein seelisches Wrack gewesen, und nur eine so einsame und narzisstische Persönlichkeit wie er hatte ihre Erscheinung so krass fehlinterpretieren können. Er marschierte schnurstracks zu seinem Wagen, ohne seinen Einkauf fortzusetzen, und dankte dem Himmel, dass er nicht noch größeren Schaden angerichtet hatte.

::::::::::::

Ein paar Tage später sah er während der Besuchszeit noch einmal bei Grace vorbei. Er kam mit leeren Händen; seiner Exfrau Blumen mitzubringen, erschien ihm völlig daneben, unter welchen Umständen auch immer. Im Zimmer lag noch eine andere Patientin, die sich einen französischen *téléroman* im Fernsehen ansah, und plötzlich ergriff ihn aufrichtiges Mitgefühl. Grace hasste Fernsehen und bekam Kopfschmerzen davon, wenn sie müde war. Mit leerem Blick und halb offenem Mund starrte sie an die Zimmerdecke; die Hände ruhten neben ihrem Körper. Als er noch einmal klopfte, erwachten ihre Augen zum Leben. Sie wirkte so glücklich, dass er errötete. Er hätte eher wiederkommen sollen, dachte er.

Er zog einen Stuhl heran und setzte sich zu ihr ans Bett. «Wie geht es dir?»

«Großartig.» Sie lächelte trotz ihrer offensichtlichen Schmerzen. Ihr Blick war nicht mehr glasig, doch wirkte sie immer noch sehr blass, und unter ihren Augen lagen dunkle Schatten. Jemand hatte ihr Haar zu einem Zopf geflochten. «Nett, dass du dich um meine Wohnung gekümmert hast. Danke.»

«Keine Ursache.» Er hatte den Schlüssel mitgebracht und legte ihn auf den Nachttisch, auf ein Bild, das offenbar ihre Tochter gemalt hatte.

Die Frau mittleren Alters, die in dem anderen Bett lag, stöhnte laut, anscheinend mitgerissen von den Geschehnissen auf dem Bildschirm. Mitch wandte sich um. Die Seifenoper spielte ebenfalls in einem Krankenhaus; eine junge, stark geschminkte Frau hing an einer Herz-Lungen-Maschine, während ein gut aussehender Arzt konsterniert auf sie herabsah.

«*Mais non, mais non*», murmelte die andere Frau, auch wenn Mitch nicht ganz klar war, wogegen sie protestierte. Dann ertönte ein lauter Jingle, mit dem irgendein Putzmittel beworben wurde, und Grace verzog das Gesicht. Vom Korridor drangen weitere Geräusche zu ihnen herein: Ärzte, die auf andere Stationen gerufen wurden, das fröhliche Geschnatter von Krankenschwestern, das Summen und Piepen entfernter Maschinen. Er war so daran gewöhnt, in einer Klinik zu arbeiten, dass er nur selten darüber nachdachte, wie die Patienten inmitten dieser Geräuschkulisse empfinden mussten. Plötzlich wünschte er, Grace doch etwas mitgebracht zu haben, eine Zeitschrift oder ein Buch. «Kann ich sonst irgendwas für dich tun?»

«Ich weiß nicht. Erzähl mir einfach, was in deinem Leben passiert. Wir haben uns ja schon seit Ewigkeiten nicht mehr gesehen.»

Er zuckte mit den Schultern, wusste nicht, wo er anfangen sollte.

«Ich habe gehört, du bist jetzt mit einer Anwältin zusammen.»

Er hielt einen Moment inne. «Wo hast du das denn her?»

Grace' Augen funkelten. «Du weißt doch, wie klein die Stadt ist. Jemand hat sie auf irgendeiner Party kennengelernt.» Natürlich hatte sie recht – es *war* eine kleine Stadt –, und es spielte ohnehin keine große Rolle. Ein vages Gefühl des Scheiterns beschlich ihn. «Es hat nicht funktioniert.»

Grace griff nach seiner Hand und drückte sie. «Das tut mir leid.» Sie musterte ihn eindringlich, wartete, ob er noch etwas hinzufügen wollte, ganz anders als Martine, die einfach das Thema gewechselt hätte; es war so typisch für sie, dass er unwillkürlich lächeln musste. Auch fiel ihm auf, dass Grace immer noch sehr attraktiv war. Ihre Figur ließ darauf schließen, dass sie immer noch joggte und Ski fuhr. Einen Augenblick lang musste er daran denken, wie sie damals, in der Anfangszeit ihrer Ehe, die Beine unter ihm gespreizt und fordernd geflüstert hatte: «Komm zu mir.» Sie hatte es nie anders formuliert, und wenn er ihrem Wunsch dann nachkam, wisperte sie seinen Namen, als wäre ihr gerade endgültig aufgegangen, mit wem sie es zu tun hatte, nachdem ihr seine Identität eher ein Rätsel gewesen war. Das war die Grace, an die er sich stets erinnerte: eine junge, hoch talentierte Frau von so scharfem Intellekt, dass er erst Jahre später begriffen hatte, wie verletzlich sie war. Nun lächelte sie ihn nachdenklich an, als wüsste sie nur allzu genau, was in ihm vorging.

«Schon okay», sagte er schließlich. «Und bei dir?»

«Ach, nichts Besonderes. Ich habe so viel mit meinem Job und Sarah zu tun, da bleibt mir gar keine Zeit für andere Dinge.»

«Hast du immer noch die Praxis in Côte-des-Neiges?»

Sie schüttelte den Kopf und zog eine Grimasse, als würde ihr das Schmerzen bereiten. «Ich arbeite nicht mehr als Therapeutin. Ich bin jetzt Lehrerin an einer Schule auf West Island.»

«Was? Im Ernst?» Die Eröffnung traf ihn wie ein Schock. Viele Therapeuten brannten irgendwann aus, weil sie es nicht mehr ertrugen, sich jeden Tag aufs Neue mit den nie endenden Problemen anderer Menschen zu beschäftigen, doch Grace hatte ihren Beruf immer mit Leib und Seele ausgeübt; ihr Interesse an anderen Menschen war fester Bestandteil ihrer Persönlichkeit. Sie war diejenige, die auf Partys stets von anderen belagert wurde und der ihre Freundinnen am Telefon das Herz ausschütteten. Am Flughafen oder im Supermarkt erzählten ihr wildfremde Menschen die privatesten

Dinge, und sie beklagte sich nie, wirkte nie frustriert oder gelangweilt. Sie war wie geschaffen für ihren Beruf; andere Therapeuten konnten ihr nicht das Wasser reichen, er selbst eingeschlossen.

«Das ist eine lange Geschichte», sagte sie ausweichend.

Sie warf einen Blick hinter ihn, und als er sich umwandte, sah er, wie ein kleines Mädchen mit weit ausholenden Beinen und schwingenden Armen wie ein kleiner Soldat in das Krankenzimmer marschierte, dicht gefolgt von Azra. Dann erblickte sie Mitch, hielt abrupt inne und legte den Kopf schief. Er schätzte, dass sie etwa neun Jahre alt war.

«Keine Angst, komm her», sagte Grace liebevoll.

Mitch trat beiseite, als das Mädchen zu seiner Mutter trat und sie sanft mit den Fingerspitzen berührte, als könnte sie sonst zerbrechen.

Grace lächelte sie an. «Das kitzelt», sagte sie.

Sarah lächelte ebenfalls und ließ die Finger wie kleine Mäuse über den Arm ihrer Mutter huschen.

«Lass gut sein, Kleines», sagte Grace. «Sag erst mal Hallo zu meinem Freund Mitch.»

«Hi», sagte das Mädchen, ohne ihn anzusehen.

«Hi, Sarah. Na, wie geht's?» Da Kinder nicht sehr empfänglich für Small Talk sind, war das keine besonders gute Frage. Die Kleine antwortete zwar nicht, schien sich aber auch nicht an ihm zu stören. Seine Anwesenheit gehörte einfach zu all den anderen Dingen, die sie nicht richtig verstand – dem seltsamen Ort, an dem sich ihre Mutter befand, den Ärzten, dem Umstand, dass Azra sich vorübergehend um sie kümmerte.

«Na, was hast du heute Tolles erlebt?», fragte Grace.

«Azra hat mir ein Snickers gekauft.»

Azra lachte schuldbewusst. «Bitte entschuldige, Grace. Du weißt, dass ich ihr normalerweise keine Schokolade kaufe.»

«Ist doch nicht schlimm», sagte Grace, aber sie klang nicht sehr überzeugend.

Die Patientin im anderen Bett schien eingeschlafen zu sein, und Mitch schaltete den Fernseher aus. In der plötzlichen Stille erklang Sarahs hohe Stimme hell und klar, während sie am Bett ihrer Mutter stand und von ihrem Tag erzählte – was sie gespielt hatte, von einem Jungen, der sie immer wieder nervte, irgendetwas von ihrer Lehrerin und einem Käfer, den sie in der Pause gesehen hatte. Er sah genau, wie erfreut Grace den Geschichten ihrer Tochter lauschte; nicht ein Mal wandte sie den Blick von ihr ab. Nach einer Weile ließ der Redefluss der Kleinen merklich nach, als würde sich ihr innerer Akku langsam leeren. Ihre Aufmerksamkeit richtete sich auf das Fenster, während sie erzählte, was sie in der Schule über Kanadagänse gelernt hatte.

Azra kramte bunte Kreide und Papier aus ihrer Tasche und fragte, ob sie nicht eine Gans für ihre Mutter malen wollte.

«Okay», sagte Sarah, setzte sich auf einen Stuhl, balancierte das Blatt Papier auf ihren Knien und begann zu malen; die Zunge im Mundwinkel, wirkte sie geradezu grotesk konzentriert.

Azra lehnte sich an die Zimmerwand und atmete erschöpft aus. Mitch fragte sich, wo Grace' Eltern oder all ihre Bekannten waren. Sie hatte immer viele Freunde gehabt.

Dann verließ Azra das Zimmer, um die Toilette aufzusuchen, und gab Mitch mit einem Nicken zu verstehen, ein Auge auf Sarah zu haben.

Er setzte sich wieder zu Grace und sagte leise: «Sie ist wirklich süß.»

«Danke.»

«Sie ist dir wie aus dem Gesicht geschnitten.»

«Überhaupt nicht. Sie sieht aus wie ihr Vater.»

«Ja?», sagte Mitch, doch Grace gab keine Antwort. Das Thema war offensichtlich tabu. «Kann ich sonst noch etwas für dich tun?», fragte er.

Grace verzog das Gesicht zu einem dünnen Lächeln; ihre Wimpern zuckten. Nach all den Jahren war sie immer noch ein offenes

Buch für ihn. Ihm wurde klar, dass sie große Schmerzen hatte und völlig verunsichert war, jedenfalls ganz bestimmt nicht in der Lage, ihm zu sagen, inwiefern er ihr helfen konnte. Einen Moment lang überkam ihn das überwältigende Bedürfnis, sie in die Arme zu schließen, und gleichzeitig der ebenso starke Drang, das Zimmer auf Nimmerwiedersehen zu verlassen. Er senkte den Blick, da er befürchtete, dass seine Miene diese Gefühle verraten könnte. Als er aufsah, lag immer noch jenes schmale Lächeln auf ihren Lippen, das ihr gesamtes Gesicht zusammenzuhalten schien. Er berührte ihre Hand. «Mach dir keine Sorgen», sagte er mit ruhiger, kraftvoller Stimme. «Alles wird gut.»

Sie nickte kaum merklich. «Komisch, was?», sagte sie. «Sich nach so langer Zeit wiederzusehen.»

::::::::::::

Bei der Arbeit versuchte er sich nicht anmerken zu lassen, dass sein Selbstbewusstsein einen Knacks bekommen hatte. Alles – sein Sprechzimmer, seine Kollegen, die Krankenschwestern – kam ihm plötzlich nicht mehr vertraut, sondern fremd vor; sein Alltag schien komplett aus dem Rhythmus geraten zu sein. Er fragte sich, ob sein Schreibtischstuhl immer schon ein bisschen zu niedrig eingestellt gewesen war oder ob er die Sekretärin im dritten Stock mit dem richtigen Namen angesprochen hatte. Nichts schien mehr zu sein, wie es gewesen war. Wenn er morgens in Sportsakko und Freizeithose, einen Kaffeebecher in der Hand, zur Arbeit erschien, kam er sich wie ein Hochstapler vor, schlimmer noch als damals zu Beginn seiner Laufbahn. Selbst seine eigene Stimme schien nicht länger ein Teil von ihm zu sein. Die Minuten zogen sich endlos dahin, als klammerten sie sich förmlich an ihn.

Seine Kollegen hatten Wind davon bekommen, was in Iqaluit

passiert war. Sie gingen ihm aus dem Weg, drückten ihr Mitgefühl durch beiläufiges Nicken und ein gezwungenes Lächeln aus, wenn sie ihm auf dem Flur begegneten, den Blick auf einen Punkt hinter seiner Schulter gerichtet. Es war fast, als befürchteten sie, sich bei ihm anzustecken, und Mitch konnte ihre Angst durchaus verstehen. Einen Patienten auf diese Weise zu verlieren, war der Albtraum jedes Therapeuten, und so waren sie sorgsam darauf bedacht, unter keinen Umständen mit diesem Versagen in Berührung zu kommen. Er wünschte, er könnte dasselbe tun.

Indem er eine neue Drogentherapiegruppe ins Leben rief, versuchte er, seine Selbstzweifel zu verdrängen und sich auf seine Arbeit zu konzentrieren. Die Gruppe setzte sich aus zehn Patienten zwischen einundzwanzig und sechzig Jahren zusammen, deren einzige Gemeinsamkeit darin bestand, dass sie allesamt nach Zigarettenrauch stanken. Nervös und mit gesenkten Köpfen saßen sie im Halbkreis vor ihm, sorgsam darauf bedacht, mit ihren Stühlen stets einen sorgfältig austarierten Abstand voneinander zu halten; nicht mal versehentlich wollten sie mit den anderen in Berührung kommen, mit so viel Elend und Selbsthass. Man konnte Gott nur für die Probleme anderer danken, dachte er.

«Tja», sagte er. «Dann fangen wir mal an.»

Zunächst hielt er ihnen einen kleinen Vortrag über die Grundregeln, den er schon so oft zum Besten gegeben hatte, dass er ihn abspulen konnte, ohne auch nur einen Sekundenbruchteil innezuhalten. Sie hielten sich daran, und er versuchte ihnen so aufmerksam wie möglich zuzuhören, sich jede Einzelheit zu notieren, doch ertappte er sich alle naselang dabei, wie seine Gedanken abschweiften, und er musste sich ein ums andere Mal erneut zusammenreißen.

Anderthalb Stunden später war er wieder allein mit sich und seinen trüben Gedanken. Die Sitzung war mehr oder minder reibungslos verlaufen; abschließend hatte er den Teilnehmern noch ihre «Hausaufgaben» mit auf den Weg gegeben. Sie hatten alle verständig genickt, aber er wusste aus Erfahrung, dass etliche von ihnen wieder abspringen würden, und normalerweise schloss er Wetten mit sich selbst ab, wer bleiben und wen er beim nächsten Mal nicht wiedersehen würde. Diesmal aber fand er keinen Spaß daran. Dauernd erschien Thomasies Gesicht vor seinem inneren Auge.

Er schleuderte seinen Stift quer über den Schreibtisch und stieß einen tiefen Seufzer aus.

Um fünf verließ er die Klinik und fuhr zu Martine. Er hatte sie nicht vorher anrufen wollen. Er war nicht sicher, ob er das, was er ihr sagen wollte, in den paar Sekunden formulieren konnte, die sie ihm aus Höflichkeit gewähren würde; außerdem musste er ihr dabei ins Gesicht sehen.

Wieder und wieder rekapitulierte er seine Worte in dem Wissen, dass ihm nur ein paar Sekunden blieben, um sie zu überzeugen. Er war derart in Gedanken versunken, dass er nicht einmal bemerkte, wie sie die Straße herunterkam, bis sie fast direkt vor ihm stand. Der Herbstwind hatte ihre Wangen gerötet, und sie hatte sich einen blauen Schal um den Hals gewickelt. Sie schleppte zwei Einkaufstüten nach Hause, doch als er die Hand ausstreckte, um ihr zu helfen, schüttelte sie den Kopf. Ihr Haar hatte sie wie üblich achtlos zusammengesteckt; Strähnen hingen aus ihrer improvisierten Frisur. Autofahrer fuhren laut hupend an ihnen vorbei, während sie sich auf der Straße gegenüberstanden. Sie sah wunderschön aus.

«Martine», sagte er. «Bitte.»

Ihr kurzes, humorloses Lachen hing wie eine Rauchwolke zwischen ihnen, und all die Sätze, die er sich zurechtgelegt hatte, lösten sich in der kalten Luft auf. «Willst du mich heiraten?», brachte er stattdessen hervor.

Dabei hatte er nicht mal einen Ring dabei. Martine legte den Kopf schief; ihre Miene blieb neutral, während sie ihn musterte, als wäre er ein neues Beweisstück, das ihr im Gerichtssaal vorgelegt wurde. Er hätte unmöglich sagen können, was in ihr vorging.

«Du bist also wieder da», sagte sie schließlich.

«Ich weiß, ich hätte früher vorbeisehen müssen. Viel früher. Aber ich ... Es tut mir leid. Bitte, Martine, ich liebe dich. Ich liebe Mathieu.»

Martine stellte die Einkaufstüten ab, kramte eine Zigarette hervor, zündete sie an und nahm einen tiefen Zug. «Ich weiß, dass du an ihm hängst», sagte sie dann.

«Es ist viel mehr», gab er zurück. «Ich hätte euch nie allein lassen dürfen. Ich hätte nie zulassen dürfen, dass wir uns immer weiter voneinander entfernen. Ich hätte dir sagen müssen, wie viel du mir bedeutest. Ich hätte niemals nach Iqaluit gehen dürfen.»

Sie nickte – fast reflexartig, wie es schien. «Ja», sagte sie. «Das hättest du nicht tun sollen.»

Sie warf einen Blick zu ihrer Wohnung hinauf. Da die Fenster des Kinderzimmers und des Wohnzimmers zur Straße hinausgingen, wollte sie sich offenbar vergewissern, ob Mathieu zu ihnen heruntersah, und anscheinend auch ihn auf den Kleinen aufmerksam machen. Was ihm die Gewissheit gab, dass sie ihn gleich hinaufbitten würde. Fünf Minuten noch, und er würde bei ihr in der Wohnung stehen.

Der Gedanke beflügelte ihn ebenso wie die Vorstellung, endlich den Jungen wiederzusehen, mit ihm zu spielen, seine hohe, blecherne Stimme zu hören. Wie sehr sie ihm gefehlt hatten – die gemütlich verbrachten Wochenenden, die gemeinsamen Abendessen, selbst Mathieus endlose Gelehrtenvorträge.

Martine musterte ihn mit ruhigem Blick, wartete darauf, dass er fortfuhr.

Er fragte sich, warum sie Mathieu nicht wie gewöhnlich vom Hort abgeholt hatte, aber vielleicht hatte sie ja jemanden, der auf ihn aufpasste; jedenfalls würde sie ihn bestimmt nicht allein zu Hause lassen. Womöglich erklärte das ihr Zögern; eigentlich hätte sie Mitch hereinbitten müssen, statt dieses Gespräch mitten auf der Straße zu führen.

«Martine», sagte er.

Sie warf ihre Kippe auf den Gehsteig und trat sie sorgfältig mit der Schuhspitze aus. Als sie ihn wieder ansah, zuckte sie nur mit den Schultern. Im selben Augenblick begriff Mitch, dass nicht irgendwer auf Mathieu aufpasste, sondern ein Mann – und zwar ein Mann, der ihr innerhalb weniger Wochen näher gekommen war als er während ihrer gesamten Beziehung.

«Ist es dieser Arzt?», fragte er. «Vendetti.»

«Es läuft gut», erwiderte sie. «Mathieu mag ihn auch. Du hast ihm beigebracht, anderen Menschen gegenüber nicht so abweisend zu sein. Dafür bin ich dir sehr dankbar.»

Ein feierlicher Ernst lag in ihrem Tonfall. Er fühlte sich, als würde ihm bei einer Preisverleihung eine Plakette überreicht. Es machte ihn wütend, und es gelang ihm nicht, das unausweichliche, halb vergessene Gefühl des Verlusts zu unterdrücken, das plötzlich mit aller Macht Besitz von ihm ergriff. «Er ist nichts für dich», sagte er. «Du und ich gehören zusammen.»

Mit einem distanzierten, gezwungenen Lächeln griff Martine nach ihren Einkaufstüten. «Es ist besser, wenn du jetzt gehst», sagte sie und stieg die Treppenstufen hinauf.

Und das war's. Er hatte sich bereits in den vergangenen Wochen so entwurzelt gefühlt, dass ihn dieser Schlag keineswegs völlig aus dem Gleichgewicht brachte; vielmehr stürzte er ihn nur tiefer in den Abgrund seiner Seele. Am nächsten Morgen ging er wie gewohnt zur Arbeit, grüßte seine Kollegen und trank Kaffee aus dem üblichen Becher. Deprimiert saß er an seinem Schreibtisch, als ihm plötzlich jemand einfiel, dem es um vieles schlechter als ihm ging. Also nahm er während einer Pause den Aufzug nach unten und klopfte vorsichtig an Grace' Zimmertür.

Sie war allein und starrte mit verkniffener Miene an die Decke; aus ihrem Zopf hatten sich einige Strähnen gelöst. Sie trug immer noch die rote Wollsocke.

«Hi», sagte er leise.

Langsam wandte sie den Kopf, als würde ihr die Bewegung

Schmerzen bereiten, doch als sie ihn erblickte, trat ein Leuchten in ihre Augen, und zum ersten Mal an diesem Tag überkam ihn ein kleines Hochgefühl, womöglich zum ersten Mal während der ganzen Woche. «Mitch. Das ist aber eine Überraschung.»

«Ich hoffe, ich komme nicht ungelegen. Ich habe gerade Pause.»

«Überhaupt nicht. Ich bin nur völlig benommen von den Schmerzmitteln.» Mit einer fahrigen Handbewegung klopfte sie neben sich auf das Bett. «Komm doch her.»

Er zog einen Stuhl heran und setzte sich.

Über ihrem Krankenhaushemd trug sie ein rosafarbenes Bettjäckchen, das aus dem Kleiderschrank einer alten Dame zu stammen schien. Ihre Bettnachbarin war offenbar entlassen worden, und nun hatte sie das Zimmer für sich allein.

«Wie geht es dir?»

«Ach, ganz okay», sagte sie, doch ihre steife Haltung, die neben ihrem Körper ruhenden Hände und der schwer auf dem Kissen liegende Kopf ließen keinen Zweifel daran, dass es ihr viel schlechter ging, als sie zugeben wollte.

«Kannst du mir einen Gefallen tun?», fragte sie.

«Schieß los.»

«Hast du einen Stift dabei?»

Er reckte das Kinn. «Wieso? Willst du deine Memoiren schreiben?»

Statt über seinen zugegebenermaßen lauen Scherz zu lachen, streckte sie fordernd die Hand aus. Er nahm einen Kugelschreiber aus seiner Jackentasche und reichte ihn ihr. Eine Sekunde später hatte sie ihn auch schon unter ihren Gips geschoben und begann, sich stöhnend zu kratzen. Verlegen sah Mitch zur Seite. Fieberhaft kratzte sie sich noch eine Weile, ehe sie damit aufhörte und ihm den Stift hinhielt. «Danke.»

«Behalte ihn ruhig», sagte er.

Sie zog eine Grimasse. «Du kannst dir nicht vorstellen, wie sehr das juckt. Es ist fast noch schlimmer als die Schmerzen.»

«Das klingt schlimm, Grace.»
«Ach was», wiegelte sie ab. «Die Ärzte sagen, ich könnte bald nach Hause. Aber ich weiß nicht, ob ich schon wieder unterrichten kann.»
«Wo arbeitest du noch mal?»
Sie schloss die Augen. «An einer Schule. In Beaconsfield.»
«Was ist mit deiner Praxis passiert?»
«Das ist eine lange Geschichte.» Es war bereits das zweite Mal, dass sie diese abgedroschene Phrase benutzte, und er wusste nicht, was er darauf erwidern sollte. Ihm war nicht einmal richtig klar, warum er sie überhaupt besucht hatte. Natürlich machte er sich Sorgen um sie, aber genau dasselbe hätte er auch bei jedem anderen in ihrem Zustand getan. Vielleicht steckte doch mehr dahinter. Neuerdings fühlte er sich völlig abgespalten von allem, selbst seiner eigenen Vergangenheit, und das Wiedersehen mit Grace nach so vielen Jahren schien ihm einen roten Faden zu bieten, an dem er sich entlanghangeln konnte, die vage Hoffnung, wieder zu sich selbst zu finden.

«Und du?», fragte sie. «Was macht deine Arbeit?»

Es war so ziemlich das Letzte, worüber er reden wollte. Aber er sah, dass sie müde war, also erzählte er ihr von der Sitzung mit seiner Therapiegruppe. Von dem jungen Typen, der sich schon halb in die dreißigjährige Unternehmensberaterin neben ihm verknallt hatte (Grace nickte kaum merklich, als sie dies hörte), dem in die Jahre gekommenen Busfahrer, dessen einziger Diskussionsbeitrag darin bestand, dass er ein ums andere Mal wiederholte, seine Frau hätte ihn «hergeschickt», und der unscheinbaren Frau mit den braunen Haaren, die nach der Vorstellungsrunde keinen Ton mehr von sich gegeben hatte, nach einer halben Stunde dann aber unvermittelt in Tränen ausgebrochen war. Der Busfahrer hatte ihr väterlich die Schulter getätschelt, während sie ihr Gesicht in den Händen vergraben und sich die Gruppenatmosphäre spürbar entspannt hatte, nachdem nun allen Mitgliedern der Gruppe klar gewesen war, dass es zumindest eine Person im Raum gab, der es ebenso dreckig ging wie ihnen allen.

Grace lauschte ihm mit geschlossenen Augen; das vage Nicken blieb die einzige Regung, mit der sie auf ihn reagierte. Ihre Brust hob und senkte sich leicht, und er fragte sich, ob sie überhaupt noch wach war, ob er ihr tatsächlich Gesellschaft leistete oder bloß den Raum mit Worten füllte. Nach einer Weile gingen ihm die Geschichten aus. Zusammen schwiegen sie, und ein seltsames Gefühl des Friedens ergriff Besitz von ihm. Grace blinzelte, als ein schmaler, greller Sonnenstrahl durch die Jalousie auf ihre Züge fiel. Er stand auf und schloss sie.

«Tja», sagte er. «Ich lasse dich dann mal allein. Tut mir leid, dass ich dich zugetextet habe.»

Grace lächelte, doch sie sah müde aus. «War doch nett», sagte sie, «aber du musst mich nicht besuchen. Lieb von dir, dass du nach meinen Blumen gesehen hast. Du hast wahrhaftig genug getan.»

Mitch gab ein leises Schnauben von sich – die Vorstellung, jemals in irgendeiner Hinsicht genug getan zu haben, erschien ihm in seiner momentanen Lage völlig absurd –, doch dann nickte er. «Ich wollte mich nicht aufdrängen.»

«Ach, Unsinn», erwiderte sie. «Ich bin dir wirklich dankbar. Aber du hast nun wirklich genug für mich getan.»

Womit sie ihn mehr oder minder durch die Blume aufforderte, doch bitte zu gehen. Trotzdem hielt ihn irgendetwas hier fest – ihr matter Blick, vielleicht auch sein Bedürfnis, etwas für sie zu tun. «Wo sind deine Eltern?»

Sie seufzte. «Mein Vater ist vor ein paar Jahren gestorben. Und meine Mutter ist zu gebrechlich, um herzukommen.»

«Das tut mir leid.»

Ihr Kopf bewegte sich leicht, als sie kaum merklich die Schultern hob. Sie war sichtlich erschöpft; ihre Lider flatterten, und ihre Hände lagen mit den Handflächen nach oben kraftlos neben ihr. Er beugte sich zu ihr, im Begriff, ihren Arm zu berühren, um ihr etwas

von seiner Stärke abzugeben. Sie konnte sie nur allzu gut gebrauchen.
«Ich habe momentan nicht viel zu tun», sagte er. «Ich helfe dir gern. Um der alten Zeiten willen.»
«Das ist kein Grund», sagte sie in sprödem Tonfall – ein untrügliches Zeichen, dass es zwischen ihnen nicht einfacher geworden war.

::::::::::::

Offenbar hatte sie es sich schließlich doch anders überlegt, da sie etwa eine Woche später abends bei ihm anrief. Ihre Stimme klang leise, aber entschlossen.
«Ich bin's, Grace. Sie haben mich entlassen.»
«Gratuliere! Und wie geht's dir?»
«Ich habe überlebt», sagte sie. «Tja, ich wollte auf dein Angebot zurückkommen.»
«Gern», sagte er, und er meinte es auch so.
«Azra weiß nicht mehr, wo ihr der Kopf steht, und zwei andere Freundinnen haben mich hängen lassen. Könntest du mir vielleicht bei ein paar Besorgungen helfen und Sarah zur Schule bringen und wieder abholen?»
«Selbstverständlich.»
Eine Pause entstand. «Das freut mich», sagte sie verlegen.
«Halb so wild, Grace. Überhaupt kein Problem.»
Am nächsten Tag sah er bei ihr vorbei. Als er hereinkam, lag sie auf dem Sofa. Sie trug einen grauen Pullover; über ihren Beinen lag eine dicke Wolldecke, unter der sich der Gips abzeichnete. Sie sah besser aus als im Krankenhaus, aber immer noch ziemlich mitgenommen. Auf einem Beistelltisch stand alles, was sie benötigte: ein Glas Wasser, eine Schachtel mit Papiertaschentüchern und verschiedenste Pillenpackungen und Tablettenfläschchen.

«Vielen Dank noch mal», sagte sie.

«Hör auf, dich dauernd zu bedanken», erwiderte Mitch. «Bitte.» Sie verzog das Gesicht, als sei ihr verletzter Stolz ebenso schmerzhaft wie ihre Blessuren. Als er sich etwas genauer umblickte, fiel ihm auf, dass sie die Sitzgruppe in ihren Lieblingsfarben Blau und Blassgrün hatte beziehen lassen, und einige der Aquarelle an den Wänden kannte er von früher. Bei einer Auseinandersetzung gegen Ende ihrer Ehe hatte er ihr vorgeworfen, keinen Geschmack zu haben; jetzt aber empfand er die Atmosphäre als beruhigend und fühlte sich seltsamerweise irgendwie zu Hause. Es war ein stiller Ort, still wie ein Teich.

«Sarah ist bei einer Freundin», sagte sie. «Hier, ich habe eine Liste gemacht.»

Auf einem Notizblock – schon als Studentin hatte sie immer diese Blöcke benutzt – hatte sie alles aufgeschrieben, was anstand: die Wäsche, die gewaschen werden musste; die Einkäufe – selbst die Markennamen hatte sie notiert; Sarahs Stundenplan, wann sie wohin gebracht und wann wieder abgeholt werden musste; die Dinge, die Sarah gern zu Mittag aß und was er sonst im Umgang mit ihr beachten sollte – alles notiert in Grace' runder, akkurater Handschrift.

Ihr Tonfall war strikt geschäftlich. «Ich erkläre dir gleich, wo die Waschmaschinen stehen», sagte sie. «Und das macht dir wirklich keine Umstände?»

«Ach, was», gab er zurück. «Ich bin froh, dass ich etwas zu tun habe.»

Was irgendwie kläglich klang, so als würde er tatsächlich nur Däumchen drehen, obwohl das natürlich nicht der Wahrheit entsprach. Nun ja, vielleicht ein bisschen. Zunächst brachte er den Haushalt auf Vordermann, dann fuhr er zu Loblaws; anschließend verstaute er die eingekauften Lebensmittel im Kühlschrank und in den Küchenschränken. Währenddessen lag Grace auf der Couch und sah fern, nickte aber immer wieder ein. Als er zwischendurch das

Wohnzimmer betrat, wandte sie den Kopf, doch als er sagte, sie solle sich weiter ausruhen, schloss sie dankbar wieder die Augen.

Er trug die Wäsche in den Keller, nickte einem Nachbarn zu, der ihn neugierig beäugte, und kümmerte sich um die restlichen Besorgungen, bevor er die Wäsche in den Trockner beförderte. Schließlich brachte er die Sachen wieder hinauf und räumte sie in Grace' Schrank, sorgsam darauf bedacht, ihre Unterwäsche nicht allzu genau in Augenschein zu nehmen. Sarahs Kleidung – unglaublich, wie klein ihre Sachen waren – legte er in die weiße Kommode in ihrem Zimmer. Als er ins Wohnzimmer zurückkam, blickte Grace ihn an, doch wirkte sie noch angespannter als zuvor.

«Alles okay?», platzte er heraus. «Hast du Schmerzen?»

«Ich bin in einer kleinen Verlegenheit», sagte sie. «Und ehrlich, es tut mir furchtbar leid.»

Im selben Augenblick begriff er, worum es ging, aber seltsamerweise störte es ihn nicht im Mindesten. In Wahrheit erleichterte es ihn sogar, dass einfach nur eine weitere Aufgabe zu erledigen war. «Vergiss es. Erinnerst du dich, wie du dir in Indien den Magen verdorben hattest? Schlimmer kann's ja wohl nicht mehr kommen, oder?»

«Nett, dass du das erwähnst.» Aber dann lächelte sie.

Zögernd trat er zu ihr. Sie roch ein wenig streng, aber gleichzeitig nach Chemie, nach ungewaschener Haut, Wundsalbe und alten Verbänden. Sie deutete auf die Bettpfanne unter dem Beistelltisch, und als sie den Unterleib anhob, traten Tränen der Anstrengung und des Schmerzes in ihre Augen. «Tut mir leid», wisperte sie.

«Vergiss es.»

Er ließ sie für ein paar Minuten allein, ehe er die Bettpfanne wieder an sich nahm und ausleerte. Als er zurückkam, hatte Grace sich gesäubert, und er entsorgte auch den Inhalt des Plastikeimers, der neben der Couch stand. Ein benommener, fiebriger Ausdruck stand in ihrem Blick, der sich halb ihrer Scham, halb ihren Schmerzen verdankte.

«Schlimmer als damals in Indien?», fragte er.

«Viel schlimmer», sagte sie.

Er drückte ihre Hand und legte so behutsam wie möglich den Arm um sie; ihr Kopf sank an seine Brust, während ein Schluchzen ihren Körper leicht erbeben ließ. Ein paar Minuten lang verharrten sie in dieser Position, doch schließlich schüttelte sie den Kopf und wischte sich die Augen – immerhin ein Zeichen, dass der peinlichste Moment überstanden war.

Um fünf wurde Sarah von der Mutter ihrer Freundin nach Hause gebracht. Sie näherte sich dem Sofa mit derselben Mischung aus Ängstlichkeit und Sorge, die Mitch bereits im Krankenhaus aufgefallen war. Er schob eine Pizza in die Mikrowelle, schenkte ihr einen Saft ein und legte eine DVD in den Player, die sie sich ausgesucht hatte. Sie war sehr still, saß mit angezogenen Knien neben ihrer Mutter und presste sich schüchtern an die Sofakissen.

Eine Stunde später kam eine Freundin von Grace vorbei, um das Mädchen ins Bett zu bringen, und Mitch verabschiedete sich.

«Danke für alles», sagte Grace, und wieder schimmerten Tränen in ihren Augen.

«Jetzt mach aber mal 'nen Punkt», erwiderte er. «Ist doch nicht der Rede wert.»

Und so war er durch eine Seitentür in ihr Leben geschlüpft. Er dachte nicht viel darüber nach, fragte sich auch nicht, ob es richtig oder falsch war. Er hatte ihr die Wahrheit gesagt: Er war dankbar, etwas zu tun zu haben.

::::::::::::

Im Lauf der nächsten zwei Wochen sah er alle paar Tage bei Grace vorbei. Er kaufte für sie ein. Er fuhr Sarah zur Schule und holte sie wieder ab. Er kümmerte sich um die Wäsche.

Als er seinem Bruder Malcolm am Telefon davon erzählte, lachte dieser. «Ich hätte nie gedacht, dass du mal den Hausmann spielst», sagte er.

Mitch war genervt. «Darum geht's doch gar nicht», erwiderte er und erklärte, dass sich auch andere Freunde von Grace nützlich machten. Trotzdem hatte sein Bruder nicht unrecht: Da er allein lebte, beschränkten sich seine Haushaltspflichten für gewöhnlich auf ein Minimum.

«Okay», lenkte Malcolm ein. «Ist es nicht trotzdem irgendwie komisch, so viel Zeit mit Grace und der Kleinen zu verbringen?»

«Nein», sagte Mitch. «Dazu ist alles schon viel zu lange her.»

Aber ein paar Dinge waren doch ein bisschen seltsam. Zum Beispiel, dass Sarah völlig anders als Mathieu war. Während er in seiner eigenen Welt lebte, in einem Universum aus Dinosaurier-Fakten und physikalischen Gesetzen, suchte Sarah ständig Kontakt zu anderen Menschen. Sie kam immer sofort an die Tür und machte ihm auf; nicht, weil sie besondere Zuneigung zu ihm empfand, sondern weil sie unbedingt mit jemandem reden wollte. Sie erzählte ihm Geschichten, verkleidete sich und tanzte ihm etwas vor, hielt seine Hand und bat ihn, mit ihr zu spielen. Ihr Bedürfnis nach Aufmerksamkeit war unstillbar. Er fragte sich, ob sie schon vor Grace' Unfall so gewesen war oder ob ihre Anhänglichkeit daher rührte, dass sie Angst hatte, ihre Mutter zu verlieren. Manchmal war er völlig erschöpft, wenn er nach Hause kam, nicht von der Hausarbeit, sondern weil er mit Sarah gespielt hatte.

Grace hingegen war zuweilen gereizter Stimmung, wenn ihr Becken schmerzte – sie versuchte mit so wenig Schmerzmitteln wie möglich auszukommen –, schnauzte ihn dann unvermittelt an oder ließ ihn einfach links liegen. An anderen Tagen sehnte sie sich nach Gesellschaft, wenn sie Stunden um Stunden allein auf dem Sofa verbracht hatte, und beanspruchte fast genauso viel Aufmerksamkeit wie ihre Tochter.

Eines Abends spielten sie zu dritt *Mensch ärgere dich nicht*. Mitch hatte das Spiel seit seiner Kindheit nicht mehr gespielt und wunderte sich, dass es immer noch existierte. Sarah verschränkte hoch konzentriert die Hände, während sie sich über die Spielfiguren beugte. Eingehend und ein wenig herablassend erklärte sie Mitch die Regeln, als wäre er derjenige, der erst acht Jahre alt war. Doch er machte immer wieder Fehler, und schließlich verdrehte Sarah die Augen, warf die Arme hoch und rief: «Mitch! Wie oft muss ich dir denn noch erklären, wie es geht?»

«Entschuldige, Sarah, ich bin einfach alt und langsam.»

Sie nickte. «Ich weiß. Du kannst ja nichts dafür.»

Grace blickte ihn über den Tisch hinweg an; er sah ihr an, dass sie am liebsten laut aufgelacht hätte, und auch er musste lächeln. Er amüsierte sich köstlich. Und es war eigenartig, dass er sich erneut in der Gesellschaft einer alleinerziehenden Mutter und ihres Kindes wiederfand. Nicht, dass er sie als Ersatz für Martine und Mathieu betrachtet hätte. Die Tage, die er mit ihnen verbrachte, waren weniger aufreibend, vielleicht auch deshalb, weil er keine Liebesbeziehung zu Grace pflegte, gleichzeitig aber fühlte er sich manchmal wie das fünfte Rad am Wagen, weil seine Rolle weniger klar definiert war. Sarah verhielt sich lange nicht so auffällig wie Mathieu, und Grace war nicht so unbeherrscht wie Martine. Für ihn war es keine Wiederholung der vorherigen Konstellation, eher eine Variante aus einer anderen Perspektive. Trotzdem erkannte er ein Muster, das sich wie ein roter Faden durch seine aktuelle Biografie zu ziehen schien.

Sie ließen Sarah gewinnen; anschließend las Grace ihr noch eine Geschichte vor, und dann holte Mitch ihren Schlafanzug, bevor er sie ins Bad brachte und ihr beim Zähneputzen half. Vorsichtig führte er die Zahnbürste durch ihren kleinen Mund, wobei er genau darauf achtete, ihr nicht wehzutun, und schließlich präsentierte sie ihm stolz ihre Zähne im Spiegel. «Alles sauber», sagte sie.

Im Kinderzimmer leuchtete nur noch der blaue Schein der Einschlaflampe. Sie krabbelte ins Bett, sagte noch einen Zauberspruch auf, flüsterte sich in den Schlaf und schien es nicht zu bemerken, als er sie nach ein paar Minuten allein ließ.

Als er wieder ins Wohnzimmer kam, musterte ihn Grace so offen und aufmerksam, dass er sich befangen fühlte. «Meine Freundinnen halten dich für einen Engel», sagte sie. «Kein anderer Mann würde so viel für eine Frau tun.»

Er zuckte mit den Schultern, errötete sogar ein bisschen.

«Ich antworte dann immer, du hättest bloß ein schlechtes Gewissen, weshalb auch immer», fuhr sie fort. «Also, warum?»

Das war die Grace, die er von früher kannte; sie ließ einen mit nichts davonkommen. Abermals zuckte er mit den Schultern. «Weil ich andere im Stich gelassen habe.»

«Willst du drüber reden?»

«Nein.»

«Und wie wär's mit einem Glas Wein? In dem Schränkchen da drüben steht noch eine Flasche Bordeaux, glaube ich.»

Mitch war gerührt. Während ihrer Ehe hatte er fast ausschließlich Bordeaux getrunken, den teuersten, den er sich leisten konnte. Damals hatte er sich damit einen besonders kultivierten Anstrich verpassen wollen; inzwischen trank er einfach, was angeboten wurde oder gerade zur Hand war. Er entkorkte die Flasche, schenkte sich ein Glas ein und ließ sich in den Sessel sinken, der dem Sofa schräg gegenüber stand. Grace' Gesicht hatte wieder Farbe bekommen, außerdem war Azra am Vortag vorbeigekommen und hatte Grace gebadet und ihr die Haare gewaschen. Und auch der Ausdruck permanenter Schmerzen war aus ihren Zügen gewichen. Sie prostete ihm mit ihrem Becher Tee zu.

«Du siehst schon viel besser aus», sagte er.

«Von wegen», gab sie entschieden zurück. «Ich sehe aus wie dreimal durch den Wolf gedreht – alter Spruch von meiner Großmutter.»

Er lachte. Dann schwiegen sie. Ohne etwas Konkretes zu tun zu haben, fühlte er sich seltsam verlegen in ihrer Gegenwart; das Gefühl von Vertrautheit und gleichzeitiger Distanz machte ihn nervös. Es war, als würde er sich in einem Jahrmarktsspiegel erblicken, ein verschwommenes Zerrbild, doch unverkennbar und unausweichlich er selbst. Erst jetzt wurde ihm bewusst, wie erfolgreich er die schmerzhaften Folgen ihrer Trennung verdrängt hatte, die nichtsdestotrotz hartnäckig unter der Oberfläche der vergangenen Jahre pulsierten.

Mit matter Stimme fragte er: «Warum übst du deinen Beruf nicht mehr aus?»

«Oh, und ob ich übe», antwortete sie. «Ich bin nur nicht besonders gut.»

«Grundschullehrerin», sagte er. «Wie ist es denn dazu gekommen?»

Irgendetwas huschte über ihr Gesicht – Schmerz natürlich, aber nicht nur das, vielleicht auch ein Flackern der Erinnerung, vielleicht auch der Schatten eines Lächelns, in einer flüchtigen Kombination, die er nicht zu ergründen vermochte. Sie war älter, nicht mehr so hübsch wie früher, und davon abgesehen war er auch nicht mehr in sie verliebt, dennoch spürte er den Schmerz auf ihren Zügen, als wäre es sein eigener, da er so lange Teil davon gewesen war.

«Na ja, der übliche Grund, würde ich sagen. Burn-out.»

Er hatte seine Zweifel, fand aber nicht, dass es ihm zustand, weiter nachzubohren. «Ich hätte nie gedacht, dass dir so etwas passiert. Du hattest immer so viel Energie.»

Grace zog eine nachdenkliche Miene. «Vielleicht hatte ich zu viel davon. Ich habe meine therapeutischen Fähigkeiten überschätzt.»

Er wartete.

«Bei einigen Patienten», sagte sie zögernd.

«Du meinst, dir ist klar geworden, dass du nicht genug für sie tun konntest.»

Sie zuckte mit den Schultern. «So ähnlich.» Tränen schimmerten in ihren Augen.

«Aber manchmal tun wir auch zu viel des Guten», fuhr er fort. «Wir haben fast schon zu viel Macht über andere, findest du nicht?»

Sie schüttelte den Kopf. «Die Leute machen sowieso, was sie wollen, egal, was wir ihnen raten.»

«Möglich», sagte er.

«Tja, also habe ich meine Praxis geschlossen und den Job als Lehrerin angenommen. Gar nicht schlecht, weil ich so die Sommerferien mit Sarah verbringen kann. Und du, Mitch? Bist du noch zufrieden? Nach allem, was ich im Krankenhaus gehört habe, scheint es doch gut zu laufen.»

«Ach, da gibt's nicht viel zu erzählen.»

Ein verkrampftes Lächeln umspielte ihre Lippen. «Glückspilz.»

::::::::::::

Später trat er hinaus in den kühlen Abend und schlenderte noch ein wenig durch den benachbarten Park. Er war leicht beschwipst vom Wein, und die frische Luft strich angenehm über sein Gesicht. Noch immer bevölkerten viele Menschen – Leute mit Hunden, Hacky-Sack-Spieler, Teenagergrüppchen – den Park, unwillig, sich von den langen Sommerabenden zu verabschieden, während bereits der Herbst heranzog.

Er ging die Monkland Avenue hinunter, die sie vor langer Zeit vielleicht gemeinsam entlangspaziert wären. Vor den Kneipen saßen Menschen zusammen, nippten an ihren Drinks und lachten. Aus der offenen Tür des Old-Orchard-Pub wehten die hohen, schnellen Töne eines irischen Geigers. Dann bog er in die Seitenstraße ein, wo er seinen Wagen abgestellt hatte; das Laub dämpfte die Geräusche, die von der Avenue zu ihm herüberdrangen.

In Grace' Wohnung brannte kein Licht mehr. Bevor er gegangen war, hatte er sich nach Sarah erkundigt, und Grace' knappes Nicken hatte ihm verraten, dass er dies gleich zu Anfang hätte tun sollen.

«Ihr geht's gut, glaube ich. Ihre Lehrerin sagt, alles läuft bestens. Aber ich weiß trotzdem nicht. Bestimmt geht es nicht spurlos an ihr

vorüber, wenn sie mich so sieht. Ich würde gern mit ihr darüber reden, aber alle raten mir, es gut sein zu lassen.»
«Und? Willst du es gut sein lassen?»
«Nein.»
Im Licht der Lampe wirkte ihr Gesicht glatt und blass. Sie sah gleichzeitig hoffnungsvoll und traurig aus, fast so wie damals, als sie jung gewesen waren, und er beugte sich näher zu ihr, angezogen von seinen Erinnerungen, reiner Gewohnheit oder einem Instinkt, der ihn nie verlassen würde, solange sie beide lebten.
Sie legte eine Hand auf seinen Arm. «Ich kriege das schon hin», sagte sie mit fester Stimme.
Er nickte, küsste sie auf die Wange, breitete eine Decke über sie und verließ das Haus.

::::::::::::

Als er am nächsten Morgen erwachte, fühlte er sich besser, vielleicht nicht mit sich selbst, aber zumindest mit der Welt im Reinen. Während er noch im Bett lag, kam ihm der Ausdruck *alte Flamme* in den Sinn, eine Redewendung, die von seiner tatsächlichen Beziehung zu Grace meilenweit entfernt lag. Zwischen ihm und ihr brannte überhaupt nichts, wie der gestrige Abend erneut bewiesen hatte. Doch da war etwas anderes, etwas Solides und Dauerhaftes, das sich mehr wie *alte Möbel* anfühlte, die beruhigende Stabilität bewährter Objekte.

Seit seiner Rückkehr nach Montreal war er meist sofort aus dem Bett gesprungen und erst einmal Joggen gegangen, in der Hoffnung, auf diese Weise dunkle und verstörende Gedanken zu vertreiben. Es war gleichermaßen disziplinarische Maßnahme wie Buße. Heute aber blieb er in seiner Wohnung, trank Tee und las die Zeitung.

«Na, du Langschläfer?», hatte seine Mutter immer gesagt, wenn er an manchen Schultagen auch nach dem zweiten oder dritten Weckversuch nicht aus den Federn gekommen war. Doch alle paar Wochenenden schliefen sie alle zusammen aus, und dann durften Malcolm und Mitch es sich in der Küche gemütlich machen, während sie ihnen Pfannkuchen und Frühstücksspeck machte.

Seine Mutter Rosemary war eine patente, tüchtige Frau, die ihn und seinen Bruder allein aufgezogen hatte. Sie arbeitete als Sekretärin bei der Canadian National Railway, und jeden Morgen nahm sie den Bus zur Arbeit, nachdem sie zur Schule gegangen waren. Mitch erinnerte sich immer noch an ihr Parfüm und den grässlichen orangefarbenen Lippenstift, den sie offenbar als unerlässlich für ihren Beruf erachtet hatte. Sie war mit sechzehn von der Schule abgegangen und hatte zunächst im Restaurant ihrer Eltern gearbeitet, beklagte sich aber nie, irgendetwas verpasst zu haben. Ebenso wenig beschwerte sie sich jemals darüber, dass sie nach der Arbeit kochen, sich um die Wäsche kümmern und ihren Söhnen bei den Hausaufgaben helfen musste. «Ihr seid meine guten Jungs», sagte sie oft, wenn sie Malcolm und Mitch zu Bett brachte.

Und das waren sie auch. In der Schule gab es nie Probleme – sie wären ganz nach ihrem Vater geraten, sagte sie. Bei seinem Tod war Mitch fünf gewesen. Malcolm, der zwei Jahre älter als er war, behauptete, sich genau an ihn erinnern zu können, und wenn ihre Mutter nach dem Zubettgehen das Licht gelöscht hatte, wollte Mitch alles hören, doch Malcolm erzählte mal dies, mal das, stets beeinflusst von irgendwelchen Fernsehserien oder Comics, auf die er gerade abfuhr, sodass Mitch mit der Zeit doch immer stärkere Zweifel beschlichen, auch wenn er seinem Bruder gern Glauben geschenkt hätte. Tatsächlich wussten sie bloß dies: Ihr Vater war 1921 in Winnipeg geboren, hatte während des Zweiten Weltkriegs bei der kanadischen Infanterie gedient und dann ebenfalls eine Anstellung bei der kanadischen Eisenbahn gefunden, ehe er Rosemary kennengelernt hatte, mit ihr nach Montreal gezogen war und sie schließlich geheiratet hatten. Er war ein echter Überflieger gewesen, wie seine Mutter des Öfteren betonte, und viel zu jung an einem Herzanfall gestorben – weshalb sie ihnen ein Leben lang in den Ohren gelegen hatte, bloß nie mit dem Rauchen anzufangen.

All das war für Mitch während seiner Jugend in Stein gemeißelt. Malcolm wurde ebenfalls Ingenieur und zog schließlich nach Toronto. Da er selbst keine Neigung zu technischen Dingen hatte, studierte Mitch Psychologie. Doch als er seiner Mutter eines Tages – es war zu Weihnachten gewesen – erzählte, dass er in seinem Fach auch promovieren wollte, brach sie in Tränen aus.

Sie saßen an ihrem kleinen Küchentisch, und er starrte sie völlig perplex an. Er war es nicht gewohnt, sie zu enttäuschen, und hatte erwartet, dass sie sich freuen würde; sie war stets stolz auf seine schulischen Erfolge gewesen. «Damit bin ich fast dasselbe wie ein Arzt», sagte er kleinlaut.

Rosemary schüttelte den Kopf. «Es ist wegen deines Vaters, stimmt's?»

Mitch hatte keine Ahnung, wovon sie sprach; mittlerweile dachte er überhaupt nur noch selten an seinen Vater.

Tränen liefen ihr über die Wangen. «Ich wusste es», sagte sie. «Ich wusste, dass du irgendwann davon erfahren würdest.»

Er stand auf und legte den Arm um sie. «Ich interessiere mich einfach für Psychologie», sagte er. «Das ist alles.»

Sie nahm seinen Arm und bedeutete ihm, sich wieder zu setzen. Dann nahm sie seine Hände in die ihren und sah ihm in die Augen. «Dein Interesse an dem, was in anderen Menschen vorgeht, deine Neugier ... all das kommt nicht von ungefähr. Du willst verstehen, warum er so etwas getan hat. Aber du bist nicht wie er – das weißt du doch, oder? Und manche Dinge lassen sich einfach nicht erklären.»

In jenem Moment ging ihm ein Licht auf – es war, als hätte er all die Jahre über ein Bild betrachtet, das umgekehrt aufgehängt worden war, und nun, da es richtig hing, sah er endlich, was es tatsächlich darstellte.

Den Nachbarn hatte Rosemary erzählt, es wäre ein Herzinfarkt gewesen, da sie nicht bemitleidet werden wollte. Außerdem wollte sie nicht, dass über ihre Jungs geredet wurde; stets hatte sie sich instinktiv vor Malcolm und Mitch gestellt. Nun aber erkannte er die Wahrheit, während die Erinnerung mit aller Macht zurückkam: sein Vater, der im Keller auf einem Schlafsack lag, neben sich eine leere Packung Tabletten und eine leere Whiskeyflasche. Er erinnerte sich an einen beißenden Gestank, in den sich der Geruch von Putzmittel mischte; seine Mutter hatte alles sauber gemacht, ehe sie den Arzt angerufen und gefragt hatte, was sie jetzt tun sollte.

Hastig wischte sich Rosemary die Tränen ab; sie gestattete sich nie, die Beherrschung zu verlieren. «Glaub mir, er war ein wunderbarer Mann», sagte sie. «Aber gegen das Dunkel in ihm hatte er keine Chance. Als er aus dem Krieg zurückkam, war er nicht mehr derselbe. Er hat nie verwunden, was er in Frankreich gesehen hat.»

Mitch drückte ihre Hände.

«Ich habe ihm nie verziehen, dass er uns verlassen hat», sagte sie. «Ich wusste, dass ich als Mutter allein nicht ausreiche.»

«Das ist nicht wahr», sagte er. Gern hätte er hinzugefügt: Du hast mir alles gegeben, was ich je brauchte. Und: Ich liebe dich, das musst du doch spüren. Doch stattdessen saß er schweigend da und ließ sie von seinem Vater erzählen.

::::::::::::

Was Grace anging, war sich seine Mutter zunächst alles andere als sicher gewesen. Sie war so jung, und alles drehte sich nur um ihr Studienfach. Sie konnte nicht kochen und wollte auch nicht sofort eine Familie gründen. «Nun ja, kein Problem», hatte Mitchs Mutter gesagt. «Nehmt euch ruhig Zeit.» Trotzdem bestand kein Zweifel an ihren Vorbehalten. Zum Teil hatte es damit zu tun, dass Grace ebenfalls Psychologin war und Rosemary Psychologen prinzipiell misstraute; sie glaubte nicht daran, dass mit all dem *Gerede* irgendetwas bewirkt werden konnte. Verglichen mit Malcolms Arbeit – er war im Brücken- und Straßenbau tätig, und wäre es nach Rosemary gegangen, hätten seine Projekte nach ihm benannt werden müssen – war Mitchs Tätigkeit nicht greifbar für sie, womöglich sogar kompletter Unfug in ihren Augen. Wenn er nach Hause kam, erzählte er für gewöhnlich so wenig wie möglich von seinem Job, sondern ließ sich über die neuesten Nachrichten oder das Wetter aus.

In einer Hinsicht waren Rosemary, Malcolm und er sich schon immer einig gewesen. Sie hassten den Schnee, und nichts ging ihnen mehr gegen den Strich, als schon wieder Auffahrt und Bürgersteig freischaufeln zu müssen. Über den verdammten Schnee konnten sie sich stundenlang auslassen – wann es abermals zu schneien anfangen, wie viel herunterkommen und wann endlich wieder Schluss damit sein würde. Nichts verband sie so sehr wie ihre gemeinsame Abneigung gegen Schnee.

Nur hatten sie nicht mit Grace gerechnet. Als sie zum ersten Mal hörte, wie sie sich zu dritt darüber aufregten, sagte sie: «Dann geht doch einfach mal nach draußen!»

Rosemary lächelte und zündete sich eine Zigarette an; auch wenn sie ihre Söhne tausendmal vor den Gefahren des Rauchens gewarnt hatte, konnte sie es selbst nicht lassen. «Ach, und warum sollte ich das tun, meine Liebe?»

«Ihr müsst den Schnee mit offenen Armen empfangen. Euch in

ihn reinstürzen. Ski fahren, einen Schneemann bauen, Schneebälle werfen. Versucht's doch mal!» Grace' Augen leuchteten. «Das wird euer Leben verändern, ich schwör's.»

«Was du nicht sagst», gab Rosemary zurück. «Also, bis jetzt hat mir mein Leben auch so recht gut gefallen.»

Eine kurze Pause entstand. Grace wurde knallrot und starrte auf die Tischplatte, bis Malcolms Frau Cindy, stets darum bemüht, bloß keine Konflikte aufkommen zu lassen, kurzerhand das Thema wechselte und erzählte, dass sie in Kürze als Avon-Beraterin anfangen würde.

«Wir haben ein Riesensortiment an schönen Lippenstiften. Nächstes Mal bringe ich dir ein paar mit.»

Rosemarys orangefarbener Lippenstift war ein Endloslacher zwischen Cindy, Malcolm und Mitch.

«Das ist aber nett von dir», sagte Rosemary. «Ich kann meinen Farbton nirgends mehr finden. Anscheinend wird er nicht mehr hergestellt. Als ich das letzte Mal bei Cumberland war, meinte die Verkäuferin, sie hätte ihn schon seit Monaten nicht mehr gesehen.»

Der peinliche Moment war damit überstanden, und auch Grace hielt sich nicht länger damit auf. Sie ließ sich nicht entmutigen, gab nie auf, und schließlich war es ihre Hartnäckigkeit, die Mitchs Mutter überzeugte. Vollends gewann Grace ihr Herz beim ersten Weihnachtsfest, das sie gemeinsam verbrachten. Grace war den ganzen Tag über ziemlich still gewesen, und Mitch spürte ihre Nervosität. Sie hielt sich zurück, hörte den anderen zu, versuchte herauszufinden, wie sie Teil der Familie werden konnte, ohne an ihren Konturen zu rütteln. Am ersten Weihnachtstag verteilten sie nach dem Frühstück ihre Geschenke. Als Rosemary Grace' Geschenk auspackte, gab sie keinen Ton von sich. Mitch fragte sich, was damit nicht stimmte. Und dann sah er erschrocken, dass seiner Mutter, die nie weinte, Tränen über die Wangen liefen.

Er sah zu Grace hinüber, die seine Bestürzung jedoch nicht zu bemerken schien. Abwartend blickte sie Rosemary an.

Es war eine Schachtel mit orangefarbenen Lippenstiften. Sie musste jeden einzelnen Drogeriemarkt in ganz Montreal aufgesucht und alle noch vorhandenen Lippenstifte in Rosemarys Lieblingsfarbe aufgekauft haben. In der Schachtel befanden sich genug scheußliche Lippenstifte, um Rosemary bis ans Ende ihres Lebens zu reichen.

«So ein schönes Geschenk habe ich noch nie bekommen», sagte seine Mutter.

::::::::::::

Während sie älter wurde, ließ Rosemary ihren Tränen freieren Lauf. Sie weinte bei Mitchs und Grace' Hochzeit; sie weinte, als ihre Enkel geboren wurden, und sie weinte, ja, schluchzte herzzerreißend, als er ihr berichtete, dass er und Grace sich trennen würden.

«Jetzt wirst du nie eine Familie haben», presste sie mühsam hervor.

Einen flüchtigen Moment lang hasste er sie – zum ersten Mal in seinem Leben. Wie konnte sie ihm etwas so Grausames ins Gesicht sagen, da er sich ohnehin wie ein kompletter Versager fühlte? Und wie kam sie bloß darauf? Schließlich war er noch jung und konnte jederzeit wieder heiraten; wenn er eine Familie gründen wollte, konnte er das selbstverständlich immer noch tun.

Aber natürlich hatte sie recht. Es kam nie dazu.

::::::::::::

Fünf Jahre nach seiner Scheidung wurde bei Rosemary Magenkrebs diagnostiziert.

«Und ich habe immer geglaubt, ich kriege irgendwann Lungenkrebs», stellte sie trocken fest. «Gut, dass ich nicht mit dem Rauchen aufgehört habe.»

Es war Winter, und Mitch hatte sie ins Krankenhaus gefahren. Sie saßen in seinem Wagen; wie immer roch sie nach Zigarettenrauch und ihrem Jean-Naté-Parfüm.

«Also, ich weiß nicht», sagte er.

Die Ärzte hatten ihnen gesagt, dass ihr nicht mehr viel Zeit blieb. Malcolm nahm den nächsten Flieger von Mississauga nach Montreal. Cindy und die Kinder sollten später mit dem Wagen nachkommen, um Abschied zu nehmen. Sie hatten den Zeitplan ruhig und sachlich im Wohnzimmer beim Kaffee durchgesprochen, ganz den Vorstellungen seiner Mutter entsprechend. Sie war immer noch ein echtes Organisationstalent. Unter ihrer Ägide stünde die ganze Welt besser da, dachte er.

Zu jener Zeit war Mitch mit einer jungen Frau namens Mira zusammen, einer Krankenschwester, die er bei der Arbeit kennengelernt hatte. Sie war klein, hatte ein freundliches Wesen, verwöhnte ihn mit köstlichen indischen Gerichten, deren Zubereitung sie von ihrer Mutter gelernt hatte, und stand ihm die ganze Zeit über zur Seite, während seine Mutter im Sterben lag. Er stellte sie auch Malcolm und Cindy vor, aber sie wurden nicht so richtig warm miteinander. Wenn er nachts weinte, hielt sie ihn in ihren Armen.

Schon wenige Wochen später ging es mit seiner Mutter zu Ende. Malcolm hatte sich Urlaub genommen und wohnte vorübergehend bei ihrer Mutter, und wenn Mitch gelegentlich ebenfalls dort übernachtete, tranken sie meist schweigend zusammen Whiskey; auch wenn es nicht viel zu sagen gab, waren sie beide unfähig, auf den Trost des anderen zu verzichten. An einem der letzten Abende vor Rosemarys Tod fragte ihn Malcolm, ob er Zukunftspläne mit Mira habe.

«Ich weiß nicht genau», erwiderte Mitch. «Aber sie hat mir in den letzten Monaten sehr geholfen.»

«Es würde Mom glücklich machen», sagte Malcolm. «Sie macht sich Sorgen, weil du so viel allein bist.»

Mitch erinnerte sich an ihre Worte. *Jetzt wirst du nie eine Familie haben.* Und er begann zu überlegen, ob es vielleicht nicht doch eine gemeinsame Zukunft für ihn und Mira geben könnte; sie hatte sich in dieser schweren Zeit rührend um ihn gekümmert, und er nahm sich vor, sie mehr an seinem Leben teilhaben zu lassen.

Am nächsten Nachmittag nahm er Mira mit ins Krankenhaus. Ihr letzter gemeinsamer Besuch war schon einige Wochen her, und Rosemarys Zustand hatte sich drastisch verschlechtert: Sie atmete schwer, ihre Wangen waren eingefallen, und ihre Lider flatterten. Aber sie sah zu Mira auf und lächelte.

«Oh, Gracie», sagte sie. «Ich wusste, dass du zurückkommst.»

Mira tätschelte ihre Hand, ohne sich davon irritieren zu lassen. Und da sie ja Krankenschwester war, hätte es auch nicht seiner Erklärung bedurft, dass die Schmerzmittel seine Mutter ein ums andere Mal in die Vergangenheit zurückschickten, sie zuweilen auch glaubte, er sei erst fünf Jahre alt, und ihn dann fragte, was er zum Frühstück haben wolle. Doch in jenem Moment veränderte sich etwas zwischen ihnen, und nachdem seine Mutter gestorben war, verbrachten sie immer weniger Zeit miteinander, bis Mira schließlich einen anderen Mann kennenlernte und nach Ottawa zog.

Lange nach dem Tod seiner Mutter kamen ihm ihre Worte abermals in den Sinn. Es war einer von vielen Momenten, in denen ihm – nicht schockartig, aber doch mit Schrecken – bewusst wurde, dass sein privates Elend, der Entschluss, sich scheiden zu lassen, nicht auf sein eigenes Leben beschränkt geblieben war. Und das bereitete ihm größere Gewissensbisse als je zuvor.

Nach und nach aber begann er ihre Worte in einem anderen Licht zu sehen. Rosemary war tüchtig und selbstlos gewesen, hatte aber auch ständig alle herumkommandiert und stets die Fäden in der Hand halten wollen. Wider Erwarten hatte sie Grace am Ende doch ins Herz geschlossen, und die Scheidung hatte sie gezwungen, die enge Bindung zu ihrer geliebten Schwiegertochter wieder zu lösen. Sie hatte sich nur ungern von Dingen getrennt. Oder Menschen. Er erinnerte sich an etwas, das sie im Zusammenhang mit dem Selbstmord seines Vaters gesagt hatte: «Er hat mich nicht an sich herangelassen, aber ich habe ihn immer weiter bedrängt.»

Und selbst in den letzten Tagen vor ihrem Tod, als sie mehr und mehr verfiel und immer verwirrter wurde, hatte sie nichts zusammenphantasiert und ihre Besucher ebenso stets erkannt. Umso seltsamer war, dass sie Mira mit Grace' Namen angesprochen hatte. Vielleicht hatte sie es ja mit Absicht getan, um ihn an ihre Worte zu erinnern, womöglich weniger ein Ausdruck ihres Schmerzes als ein Fluch. *Jetzt wirst du nie eine Familie haben.*

Nun begriff er, dass er nie erfahren würde, wie sie ihre Worte wirklich gemeint hatte, da der einzige Mensch, den er hätte fragen können, nicht mehr unter ihnen war.

Sie fehlte ihm nach wie vor – nicht immer, doch manchmal übermannte ihn ihr Verlust urplötzlich mit solcher Macht, dass ihm regelrecht schwindelig wurde. Genauso ging es ihm jetzt. Er hätte ihr gern erzählt, dass er Grace wieder begegnet war und ihr zu helfen versuchte. Er hätte seiner Mutter gern von ihrem Wiedersehen erzählt, aber nicht voller Stolz oder Triumphgefühl, sondern so, als würde er ihr eine Narbe präsentieren, eine tiefe Wunde, die längst verheilt, im Lauf der Zeit fast verblasst war. Denn wenn jemand wusste, was Verlust und Neuanfang bedeuteten, dann sie.

Vielleicht aber war es ja viel einfacher. Vielleicht hätte er auch nur gern jene Stimme aus seiner Kindheit gehört, jene Stimme, die nach orangefarbenem Lippenstift und Craven-A-Zigaretten klang und ihn so sanft geweckt hatte an all jenen Langschläfermorgen. Ja, wie gern hätte er ihre Stimme gehört: «Oh, Gracie. Ich wusste, dass du zurückkommst.»

7

Montreal, 1996

Grace war Einschüchterungsversuche durch Eltern nicht gewohnt, und es wollte ihr nicht aus dem Sinn gehen, was Annie Hardwicks Vater zu ihr gesagt hatte: *Leuten wie Ihnen sollte verboten werden, in anderer Menschen Leben herumzupfuschen.* Dabei hatte sie nichts dergleichen getan; sie hatte dem Mädchen lediglich zugehört und sie nach bestem Wissen und Gewissen beraten – was schließlich auch die Dienstleistung war, für die sie in erster Linie bezahlt wurde. In Gedanken führte sie das Streitgespräch mit Annies Vater fort. Ein paar Tage später hatte er, offenbar betrunken, abends um zehn eine Nachricht auf den Anrufbeantworter in ihrer Praxis gesprochen. «Sie hören von unserem Anwalt», hatte er gesagt.

Aber sie hatte weder von irgendeinem Anwalt noch von Annie gehört; mittlerweile war sie schon dreimal nicht zu ihren Terminen erschienen.

Unterdessen begann ihre Beziehung zu Tug ernsthafte Formen anzunehmen. Der Mann, der zunächst so distanziert, so zurückhaltend gewesen war, hatte sich sichtlich verändert. Mittlerweile lächelte er häufig, und manchmal, wenn sie allein waren – und nur dann –, drang ein ganz besonderes Lachen aus seinem Mund, das sie ansteckte und überglücklich machte, nicht zuletzt, weil es so intim war, ein Teil einer Sprache, die sie gemeinsam erschaffen hatten, die ihnen ganz allein gehörte.

An ihrem Geburtstag lud er sie in ein schummeriges, lautes griechisches Restaurant ein, wo sie eingepfercht in einer Nische saßen, herben Rotwein tranken und gegrillten Tintenfisch und Lamm aßen. Mit geröteten Wangen erzählte ihr Tug eine lange Geschichte von einem Jugendfreund, der geradezu süchtig danach gewesen war, von Bäumen, Zügen und schließlich auch von Gebäuden zu springen, ohne sich dabei je eine Verletzung zuzuziehen, egal aus welcher Höhe er sprang. «Es ist nicht zu fassen», sagte Tug kopfschüttelnd, «aber er hat immer überlebt.»

«Verrückt», sagte Grace lächelnd.

Seine Hand lag auf der ihren. Er hatte ebenfalls überlebt.

::::::::::::

Wenn sie ihn gelegentlich dazu zu bewegen versuchte, über jenen Tag in den Bergen zu sprechen, wich er ihr nicht direkt aus, blieb aber stets schwammig in seinen Aussagen. «Ich war unglücklich, Grace», antwortete er dann, beließ es aber dabei. Und wenn sie weitere Fragen stellte, ihm mehr zu entlocken versuchte, blieb er ebenso einsilbig.

Je länger er sich weigerte, über den Vorfall zu reden, desto neugieriger wurde sie, was diesen schwarzen Fleck in seiner Vergangenheit betraf. Natürlich wollte sie nur wissen, was ihn zu dieser Verzweiflungstat getrieben hatte. Über seine Scheidung sprach er relativ offen. Mit seiner Exfrau – sie lebte inzwischen wieder in Hudson bei ihren Eltern – war er vier Jahre verheiratet gewesen, doch sie hatten einfach nicht zueinandergepasst, und so traurig es auch sein mochte, war das Ende von vornherein absehbar gewesen. Es klang keineswegs wie eine Lüge, mehr wie eine simple, holzschnittartige Version der Wahrheit. Was sein Berufsleben anging, wusste sie mittlerweile, dass er in der Schweiz für die UNESCO gearbeitet hatte, ein öder Bürokratenjob, wie er erzählte. Jedenfalls hatte er schließlich die Nase voll gehabt. Aber in dem Schreibwarenladen wollte er ebenso wenig versauern; er gönnte sich lediglich eine kleine Auszeit, um sich darüber klar zu werden, was er als Nächstes tun wollte.

Stets blieb er gleichermaßen wortkarg, ob es nun um seine finanzielle Situation, seine Zeit in psychiatrischer Behandlung oder das Verhältnis zu seiner Familie ging. Während sie mehr aus ihm herauszubekommen versuchte, fühlte sie sich, als würde sie immer weiter auf denselben widerspenstigen Nagel einhämmern.

Tug hingegen stellte ihr nur selten Fragen – aber, so vermutete sie, wohl nicht aus Desinteresse, sondern weil ihre Unterhaltungen sonst aus der Balance geraten wären. Auf diese Weise sorgte er dafür, dass sie weiter die Rolle der Inquisitorin innehatte. Und es funktionierte; schließlich stellte sie gar keine Fragen mehr.

Trotzdem lösten sich ihre Fragen nicht in Rauch auf; sie nisteten sich nur tiefer in ihrem Unterbewusstsein ein. Tatsächlich waren ihr nur Grundzüge seines Lebens bekannt: wo er zur Schule gegangen, dass er verheiratet und im Ausland gewesen war. Was wirklich in ihm vorging, blieb hinter seinem Seelenvorhang verborgen, und die Diskrepanz zwischen dem, was er ihr erzählte, und dem, was sie nicht wusste, blähte sich immer weiter und weiter zwischen ihnen auf – und manchmal, wenn sie ihn umarmte, fühlte sich diese Blase zwischen ihnen an, als wäre sie das Einzige, was sie überhaupt an ihm berühren konnte.

::::::::::::

An einem Donnerstagnachmittag kümmerte sich Grace um einigen liegen gebliebenen Papierkram. Eigentlich hätte Annie Hardwick um diese Zeit ihre Sitzung gehabt, und bislang hatte sie den Termin noch nicht neu vergeben, nahm sich aber vor, dies alsbald zu tun. Dann aber klopfte es an der Tür, und zu ihrer Überraschung trat Annie ein.

«Hi», sagte sie lächelnd.

Sie sah hübscher aus als zuvor, weniger kindlich, nicht zuletzt, weil sie keine Zahnspange mehr trug. Sie zog ihren Wintermantel aus und warf ihn auf die Couch; darunter trug sie einen knappen Pulli und Jeans statt der üblichen Schuluniform. Sie wirkte zielstrebig und selbstbewusst, und ihr war klar anzusehen, dass sie nicht die Absicht hatte, sich für den Ärger zu entschuldigen, den sie Grace eingebrockt hatte.

«Wie geht's dir?», fragte Grace.

«Absolut *grauenhaft*.» Sie warf ihr blondes Haar zurück. «Bestimmt haben Sie es mitgekriegt. Was für eine *Katastrophe!* Ich habe seit Wochen Hausarrest – Ollie, Freunde, Einkaufszentrum, alles gestrichen. Meine Mutter hat mein Tagebuch gefunden und ist total *ausgeflippt*. Und dann noch das ganze Theater mit der Schwangerschaft. Du lieber Gott!»

«Und wie denkst du jetzt über deine Schwangerschaft?»

«Ich bin froh», erwiderte Annie entschieden, «dass ich es hinter mir habe.»

«Okay.» Grace kam es vor, als würde sie mit einem komplett neuen Wesen sprechen, das seine jungmädchenhafte Haut abgestreift hatte und zu einer schöneren, wilderen Kreatur geworden war.

Sie unterhielt sich ein paar Minuten mit Annie über die Schule, ihre Freunde und darüber, dass sie ihre Spange losgeworden war, bevor sie wieder auf ihre Eltern und die schwierigen Umstände der letzten Wochen zu sprechen kam.

«Meiner Lehrerin, Miss Van den Berg, habe ich erzählt, ich hätte die Grippe. Aber dann habe ich mich irgendwie geschämt, weil mir die Lüge so leicht über die Lippen kam. Erst in dem Augenblick ist mir klar geworden, dass man sich das Lügen meistens verkneift, weil man ohnehin nicht glaubt, dass man damit durchkommt. Und deshalb ist Lügen eben doch keine Kleinigkeit.»

«Das stimmt wohl», sagte Grace zögernd. «Soll das bedeuten, dass du deine Eltern in Zukunft nicht mehr anlügen willst?»

Annie lachte. «Meine Eltern», sagte sie, stieß einen Seufzer aus und schüttelte den Kopf, als wären sie die Kinder, die dauernd Probleme machten. Dann entspannten sich ihre Züge, und plötzlich wirkte sie aufrichtig und traurig. Sie faltete die Hände im Schoß, fast wie zum Gebet. «Mein Vater hat eine Geliebte, die drüben in Saint-Lambert lebt», sagte sie in leisem, resigniertem Tonfall. «Ich weiß Bescheid. Früher war sie seine Sekretärin, aber jetzt lässt sie sich nur noch von ihm aushalten. Gestern haben sich meine Eltern die halbe Nacht gestritten. Sie haben gedacht, ich schlafe, aber ich habe alles mitbekommen. Anscheinend ist sie schwanger und will das Baby auch bekommen. Ehrlich, das wäre doch völlig *gaga* gewesen, wenn sie und ich gleichzeitig ein Kind bekommen hätten. Wie wären die Babys überhaupt miteinander verwandt?»

«Ich weiß es nicht», erwiderte Grace.

«Vielleicht wäre ich dann meine eigene Tante oder so. Jedenfalls hat ihm meine Mutter gedroht, sich selbst einen Lover zu nehmen. Aber sie würde meinen Vater sowieso nie verlassen, dazu hätte sie nie im Leben den Mut. Ich glaube nicht mal, dass sie ihre Drohung wahr macht. Stattdessen wird sie sich mal wieder Beruhigungsmittel verschreiben lassen.»

Sie blickte auf ihre gefalteten Hände, und plötzlich rannen ihr Tränen über die Wangen, ohne dass sie einen Ton von sich gab.

«Es ist nicht deine Schuld», sagte Grace sanft. «Du hast keinen Einfluss darauf.»

«Früher hat er ...», schluchzte sie, hielt dann aber inne.

Grace wartete.

«Früher hat er sich immer zu mir ins Bett gelegt und gesagt, ich

wäre seine süße Kleine. Er macht es jetzt zwar nicht mehr, aber ...»
Ihre Schultern bebten; sie weinte jetzt heftiger, heulte Rotz und Wasser.

Grace reichte ihr ein Papiertaschentuch. «Erzähl mir mehr davon.»

«Nein», presste Annie hervor. «Nein.» Als sie den Kopf hob und sich die Augen wischte, trat ein harter, gefasster Ausdruck auf ihre Züge. Mit einem Mal war ihre Maske wiederhergestellt, als würde eine Schiebetür zugleiten. Der Umstand, dass ihre Fassade gelegentlich doch noch bröckelte und sie dann augenscheinlich Mühe hatte, ihre gespielte Gleichgültigkeit aufrechtzuerhalten, ließ sie in Grace' Augen nur noch bedauernswerter erscheinen. Sie übte sich darin, andere auf Abstand zu halten, und mit den Jahren würde sie diese Kunst zwar immer weiter perfektionieren, aber auch einen hohen Preis dafür zahlen.

«Annie», versuchte sie das Mädchen aufzumuntern. «Du bist sechzehn. Und bald erwachsen.»

«Was meinen Sie damit?», gab Annie zurück.

«Du bestimmst selbst über dein Leben», erklärte Grace. «Niemand zwingt dich, so wie deine Eltern zu werden.»

Zu ihrem Erstaunen trat plötzlich ein Lächeln auf Annies Züge. Sie verschmierte ihr Make-up, als sie sich mit dem Ärmel über die Wangen fuhr, schien aber den Gedanken als tröstlicher zu empfinden, als Grace erwartet hatte. «Ja, Sie haben recht», sagte sie und stand abrupt auf. «Sie haben absolut recht.»

Grace wurde flau im Magen. Wenn ein Patient so schnell einlenkte, war es meist alles andere als ein gutes Zeichen. «Lass uns darüber reden, was das für deine Zukunft bedeutet.»

«Nein», sagte Annie. «Mir geht's wieder bestens.» Immer noch lächelnd, nahm sie ihren Mantel; die Farbe war in ihre Wangen zurückgekehrt, und ihre Augen strahlten. An der Tür wandte sie sich noch einmal um. «Danke, Grace. Sie haben mir sehr geholfen.»

Es war das erste Mal, dass sie sich bei ihr bedankte. Dann war sie verschwunden. Den Kopf in die Hände gestützt, saß Grace an ihrem Schreibtisch. Irgendetwas war soeben gravierend schiefgelaufen; sie wusste nur nicht genau, was. Die Sitzung war ihr komplett entglitten. Sie hatte das Mädchen gehen lassen, und nun, daran bestand für sie nicht der geringste Zweifel, würde sie nie wieder zurückkommen.

::::::::::::

Am Abend kam Tug vorbei, und nachdem sie gekocht hatte, aßen sie schweigend zusammen. Grace musste immer wieder an ihre Sitzung mit Annie denken. Sie fragte sich, ob das, was sie über ihren Vater angedeutet hatte, tatsächlich der Wahrheit entsprach, was ihr plötzlich jenes strahlende Lächeln ins Gesicht gezaubert hatte, und was sie, Grace, hätte anders machen können. Es war ihr vorgekommen, als würde sie mit einer ganz neuen Patientin sprechen, mit einer Frau, die sie nie zuvor gesehen hatte.

Falls Tug ihre Geistesabwesenheit bemerkte, ließ er sich jedenfalls nichts anmerken. Nach dem Abendessen kümmerte er sich um den Abwasch, während sie im Wohnzimmer eine Zeitschrift las. Erst eine halbe Stunde später, als er zu ihr kam und sah, dass sie weinte, fragte er, was denn los sei.

Sie ließ die Zeitschrift sinken. «Ich kann so nicht weitermachen», sagte sie.

«Was meinst du?»

Mit ausdruckslosem Gesicht stand er vor ihr, und ihr war klar, dass er sie ebenso auf Abstand hielt wie Stunden zuvor das Mädchen in ihrer Praxis. Es war schlicht unerträglich für sie, sowohl in ihrem Beruf als auch zu Hause mit dieser Distanz konfrontiert zu sein. Sie hielt es nicht mehr aus. «Ich muss es wissen», sagte sie.

Tug gab ein leises, genervtes Schnauben von sich, zuckte mit den Schultern und wandte den Blick von ihr ab. «Das würde nichts ändern», erwiderte er, ohne Anstalten zu machen, sich ebenfalls zu setzen.

Sie schluckte und erwiderte so ruhig wie eben möglich: «Da irrst du dich.»

«Ich bin nicht dein Patient, Grace», sagte er. Seine Stimme klang rau. «Du kannst mich nicht umkrempeln. Ich weiß, du hast einen Helferkomplex, aber so funktioniert das einfach nicht.»

Grace strömten die Tränen über die Wangen. Sie stand auf und sah ihm in die Augen, ebenso unschlüssig wie er, und beide zitterten sie leicht. Das fragile Gleichgewicht, in dem sie sich eingerichtet hatten, geriet plötzlich ins Wanken, und unvermittelt fühlte sie sich, als würde ihr der Boden unter den Füßen weggezogen.

«Ich habe keine Ahnung, wie du über all das denkst», sagte sie, «aber ich will dich nicht mehr sehen, solange du nicht ehrlich zu mir bist.»

«Oh, Gracie», erwiderte er. «Aber es war doch alles so schön.»

Er nahm sie in die Arme, und sie schloss die Augen, gab sich einen Moment lang der Wärme seines Körpers hin, fühlte seine Bartstoppeln an ihrer Wange. Dann löste sie sich von ihm und trat einen Schritt zurück. «Lass mich jetzt allein», sagte sie.

::::::::::::

Als sie zu Bett gegangen war, wartete sie darauf, dass er anrufen oder zurückkommen würde, doch passierte gar nichts; er hatte ihre Wohnung auch ohne ein Wort des Widerspruchs verlassen. Ihre Gedanken schweiften wieder zu Annie zurück – wieso war das Mädchen von einer Sekunde auf die andere wie verwandelt gewesen, wie hatte sie dieses seltsame, strahlende Lächeln ausgelöst? Nach einer Weile kam ihr wieder das Abendessen mit Tug in dem griechischen Restaurant in den Sinn. Sie erinnerte sich an die Geschichte aus seiner Kindheit, über jenen Jugendfreund, der dauernd von Bäumen, Zügen und Gebäuden gesprungen war. Zu jenem Zeitpunkt hatte sie geglaubt, es sei lediglich eine Anekdote über jemanden, der nicht alle Tassen im Schrank hatte. Nun aber wurde ihr bewusst, dass die Geschichte für Tug eine ganz andere Bedeutungsebene besaß. Für ihn war es ein Rätsel. Ein Wunder.

Und obwohl er um fünf Uhr morgens zurückkam, sich entschuldigte, zu ihr ins Bett kroch und versprach, ihr alles zu erzählen, begriff sie, dass er auf seinen ehemaligen Freund nicht herabsah, sondern ihn einfach nur darum beneidete, wie egal ihm Leben und Tod gewesen waren. Wahrscheinlich hätte er sich seinem Freund nur allzu gern angeschlossen, dachte sie. Für ihn wäre es ebenfalls das Größte gewesen, ins Ungewisse zu springen, ohne einen Gedanken daran zu verschwenden, ob er sich dabei das Genick brechen könnte.

::::::::::::

Als sie am nächsten Abend von der Arbeit kam, schenkte er ihr und sich zwei große Gläser Rotwein ein und begann zu erzählen. Er erzählte bis Mitternacht und hielt nur inne, um ihnen nachzuschenken oder die nächste Flasche zu entkorken. Der Wein schien ihm die Zunge zu lösen; davon abgesehen benötigte er keinen Ansporn, nicht einmal ein zustimmendes Murmeln. Und so saß sie einfach nur da und hörte zu.

8

Kigali, 1994

Es war die schönste Landschaft, die Tug je gesehen hatte. Und er gehörte nicht zu den Menschen, die schon während der Kindheit von Afrika geträumt und sich in Dschungelmontur auf Safari gesehen hatten – obwohl viele Nordamerikaner und Europäer in seinem Umfeld in genau solchen Fantasien schwelgten. Manche versuchten, ihre Begeisterung mit Zynismus zu kaschieren. Andere machten keinen Hehl aus ihrer Faszination, ihrem Faible für die bewegte und komplexe Geschichte Afrikas und ihrem lang gehegten Wunsch, den Kontinent und seine Bewohner kennenzulernen (wobei es den Männern vorrangig um schwarze Frauen ging). Entwicklungshelfer hingegen waren unverbesserliche Romantiker, auch wenn sie es niemals zugegeben hätten, hin und her gerissen zwischen Idealismus und Pragmatismus.

Monate später fragte ihn eine Frau, die für das Rote Kreuz arbeitete, ob er die Nacht mit ihr verbringen wolle; sie waren beide verschwitzt, betrunken und schrecklich einsam. Als sie um drei Uhr morgens nackt nebeneinanderlagen, gestand sie ihm, dass sie als kleines Mädchen für Dian Fossey geschwärmt hatte.

«Ich habe immer von den Gorillas im Nebel geträumt», sagte sie lächelnd. «Gleich in der ersten Wochen habe ich sie gesehen. Und jetzt bin ich schon zwei Jahre hier.» Dafür, dass sie eine durchtrainierte ehemalige Hockeyspielerin war, erwies sie sich als erstaunlich anhänglich und sentimental. Nichts sei ihr je so wichtig gewesen wie diese Gorillas, sagte sie. Tug hatte den Eindruck – aber das bildete er sich vielleicht auch nur ein –, dass sie so etwas nach dem Sex immer erzählte, eine kleine Extrageschichte, um das Ganze nicht allzu abrupt enden zu lassen. Obwohl er eigentlich gern mehr über die Gorillas gehört hätte, wollte er sich nicht näher mit ihr einlassen. Und sie hatte seine Skepsis zweifellos gespürt: Am nächsten Morgen ließ ihn die Gorillafrau, wie er sie später in Gedanken zu nennen pflegte, links liegen und tat so, als sei nichts zwischen ihnen passiert.

Für Tug war Ruanda eine echte Überraschung. Zuletzt war er in Guatemala gewesen; sechs Monate hatte er Familien im Departamento Suchitepéquez mit Lebensmitteln und Medikamenten versorgt, nachdem die Region von Überschwemmungen und Erdrutschen heimgesucht worden war. Er hatte sich an das Land gewöhnt, fand die Menschen sympathisch und beherrschte die Sprache bestens. Eigentlich wollte er gar nicht weg, doch dann war sein Vater schwer krank geworden; deshalb war er gezwungen gewesen, in die Heimat zurückzukehren. Er blieb zwei Jahre, während sein Vater wieder und wieder ins Krankenhaus eingeliefert werden musste. Seine Mutter war zu gebrechlich, um sich um ihn zu kümmern, und seine Schwester, die mit ihrem Mann und ihren zwei Kindern in Toronto lebte, hatte ihm unmissverständlich zu verstehen gegeben, dass sie diese Last weder auf sich nehmen konnte noch wollte.

Zu dieser Zeit lernte er Marcie kennen, die als Assistentin für den Anwalt seiner Eltern tätig war. Sie war blond, hübsch und überaus tüchtig, was Alltagsdinge anging. Tug kannte sich damit aus, Zelte aufzubauen und Ambulanzen zu errichten. Er wusste, auf welchem Terrain man am besten Latrinen baute und dass man die Reisrationen erst an die Frauen austeilte und nicht an die Männer, schon gar nicht an junge. Unter Kindern mit ausgestreckten Händen begann er aufzublühen, pulsierte er regelrecht vor Energie, kam wochenlang mit drei, vier Stunden Schlaf pro Nacht aus. Zu Hause in Kanada fühlte er sich wie gelähmt. Konfrontiert mit Versicherungspapieren, dem Haushalt seiner Eltern und dem Palaver seiner Mutter über die Nachbarn, brachte er kaum genug Kraft auf, um ganz normale Tage zu überstehen.

Gott sei Dank war Marcie in solchen Dingen nicht zu schlagen. Papierkram machte ihr nichts aus. Sie beschwerte sich nicht, wenn er keine Zeit für sie hatte, und hatte stets ein offenes Ohr für seine Mutter. Fernweh kannte sie nicht; sie stammte aus einer großen, eng verbundenen Familie und hasste Reisen. Sie verbrachten jedes Wochenende zusammen; wenn sie nicht für ihn kochte, aßen sie bei ihren Eltern in deren geräumigem Landhaus in Hudson zu Abend. Seiner Mutter brachte sie immer frisch eingekochte Marmelade oder Kekse mit; seine Mutter pflegte dann schwach zu protestieren, nahm es aber nur allzu gern hin, derart umsorgt zu werden. Ihre Familien waren im Nu ein Herz und eine Seele; ihre Eltern besuchten seinen Vater im Krankenhaus, und Weihnachten verbrachten sie alle zusammen. Ein Jahr darauf hielt er während eines Urlaubs in Florida um ihre Hand an, und zwei Monate später heirateten sie im engsten Kreis ihrer Familien. Als er ihr den Ring ansteckte, rannen ein paar Tränen über ihre Wangen, und er dachte: Das ist es. Endlich hat mein Leben Gestalt angenommen.

Als sich der Zustand seines Vaters wieder besserte – zumindest soweit das für einen Siebzigjährigen mit seiner Vorgeschichte möglich war –, erkundigte er sich bei der Hilfsorganisation, für die er auch in Guatemala gewesen war, nach einer neuen Mission. Marcie war alles andere als begeistert über die bevorstehende Trennung, verstand aber, dass er endlich wieder seiner Berufung folgen wollte. Sie bewunderte sein Engagement, seine Bereitschaft, anderen Menschen helfen zu wollen, und er ließ sich nur allzu gern von ihr anhimmeln, ohne ihr je zu verraten, dass sein Job Adrenalin pur, vielleicht sogar eine Droge für ihn war. Womit er eine erste Kluft zwischen ihnen schuf, aber er sagte sich, dass es in ein paar Jahren ohnehin keine Rolle mehr spielen würde, wenn er nicht mehr als

Entwicklungshelfer arbeitete und sie irgendwo ein ruhiges Leben führen würden.

Er wurde nach Ruanda geschickt. Dort hatte er ebenfalls die Aufgabe, sich um infrastrukturelle Maßnahmen und die medizinische Versorgung zu kümmern, wenn auch aus anderen Gründen, da hier keine Naturkatastrophe geschehen war, sondern das Land von zivilen Konflikten erschüttert wurde, die Abertausende von Menschen in Flüchtlingslager getrieben hatten.

Er wusste nur wenig über Ruanda, doch als er aus dem Fenster des Flugzeugs blickte, kam es ihm vor, als habe er dieses Land schon einmal gesehen, vielleicht im Kino, im Fernsehen oder – natürlich war es Unsinn, aber trotzdem streifte ihn der Gedanke – sogar in seinen Träumen. Die Landschaft war bergig, grün, in Wolken eingehüllt und unvergleichlich schön, gleichzeitig herb und üppig. Ihm war, als würde er einen anderen Planeten anfliegen, ein Gefilde, das man besuchte, wenn man genug Zeit an den banalen Orten der Erde verschwendet hatte. Sein Herz schlug höher, so wie immer, wenn er auf ein fremdes Land hinunterblickte: Es gab so viel zu entdecken, so viel zu tun, und er spürte, wie seine alte Energie zurückkehrte, ein Gefühl von Zielstrebigkeit und Bestimmung, das seinen Aufenthalt prägen würde.

Wenn Marcie das nur sehen könnte, dachte er, und schoss ein verwackeltes Foto.

::::::::::::

Sein Zimmer befand sich in einer maroden einstöckigen Wohnanlage, in der außer ihm noch ein paar Helfer aus Belgien und der Schweiz untergebracht waren. Abends saßen sie in einer nahe gelegenen Hotelbar beim Bier zusammen, umgeben von anderen Ausländern, die meisten davon Journalisten, Krankenschwestern und

Mitarbeiter der UN. Es war Dezember 1993, und eine seltsam nervöse Spannung lag in der Luft, die er sich nicht recht erklären konnte. Aber er war ja gerade erst eingetroffen, und womöglich herrschte hier immer eine derartige Stimmung. Er hatte keinen Überblick, wusste nicht, was hier vor sich ging, und den anderen an der Bar war auch nicht allzu viel zu entlocken. Sie waren der Meinung, dass man sich selbst ein Urteil bilden sollte, statt sich auf Dritte zu verlassen; ihr hart erarbeitetes Insiderwissen empfanden sie als Ausdruck ihrer Überlegenheit, und es war geradezu Tradition, sich über die Neulinge und ihre Fehler zu amüsieren.

Zunächst erschienen ihm die Tage als lang, heiß und angenehm betriebsam. Es gab jede Menge zu tun. Die Versorgung in den Lagern sicherzustellen, war eine Sisyphusaufgabe, und die Hilfsgüter, die ihnen zur Verfügung standen, reichten hinten und vorn nicht aus. Stiefel und Kleidung, Kisten und Kästen waren bedeckt vom rötlichen Straßenmatsch, der sich in der Hitze in Staub verwandelte und dann Mund, Nase und Ohren verklebte. Sein Vorgesetzter stammte aus Quebec, hieß Philippe und gab knappe, klare Anordnungen auf Englisch und Französisch. Tug richtete neue Versorgungsstationen ein, in denen die Flüchtlinge Trinkwasser und Medikamente erhalten konnten, und nahm die Bedingungen im Lager in Augenschein. An seinem ersten Tag erspähte er eine Frau, die offensichtlich im Sterben lag. Ihre eingefallenen Wangen waren von Fliegen übersät, und neben ihr hockte ein kleiner Junge, der sich matt an ihr knochiges Knie schmiegte. Tug fühlte ihren Puls, aber sie war bereits tot, und als er herumfragte, konnte er keine anderen Verwandten des Kindes ausfindig machen.

Philippe erklärte ihm, dass es eine Unterkunft für Waisen gab; die Nonnen dort würden den Jungen aufnehmen. «Vorübergehend», sagte er. «Wahrscheinlich hat er sowieso AIDS.» Folgsam trottete der Junge neben Tug her, als er ihn zu den Nonnen brachte. Offenbar hatte er nicht genug Kraft, um irgendeine Form von Gegenwehr zu leisten.

Die Wohnanlage wurde von einem Hauswart namens Etienne betreut, der dort mit Frau, Sohn und Tochter wohnte. Wenn Tug am späten Nachmittag von der Arbeit kam, kickten der Sohn und seine Freunde einen Fußball aus Bananenblättern durch den Hof, während seine Schwester dabei zusah. Etienne war ein großer, hagerer Typ, freundlich und umgänglich; er trug stets Hemden und braune Hosen, die ihm eine elegante Erscheinung verliehen. Sein Schwager hatte in Kanada studiert, an der Universität von Laval, und ihm viel erzählt. Etienne und seine Frau hatten vorgehabt, ihn in Quebec zu besuchen, sogar mit dem Gedanken gespielt, selbst dort zu studieren.

«Aber, na ja.» Er hielt inne und machte eine vage Handbewegung, die alles Mögliche bedeuten konnte – widrige Umstände, die Wirtschaftslage, familiäre Probleme und Verpflichtungen. «Ich bin immer noch hier», sagte er und lud Tug zu einem Bier ein. Häufig saßen sie so zusammen und vertrödelten den frühen Abend, während die Jungs um sie herum Fußball spielten. Er fragte Tug nach Marcie, seiner Familie, seiner Ausbildung. Und er erzählte, dass seine Frau aus einer Hutu-Familie stammte und seine eigenen Verwandten Kigali bereits den Rücken gekehrt hatten.

«Aber wir bleiben hier.» Er deutete auf den Häuserkomplex und den Hof, den er jeden Tag kehrte und dabei die Bewohner mit großer Geste grüßte, als wäre es sein Königreich.

Etiennes Schwager hatte ihm vom Eishockey erzählt, speziell von den Montreal Canadiens. Nun wollte er wissen, wer Tugs Lieblingsspieler waren und welche Mannschaft zuletzt den Stanley Cup gewonnen hatte. Ihre Unterhaltungen weckten die Aufmerksamkeit seines Sohns. Yozefu war elf Jahre alt und völlig hingerissen von der fremden Sportart. Er fragte Tug, was es für Regeln gab, wie die einzelnen Teams hießen und wie lange ein Spiel dauerte, und schließlich musste Tug auch noch genauestens erklären, wann es Penalty gab, was Sudden-Death-Overtime und Abseits bedeuteten. Als der Junge und seine Freunde ihm weiter Löcher in den

Bauch fragten, lachte Tug, griff sich einen langen, dicken Ast und den Ball und zeigte ihnen, wie man mit einem Eishockeyschläger umging.

Yozefu begriff schnell, bewegte den Ball hin und her, imitierte Tugs Tricks und Täuschungen. Tug brachte ihm den alten Spruch «Ein Schuss, ein Treffer!» bei, und der Junge wiederholte ihn unablässig und lachte, als hätte er noch nie etwas Lustigeres gehört.

Im Türrahmen der Familienwohnung stand seine Schwester und beobachtete sie aus dem Schatten, ein halbes Lächeln auf den Lippen.

Dann hielt der Junge plötzlich inne und fragte Tug, warum man mit diesen Klingenschuhen nicht im Boden stecken blieb. Tug hatte ihm erklärt, dass Kufen so etwas wie Klingen waren, aber Yozefu nannte sie Machetenschuhe, weil das die einzigen Klingen waren, die er kannte. Als Tug ihm antworten wollte, ging ihm plötzlich auf, dass der Junge es ohnehin nicht begreifen würde. Ein Spiel, das auf Eis ausgetragen wurde, war für ihn ebenso unvorstellbar wie ein Eisstadion oder der Winter in Nordamerika.

Daher sagte er einfach, der Boden in Kanada sei anders beschaffen. Der Junge zuckte mit den Schultern, und er und seine Freunde spielten noch eine Weile mit dem Stock, ehe sie wieder zum Fußball übergingen, wobei sie pausenlos «Ein Schuss, ein Treffer!» riefen, wann immer ihnen der Spruch gerade wieder in den Sinn kam.

::::::::::::

Trotz der Spannung, die man überall in Kigali spüren konnte, war Tug zunächst sogar glücklich. In schwierigen Zeiten neigt man eben dazu, nicht allzu genau hinzusehen. Wenn Menschen plötzlich von Krieg und Hungersnot sprechen, von kriegerischen Horden erzählen, die sich im Norden zusammenrotten, von Zivilisten, die sich mit Macheten bewaffnen, hat man nur eine Wahl, nämlich sich um seine Arbeit zu kümmern. Da draußen sind Menschen, die deine Hilfe benötigen, also teilst du Wasser und Reis aus, bringst kranke Kinder zum Arzt und sprichst mit ihren Eltern. Jeder einzelne Tag besteht aus festen Abläufen, dringlichen Notwendigkeiten, die nahtlos ineinander übergehen. Man macht sich keine Sorgen mehr über ausstehende Hypothekenzahlungen oder die nächste Zahnreinigung. Dazu hat man schlicht keine Zeit, und plötzlich fühlt man sich freier als je zuvor.

::::::::::::

Im Schatten eines im Hof stehenden Bananenbaums hörten er und Etienne Radio. Der Rundfunk war hier das Medium Nummer eins, und nun liefen dauernd neue Lieder, die reinen, glühenden Hass versprühten. Als er seinen Schweizer Kollegen abends an der Hotelbar davon erzählte, taten sie das Ganze kurzerhand ab und erklärten ihm, er habe keine Ahnung von der Geschichte des Landes. Er wusste tatsächlich nichts darüber; er verstand nicht, warum hier so wenige Belgier waren, obwohl der Krieg nicht zuletzt eine Folge der während der belgischen Kolonialzeit geschaffenen Strukturen war. Er verstand nicht, warum die Kanadier genug Truppen geschickt hatten, aber anscheinend nicht eingreifen wollten.

Wie auch immer, er war kein Experte für politische Zusammenhänge und auch nie einer gewesen. Er kannte sich aus mit Organisation und Logistik; ein kurzer Blick auf das jeweilige Terrain reichte ihm, um zu wissen, wo man am besten Nahrungsmittel verteilte oder Krankenstationen errichtete. Schon damals bei den Pfadfindern war er so gewesen; stets hatte er Zuflucht im Praktischen gesucht. Ihm ging es darum, unter den Nägeln brennende Probleme schnellstmöglich zu lösen; mit moralischen Fragestellungen und kulturellen Verwicklungen konnte man sich ewig beschäftigen, ohne je auf einen grünen Zweig zu kommen.

Seine Kollegen nannten ihn den schweigsamen Kanadier. Tatsächlich war ihm nicht sonderlich viel zu entlocken, wenn es nicht gerade um Eishockey ging. Dabei wollte er keineswegs abweisend erscheinen; er war einfach von Natur aus nicht sehr redselig. Als Kind hatten er und sein Vater zuweilen in der Garage Modellautos zusammengebaut oder mit der Laubsäge gewerkelt, während seine Mutter und seine Schwester die Küche aufräumten und dabei die ganze Zeit über schnatterten. Sein Vater war stets froh gewesen, der «Hühnerparty» zu entkommen, wie er es nannte. «Schweigen ist Gold», hatte er immer gesagt. Er verachtete alle Schwafler, die viel quatschten, aber nichts zu sagen hatten. Von ihm hatte Tug gelernt, nur zu sagen, was wirklich etwas bedeutete, und lieber zu handeln, statt mit Worten großen Wind zu machen.

Zu Weihnachten fand eine Feier im Hotel statt. Und auch wenn es niemand zugeben wollte, war es eine schwere Prüfung für alle, die so weit entfernt von zu Hause feiern mussten. Das Wetter, das Essen, das Ambiente, alles wirkte falsch. Auf dem Weg zur Kirche traf er Etienne und seine Familie, und alle wünschten ihm frohe Weihnachten. Sie hatten sich mächtig in Schale geworfen und ihre feinsten Sachen angezogen, und erst jetzt fiel Tug auf, wie schön Etiennes Frau und seine Tochter tatsächlich waren; die pastellgelben Kleider brachten ihre Haut regelrecht zum Leuchten. Das Mädchen – Esmeralda – trat schüchtern vor und überreichte ihm ein Zierdeckchen, das sie für ihn gestickt hatte. Das kleine Geschenk erinnerte ihn an seine Mutter, die ebenfalls stickte und häkelte; als er Etienne und seiner Familie davon erzählte, reagierten sie alles andere als überrascht. Anscheinend war es für sie völlig normal, dass Frauen überall denselben Tätigkeiten nachgingen.

Marcie hatte ihm ein Päckchen mit lauter nützlichen Dingen geschickt: Fußpuder, antimikrobielle Waschlotion, Polypropylen-

Socken. Und natürlich einen Früchtekuchen. Als er sie bei ihren Eltern anrief, waren im Hintergrund trotz des Rauschens und Knackens in der Leitung Weihnachtslieder, Gläserklirren und das Geschrei ihrer Neffen zu hören.

«Du fehlst mir», sagte Marcie. «Ich wünschte, du wärst hier.»
«Ich auch», sagte Tug. In diesem Moment war es die Wahrheit, doch als er aufgelegt hatte und sich auf den Heimweg machte, stimmte es plötzlich nicht mehr. Er sehnte sich nach allem Möglichen: einer heißen Dusche, Marcies Körper, einem Hamburger. Aber Sehnsucht und Verlangen gehörten hier zu seinem Alltag, und in gewisser Weise gefiel es ihm sogar, den Mangel zu spüren, der wie ein Hungergefühl an ihm nagte. Er war regelrecht süchtig nach Entbehrung. Er wusste nicht, wie das passiert war, ob es mit seiner Kindheit zusammenhing oder irgendeiner Eigenheit seiner Persönlichkeit, doch war er zu einem Menschen geworden, der den Wert dessen, was er hatte, nur im Verzicht erkennen konnte.

::::::::::::

Zwischen Weihnachten und Ostern spitzte sich die Lage zu. Im Westen von Kigali fanden erbitterte Kämpfe statt, und es war die Rede von einem ausgewachsenen Bürgerkrieg. Auf den Straßen sah er Jugendliche in martialischer Aufmachung – die Interahamwe. Sie sahen aus wie gewöhnliche Kleinkriminelle, die aus Langeweile randalierten, doch in ihren Blicken lag eine erschreckende Kälte. Sie ignorierten ihn, schienen ihn überhaupt nicht wahrzunehmen.

Etienne schüttelte den Kopf. «Das sieht nicht gut aus», sagte er.
«Warum bringt ihr euch nicht in Sicherheit?», fragte Tug.
Wieder einmal vollführte Etienne eine weit ausholende Geste mit der Hand, die den Wohnkomplex, seine Familie, ihre Verwandten und vielleicht sogar das Land selbst mit einschloss. Tug ver-

mochte nicht zu sagen, ob Stolz oder Trotz hinter seiner Geste lag. «Wir leben hier», antwortete er.

Unterdessen wollte Marcie wissen, wie lange er noch in Ruanda bleiben würde. Er sagte ihr, dass er wahrscheinlich im August zurück sei. «Im August», wiederholte sie. Ihre Stimme drang schwach und blechern aus dem Hörer, trotzdem entging ihm nicht, wie sehr sie die Situation belastete. Er wusste, wie sehr sie sich Kinder wünschte. Ihre gemeinsame Zukunft wartete gleich hinter dem Horizont, und sie konnte es kaum erwarten. Dass sie die Erfüllung ihrer Träume seinetwegen zurückstellen musste, bedrückte ihn schwer.

::::::::::::

Anscheinend machte es ihm nichts aus, Grace von alldem zu erzählen. Er war, als spräche er nicht über sich selbst, sondern von einem Fremden.

«Das meiste ist ja bekannt», sagte er. Da die Fakten über alle Medien verbreitet worden waren, brauchte er nicht alles noch einmal aufzuwärmen, oder? Das Mörser- und Gewehrfeuer der vorrückenden Armee, der Gegenschlag der Interahamwe, die plärrenden Radios. Jeder wusste doch, was geschehen war. Selbst in den Lagern war niemand sicher, und zu Hunger und Krankheiten kam auch noch die Angst, mit Raketen beschossen zu werden. Wer fliehen konnte, floh, und Hunderttausende von Menschen versuchten, sich in den Süden zu retten.

Tug schlief nicht mehr. Nachts hing weißer Rauch über der Stadt. Dann wurde der Präsident umgebracht, und das Morden nahm erst so richtig seinen Lauf. Mit Äxten bewaffnete Kinder. Blutlachen in den Straßen. Während er davon erzählte, klang seine Stimme nicht heiser vor Entsetzen, sondern abgehackt und präzise, jedes Wort auf die nackten Tatsachen reduziert. «Da war dieser Fluss, auf dem Leichen über Leichen trieben», sagte er. «Du hast es damals bestimmt in den Nachrichten gesehen. Aus der Ferne waren pausenlos Schreie zu hören, und manchmal kamen sie ganz aus der Nähe. Überall lagen tote Kinder, und diejenigen, die überlebt hatten, suchten nach ihren toten Müttern.»

Innerhalb von Stunden waren die meisten Weißen evakuiert worden. Ja, sie hatten das Land den Mördern überlassen. Kurz darauf fand er sich in einem Hotelzimmer in Nairobi wieder; im Schneidersitz saß er in der Badewanne, ohne sich erinnern zu können, wie er dorthin gekommen war oder wie lange er hier bleiben sollte.

::::::::::::

In Nairobi berichteten Leute, dass sich Freunde von ihnen am Telefon verabschiedet hatten, unmittelbar bevor sie ermordet worden waren. Manche hatten still und resigniert geklungen, andere bis zur letzten Sekunde um Hilfe geschrien. Man hatte alles übers Telefon gehört. Die Technologie existierte, um andere über das Morden zu informieren, nicht um es zu verhindern.

Tug teilte sich das Hotelzimmer mit zwei anderen Entwicklungshelfern; es war eng, aber auch wenn es saubere Bettwäsche und Handtücher gab, war es nicht zum Aushalten, und da sie kein Ventil für ihren Zorn hatten, gingen sie stattdessen aufeinander los. Tug verzog sich an die Bar, wo er auf die Gorillafrau traf, die ebenfalls in ihrem Hotel untergebracht worden war; er verbrachte die Nacht mit ihr und hörte sich ihre Lebensgeschichte an, die ihn komplett kaltließ. Kurz darauf ging einer seiner Zimmergenossen ebenfalls mit ihr ins Bett und erzählte hinterher, sie hätte ihm ein Messer in die Hand gedrückt und ihn aufgefordert, es ihr an die Kehle zu halten. «Sie steht auf Gefahr», sagte er und hob anzüglich die Augenbrauen.

Einige seiner Kollegen gingen nach Goma, um in den dortigen Flüchtlingslagern zu helfen. Dass es sich bei diesen Flüchtlingen um Mörder handelte, ließen die meisten unter den Tisch fallen; unter Entwicklungshelfern wurden solche Dinge so gut wie nie thematisiert. Und dann, als sich eine Choleraepidemie in den Lagern ausbreitete, begann die Welt endlich aufzumerken. In dem Moment, als die Mörder zu sterben begannen.

Tug und seine Zimmerkollegen wurden nach Entebbe geschickt, um dort einen Stützpunkt einzurichten. Dankbar, endlich wieder etwas zu tun zu haben, stürzten sie sich sofort in die Arbeit.

Und Marcie, die heilfroh über seine Evakuierung war, flehte ihn an, endlich nach Hause zu kommen.

«Was sind das für Unmenschen?» Sie meinte nicht die Mörder, sondern seine Vorgesetzten bei der Hilfsorganisation. «Wie können sie von dir erwarten, jetzt noch weiterzumachen? Das ist Sadismus!» Sie begann zu weinen. «Sie müssen dich nach Hause lassen.»

Tug schwieg. Die Wahrheit war, dass er sie in diesem Moment gar nicht als real empfand; sie war lediglich eine Stimme am Telefon, deren Schluchzer durch die knisternde Leitung drangen.

«Ich liebe dich», sagte sie. «Komm bitte nach Hause.»

::::::::::::

Er blieb so lange wie möglich in Entebbe. Vier Monate später wurden sie wieder nach Ruanda beordert, als sich die Lage beruhigt zu haben schien. Von dem grünen, blühenden Land, das er bei seiner Ankunft kennengelernt hatte, war buchstäblich keine Spur mehr zu finden. Übrig geblieben war ein Ort, in den sich niemand mehr verlieben konnte. Alle Farmen waren verlassen oder komplett zerstört worden. Ganz Kigali stank nach verwesenden Leichen, überall kreisten Fliegenschwärme, und an jeder Ecke begegnete man Rudeln von fetten, Menschenfleisch fressenden Hunden, die so aggressiv geworden waren, dass man sie nur noch erschießen konnte. Hier und da kehrten die ersten Exilanten in ihre leeren Häuser zurück; es war ein surrealer Anblick, wie sie die Böden fegten, ein verzweifelter Akt häuslicher Normalität, mit dem natürlich nichts, aber auch gar nichts ungeschehen gemacht werden konnte.

Alles, was er in seinem Zimmer in der Wohnanlage zurückgelassen hatte – nun ja, bloß ein paar Zeitschriften und Klamotten –, war verschwunden. In den Wänden befanden sich Einschusslöcher.

Auch Etiennes Wohnung war verwaist. Nur ein übler Geruch stieg ihm in die Nase, den er jedoch nicht lokalisieren konnte. Schwitzend stand er da und dachte darüber nach, dass er bald wieder seiner Arbeit nachgehen, Medikamente, Elektrolytlösungen und Wasserreinigungstabletten ausgeben würde. Dann drang unvermittelt ein leises Geräusch an seine Ohren, und sein ganzer Körper schaltete auf Alarm, da er eine der riesigen Ratten erwartete, die draußen im Unrat gewühlt hatten. Stattdessen erhob sich ein blutiger Haufen, den er für Müll gehalten hatte, und bewegte sich auf ihn zu. Unwillkürlich trat er einen Schritt zurück, als er plötzlich seinen Namen hörte.

Es war der Junge, Yozefu, und Tug war so überglücklich, ihn zu sehen, dass er ihn in die Arme schloss. Der Junge versuchte seine Umarmung zu erwidern, aber es gelang ihm nicht. Er hatte sich in alte, stinkende Fetzen gehüllt, roch schrecklich, und in das Zimmer fiel so wenig Licht herein, dass Tug erst draußen in der Sonne bemerkte, dass Yozefu nur noch einen Arm besaß.

Er war bei einem Arzt gewesen, und eine benachbarte Familie hatte ihn ab und zu mit etwas Essbarem versorgt, doch sein Körper schien regelrecht zu glühen, und seine Verbände waren total verdreckt. Tug brachte ihn sofort ins Krankenhaus, da klar war, dass der Junge dringend ein Antibiotikum benötigte. Zwar wurde er drüben im Lager erwartet, doch er blieb, während der Arzt die Wunden des Jungen säuberte und ihn an den Tropf hängte. Als das Fieber allmählich nachzulassen begann, erzählte ihm Yozefu, was geschehen war.

Sein eigener Onkel, der Bruder seiner Mutter, war mitten in der Nacht bei ihnen aufgetaucht. Er hatte gesagt, er würde sie in seinem Haus verstecken, doch war es nur ein Vorwand, um den drei anderen Männern, die bei ihm waren, Zutritt zu ihrer Wohnung zu verschaffen. Sie hatten seine Eltern getötet, dann seine Schwester vergewaltigt. Yozefu benutzte nicht dieses Wort, sondern sagte nur, dass sie alle möglichen Dinge in ihren Körper gesteckt hatten, darunter eine Flasche und einen Ast. Als er geschrien hatte, sie sollten sie in Ruhe lassen, hatten sie gesagt: «Na schön, dann bring du sie um.» Esmeralda hatte ihn angesehen, geweint, ihn angefleht, sie zu töten. Und so hatte er es getan, mit der Machete, die sie ihm gegeben hatten. Dann hatte ihm sein Onkel das Messer wieder abgenommen, ihm den Unterarm abgehackt und ihn seinem Schicksal überlassen.

Er hatte neben den Leichen seiner Familie ausgeharrt, bis ein anderer Onkel von ihm zufällig vorbeigekommen war und ihn zu einem Arzt gebracht hatte. Dann aber war die Krankenstation wegen der Bombardements verlegt worden und er, wieder auf sich allein gestellt, nach Hause zurückgekehrt. In der Zwischenzeit waren die Leichen in den Hof geschleift und dort verbrannt worden. Er hatte die Wohnung und den Hof gereinigt und sich dann verkrochen, in der Hoffnung, dass ihn niemand finden würde.

Mit keiner Silbe äußerte er sich dazu, wie er sich fühlte. Er schilderte lediglich in nüchternen Fakten, was er gesehen hatte, was ihm zugestoßen war.

Tug blieb zwei Tage und zwei Nächte bei ihm, doch Yozefu hatte eine Blutvergiftung, die bereits zu weit fortgeschritten war. Es war drei Uhr morgens, als er starb, elf Jahre alt.

::::::::::::

Und das war's. Tug wurde zu einem Zombie, war zu nichts mehr zu gebrauchen. Seine Vorgesetzten beorderten ihn erst nach Nairobi, dann nach Entebbe, dann nach London, und schließlich landete er wieder in Montreal. Am Flughafen schloss Marcie ihn so ungestüm in die Arme, als wollte sie ihn erdrücken. Zu Hause angekommen, stellte er sich erst einmal unter die Dusche und zog frische Sachen an. Es war August, und draußen auf der Straße spielten Kinder, schrien und lachten. Seine Schwester kam mit ihren Kindern vorbei, um nach ihm zu sehen, ebenso wie diverse Freunde. Wenn Marcie nachts neben ihm lag, strich sie sanft mit den Fingerspitzen über seine Schulter, eine Berührung, mit der sie nichts forderte, nichts verlangte, ihm nur zu verstehen gab, dass sie bei ihm war.

Er unterzog sich einer Therapie, so, wie es von einem erwartet wurde, wenn man etwas Traumatisches erlebt hatte. Alle rieten ihm dazu. Sein Therapeut war ein bärtiger Professorentyp mit Strickjacke, der ihn in einem Sprechzimmer voller Bücher empfing. Während der ersten Sitzung erzählte ihm Tug in Ansätzen, was er gesehen und was ihn überhaupt nach Ruanda geführt hatte, und sie sprachen über Kontrolle – was er hätte unternehmen können und was er nun tun konnte. Der Therapeut schlug ihm vor, Tagebuch zu führen, ein Buch oder ein Lied zu schreiben. Seiner Überzeugung nach löste man Probleme am besten, indem man sie aktiv anging.

Yozefu erwähnte Tug nicht, doch ein paar Sitzungen später erzählte er von den Leichen, die im Fluss getrieben waren, den Schreien der Babys. Er erklärte, wie man mit von Cholera infizierten Leichen verfuhr, wie man ihnen Baumwollfetzen in den Mund und den Anus stopfte, sie mit Chlor desinfizierte und in Plastik hüllte, um zu verhindern, dass sich die Krankheit weiter ausbreitete; in Kigali hingegen waren die Leichen tagelang in den Straßen verwest, ehe man sie schließlich verbrannt hatte. Er wollte den Psychologen nicht vor den Kopf stoßen oder schockieren, sondern lediglich erklären, wie wichtig es war, dass man sich um die Toten kümmerte. Aber plötzlich spürte er, dass er ohne konkrete Details nicht auskam, und nachdem er eine Dreiviertelstunde ohne Unterbrechung geredet hatte, fühlte er sich ein ganz klein wenig besser. Leerer. Anschließend ging er über den Flur zur Toilette und hockte sich in eine der Kabinen, unfähig, irgendeinen Gedanken zu fassen. Dann hörte er, wie sich die Tür öffnete und noch jemand hereinkam; da er die Schuhe erkannte, wusste er, dass es der Therapeut war. Der Mann eilte in die Kabine neben ihm und übergab sich in die Kloschüssel.

Tug sagte den nächsten Termin ab, da er dem Therapeuten nach all den schrecklichen Einzelheiten eine Pause gönnen wollte; dann beschloss er, die nächste Sitzung ebenfalls ausfallen zu lassen, und danach fiel es ihm umso leichter, überhaupt nicht mehr hinzugehen.

Marcie drängte ihn, zu Hause zu bleiben und sich zu entspannen – niemand hatte sich eine Auszeit mehr verdient als er, sagte sie –, doch das machte ihn nur unruhig. Sie hatte Urlaub beantragt und wollte irgendwo mit ihm hinfahren, vielleicht ein paar Tage am Strand verbringen, aber er sagte, dass er nicht verreisen wollte. Keine Flugzeuge, keine Highways, keine Panoramaausblicke, keine neuen Erfahrungen. Er wollte das Gegenteil der Adrenalinschübe, die ihn sonst bei seiner Arbeit im Ausland beflügelt hatten. Es reichte ihm völlig, sich auf langen Spaziergängen durch die Stadt müde zu laufen, die breiten Straßen, die friedlichen Avenues, die geruchsfreie Luft zu genießen. Selbst die betriebsamsten Viertel schienen eine himmlische Ruhe auszustrahlen.

Der Therapeut hatte ihm geraten, seine Albträume niederzuschreiben, wenn er nicht schlafen konnte. Und als er sich ein paar Tage später in einem Schreibwarenladen nach einem passenden Notizbuch umsah, hörte er, wie sich einer der Verkäufer mit seiner Chefin wegen der Arbeitszeiten und Überstunden stritt. Der Verkäufer fegte ein Display mit Kugelschreibern von einem Tisch – es hörte sich an, als würde ein Sack voller Kiesel ausgeleert –, verkündete, dass er fristlos kündigen würde, und verließ den Laden. Tug half der

Chefin, die Kugelschreiber wieder einzusammeln, während sie sich über die Unzuverlässigkeit ihres Kollegen beschwerte, und ehe Tug sichs versah, hatte sie ihm den Job angeboten.

Die Arbeit in dem Schreibwarenladen war ganz nach seinem Geschmack. Es gab immer etwas, das erledigt werden musste; Neubestellungen, Kundenfragen, Abrechnungen, all das waren dankbare Aufgaben, die sich wie im Schlaf erledigen ließen. Wenn jemandem sein neues Notizbuch nicht gefiel, konnte er es jederzeit umtauschen. Er amüsierte sich darüber, dass manche Leute allen Ernstes 300 Dollar für einen Federhalter ausgaben. Er erfuhr mehr über säurefreies Papier, als er je für möglich gehalten hätte. Acht Stunden verflogen wie im Nu, und wenn er schließlich nach Hause fuhr, hatte er das Gefühl, einen fast erträglichen Tag verlebt zu haben.

Marcie verstand nicht, warum er in dem Schreibwarenladen angefangen hatte, stand aber ganz und gar hinter seiner Entscheidung. So war sie eben, stets auf seiner Seite, stets um ihn besorgt. Sie versuchte, ihm Aufmerksamkeit zu schenken, wenn er sie brauchte, und ihn nicht zu behelligen, wenn er für sich sein wollte. Mit anderen Worten: Sie versuchte, das Unmögliche möglich zu machen, und genau deshalb scheiterte sie auch.

Wenn Tug nach Hause kam, begann er zu trinken. Es schien ihm die beste Möglichkeit, die Zeit zwischen Dienstschluss und Schlafengehen zu überstehen; es waren endlose Stunden, die einfach nicht vergehen wollten. Bald darauf lud Marcie keine Freunde mehr zu ihnen ein, aus Angst, er könne plötzlich einnicken oder sich in der Spüle übergeben. Einmal ergriff er die Hand ihrer Schwester, führte sie an den Mund und leckte an ihren Fingern. Hinterher hatte er keine Erklärung dafür; offen gestanden, konnte er sich nicht einmal richtig daran erinnern. Wenn sie über die Dinge sprachen, die ihm im Suff passierten, kam es ihm stets vor, als würden sie über eine völlig andere Person reden. Er teilte Marcies Sorge, ihre Abscheu, schüttelte ebenfalls fassungslos den Kopf und wünschte, dass sich dieser verdammte Kerl, der andere Tug, endlich zusammenreißen und die Kurve kriegen würde.

Und es wurde noch schlimmer – als er nicht mehr mit Marcie redete, ohne es überhaupt zu bemerken. Immer häufiger nahm er sie überhaupt nicht mehr wahr, selbst wenn sie sich im selben Raum wie er aufhielt. Eines späten Abends sah er sich ein Eishockeyspiel im Fernsehen an, eine Flasche Canadian Club neben sich, als sie herunterkam und ihn bat, den Ton ein bisschen leiser zu stellen. Er ignorierte sie nicht absichtlich; er registrierte ihre Anwesenheit einfach nicht, bis sie die Fernbedienung nahm und den Fernseher ausschaltete.

«Ich brauche meinen Schlaf.» Ihre Stimme bebte. «Morgen um acht habe ich eine wichtige Besprechung. Kannst du den Fernseher bitte leiser stellen?»

Er starrte weiter auf den Apparat, während er sich fragte, wo das Bild geblieben war. Marcie trat direkt vor ihn, redete weiter auf ihn ein, beugte sich so tief zu ihm herunter, dass ihre Nasen sich beinahe berührten. Sie versperrte ihm die Sicht, und er versuchte sie wegzuschieben, doch er war so grob, dass sie über den Wohnzimmertisch fiel, sich den Ellbogen stieß und zu weinen begann.

«Ich weiß, dass diese Afrika-Geschichte daran schuld ist, dass du dich wie ein Arschloch verhältst», sagte sie. «Aber du benimmst dich auch sonst wie ein ausgewachsenes Arschloch. Kapierst du das nicht?»

Er verstand sie durchaus. Ihm war bewusst, dass die dunkle Seite seiner Persönlichkeit keineswegs als Folge der Gräuel in Ruanda zutage getreten war. Das Dunkel war schon immer ein Teil von ihm gewesen. Seine Aufenthalte in fremden Ländern hatten lediglich dazu beigetragen, es zum Vorschein zu bringen, den wahren Kern seines Ichs freizulegen. Vielleicht hatte ihn der ganze Wahnsinn auch nur zu der Einsicht gebracht, dass die meisten Dinge im Leben ohnehin nichts wert waren.

Monate vergingen, ohne dass sich etwas änderte. Im Winter lief er nach Feierabend ziellos durch die Gegend, während ihm die Kälte in Nase und Ohren kniff. Er verbrachte so wenig Zeit wie möglich zu Hause, im Glauben, Marcie damit einen Gefallen zu tun. Eines Abends sah er ein paar Jungs im Park beim Eishockeyspielen zu, die Eisbahn eine Lichtoase im Dunkel, und lauschte dem Zischen und Pfeifen der Kufen, als ihm aus heiterem Himmel Yozefu in den Sinn kam. Vor seinem inneren Auge sah er nicht den Jungen, den er hatte sterben sehen, sondern den Yozefu, den er damals kurz nach seiner Ankunft in Ruanda kennengelernt hatte.

Er sah ihn vor sich, wie er den Puck aus Bananenblättern lachend quer über den Hof geschlagen und dabei immer wieder «Ein Schuss, ein Treffer!» gerufen hatte.

Er begann zu weinen, zerrte mit beiden Händen an seinen Haaren. Er schluchzte, verschluckte sich an seinen Tränen und rollte sich am Rand der Eisbahn zusammen. Wahrscheinlich hätte er die ganze Nacht dort verbracht, doch dann trat einer der Väter zu ihm und bat ihn, das Gelände zu verlassen – er würde den Kindern Angst machen.

::::::::::::

Damit endete dieses Kapitel seines Lebens. Hinterher hatte er sich wieder im Griff. Er hörte auf, sich jeden Abend maßlos zu betrinken. Er ging zur Arbeit, kehrte nach Hause zurück, riss sich zusammen.

Aber er konnte immer noch nicht schlafen, verbrachte die Nächte auf der Couch, hohläugig auf den Fernseher starrend, Kopfhörer auf den Ohren, um Marcie nicht zu stören. Wenn sie mit Freunden ausgingen, saß er schweigend mit am Tisch, ein freundliches Lächeln auf den Lippen, ohne sich je wirklich am Gespräch zu beteiligen. Er war wie ein gehorsamer Hund, der geduldig neben seinem Frauchen ausharrte und Menschen beobachtete, deren Verhalten ihm unerklärlich war. Viele ihrer Bekannten beglückwünschten ihn dazu, wie gut er sich machte, aber er war nicht sicher, ob ihre Komplimente sarkastisch, ermunternd oder schlicht herablassend gemeint waren, als würden sie ein Kind dafür loben, wie gut es Schach spielen konnte. Nach einer Weile begriff er, dass sie lediglich glaubten, er habe sich nach seinen Alkoholexzessen wieder unter Kontrolle, dass seine ruhige Fassade für sie ein Zeichen von Normalität darstellte, und vielleicht war das ja auch genug. Und so versuchte er, sich in den Bahnen eines ganz gewöhnlichen Lebens zu bewegen, sich an seine Formen anzupassen, als wäre er aus Lehm.

Dann beförderte ihn seine Chefin zum Leiter der Abendschicht, wodurch sich seine Arbeitszeiten änderten. Wenn er nach Hause ging, waren die Parks leer, und nirgendwo spielten Jungs, die ihn an Yozefu erinnerten.

Die Weihnachtszeit war so schnell vorüber, wie sie begonnen hatte.

Im Januar gab es einen Schneesturm, und im Geschäft fiel der Strom aus. Er rief seine Chefin an, die ihn bat, den Laden zu schließen. Eiskristalle bohrten sich in seine Wangen, als er nach Hause ging. Die Stadt war ein Meer aus Licht und Dunkelheit, manche Fenster erhellt, andere stockfinster.

In ihrer Wohnung war es dunkel, als er nach Hause kam. Marcie war völlig verblüfft, hatte offenbar nicht mit ihm gerechnet. Als er erklärte, was passiert war, brach sie unvermittelt in Tränen aus.

«Ist doch nur ein Unwetter», sagte er verdutzt. «Der Strom ist sicher gleich wieder da.»

Sie saß auf dem Sofa, und auf dem Wohnzimmertisch brannten Kerzen. Dann fielen ihm die zwei fast leeren Weingläser ins Auge.

«Es tut mir leid», brachte sie schluchzend hervor.

Er verstand kein Wort. «Schon okay», sagte er.

«Gar nichts ist okay», widersprach sie, zog die Knie an und senkte den Kopf. «Ich weiß, ich hätte mehr Geduld aufbringen müssen, aber ich war so allein. Ich habe es einfach nicht mehr ausgehalten.»

Tug hatte Mühe, sich auf sein Gegenüber zu konzentrieren, diese

Frau, ihre Tränen. Wie durch einen Schleier nahm er ihre Worte wahr.

«Du willst sicher wissen, wer es ist», fuhr sie fort. «Es ist Jake. Ich weiß, es ist schrecklich, aber er und Joanne haben eine Krise, und er und ich haben, na ja, irgendwie Trost beim anderen gesucht. Die alte Geschichte.»

«Wer ist Jake?», fragte Tug.

Marcie hob den Kopf, strich sich das blonde Haar hinter die Ohren und holte tief Luft. Ihre Stimme klang scharf und bitter, als sie weitersprach. «Jake und Joanne Herschfeld», erklärte sie, «sind Freunde von uns. Wir waren letztes Wochenende mit ihnen zum Essen aus.»

«Oh», gab er zurück. «Ach so.»

«Du bist doch mit dem Kopf ganz woanders», fauchte sie ihn an. Dann aber war ihre Wut auch schon wieder verflogen, und sie begann erneut zu weinen. «Es tut mir leid, es tut mir so leid», schluchzte sie. «Ich habe alles kaputt gemacht. Ich hätte hinter dir stehen müssen. Ich bin der letzte Dreck!»

Da sie ihn rührte, legte er die Hand auf ihr Knie; später sollte sie ihm erzählen, dass er sie zum ersten Mal seit Monaten angefasst hatte. Er wollte irgendetwas sagen, um sie aufzumuntern, doch als er auf seine Finger blickte, dachte er unwillkürlich an ein Kind, das durch fremde Straßen lief, seinen eigenen abgehackten Arm in der Hand.

«Ach.» Er sah sie an. «Es gibt Schlimmeres.»

::::::::::::

Als die Stromversorgung wieder funktionierte, war sie bereits zu ihren Eltern gezogen. Im Lauf der nächsten Tage holte sie ihre Sachen ab, und dann war sie endgültig fort.

Hätte er traurig sein sollen? Ja, wahrscheinlich, aber er war es nicht. Tatsächlich fiel ihm ein Stein vom Herzen, da er nun nicht länger verpflichtet war, über die Zukunft nachdenken zu müssen, die ihm ohnehin nichts mehr bedeutete. Er fühlte sich so erleichtert wie nie zuvor in seinem Leben.

Von dem Tag auf dem Berg erzählte er nicht viel, nur dass die Vorstellung, nicht mehr um drei Uhr morgens vor dem Fernseher sitzen und auf das Ende der Nacht warten zu müssen, gefährlich verlockend gewesen war. Es war ihm wie ein Luxus, fast wie eine Belohnung erschienen. Er sagte mit keinem Wort, dass er hatte sterben wollen.

Stattdessen sagte er: «Ich wünschte, ich wäre in Afrika geblieben.»

::::::::::::

Als Grace ihm dafür dankte, dass er ihr all das erzählt hatte, zuckte er mit den Schultern. «Am Ende macht es keinen Unterschied, ob man seine eigene oder irgendeine andere schreckliche Geschichte erzählt», sagte er. «Solche Dinge passieren eben, jeden Tag auf der ganzen Welt.»

9
Montreal, 1996

Nachdem sie die Wahrheit über Tug erfahren hatte, glaubte Grace, dass sich zwischen ihnen nun alles ändern würde; es war, als hätte sie eine Grenze durchbrochen, als wäre sie Tug endlich nähergekommen. Auch Tugs Verhalten hatte sich geändert – er sagte, er sei froh, sich alles von der Seele geredet zu haben, froh, dass sie verstünde, warum er alles so lange für sich behalten hätte. Doch nun habe er sich genug mit seiner Vergangenheit beschäftigt, und es sei an der Zeit, wieder nach vorne zu sehen.

«Ich bin nicht mehr der Mensch, der ich einmal war», sagte er. «Ich muss mich endlich wieder an das Leben in den Komfortländern gewöhnen.»

«Komfortländer?», fragte Grace.

«Das habe ich mal bei einem anderen Entwicklungshelfer aufgeschnappt. Er meinte, richtig schwierig würde es erst, wenn man aus der Dritten Welt zurück sei. Supermärkte. Überall Autos. Tausend Angebote. Das meinte er.»

«Aber es ist doch nicht schlecht, so etwas wie Supermärkte zu haben, oder?»

«Nein», erwiderte er. «Überhaupt nicht.»

In diesem Komfortland herrschte ein kalter Frühling. Grace und Tug gingen bei jeder sich bietenden Gelegenheit langlaufen. Sie liebte es, wenn er ihr mit weit ausholenden Schritten voranlief, seine breiten Schultern sich gegen den grauen Himmel abzeichneten; manchmal wandte er den Kopf, um zu sehen, ob sie noch da war, und ihr Herz schlug höher, weil sie ihm wichtig zu sein schien.

Die Wochenenden verbrachten sie ebenfalls zusammen, außer wenn Tug samstags arbeiten musste. Sie gingen ins Kino oder blieben bei Grace und kochten zusammen. Während der Eintopf vor sich hin köchelte oder sie darauf warteten, dass der Braten gar wurde, lasen sie, dösten oder unterhielten sich miteinander. Er stellte ihr tausend Fragen, und sie hatte genauso viele an ihn. Nun konnten sie über wirklich alles reden. Er wollte alles über ihre Kindheit und ihre Ehe mit Mitch wissen; sie erzählte ihm sogar von Kevin und dem Kind, gegen das sie sich entschieden hatte. Sie erfuhr alles über seine Jugend, seine erste Freundin, das Ferienhaus seiner Familie in Muskoka, seine Schwester in Toronto und ihre zwei verwöhnten Kinder.

Meistens schien es Tug gut zu gehen, aber manchmal bekam er Wutanfälle wegen Dingen, die sie völlig harmlos fand. War ihm ein Film zu blöd, verließ er den Kinosaal, verzog sich ins Foyer und taperte dort auf und ab, während ihm die Platzanweiser besorgte Blicke zuwarfen. Nach und nach begann sie seine Schlaflosigkeit zu verstehen; in ihm brodelte es so sehr, dass sich seine Muskeln verspannten. Dieselbe Explosivität äußerte sich im Bett, wenn er sie unter seinem Körper begrub, sie von oben bis unten mit Küssen bedeckte und ihr rau ins Ohr murmelte. Hielten sie sich hinterher in den Armen, strömte er eine so gewaltige Hitze aus, dass seine Brust glitschig vor Schweiß war.

Aber diese Dinge störten Grace nicht besonders, da Tug sich sonst wohlzufühlen schien. Sorgen machte ihr, dass sie nie mit ihm über ihre Arbeit und ihre Patienten sprechen konnte. Nie fragte er, wie ihre Sitzungen verlaufen waren, und wenn sie irgendetwas erzählte, wechselte er so schnell und höflich wie möglich das Thema, machte einfach dicht. Aber offensichtlich hatte er so viel durchgemacht, dass er nicht auch noch mit den Traumata anderer Menschen belastet werden wollte. Sein Verhalten hatte sogar etwas für sich, da sie auf diese Weise klar zwischen Beruf und Privatleben trennen konnte. Ihr Arbeitstag war in der Sekunde beendet, wenn sie ihre Praxis verließ, und da ihr Job zwischen ihnen stets ausgeblendet wurde, beschäftigte sie sich automatisch weniger damit. Tagsüber konzentrierte sie sich voll und ganz auf ihre Patienten, abends kümmerte sie sich vorrangig um Tug.

Wenn sie ihn zum Lachen brachte, verspürte sie eine fast körperliche Befriedigung. Ihn zu verstehen, seine tiefsten Tiefen auszuloten, schien ihre Berufung, eine für sie maßgeschneiderte Aufgabe zu sein. Er war ein komplizierter Mensch, und ihre Beziehung gestaltete sich schwierig, trotzdem empfand sie das Zusammenleben mit ihm als irgendwie perfekt. Auf so etwas hatte sie jahrelang gewartet.

::::::::::::

Eines Sonntags hatten sie zusammen shoppen gehen wollen. Sie benötigte eine neue Espressomaschine und ein paar andere Küchenutensilien und wollte ihm einen Laden in Little Italy zeigen, den sie besonders mochte. Die Nacht zuvor hatten sie getrennt verbracht; Tug hatte sich nicht wohlgefühlt und früh zu Bett gehen wollen. Am Morgen aber war er nicht vorbeigekommen, was ganz und gar nicht seiner Art entsprach; bislang hatte er sich noch kein einziges Mal als unzuverlässig erwiesen. Obendrein ging er nicht ans Telefon.

Da sie befürchtete, er habe sich vielleicht einen Infekt eingefangen, fuhr sie zu seiner Wohnung und klingelte. Es brannte kein Licht, und von drinnen war nichts zu hören. Er hatte ihr keinen Schlüssel gegeben, aber als sie den Türknauf drehte, stellte sie fest, dass nicht abgeschlossen war. Sie trat ein. «Tug?», rief sie leise.

Sie verbrachten die meiste Zeit bei ihr, und seit ihren ersten gemeinsamen Wochen war sie nur noch selten in seiner Wohnung gewesen. Viel hatte sich nicht verändert. Nach wie vor herrschte überall penible Ordnung: nirgendwo Staub, keine herumliegenden Sachen, nicht mal Post war irgendwo zu sehen. Während sie sich fragte, wohin er eigentlich alles räumte, rief sie abermals seinen Namen.

Als sie keine Antwort bekam, stieg sie die Treppe hinauf. In der Wohnung war es so still, dass sie im ersten Moment dachte, er sei gar nicht da. Dann betrat sie sein Schlafzimmer – und blieb abrupt stehen.

Er lag auf dem Bett und starrte mit offenem Mund an die Zimmerdecke. Um seine Lippen hatte sich weißer Schaum gesammelt. Sekunden später beugte sie sich über ihn, zerrte an seinen Hemdärmeln und schüttelte ihn, während ihr Puls zu rasen begann. «Was hast du genommen, Tug? Was hast du genommen?»

Er sah zu ihr auf, als würde er durch das falsche Ende eines Teleskops blicken, und es dauerte eine volle Minute, bis er sie zu erkennen schien. «Ich habe gar nichts genommen», brachte er dann hervor. «Was machst du denn hier?»

Sie kniete neben ihm auf dem Bett, drauf und dran, die weißen Flocken um seinen Mund wegzuwischen – getrockneter Speichel, der sich über Stunden hinweg angesammelt haben musste –, doch spürte sie, dass er nicht berührt werden wollte, als stünde eine unsichtbare Wand zwischen ihnen.

«Wir wollten doch einkaufen gehen», sagte sie leise. «Hast du's vergessen?»

«Oh.» Er warf einen Blick an die Decke, ehe er den Blick wieder auf sie richtete. «Tut mir leid», sagte er dann. Die Worte klangen hohl, völlig inhaltsleer.

«Hey», sagte sie. «Sprich mit mir. Ist alles okay mit dir?»

Er schluckte. «Ich fühle mich ein bisschen unpässlich.»

«Ich hole dir was.» Behutsam berührte sie seine Hand; sie wusste, dass er nicht körperlich krank war. «Willst du ein Glas Wasser?»

Er nickte. Sie verließ den Raum, um ein Glas zu holen, erschüttert von dem, was sie in seinen Augen gesehen hatte – weder Traurigkeit noch Benommenheit, weder Bedauern noch Reue. Er wusste genau, dass sie alles für ihn getan hätte, und doch hatte sich nur Mitleid in seinem Blick gespiegelt.

Als sie zurückkam, saß er aufrecht im Bett, die Kissen im Rücken, und jetzt wirkte er tatsächlich ernsthaft krank. Während er einen Schluck Wasser trank, zog sie die Vorhänge zurück und ließ das stumpfe, blaugraue Licht des feuchten Märztages zu ihnen herein.

Die Speichelreste um seinen Mund waren verschwunden. «Es tut mir leid», wiederholte er.

«Du musst dich nicht bei mir entschuldigen», erwiderte sie.

«Ich konnte gestern Nacht nicht einschlafen, und irgendwie ist alles in meinem Kopf verschwommen», sagte er. «Du liebe Güte, ich war völlig durch den Wind.»

«So was hatte ich mir schon gedacht.»

Sie hätte noch einiges hinzufügen können, doch sie verkniff es sich, weil sie wusste, dass er all die Worte, die ihr auf den Lippen lagen, schon einmal gehört hatte, von niemand anderem als ihr selbst. Und so harrte sie schweigend neben ihm aus. Nach einer Weile schien sich der Himmel allmählich aufzuklaren, und das Licht wirkte etwas weniger fahl.

::::::::::::

Hinterher verloren sie kaum ein Wort darüber.

Tug stand schließlich auf und ging unter die Dusche, und dann fuhren sie nach Little Italy. Zunächst verhielt er sich vage distanziert, wie ein Kind, das gerade aufgewacht und noch halb in einem

Traum gefangen war. Doch dann half er ihr, die Espressomaschine auszusuchen, schenkte ihr sogar noch ein paar Tässchen dazu, und als sie zusammen Mittag aßen, war er wieder ganz der Alte, stellte ihr Fragen und brachte sie zum Lachen. Sie fuhren zurück in ihre Wohnung und schliefen miteinander, und es war, als würden ihre Körper nun den Dialog führen, dem sie zuvor aus dem Weg gegangen waren: behutsam, dann offen, bis sie schließlich zu einem gemeinsamen Rhythmus fanden. Den Rest des Tages verbrachten sie miteinander, als sei nichts passiert.

Aber der Vorfall hatte sie aufgerüttelt. Sie ertappte sich dabei, wie sie ihn beobachtete, während sie sich fragte, was den depressiven Schub ausgelöst hatte. Ein Junge, der ihm zufällig über den Weg gelaufen war? Ein Anruf von seiner Exfrau? Einerseits hätte sie ihn gern gefragt, andererseits unterdrückte sie diesen Impuls, da sie hoffte, er würde von selbst etwas sagen, wenn sie ihn in Ruhe ließ. Doch wann immer sie ihn fragend ansah, schüttelte er den Kopf und bedeutete ihr damit, es gut sein zu lassen.

Es gelang ihr nicht. Zwei Tage später schenkte sie ihm ein Glas Wein ein, während sie zusammen das Abendessen vorbereiteten, und fragte: «Können wir darüber reden?»

«Klar», erwiderte er, aber sein Tonfall verriet, dass er alles andere als begeistert war. Er starrte auf eine Knoblauchzehe und hackte sie sorgfältig klein. «Was willst du denn wissen?»

«Alles», sagte sie. «Passiert dir so was oft?»

«*Was* passiert mir oft?»

«Du weißt genau, was ich meine.»

Er gab einen tiefen Seufzer von sich, wischte sich, das Messer noch in der Hand, über die Stirn, und musterte sie irritiert. «Nein», erwiderte er. «Nicht oft.» Dann griff er nach einer Tomate und begann sie zu schneiden; nacheinander fielen die Scheiben in ihren eigenen Saft.

«Woran lag es denn? Habe ich irgendwas Falsches gesagt?»

Sie hatte einen Witz machen wollen, aber er fixierte sie mit wutentbranntem Blick. «Ja, Grace. Dauernd stellst du irgendwelche Fragen in deinem Therapeutenjargon, um einem weiß Gott noch was alles zu entlocken!»

Nur mit der Ruhe, sagte sie sich. Bleib locker. Langsam schenkte sie sich ein Glas Wein ein, sah zu, wie sich das Glas mit einem kleinen dunklen Meer füllte. «Warum regt es dich so auf, wenn ich dir ein paar harmlose Fragen stelle?», gab sie dann zurück.

«Ach, scheiß drauf. Wenn du's nicht selbst weißt, kann ich dir auch nicht helfen.»

«Doch, das kannst du», gab sie leise zurück. «Du willst es nur nicht.»

«Da hast du den Nagel auf den Kopf getroffen», sagte Tug. «Eigentlich habe ich überhaupt keine Lust mehr, mit dir zu reden.» Er legte das Messer beiseite, verließ die Küche und dann die Wohnung.

Grace blieb mit dem halb geschnittenen Gemüse und den noch vollen Gläsern in der Küche zurück. So etwas hatte sie noch nie erlebt. Selbst während ihrer dunkelsten Stunden – gerade dann – hatten weder Mitch noch sie jemals eine Diskussion damit beendet, dass einer von ihnen den anderen einfach stehen gelassen hatte. Egal wie sehr sie voneinander entfernt, wie zornig oder todtraurig sie gewesen waren, stets hatten sie ein geradezu nervtötendes Bedürfnis gehabt, sich dem anderen zu erklären. Und seit ihrer Trennung hatte sie niemanden mehr gut genug kennengelernt, als dass sie eine Auseinandersetzung so sehr getroffen hätte, von Tugs wortlosem Abgang ganz zu schweigen.

Sie war sprachlos. Sie packte das Fleisch und Gemüse in Tupperdosen, trank den Wein und ging zu Bett, ohne etwas gegessen zu haben. Dort lag sie auf dem Rücken, nahm Tugs Lieblingsstellung ein, als könne sie auch seine Psyche erfassen, indem sie ihn körperlich nachahmte. Aber natürlich kam sie ihm kein bisschen näher, sondern fühlte sich nur noch einsamer als zuvor.

Gegen Mitternacht läutete es an der Tür. Als sie öffnete, stand er vor ihr. Sein Mantel war nass vom Schneeregen, seine Locken glänzten feucht und dunkel. Er wirkte völlig erschöpft.

«Es tut mir leid», sagte er.

Wäre sie kräftig genug gewesen, hätte sie ihn hereingetragen. Stattdessen machte sie die Tür ganz auf und trat einen Schritt zurück. Auf dem Weg ins Schlafzimmer zog er Mantel und Pullover aus, fuhr sich durch die nassen Locken, während er erklärte, er sei müde und gereizt und er würde später mit ihr über alles reden, und so krochen sie schließlich zusammen ins Bett. Sein Puls raste wie der eines verängstigten Tiers. Er hauchte ihr einen Kuss ins Haar.

::::::::::::

Am nächsten Morgen sah er müde aus; sein Gesicht war faltig und zerfurcht, die Wangen stoppelig. Seine Hände waren rau, seine Haut schuppig. Das Leben schien ihn ausgezehrt zu haben. Am liebsten hätte sie ihm all ihre Energie geschenkt, sie in seinen Blutkreislauf, seine Organe fließen lassen, ihm die Luft ihrer Lungen eingehaucht.

Er lag hinter ihr, die Brust an ihren Rücken geschmiegt. Sie weinte. Es gelang ihr nicht, die Tränen zurückzuhalten; ihr Gesicht ruhte in seiner Armbeuge, und sie spürte die Härchen an ihrer Wange.

«Es tut mir leid», sagte er. «Bitte hör auf zu weinen.»

Sie nickte, obwohl sie den Kopf kaum bewegen konnte, so fest hielt er sie umklammert. «Du brauchst ärztliche Hilfe», sagte sie. «Mit den richtigen Medikamenten ...»

«Du kommst zu spät zur Arbeit», sagte er leise und küsste sie auf die Wange. «Mach dir keine Sorgen. Das wird schon wieder. Es hilft schon, wenn ich mit dir zusammen sein kann.»

::::::::::::

Ein paar Wochen vergingen, und Tug schien sich zu erholen. Er begann wieder mehr von seiner Zeit in Ruanda zu erzählen, den anderen Entwicklungshelfern, der hügeligen Landschaft, den Menschen, die dort lebten. Er sprach auch über Marcie, darüber, wie er sie ein ums andere Mal enttäuscht und doch immer so weitergemacht, sich in seinem Versagen eingerichtet hatte, das für ihn gleichsam zu einem gemütlichen neuen Zuhause geworden war. In den unmöglichsten Momenten sprudelten urplötzlich seine Erinnerungen aus ihm heraus. Einmal waren sie in einem Supermarkt, als er sich an der Fleischtheke unerwartet zu ihr drehte und von einem Mann zu erzählen begann, der irgendwo am Straßenrand gelegen hatte; sein Körper war mit klaffenden Wunden übersät gewesen – und lauter Fliegen, die nur darauf gewartet hatten, dass er endlich starb. Grace hörte ihm zu und nickte, bis er seinen Vortrag schließlich mit einem «Nun ja, auch egal» beendete, sich an den Verkäufer wandte und ihre Lammkoteletts bestellte. Erst als sie gingen, bemerkte sie die Blicke der anderen Kunden, die ihnen argwöhnisch und fassungslos hinterherstarrten.

Ein andermal waren sie mit ihren Freunden Azra und Mike zum Abendessen in einem portugiesischen Restaurant in der Duluth Street. Anfangs lief alles bestens. Sie tranken zwei Flaschen Wein, unterhielten sich über das Essen, die Kälte draußen und Azras Job. Azra, die seit der Highschool mit Grace befreundet war, arbeitete als Zahnärztin in Côte St.-Luc und witzelte wie so häufig darüber, dass sie eine Gemeinschaftspraxis eröffnen sollten – so würden sie die Pausen zusammen verbringen können.

«Wir sind ja beide Klempner», sagte sie lachend, als das Dessert serviert wurde. «Ich Zähne, du Seele.»

«Du bist betrunken», sagte Mike liebevoll.

«Und was meinst du dazu, Tug?», fragte Azra.

Er antwortete nicht. Als Grace ihm einen Seitenblick zuwarf, sah sie, dass seine Wangen gerötet waren. Schweiß stand auf seiner Stirn. Sie legte eine Hand auf seinen Oberschenkel, spürte aber, dass ihre Geste ihn nicht beruhigte. Tatsächlich schien er ihre Berührung überhaupt nicht wahrzunehmen.

«Ich meine, dass du einen Haufen Scheiße erzählst», sagte er.

Azra zog die Augenbrauen hoch. «Wie bitte?»

«Dir gefällt es doch, anderen Leuten Schmerzen zuzufügen. Grace macht so was nicht. Menschen, die körperliche Schmerzen ertragen müssen, können keinen klaren Gedanken mehr fassen. Wenn du das nicht erkennen kannst, hast du sie echt nicht mehr alle.»

«Ich habe doch nur Spaß gemacht», sagte Azra.

«Tug», sagte Grace leise.

Im selben Moment stand er abrupt auf und verließ das Restaurant.

Azra starrte sie mit offenem Mund an, aber Grace schüttelte den Kopf. «Es hat nichts mit dir zu tun», sagte sie.

«Womit dann? Du liebe Güte, was ist denn in den gefahren?»

«Er hat viel durchgemacht. Eigentlich ist es sogar ein gutes Zeichen, dass er Gefühle zeigt. Das heißt, dass er sie nicht unterdrückt.»

Azra legte eine Hand auf ihren Arm. «Pass auf dich auf», sagte sie.

Als Grace in ihre Wohnung zurückkam, war er nicht da. Doch als sie am Morgen aufwachte, lag er neben ihr, seine Finger mit den ihren verschränkt. Sie wandte sich um und gab sich ihm hin, so sanft, als wäre er krank oder verletzt, und als sie sich geliebt hatten, presste er sich immer noch an sie, als wollte er sie nie mehr loslassen.

So lief es eben: Mal war alles wunderbar, mal unerträglich. Und in dieser Hinsicht unterschied sich ihr Leben wohl kaum von dem anderer Paare, oder?

::::::::::::

An jenem Dienstagmorgen im April hatte sie mit nichts Außergewöhnlichem gerechnet. Dann aber wurde sie bei einer Sitzung von einem Klopfen an der Tür unterbrochen. Sie dachte, es wäre vielleicht ihre vorherige Patientin, die ihren Schirm oder sonst etwas vergessen hatte. Doch als sie die zwei Sûreté-du-Québec-Beamten in ihren blauen Uniformen erblickte, schwante ihr bereits, was passiert war; in ihrem tiefsten Inneren hatte sie immer gewusst, dass es eines Tages passieren würde.

Es waren ein Polizist und eine Polizistin.

«Madame», sagte die Polizistin. «Sind Sie Grace Tomlinson?»

Sie nickte und führte die Beamten in den Empfangsbereich. Platz nehmen wollten sie nicht; verlegen standen sie vor ihr wie Partygäste, die zu früh eingetroffen waren.

«Sie sind eine Bekannte von John Tugwell?», fragte die Beamtin.

«Ja», antwortete sie. Ihre Brust fühlte sich an, als wäre sie zu Eis gefroren.

Die Beamtin griff in die Tasche ihrer schweren Uniform, entfaltete ein Blatt Papier und hielt es Grace hin. Sie nahm es nicht entgegen, sondern starrte nur auf den Zettel, auf dem ihr Name stand. Und noch vier weitere Worte: *Es tut mir leid.*

«Wir haben ihn oben auf dem Berg gefunden», sagte der männliche Beamte.

Ihr war bewusst, dass es feige war, jetzt einfach in Ohnmacht zu fallen, doch blieb ihr keine andere Wahl, als sich der ganzen Situation so schnell wie möglich zu entziehen. Es gelang ihr einfach nicht, couragiert und gefasst zu reagieren, all das im Vollbesitz ihrer Kräfte durchzustehen. Nicht hier, nicht jetzt. Und so ließ sie los, ließ sich einfach fallen.

::::::::::::

Azra leistete ihr Beistand, blieb in den endlosen, leeren Stunden bei ihr. Alles war Grace aus den Händen genommen worden: Es stand ihr nicht zu, die Leiche zu identifizieren, die Beerdigung in die Wege zu leiten, seine Schwester oder seine Exfrau zu informieren. Sie hatte kaum Wurzeln in seinen Boden geschlagen, und nun war ihr der Boden selbst unter den Füßen weggerissen worden.

An jenem Abend schlief Azra um elf auf dem Sofa ein, und Grace lag allein in ihrem Bett, immer noch wach. Sie wünschte sich sehnlichst, mit jemandem zu reden, und um ein Haar hätte sie Azra aufgeweckt. Aber sie tat es nicht, weil es nur einen Menschen gab, mit dem sie sprechen wollte: Tug.

::::::::::::

Die Beerdigung fand in Toronto statt, wo seine Schwester lebte. Azra fuhr Grace hin und zurück. In der Kirche saßen sie ganz hinten. Sie sprachen mit niemandem; Grace wollte sich nicht aufdrängen, nachdem Tug sie seinen Verwandten nie vorgestellt hatte. Obwohl sie für gewöhnlich keine Tabletten nahm, schluckte sie ein paar Valium, um den Tag überstehen zu können. Die ganze folgende Woche kam sie nicht ohne Pillen aus.

Dann stellte sie fest, dass sie sich danach sehnte, wieder zu arbeiten, sich in der Welt anderer Menschen zu verlieren. Ihre Patienten waren ihre einzige Ablenkung, die Sitzungen die einzige Zeit, in der sie nicht dauernd ihren Gedanken nachhing, und sie war unendlich dankbar dafür. Sie brauchte ihre Patienten genauso sehr, wie diese sie brauchten, vielleicht sogar mehr.

Doch jeden Abend saß sie wieder zu Hause, von Weinkrämpfen geschüttelt, gefangen in ihrer Wut auf ihn, gelähmt vor Trauer, wenn sie auf der Toilette saß, unter der Dusche stand oder hilflos auf dem Wohnzimmerteppich kauerte.

Unablässig schweiften ihre Gedanken zurück zu jenem Tag auf dem Berg, während sie sich daran erinnerte, dass sie sich um ein Haar für eine andere Route entschieden hätte, dass sie einen Sekundenbruchteil lang sogar erwogen hatte, ihn einfach dort liegen zu lassen – Entscheidungen, die sie davor bewahrt hätten, diesen Schmerz nun ertragen zu müssen.

Doch nichts von allem – die Tränen, die Fragen, ihre Entscheidungen, ihre Erinnerungen – änderte etwas an der Tatsache, dass er nicht mehr da war.

::::::::::::

Jeden Morgen waren ihre Augen rot und verquollen; ihre Kehle fühlte sich rau und trocken an. Als sie eines Freitagmorgens aufwachte, stellte sie fest, dass es über Nacht geschneit hatte – wahrscheinlich zum letzten Mal in diesem Jahr. Im Dämmerlicht rief sie ihre Sprechstundenhilfe an und bat sie, alle Termine für den Tag abzusagen. Dann verstaute sie ihre Skier im Wagen und fuhr über den Highway Richtung Westen zum Gatineau Park, während weiter Schnee vom Himmel rieselte. In diesem Gebiet war sie immer mit Mitch langlaufen gewesen; es schien ein ganzes Leben her zu sein. Mit Tug war sie nie dort gewesen.

Sie hatte vor, sich in der stillen, weißen Landschaft restlos zu verausgaben. Sie begann zügig loszulaufen, mit weit ausholenden Schritten, die Bindungen fest angezogen; ihr Atem kam stoßweise, und ihr Herz hämmerte mit schnellen Schlägen. Trotz des Schlafmangels war sie voller Energie, bereit, sich der Belastung zu stellen. So fühlte sie sich immer kurz vor ihrer Periode, obwohl sie diesen Monat überfällig war; wahrscheinlich hatte sie in letzter Zeit einfach zu viel durchgemacht. Ein Verdacht flackerte vor ihrem geistigen Auge auf wie ein Neonschild in weiter Ferne, das erlosch und kurz darauf wieder zum Leben erwachte. Es war möglich, zumindest nicht unmöglich. Auch wenn sie kein Teenager mehr war. Sie passte immer auf. Aber wie ihre Mutter immer zu ihr gesagt hatte: Bei jeder Verhütungsmethode gibt es auch eine Versagerquote.

Sie war so in Gedanken versunken, dass sie aus der Spur geriet und um ein Haar gegen einen Baum geprallt wäre. In letzter Sekunde gelang es ihr auszuweichen, während ihr rechter Stock in hohem Bogen durch die Luft flog. Sie sauste geradewegs auf eine Gruppe dürrer Birken zu, doch dann hatte sie die Bäume hinter sich gelassen und stand auf einer Lichtung, allein inmitten von Weite und Schnee.

Sie verharrte, um wieder zu Atem zu kommen; ihre Beine zitterten, ihre Nase lief. Zwanzig Meter entfernt von ihr stob ein Fuchs durch den Schnee. Sie tat so, als wäre Tug bei ihr, wandte sich zu ihm und streckte die Hand aus. In jenem Moment glaubte sie, dass er immer bei ihr sein würde, stets der Erste, dem sie von außergewöhnlichen oder ganz banalen Dingen erzählen würde, stets derjenige, dessen Bestätigung sie suchte, auf immer seine Stimme im Ohr.

«Tug», sagte sie laut. Dann kniete sie nieder und vergrub ihr Gesicht im Schnee.

::::::::::::

Zwei Wochen später stand sie in ihrem Badezimmer, einen Schwangerschaftstest in der Hand – das kleine Pluszeichen im Sichtfeld des Stäbchens bestätigte lediglich, was ihr Körper ihr ohnehin schon länger sagte –, als das Telefon klingelte. Sie ging nicht dran. Sie wusste nicht, was sie jetzt machen sollte. Im Grunde hatte sie sich immer ein Kind gewünscht; zu Beginn ihre Ehe, lange bevor sie in die Brüche gegangen war, hatten Mitch und sie darüber gesprochen, und einmal, auf einer Fahrt zu ihren Eltern, hatte sie, einem spontanen Impuls folgend, in einem Dorf eine handgestrickte lila Babymütze gekauft. Mit der Scheidung und deren Folgen hatte ihr Kinderwunsch seine Dringlichkeit verloren, nun aber spielte sie trotz allen Unglücks mit dem Gedanken, das Baby zu bekommen.

Der Anrufer ließ nicht locker. Das Telefon klingelte weiter. Sie legte das Teststäbchen beiseite und ging ins Wohnzimmer, um den Anruf entgegenzunehmen.

Es war Annies Mutter. Sie klang völlig hysterisch, brachte die Worte nur stammelnd über die Lippen: «Wie konnte das passieren? Wo steckt sie nur?»

Grace hörte zu, ohne genau zu verstehen, wovon sie redete. Offensichtlich war Annie verschwunden, hatte eine Nachricht hinterlassen, dass sie nie wieder zurückkommen würde und sie nicht nach ihr suchen sollten.

«Wie konnte sie uns das nur antun?», schluchzte Annies Mutter.

Grace murmelte irgendetwas Vages, versuchte so tröstlich zu klingen wie möglich, konnte sich aber kaum konzentrieren.

«Ich verstehe das alles nicht», sagte Annies Mutter. «Wer macht denn so was? Menschen verschwinden doch nicht einfach so.»

Dann fand Grace die richtigen Worte des Zuspruchs, und schließlich telefonierten sie über eine Stunde miteinander. Die ganze Zeit aber dachte sie: Doch, Menschen verschwinden einfach so. Jeden Tag.

10

Los Angeles, 2003

Als Anne aus Edinburgh zurückkam, fand sie fünf Nachrichten von ihrer Agentin Julia auf ihrem Anrufbeantworter vor, eine enthusiastischer als die andere.

«Darling», lautete die letzte. «Das ist eine Riesensache. Ruf mich sofort zurück, wenn du wieder da bist.»

Anne stand in ihrer heißen, stickigen Wohnung, ihre noch nicht ausgepackte Tasche neben sich auf dem Sofa. Obwohl so gut wie nichts mehr an Hilary und Alan erinnerte, fühlte sie sich nach wie vor fremd in ihrem Apartment. Sie öffnete die Fenster und warf einen Blick in den leeren Kühlschrank. Im Schlafzimmer fand sie eine verwelkte Topfpflanze hinter dem Vorhang. Hilary musste sie gekauft haben.

Außer Julia gab es niemanden, den sie anrufen müsste, um zu sagen, dass sie wieder zu Hause war.

Am frühen Morgen lief sie fünf Meilen, und um halb acht hatte sie bereits geduscht und starrte nervös auf die Wohnzimmeruhr. Da Julia nie vor zehn in ihrem Büro war, ging sie erst einmal einkaufen und zur Maniküre. Es war ein wunderschöner Tag Ende August, warm, aber nicht so schwül wie gewöhnlich. Der Jahrestag des 11. September stand kurz bevor, und zum Gedenken an die Opfer wurden allenthalben Blumen niedergelegt, Fotos aufgehängt und Feiern angekündigt; die Leute wirkten gleichzeitig traurig, gereizt und unbeugsam. Anne registrierte all das nur insofern, als sie diese Dinge am liebsten komplett ausgeblendet, das Datum überhaupt nicht zur Kenntnis genommen hätte, wäre es möglich gewesen. Dennoch erinnerte es sie plötzlich an Hilarys Geburtstermin; das Baby musste inzwischen zur Welt gekommen sein.

Zurück in ihrer Wohnung, rief sie Julia an, deren Assistentin sie sofort durchstellte, was bislang noch nie passiert war.

«Darling», sagte Julia. «Wo zum Teufel hast du denn gesteckt?»

«Das weißt du doch. Ich habe in Schottland auf der Bühne gestanden.»

«Du und deine Theaterrollen», meinte Julia. Sie versuchte jovial zu klingen, doch ihre Herablassung war nicht zu überhören. Julias Ziel war, ihre Klientinnen in der Zahnpastawerbung unterzubringen oder ihnen notfalls einen Job als Model zu verschaffen, kurz: Gesichter zu verkaufen. «Du hast Schwein gehabt, dass sie gewartet haben. Anscheinend hast du's dem Typ echt besorgt.»

Unwillkürlich kam Anne dieser Kerl namens Sergio in den Sinn, wie er wutentbrannt auf sie losgegangen war, nachdem sie ihn in jener Gasse in Edinburgh in die Eier getreten hatte. Sie verscheuchte das Bild und fragte: «Welchem Typ?»

«Michael Linker», erwiderte Julia, als wäre der Name allgemein bekannt. «Er hat dich auf Long Island in diesem Megaheuler gesehen.» Zuletzt hatte Julia den «Megaheuler» noch ein Meisterwerk des modernen Dramas genannt.

«So, so», sagte Anne.

«Was heißt hier *So, so!* Er ist gerade zum Producer befördert worden und will dich für den Pilotfilm seiner neuen Serie casten. Klingt absolut *umwerfend* – ein Familiendrama, das richtig *knallt*, mit jeder Menge Sex. Ist für einen Kabelsender geplant. Jedenfalls musst du heute noch nach Los Angeles. Sag mir Bescheid, wenn du den Flug gebucht hast, dann kümmere ich mich darum, dass dich jemand am Flughafen abholt.»

Seit Monaten hatte sie Julia immer wieder gesagt, dass sie nicht aus New York wegwollte und nicht an Fernsehrollen interessiert war; die einzigen Projekte, die für sie infrage kamen, waren Independent-Filme. Doch während sie nun in ihrem Apartment stand, das asthmatische Geräusch der Klimaanlage im Ohr, ging ihr plötzlich auf, dass allen um sie herum völlig egal war, was sie wollte.

«Anne?», sagte Julia. «Das geht doch klar, oder?»

«Ich bin noch dran», antwortete sie.

::::::::::::

Am selben Abend noch flog sie nach Kalifornien. Allmählich verlor sie den Überblick, ob sie schlafen oder doch besser noch ein paar Stunden wach bleiben sollte. Vom Flughafen brachte sie ein Chauffeur ins Hotel, wo sie erst einmal ein Schaumbad nahm und sich dann einen Imbiss aufs Zimmer kommen ließ. Draußen schien die Sonne grell über den chaotisch verzweigten Highways. Ihr Vorsprechen war erst am nächsten Tag, was bedeutete, dass ihr reichlich Zeit blieb, sich auf anderer Leute Kosten zu amüsieren. Also zog sie ein paar ausgiebige Runden im Hotelpool und nahm noch ein langes Bad. Sie erinnerte sich daran, wie Hilary die ersten Tage in ihrer Wohnung verbracht und sich mit Donuts und allen möglichen anderen Sachen vollgestopft hatte. Im Nachhinein besehen, hatte sich ihr Appetit natürlich ihrer Schwangerschaft verdankt, doch gleichzeitig hatte sie sich wie eine verwilderte Katze verhalten, die einfach fraß, solange es etwas zu fressen gab. Und was die Annehmlichkeiten des Lebens anging, dachte Anne ganz genauso. Wenn Luxus zur Verfügung stand, hatte sie kein Problem damit, ihn auch in vollen Zügen zu genießen.

Schließlich widmete sie sich dem Skript, das man ihr bei der Ankunft an der Rezeption übergeben hatte, und begann ihren Text zu proben. Sie hatte keine großen Erwartungen, aber bestimmt nicht vor, sich selbst zu sabotieren. Sie würde einfach ihren Job machen, so gut es ging. Gleichzeitig erinnerte sie sich an Julias letzte Worte, bevor sie aufgelegt hatte. «Du bist vielleicht nicht die Beste oder Schönste, aber das musst du auch gar nicht sein», hatte sie gesagt. «Überleg dir einfach, wen du betören willst, und die Sache ist gelaufen.»

::::::::::::

Um zehn Uhr hatte sie einen Termin auf dem Studiogelände. Als sie eintraf, warteten zwei Leute auf sie – Michael Linker, der sie auf der Bühne gesehen hatte, und eine Frau, die er ihr als Diane vorstellte. Das Büro war gleichzeitig elegant und ungemütlich; das ganze Ambiente war darauf angelegt, Besucher einzuschüchtern. Michael lümmelte in Jeans und einem blütenweißen Hemd hinter seinem Designerschreibtisch, Diane lehnte an einer Fensterbank, auf der sich Drehbücher stapelten. Anne ließ sich ungelenk auf ein riesiges weiches Ledersofa sinken und blickte zu ihnen auf.

«Vielen, vielen Dank fürs Kommen», sagte Michael.

«Ja, vielen Dank», wiederholte Diane mit breitem Lächeln. «Wir freuen uns wirklich sehr. Michael schwärmt von Ihnen, seit er Sie in den Hamptons gesehen hat, und da war mir klar, dass ich Sie ebenfalls kennenlernen muss!»

«Sie waren echt unglaublich in dem Stück», fuhr Michael fort. «Sie haben die Bühne beherrscht, und die Schlussszene hat mir fast das Herz gebrochen.»

«Und Michael ist alles andere als leicht zu beeindrucken», sagte Diane. «Aber in Ihrem Fall war er völlig aus dem Häuschen.»

Was eindeutig gelogen war. Es war schlicht der Job dieser Leute, aus dem Häuschen zu sein. Während sie noch ein bisschen tiefer in der Couch versank, schlug Anne die Beine übereinander und lächelte. «Danke. Das ist wirklich wahnsinnig nett.»

«Nein, ganz ehrlich», beharrte Diane. Sie hatte langes, schmutzig blondes Haar und seltsam stahlblaue Augen; einen Moment lang fragte sich Anne, ob sie farbige Kontaktlinsen trug. Sie hatte leichte Schwierigkeiten, sich zu konzentrieren. Normalerweise lief es am besten, wenn sie nur mit einer Person zu tun hatte und sich auf ihn oder sie einstellen konnte; nun aber, da sie sich zwei Leuten gegenübersah, die verschiedene sexuelle Energien ausstrahlten, wusste sie nicht mehr so recht, wie sie sich verhalten sollte.

«Okay, Darling», sagte Michael. «Genug der schamlosen Schmeichelei. Sind Sie entspannt? Sprechen wir erst mal über das Buch. Und dann würden wir gern eine Kostprobe hören.»

Ihre Figur war eine misshandelte Frau, die ihr Schicksal in die Hand nimmt und eine neue Liebe findet. In der Szene, die Michael und Diane ausgewählt hatten, konfrontierte sie ihren kalten, erbarmungslosen Ehemann mit Tränen, Wut und Vorhaltungen.

Michael hatte sich aufrecht hingesetzt, bereit, den Part des Ehemanns zu übernehmen. Diane hatte sich einen Stuhl herangezogen und zupfte an ihren Nägeln herum.

Anne ging von folgender Prämisse aus: Wenn zwischen zwei Menschen einmal erotische Anziehungskraft geherrscht hatte, spielte sie auch eine Rolle, wenn alles vorbei war. Selbst eine Frau, die ihren Mann abgrundtief hasst, will ihm klarmachen, dass sie immer noch schön und begehrenswert ist, dass es ein Fehler von ihm war, sie so mies zu behandeln, dass er sie nie hätte gehen lassen dürfen. Und deshalb spielte sie die Szene so sexy wie eben möglich.

Als sie fertig war, murmelte Diane irgendetwas, was Anne aber nicht verstand.

«Fabelhaft», gab Michael routinemäßig kund. «Könnten Sie uns für eine Minute allein lassen, Darling?»

«Selbstverständlich.» Sie stand draußen auf dem Flur, ein bisschen außer Atem, aber auch irgendwie aufgedreht. Sie war einmal mit einem Medizinstudenten zusammen gewesen, der ihr irgendwann verraten hatte, dass er sich Bilder aus seinem dermatologischen Lehrbuch vorstellte, wenn er sich beim Sex ablenken wollte: Pusteln, Ausschläge, eiternde Bläschen. Natürlich hatte sie danach stets daran denken müssen, welche Hautkrankheiten ihm gerade durch den Kopf gingen, wenn sie zusammen im Bett gewesen waren, und bald darauf hatte sie mit ihm Schluss gemacht. Die Technik aber hatte sie beibehalten, und nachdem sie ein paar richtig fiese Bilder vor ihrem inneren Auge hatte vorbeiziehen lassen, war ihr auf einmal richtig übel.

Die Tür öffnete sich, und Diane lächelte sie mit funkelnden blauen Augen an. «Dann sehen wir doch mal, ob die Kamera Sie genauso liebt wie wir, okay?»

Sie spielte die Szene noch einmal durch, diesmal mit einem Schauspieler, den Michael ihr nicht vorstellte. Anne kannte ihn nicht. Als sie fertig waren, löste er seinen Gürtel, warf einen Blick in seine Hose und sagte: «Tja, Alter, die Kleine hat dir ganz schön den Schneid abgekauft, was?» Er klopfte Michael auf die Schulter, lachte und verließ den Raum. Über seine Bemerkung hätte sich Anne endlos den Kopf zerbrechen können, doch verschwendete sie keinen weiteren Gedanken daran. Ihre Mutter hatte ihr einst mit auf den Weg gegeben, dass derjenige am besten wegkam, der sich am wenigsten um andere scherte. Sie selbst hatte ihre Devise allerdings nicht besonders gut umgesetzt. Aber Anne wusste, wie es ging.

::::::::::::

Und offenbar hatte alles perfekt funktioniert, da Monate vergingen, ehe sie nach New York zurückkehrte. Um ihr Apartment kümmerte sie sich nicht, zahlte auch keine Miete – sie wohnte dort schließlich nur zur Untermiete, und die wenigen Sachen, die ihr gehörten, waren ohnehin nichts wert –, während sie sich in Los Angeles ein neues Leben aufzubauen begann.

Sie bekam die Rolle in dem Pilotfilm und probte zusammen mit dem Schauspieler, der ihren Ehemann mimte. Es war nicht derjenige, der beim Vorsprechen zugegen gewesen war, sondern ein gewinnender Typ, der seiner Figur eine Art nonchalanter Schlangenhaftigkeit und damit eine deutlich tiefere Dimension verlieh. Als sie das Drehbuch genauer studierte, sah sie, dass sie statt einer Hauptrolle in Wahrheit nur eine kleine Nebenrolle hatte. Wie hatte sie sich nur so täuschen können? War sie wirklich belogen worden, oder hatte man sie einfach nur das glauben lassen, was sie selbst glauben wollte?

Der Film handelte von einem Milliarden-Geschäft, das die Hauptfigur zusammen mit ihrem korrupten Ehemann eingefädelt hatte, dessen Beziehungen bis in die Chefetage eines Riesenkonzerns und die obersten Regierungskreise reichten. Ihr Job bestand darin, schön und verletzlich zu sein – mitten im Film wurde sie sogar als Geisel genommen –, und in den meisten Szenen hatte sie keine Dialoge, da sie gefesselt und geknebelt war.

Diane fand eine Bleibe für sie, ein winziges Gästehäuschen auf dem Anwesen irgendeines Produzenten. Es hatte einen hübschen Garten mit Kakteen und blühenden Pflanzen; prachtvolle Fuchsien schmiegten sich malerisch an die weißen Wände. Jenseits des Gartens befand sich die Villa des Produzenten, ein riesiges Haus im spanischen Stil mit roten Dachziegeln. Diane besorgte ihr außerdem einen Mietwagen und zahlte ihr einen Vorschuss. Sie war so überaus zuvorkommend, als hätte sie es mit einem künftigen Superstar zu tun. Doch als Anne ihrer Agentin davon erzählte, schlich sich ein Unterton in Julias Stimme, in dem nur allzu deutlich die Befürchtung mitschwang, dass Anne alles versauen würde. Und ihre Angst war tatsächlich berechtigt. Je selbstverständlicher Anne etwas in den Schoß fiel, je wertloser sich etwas anfühlte, desto mehr war sie versucht, die Dinge auf die leichte Schulter zu nehmen.

Trotzdem mochte sie Diane, auch wenn sie stutenbissig und gehässig war und hinter Michaels Rücken über ihn herzog. Sie rieb Anne unter die Nase, dass ihr Häuschen grauenerregend sei und dringend renoviert werden müsse, ebenso wie sie ihr ungefragt erklärte, sie habe einen Hängearsch und müsse dringend mal ins Fitnessstudio.

«Ich gehe nie ins Fitnessstudio», erwiderte Anne.

«Wir sind hier in L.A., Schätzchen», sagte Diane. «Da wird dir wenig anderes übrig bleiben.»

Schließlich gingen sie zusammen am Strand joggen, entsprachen so sehr dem Hollywood-Klischee vom guten Leben in Kalifornien, dass Anne am liebsten laut losgelacht hätte. Zum Glück war Diane extrem durchtrainiert und gab ein solches Tempo vor, dass Anne vor Anstrengung das Lachen verging. Hinterher bestellte sie Anne in einem Café ungefragt ein Eiweißomelett, bezahlte und fuhr sie nach Hause. Sie stellte sie niemandem vor, und in den ersten vierzehn Tagen lernte Anne außer Diane praktisch niemanden kennen.

Zu Hause las sie das Skript wieder und wieder. Einen breitkrempigen Hut auf dem Kopf, saß sie draußen auf einem Gartenstuhl und ließ sich die Sonne auf die Beine scheinen. Sonst gab es für sie nichts zu tun. Manchmal setzte sie sich ins Auto und fuhr ziellos auf den breiten Avenues der Stadt herum, wo niemand zu Fuß unterwegs war, so ganz anders als in New York. Sie dachte nie über die Zukunft nach; sie lebte in der Blase des Hier und Jetzt, wartete und wartete.

::::::::::::

Am Montag der dritten Woche rief Michael an, um ihr zu sagen, dass es mit der Finanzierung nicht klappte und das Projekt gestorben sei. «Aber du musst dir am allerwenigsten Sorgen machen, Süße. Das nächste Angebot flattert dir garantiert im Handumdrehen auf den Tisch, jede Wette. Da werden sich noch einige Strategen schwer in den Arsch beißen.»

Nachdem er aufgelegt hatte, rief Anne ihre Agentin an. «Na, wie läuft's?», fragte Julia.

«Gar nicht. Die Produktion ist geplatzt.»

Julia seufzte. «Tja, dann fliegst du am besten wieder nach Hause.»

«Zahlen die meinen Rückflug?»

«Ich bitte dich», sagte Julia.

Am Abend sah Diane mit zwei Flaschen Rosé vorbei. Sie setzten sich auf die Gartenstühle aus Plastik in Annes Wohnzimmer und tranken.

Beim dritten Glas brach Diane in Tränen aus. «Ich kann einfach nicht mehr», sagte sie. Ihr blondes Haar schimmerte im Dunkeln.

Die Fenster der Produzentenvilla waren hell erleuchtet, obwohl nie jemand zu Hause zu sein schien. Die Beleuchtung wurde jeden Tag um dieselbe Zeit mit Timern ein- und ausgeschaltet. Es gab Alarmanlagen, Schilder, die vor Pestiziden warnten, Gärtner und Dienstmädchen, doch offenbar schien dort niemand wirklich zu wohnen.

«Und was passiert jetzt?», fragte sie Diane, die mit den Schultern zuckte; sonst stets auf Haltung bedacht, schien sie unter dem Einfluss des Alkohols allmählich in sich zusammenzusinken.

«Wir versuchen, etwas Neues auf die Beine zu stellen. Du schaffst es ohnehin, bei deinem Charisma kann gar nichts schiefgehen. Während ich wahrscheinlich schon morgen gefeuert werde.»

«Glaubst du? Warum?»

«Weil das jetzt das dritte Projekt ist, mit dem ich baden gehe. Dreimal vergeigt, und du bist raus. Genau wie beim Baseball.»

«Und was willst du jetzt machen?»

Diane gab ein abfälliges Schnauben von sich. «Mich nach einem anderen Job umsehen. Wo mich dann andere Typen verarschen können.»

Ihre aufgesetzte Coolness erinnerte Anne an Hilary, und sie seufzte leise.

Diane sah auf und lachte. «Jetzt ist aber Schluss mit der Heulsusentour. Lass uns mal ein bisschen um die Häuser ziehen.»

«Ich habe aber kein Geld», sagte Anne.

«Du liebe Güte. Du weißt doch genau, dass ich bezahle.»

Außerdem fuhr sie. Sie schleppte Anne in einen Club, wo sie sich ein paar Tequila hinter die Binde kippten, tanzten und mit ein paar Typen flirteten, die Diane Anne vorstellte, wenngleich ihr nicht recht klar war, ob Diane sie tatsächlich kannte oder sie erst eben auf dem Rückweg von der Toilette kennengelernt hatte. Es waren echt süße Kerle, Surfertypen mit langem welligem Haar und Strahlelächeln. Zu hübsch, um mit ihnen ins Bett zu gehen, dachte Anne; sie würden bloß Dankbarkeit erwarten und null Einfühlungsvermögen aufbringen. Aber Flirten, Trinken und Tanzen war okay. Sie gab sich ganz ihrem Körper hin, ließ ihre Muskeln fließen und schaltete den Kopf aus. Es war drei Uhr morgens, als sie zurückfuhren. Diane redete wie ein Wasserfall – hatte sie sich auf der Toilette ein bisschen Koks in die Nase gezogen? – darüber, ob sie vielleicht runter nach Baja fahren und ein paar Wochen komplett ausspannen sollte, um endlich mal den Kopf freizukriegen, eine Idee für ein neues Skript hatte sie auch, aber womöglich würde sie sich auch einfach nur von einem Mexikaner vögeln lassen und am Strand Cocktails trinken – hatte Anne womöglich Lust mitzukommen? Dianes Stimme hallte in ihren Ohren wider wie ein nerviges Telefon, aber auch sie selbst flog auf Autopilot, weshalb sie einfach den Trick anwandte, mit dem sie andere für gewöhnlich zum Schweigen brachte: Sie lehnte sich zu ihr hinüber und küsste sie. Es war nicht das erste Mal, dass sie eine Frau geküsst hatte, aber ihr letzter Kuss dieser Art war schon eine Weile her.

Diane schmeckte nach Lipgloss und Alkohol.

«Oh, wow», sagte sie. «Wow.»

Statt nach Hause fuhren sie zu einem nahe gelegenen Hotel. Es war teuer, und Diane zahlte. Das Bett war wunderbar weich. Anne ließ ihre Finger durchs Dianes Haar gleiten – schön war sie, gepflegt, sanft und glänzend. Anne kam es vor, als würde sie ein zahmes Tier streicheln, ein Gefühl, das sich noch dadurch verstärkte, dass die andere Frau so wenig wog und gedämpfte, fast winselnde Laute von sich gab. Es war nicht wirklich wie Sex – jedenfalls nicht die Art von Sex, die Anne gewohnt war –, aber es fühlte sich gut an, zumindest bis sie ermattet in die Kissen sanken.

::::::::::::

Als Anne erwachte, war sie allein. Sie hatte den Alkohol besser verkraftet als gedacht. Sie gönnte sich erst einmal eine ausgiebige Dusche, und als sie wieder ins Zimmer trat, war Diane zurück, ein schwer zu deutendes Lächeln auf den Lippen.

«Ich habe einen Spaziergang gemacht», sagte sie. «Die verdammten Kopfschmerzen. Ich habe uns Frühstück aufs Zimmer bestellt. Und wie geht's dir?»

«Ich habe erst mal geduscht», erwiderte Anne. «Jetzt fühle ich mich schon wieder besser.»

«Gute Idee», sagte Diane. «Das werde ich auch machen.»

Während das Wasser lief, kam der Zimmerservice. Ihr Frühstück befand sich unter silbernen Hauben, so wie im Film. Als sie gefrühstückt hatten, war Anne plötzlich wieder müde.

«Du kannst noch bis Mittag hier bleiben», sagte Diane. «Aber ich muss jetzt leider ins Büro. Damit sie mich feuern können, die Arschlöcher.»

Sie schlüpfte aus ihrem Morgenmantel, präsentierte ihren glatten, makellosen Körper, trat hinter Anne und ließ ihre Hände unter den Frotteestoff gleiten. Während Dianes Hände ihre Haut liebkosten, spürte sie verblüfft, wie sie sich ihr entgegenstreckte und ein bislang ungekanntes Verlangen Besitz von ihr ergriff. Dann landeten sie, diesmal nüchtern, erneut im Bett und verließen es erst wieder, als es bereits Mittag geworden war.

::::::::::::

Diane wurde tatsächlich gefeuert, fuhr aber nicht nach Mexiko. Stattdessen machte sie Anne den Vorschlag, bei ihr einzuziehen. Sie lebte in einem kleinen Haus in einer kurvenreichen Seitenstraße in Los Feliz. Anne gefiel das lebhafte, gemütliche Viertel mit seinen verstreuten Bungalows, den Schrägdächern, den großzügigen, schattigen Vorderveranden und den stacheligen Wüstenkakteen in den Gärten. Wenn sie spazieren gingen, machte Diane sie auf all die Pflanzen aufmerksam, die hier in Kalifornien wuchsen, Eukalyptus, Yucca, Bougainvillea, lauter Worte, die Anne wie eine neue Sprache vorkamen. Manchmal unternahmen sie Wanderungen durch den Griffith Park, während sich die smogverhangene Stadt unter ihnen erstreckte. Anne ging zu Vorsprechen und Meetings, Diane zu Lunchverabredungen, Terminen und sonstigen Meetings. Jeder in L.A. hatte irgendwelche Meetings. Wenn Anne nun durch die Stadt fuhr und den sonnigen Müßiggang beobachtete – Leute, die unter Sonnenschirmen faulenzten, am Strand an Smoothies nippten –, war ihr klar, dass es sich keineswegs um Touristen handelte, die ihre Ferientage genossen. Das waren alles Meetings. Im Anschluss an ihre eigenen Termine traf sie sich mit Diane, oder sie sahen bei ihrem Personal Trainer vorbei, der mit ihnen eine Reihe schweißtreibender Übungen durchexerzierte. Anne war in besserer Form denn je und fühlte sich blendend. Untrennbar damit verbunden waren die Abende, die sie mit Diane im Bett verbrachte, wenn sich ihre muskulösen Körper umeinander schlangen und wanden. Manchmal fühlte es sich so an wie eine weitere Stunde mit dem Trainer, manchmal aber auch viel ernsthafter und bedeutender – wie ein ganz besonderes *Meeting*.

Diane war die erste Person, die ihre Finger sanft über das feine, kaum noch sichtbare Narbengewebe gleiten ließ, das von den Wunden stammte, die sie sich damals beim Ritzen zugefügt hatte. Sie erschauerte, als Diane das alte Muster auf ihrem Bauch mit dem Zeigefinger nachzeichnete, dann mit ihren Lippen und der kühlen Zunge darüber fuhr. «Das kann man jederzeit mit Make-up überdecken, falls du mal eine bauchfreie Szene drehen musst», erklärte sie.

Kurz darauf traf sich Anne mit einem Freund von Diane, einem Produzenten namens Adam. Er war alles andere als gut aussehend, doch wie alle Leute, die ihr bislang in L.A. über den Weg gelaufen waren, hatte er strahlend weiße Zähne und einen gestählten Körper, sodass er ausgesprochen attraktiv *wirkte*. Er plante gerade einen Pilotfilm über eine Gruppe von sexy Agentinnen und glaubte, dass sie besetzungstechnisch gut passen würde. Nach dem Lunch sagte er: «Du kannst dir das Skript ja mal ansehen, aber leider habe ich es zu Hause vergessen. Fahr doch kurz mit, dann gebe ich es dir. Hast du ein bisschen Zeit?»

Natürlich hatte sie Zeit. Sie nahmen einen Drink in seinem Wohnzimmer und unterhielten sich weiter über den Film. Sein Haus war voll von modulartigem weißen Mobiliar und bauchigen Designerlampen. Schließlich fragte sie ihn, wie er ins Filmgeschäft gekommen war – eine Frage, die in L.A. stets zu weitschweifigen Antworten führte –, um ein wenig Zeit zum Überlegen zu haben.

«Tja, natürlich ist es ein Klischee, dass Hollywood einen erst aussaugt und dann wieder ausspuckt», sagte er, als sie das Schlafzimmer betraten; vorgeblich wollte er ihr nur das Haus zeigen. «Für Schauspielerinnen ist es natürlich am schlimmsten, aber damit erzähle ich dir sicher nichts Neues. Wie auch immer, ich bin keines von diesen Arschlöchern, die einen fetten Hit landen und sich dann in einer Villa in den Hollywood Hills zur Ruhe setzen wollen. Für mich sind das Feiglinge. Hier geht es ums Risiko, um alles oder nichts. Findest du nicht auch?»

«Keine Ahnung», sagte Anne. «Ich bin noch nicht so lange hier.»

«Verschon mich bloß mit dem Unschuld-vom-Lande-Blödsinn», sagte Adam. «Wir wissen beide, was wir wollen. Wir sind wie Computer mit dem gleichen Programm. Lass mich mal deinen Körper sehen.»

«Nur sehen?», gab sie zurück.

«Fürs Erste», sagte er, während er einen Blick auf die Uhr warf. Er lag quer auf seinem Bett, einem niedrigen Futon-Gestell mit schwarzer Überdecke. Nebenan befand sich das Badezimmer. Anne erspähte ein schwarzes Waschbecken, schwarze Ablagen und schwarze Handtücher. Einen Moment lang sah sie Dianes geblümten roten Duschvorhang vor ihrem inneren Auge; nicht etwa, weil sie ein schlechtes Gewissen gehabt hätte, sondern weil sie sich auf etwas freuen konnte, wenn das hier hinter ihr lag.

Sie ging davon aus, dass er seine Klamotten ausziehen würde, doch stattdessen fummelte er an ihr herum und murmelte irgendetwas vor sich hin. «Wie alt bist du eigentlich?», fragte er schließlich.

«Was würdest du denn schätzen?», fragte sie, so wie Diane es ihr geraten hatte.

«Ein bisschen zu nah an der Dreißig für meinen Geschmack.»

«Ach, komm», erwiderte sie. «Du willst mich doch jetzt nicht schlecht draufschicken.»

Adam lächelte. «Ich steh auf dich.» Seine Hände betatschten ihre Brust.

«Wenn du meinst», sagte sie.

::::::::::::

Zurück in Dianes Wohnung, duschte sie erst einmal, nicht weil sie sich schmutzig fühlte, sondern weil sie schlicht müde war, so wie jeder nach einem langen Arbeitstag. Als sie aus dem Bad kam, war Diane gerade dabei, das Abendessen zuzubereiten. Anne schenkte sich ein Glas Wein ein, und sie küssten sich. Näher war sie häuslicher Zweisamkeit noch nie gekommen; drei Wochen hielt dieser Zustand jetzt an.

«Na, wie ist es mit Adam gelaufen? Musstest du dich vor ihm ausziehen?»

«Wie? Du wusstest davon?»

«Das zieht er immer ab. Tut mir leid, dass ich dich nicht gewarnt habe, aber Adam wäre stocksauer gewesen, wenn er das spitzgekriegt hätte. Ich weiß, er ist ein Dreckskerl, aber eben ein erfolgreicher Dreckskerl. Wenn es glatt gelaufen ist zwischen euch – und so hinreißend, wie du bist, besteht daran kein Zweifel –, bringt er dich garantiert irgendwo rein, jede Wette.»

Anne musterte sie schweigend, während sie Lachsstückchen in den Salat mengte. Unwillkürlich überkam sie ein warmes Gefühl der Zuneigung; sie umarmte Diane und legte den Kopf auf ihre Schulter. Sie waren ungefähr gleich groß und etwa gleich schwer. Ein perfektes Paar. «Der Typ ist ein Freak», sagte sie. «Er wollte nicht mal mit mir ins Bett. Bloß ein bisschen glotzen und an mir rumgrapschen.»

Diane lachte, löste sich sanft von ihr und trug die Salatschüssel zum Tisch. «Klingt, als wärst du beleidigt.»

«Das war nichts weiter als ein Machtspiel. Dem ging's überhaupt nicht darum, mich flachzulegen. Er wollte mich demütigen, das war alles.»

«Sieht so aus.»

«Aber du glaubst nach wie vor, das hätte was gebracht?»

«Hoffen wir mal, dass es funktioniert.»

Während des Essens redeten sie über das Drehbuch, an dem Diane gerade arbeitete, eine schwarze Komödie über eine durch und durch manipulative Frau, ein modernes *Alles über Eva*.

«Vollkommen unverkäuflich», sagte Diane. «Schwarze Komödien gelten als Kassengift, und Filmprojekte für Frauen locken auch keinen Hund hinter dem Ofen hervor. Aber was soll's? Jetzt oder nie, sage ich mir.»

Anne lauschte ihren frommen Wünschen nur mit halbem Ohr, mehr auf Dianes Körper konzentriert. Als sie später mit ineinander verschlungenen Beinen im Bett lagen, gingen ihr immer wieder Dianes Worte im Kopf herum. *Hoffen wir mal, dass es funktioniert.* Ein süßes, schweretoses Gefühl schwelte in ihr, die Ahnung einer Zukunft, an der sie vielleicht festhalten konnte, auch wenn sie nicht wusste, ob sie eine Rolle ergattern und wie sich diese seltsame Beziehung aus Freundschaft und Sex zwischen Diane und ihr entwickeln würde. Irgendwie war ihr klar, dass etwas so Schönes nicht von Dauer sein konnte, doch gleichzeitig war sie entschlossen, es so lange auszukosten wie nur eben möglich. *Hoffen wir mal.*

::::::::::::

Eine Woche später rief Adam an.

«Hier spricht Mr. Kotzbrocken», sagte er fröhlich. «Ich will dich für meinen Pilot. Du spielst Miss Obersexy. Ein bisschen Haut muss auch sein, aber nicht zu viel. Ist schließlich was für die ganze Familie.»

Anne rieb sich die Stirn. Ein Teil von ihr erinnerte sich vage daran, dass sie eigentlich eine Bühnenkarriere vor Augen gehabt hatte, und das bereitete ihr leichte Kopfschmerzen.

Adam redete immer noch und erklärte ihr die nächsten Schritte. «Eine größere Chance bekommst du so schnell nicht wieder», sagte er. «Also zeig, was du draufhast.» Dann legte er auf.

Als sie sich umwandte, stand Diane mit ausgebreiteten Armen

vor ihr. «Ich wusste es.» Sie strahlte über das ganze Gesicht. «Das ist dein Durchbruch. Die ganz große Nummer.»

Anne ließ sich umarmen, aber die Wortwahl irritierte sie. *Die ganz große Nummer?* Redete Diane wirklich so? Glaubte sie tatsächlich daran? Zum ersten Mal spürte sie eine Kluft zwischen ihnen. Es war, als würde eine Kerze verlöschen, aber dann küsste Diane sie in den Nacken, und die Kerze flammte wieder auf.

::::::::::::

Eins musste man den Fernsehleuten lassen: In puncto Optik verstanden sie ihr Handwerk. Technik und Produkte, alles war auf dem allerneuesten Stand. Sie brachten ihre Frisur, ihre Klamotten, ihr Make-up und ihren Teint auf Vordermann, verwandelten sie in eine völlig andere Frau, die sie selbst kaum wiedererkannte. Trotzdem, ihr neues Ich gefiel ihr ausgesprochen gut: Sie war atemberaubend schön, wenn auch weniger unverwechselbar; nun sah sie aus wie Tausende anderer Beautys, die man tagtäglich auf den Straßen von L.A. beobachten konnte.

Stück für Stück übernahm Adam die Kontrolle über ihr Leben, befahl ihr despotengleich, wie sie sich am Set und in ihrer Freizeit zu kleiden hatte, legte den Grundstein für ihr künftiges Leben als Berühmtheit. Er nannte es «ganzheitliche Supervision» und vereinbarte Termine beim Zahnarzt, Hautspezialisten und Ernährungsberater für sie.

«War mir ein Vergnügen», sagte er, obwohl sie sich noch nicht einmal bei ihm bedankt hatte. «Details waren schon immer meine Stärke.»

Als die Dreharbeiten begannen, sah Diane gelegentlich am Set vorbei. Die ersten Szenen wurden abends gedreht, auf knochentrockenen Straßen, die vorher mit Wasser abgespritzt worden waren, damit sie wie regennasse New Yorker Avenues aussahen. Beim Theater hatte sie immer die Proben geliebt, war dieselben Zeilen wieder und wieder durchgegangen, hatte ständig neue Nuancen entdeckt; zuweilen hatten sie und die anderen Schauspieler stundenlang über Betonungen und Ausdrucksformen diskutiert, über den Sinn bestimmter Zeilen, ja sogar einzelner Worte gestritten. Aber die Proben beim Fernsehen liefen völlig anders. Die Abläufe waren so festgelegt, dass sich niemand darum scherte, was sie sagte oder wie sie es sagte; stattdessen ging es pausenlos nur um Kameraeinstellungen, darum, wie sie vor einem Baum oder einem Stoppschild aussah. Wieder und wieder musste sie aus einem Gebäude auf die Straße treten und verwirrt dreinblicken. Erster Schritt, zweiter Schritt, dritter Schritt, verwirrt dreinblicken. Fünf Stunden lang ging das so, dann war Pause.

Sie spielte eine Studentin, deren Vater aufgrund einer Verwechslung von fiesen Agenten getötet worden war; um die Mörder zu finden, hatte sie sich selbst zur Agentin ausbilden lassen. Zur Tarnung arbeitete sie als Fotografin, was es ihr ermöglichte, an alle möglichen exotischen Orte zu reisen – mit einer Kamera um den Hals, die Brüste von den Gurten eingerahmt –, durch die Gegend zu laufen und mit Schmollmund in die Ferne zu blicken. In jeder Episode sollte es um einen anderen «Foto-Auftrag» gehen, wobei sie für gewöhnlich einen heißen Flirt mit einem Mann hatte, der sich entweder als Übeltäter entpuppte oder, wenn er zu den Guten gehörte, ums Leben kam.

Nachdem sie nun in seinem Pilotfilm spielte, hatte Adam kein Interesse mehr an ihrem Körper. Ebenso wenig wie der Regisseur, ein glücklich verheirateter Vater dreier Kinder, mit denen er des Öfteren während der Drehpausen spielte. Die Einzigen, die ihrem Körper Aufmerksamkeit schenkten, waren die Hairstylisten und Maskenbildner, bei denen es sich entweder um Frauen oder um schwule Männer handelte. Zwar lief sie keine Gefahr, angebaggert zu werden, aber es war gleichzeitig völlig unerotisch. Anne brauchte dieses gewisse Knistern – das Funkeln in den Augen des anderen, das Gleichgewicht der Pheromone –, doch nun war die Kamera ihr einziger Partner, und sie fühlte sich wie im luftleeren Raum, geschlechtslos und unbegehrt. Zuweilen leierte sie ihren Text derart leblos herunter, dass sie es selbst kaum glauben konnte; hätte ein anderer Schauspieler derartigen Mist abgeliefert, wäre sie wahrscheinlich vor Scham im Boden versunken. Aber niemand bemerkte es, oder vielleicht war es ihnen auch einfach egal.

Die Drehzeiten waren unregelmäßig und völlig verrückt. Manchmal kam sie erst spätnachts ins Bett, manchmal musste sie schon morgens um fünf am Set sein. An manchen Tagen bekam sie Diane so gut wie gar nicht zu sehen, und häufig entspannte sie sich den Nachmittag über auf der Wohnzimmercouch und machte ihre Nägel, während Diane genervt an ihrem Skript zu arbeiten versuchte. Und als Anne sie wieder einmal zu besänftigen versuchte – ihre bevorzugte Strategie war Sex –, stieß Diane sie weg und seufzte: «Es geht nicht immer bloß darum, Annie. Ich will, dass du mich unterstützt.»

«Wie denn?»

«Lies doch mal mein Drehbuch und sag mir, wie du es findest.»

«Aber ich habe keine Ahnung von Charakterentwicklung und so was», sagte Anne. «Ich bin bloß eine Puppe.» Sie schwenkte die Arme, als würden sie von unsichtbaren Fäden gehalten. «Eine Marionette.»

«Du willst dir bloß nicht die Mühe machen», erwiderte Diane.

Anne wollte protestieren, aber sie wussten beide, dass es die Wahrheit war. «Ich lese eben nicht so viel.»

«Es ist doch bloß ein *Drehbuch*. Und du bist Schauspielerin. Jetzt hab dich nicht so.»

Also las Anne das Skript – und fand es schrecklich. Die so kluge, gebildete Diane erwies sich als durch und durch unbegabte, umständliche, grottenschlechte Autorin. Sie war Produzentin, aber mit Worten konnte sie beim besten Willen nicht umgehen. Die Dialoge waren sterbenslangweilig und die Figuren unsympathisch und uninteressant. Das Skript versammelte alle Klischees eines Kommerzfilms, ohne dabei das kleinste bisschen Unterhaltungswert zu besitzen.

Und natürlich kam Diane in just dem Augenblick herein, als Anne gerade die letzte Seite gelesen hatte. Sie trat betont beiläufig an den Kühlschrank, mied jeglichen Blickkontakt, während sie sich ein Glas Eistee mit Jasmingeschmack einschenkte. Sie war so durchschaubar, so unglaublich liebenswert.

Ohne nachzudenken, sagte Anne: «Ich liebe dich.»

Diane stellte ihr Glas ab und legte die Arme um sie. «Aber nicht mein Skript.»

«Du lieber Gott, nein.»

Diane gab ein ungläubiges Schnauben von sich. «Ich fasse es nicht. Du gibst dir nicht mal die Mühe, so zu tun, als würde es dir gefallen?»

Anne verstand sie nicht. Wie konnte sie so etwas von ihr verlangen? Warum begriff eine so intelligente Frau nicht, dass sie nicht schreiben konnte? Im selben Moment spürte sie, wie etwas Feuchtes ihre Schulter benetzte. Diane weinte.

«Gefällt es *dir* etwa?», fragte sie.

«Das ist nicht der Punkt.» Diane trocknete ihre Wange an Annes T-Shirt-Ärmel. «Würdest du mich lieben, würdest du auch hinter mir stehen.»

«Indem ich dein Skript lobe, obwohl es nichts taugt? Was soll das denn bringen?»

«Wenn man jemanden liebt, dann sagt man ihm nicht, dass er sein Drehbuch genauso gut in den Müll werfen kann.» Dianes Lippen bebten. «Man spricht mit dem anderen. Man sagt ihm erst mal, was einem *gefällt*. Man sagt, das Ganze hat *Potenzial*, aber da lässt sich noch mehr rausholen. *So* redet man, wenn man kein Roboter oder ein unsensibler Klotz ist.»

«Es tut mir leid.» Anne wollte ihre Hand ergreifen, doch Diane wandte sich ab und verließ wortlos das Haus. Als Anne schlafen ging, war sie immer noch nicht zurück. Es war der erste Streit, den sie je gehabt hatten.

::::::::::::

Es setzte ihr mehr zu, als sie gedacht hätte. Es war, als wäre ihr der Boden unter den Füßen weggezogen worden; ihr war übel, sie konnte nicht schlafen, und am nächsten Tag schüttelte die Maskenbildnerin den Kopf, als sie die dunklen Ringe unter ihren Augen sah. Das wiederum machte sie wütend auf Diane, weshalb sie nach dem Dreh nicht nach Hause fuhr, sondern zu ihrer alten Wohnung. Inzwischen war sie schon so lange mit Diane zusammen, dass sie das Gästehäuschen praktisch vergessen hatte. Ihre Sachen hatte sie allesamt schon vor Wochen mitgenommen – nicht einmal eine Zahnbürste war noch da –, und verglichen mit Dianes Haus musste sie jetzt mit einer kargen Hütte vorliebnehmen. Die riesige, menschenleere Villa zeichnete sich dunkel vor dem Horizont ab, wirkte steril und unheimlich zugleich. Drüben in Los Feliz pulsierte das Leben, waren Leute mit ihren Hunden unterwegs, bevölkerten den Parkplatz vor dem Trader Joe's, saßen unter den Sonnenschirmen vor dem Alcove Café, tranken Eistee und amüsierten sich. All das fehlte ihr, und am meisten fehlte ihr Diane. In dem Gästehäuschen fühlte sie sich einsam und verlassen. Wie im Exil.

Zwei Tage später vertrugen sie sich wieder. Anne gelang es, doch noch ein paar positive Worte über das Skript zu verlieren, und Diane räumte ein, dass sie tatsächlich besser darin war, andere Schreiber anzutreiben, als selbst etwas aufs Papier zu bringen. Sie tranken eine Flasche Wein, gingen zusammen ins Bett und entdeckten von Neuem ihre Zärtlichkeit füreinander. Der Streit hatte Klarheit in ihre Beziehung gebracht: Nun wussten sie, wie wichtig sie sich waren, und plötzlich hatte alles zwischen ihnen mehr Kraft, Tiefe und Geheimnis.

Diane verabschiedete sich von ihrem Drehbuchprojekt. Kurz darauf bekam sie einen Job bei einer unabhängigen Produktionsfirma, und sie flogen übers Wochenende nach Palm Springs, um zu feiern. Als eines Abends eine Bekannte von Diane an ihren Restauranttisch kam, um Hallo zu sagen, sagte Diane, «Das ist meine Freundin», und Anne wurde klar, dass sie es *wirklich* war. Wobei sie nicht verblüffte, dass sie nun fest mit einer Frau zusammen war, sondern wie wohl sie sich dabei fühlte.

::::::::::::

Die Dreharbeiten endeten eine Woche später, und nun begann die lange Pause, während derer der Pilot geschnitten und dem Sender präsentiert wurde. Unterdessen wurde Anne zu dem, was Diane «eine gefangene Frau» nannte. Sie hatte einen Vertrag, der ihr untersagte, für andere Produktionen zu arbeiten, bis entschieden war, ob die Serie realisiert werden würde. Stattdessen arbeitete sie an ihrer Beziehung zu Diane. Jeden Tag fragte sie, wie es bei der Arbeit gewesen war, nach den üblichen Bagatellen und Querelen. Was Diane von ihrem Job erzählte, war langweiliger als die langweiligste Seifenoper, doch Anne ließ sich nie etwas anmerken. So wie immer, wenn sie eine Rolle zu spielen begann, verschmolz sie ganz und gar damit, entdeckte Seiten an sich, von deren Existenz sie bislang nichts geahnt hatte. Sie fühlte sich so weit in Dianes Welt ein, dass sie schließlich sogar ihre beiden Chefs auseinanderhalten konnte; beide hießen sie Jim, und da Diane ihre Nachnamen nie erwähnte, ließ sich lediglich ihrem Tonfall entnehmen, von wem sie gerade sprach – den einen mochte sie, während sie den anderen abgrundtief hasste.

Anne machte ihre Sache gut, und Diane reagierte wie eine Pflanze, die liebevoll gehegt und gepflegt wird. Kurz darauf wurde sie befördert und sagte, das habe sie Anne zu verdanken, obwohl diese sich nicht erinnern konnte, ihr je irgendeinen Ratschlag gegeben zu haben. Was sie ohnehin nur selten tat; normalerweise sagte sie einfach das, was Diane gerne hören wollte.

An einem Dienstagabend rief Adam an und lud sie zum Dinner ein. «Aber nur du», sagte er. «Sag Di, es wäre ein Arbeitsessen.»

«Ob er dir wieder an die Titten will?», meinte Diane.

«Hoffentlich nicht im Restaurant.»

«Treib's nicht zu weit.»

«Was soll's», erwiderte Anne. «Wenn's der Karriere dienlich ist.»

Diane knuffte sie leicht gegen die Schulter und nahm sie in die Arme. «Sei vorsichtig», sagte sie.

Sie trafen sich in einem teuren italienischen Restaurant an der Melrose Avenue. Adam bestellte eine Flasche Champagner, schenkte ihnen in aller Seelenruhe ein, *roch* sogar am Schampus und versuchte so offensichtlich die Spannung hinauszuzögern, dass Anne um ein Haar die Augen verdreht hätte. Anscheinend hatte der Sender grünes Licht für die Serie gegeben.

Er hob sein Glas und nickte ihr zu. «Gratuliere, Süße», sagte er. «Sie wollen uns haben.»

Sie wollen *mich* haben, hätte sie am liebsten erwidert, verkniff es sich jedoch. «Das ist ja wunderbar», sagte sie. «Ich kann es kaum glauben.»

Adam verengte die Augen zu Schlitzen. «Ein bisschen mehr Begeisterung, bitte. Ehrlich gesagt hätte ich erwartet, dass du vor Freude in die Luft springst. Was ist los mit dir?»

Anne spielte die Naive. «Es ist noch gar nicht richtig bei mir angekommen», sagte sie. «Das ist ja unglaublich. Wann soll die Serie anlaufen?»

«Immer langsam mit den jungen Pferden», sagte er. «Bis dahin ist es noch ein weiter Weg.»

Die Vorspeisen wurden serviert. Während er ihr die weitere Vorgehensweise erläuterte, tranken sie die erste Flasche Champagner. Nach der zweiten waren sie beide betrunken. Als Adam das Dessert bestellte, ahnte sie schon, dass die Sache einen Haken hatte.

«Dir ist sicher klar, was jetzt kommt.» Er sah von seinem Schokoladenkuchen auf. «Es wird Zeit, dass du die Geschichte mit Diane ein für alle Mal beendest.»

«Was? Warum sollte ich das tun?»

«Sobald die Serie anläuft, wird dir die Presse sogar auflauern, wenn du bloß im Supermarkt einkaufst. Ich weiß, du willst mir jetzt einreden, dass wir im 21. Jahrhundert leben, aber glaub mir, ich weiß, wie der Hase läuft. Ich habe keine Lust, plötzlich Schlagzeilen à la ‹Anne Hardwick und Lesbenfreundin bei Starbucks› zu lesen. Du bist das Sexsymbol der Serie. Ein *heterosexuelles*, wohlgemerkt. Und falls irgendein Liebesurlaub oder sonst was anstehen sollte, dann bring's hinter dich, solange dir die Paparazzi noch nicht an den Fersen kleben.»

«Aber ich bin nicht ...» Das Wort «lesbisch» lag ihr auf den Lippen, doch im selben Augenblick ging ihr auf, dass es sich einfach nur blödsinnig angehört hätte. Sie hatte keine Ahnung, wie sie in ein, zwei Sätzen erklären sollte, dass es lediglich um sie und diesen ganz speziellen Menschen ging, dass sich völlig unerwartet eine Liebesbeziehung zwischen ihnen entwickelt hatte.

«Richtig, du bist nicht Jodie Foster», sagte Adam. «Und jetzt sieh zu, dass du die Sache regelst.»

::::::::::::

Diane war wach geblieben und wartete auf sie. Anne sah ihr an, dass sie bereits ahnte, was passiert war. Schweigend stand sie in ihrem neuen Kleid vor ihr, dem teuersten, das sie je besessen hatte. Am

Anfang ihrer Beziehung waren nicht viele Worte nötig gewesen, doch um einen klaren Schlussstrich zu ziehen, kam sie nicht umhin, die Dinge beim Namen zu nennen. Diane begann zu weinen, doch Anne konnte es in diesem Moment nicht ertragen.

«Lass uns einfach ins Bett gehen», sagte sie.

Diane nickte erleichtert. Sie schenkte Anne ein schiefes Lächeln, nahm sie bei der Hand und führte sie ins Schlafzimmer. Sie tauschten keinerlei Zärtlichkeiten aus, sondern lagen nur nebeneinander auf dem Bett und hielten sich an den Händen, ohne ein Wort zu sagen.

Am nächsten Morgen war Diane so ruhig und gefasst, wie Anne es sich nur wünschen konnte. Sie hasste sie dafür. Diane reichte ihr eine Tasse Kaffee und sagte: «An Adams Stelle würde ich genauso handeln. Sie haben in dich investiert und wollen kein Risiko eingehen. So ist das Geschäft. Geh ruhig schon mal unter die Dusche.»

Als Anne, in ein Handtuch gehüllt, aus dem Bad kam, stand ein Koffer mit ihren Habseligkeiten an der Tür, und Diane breitete ein paar Sachen zum Anziehen für sie auf dem Bett aus. Anne sah sie an. «Bist du sicher, dass du es so willst?»

Diane zuckte wortlos mit den Schultern. Anne verspürte ein leises Gefühl der Erleichterung darüber, dass es keine Szene gab. «Also, bis dann», war alles, was sie sagte. Sie gaben sich nicht mal einen Abschiedskuss.

Zurück in ihrem Gästehäuschen, bekam Anne einen Weinkrampf und erbrach sich schließlich in die Toilette, den bittern Geschmack von Dianes Kaffee in der Kehle. Völlig fertig verkroch sie sich ins Bett und wachte eine Stunde später wieder auf. Ihre Haut fühlte sich rau an und juckte. Um sich abzulenken, cremte sie sich mit Bodylotion ein, Beine, Arme, Bauch. Eins führte zum anderen. Sie streichelte sich und dachte dabei an Diane, bis sie kam und ihr erneut Tränen über die Wangen strömten.

::::::::::::

Sie meldete sich in einem Fitnessstudio an, und Adam besorgte ihr einen Personal Trainer, der sie auf eine so strikte und abstruse Diät setzte, dass sie den halben Tag damit verbrachte, die Zutaten dafür zu besorgen; den Rest der Zeit war ihr Blutzuckerspiegel so weit unten, dass sie kaum einen klaren Gedanken fassen konnte; es fiel ihr sogar schwer, an Diane zu denken. Als sie eines Tages im Fitnessstudio an der Bar ein Glas Weizengrassaft trank, sprach sie unvermittelt ein Typ an: «He, du siehst aber gar nicht gut aus.»

«Wieso redest du dann mit mir?», fragte sie.

«Ich wollte dich nicht beleidigen», sagte er. «Könnte es sein, dass du dich beim Training ein bisschen übernimmst? Jedenfalls siehst du so aus, als könntest du mal wieder ein Steak vertragen.»

Anne nahm ihre Tasche und glitt von ihrem Hocker. Um ein Haar wäre sie dabei ohnmächtig geworden; helle Punkte tanzten vor ihren Augen, und sie musste sich an den Tresen lehnen, um nicht das Gleichgewicht zu verlieren. Der Typ ergriff sie am Arm. Sie sah, wie sich seine Muskeln wölbten; er trug ein blaues T-Shirt und eine Adidas-Jogginghose.

«Ja, ich glaube, ich brauche tatsächlich wieder mal ein schönes Stück Fleisch», sagte sie.

Er grinste.

Zwei Stunden später landeten sie bei ihr im Bett. Sie hatte fast vergessen, wie sich das anfühlte – die Kraft, die Wucht, der Geruch eines Mannes. Sie fragte ihn nicht mal, wie er hieß.

::::::::::::

Und so begann eine Zeit, in der sie mehr oder minder wahllos mit irgendwelchen Typen ins Bett ging, die sie in Restaurants oder Bars kennenlernte – mit einem Zahnarzt, einem Studioboss, einem Koch, einem weiteren Studioboss, einem Pilates-Trainer und dann mal wieder dem Typen, den sie in ihrem Fitnessstudio kennengelernt hatte. Diesmal erfuhr sie sogar seinen Namen – Neal – und ließ sich von ihm in ein Restaurant einladen, in dem Diane und sie oft gewesen waren. Anschließend fuhren sie zu ihr. Gegen elf waren sie schon halb eingeschlafen, als jemand heftig gegen die Tür hämmerte.

Es war Diane. Sie war sichtlich angetrunken und weinte. «Du verdammte Fotze», sagte sie.

«Was willst du denn hier?»

«Fick dich doch. Ich bin hier, um dir zu sagen, dass du eine Nutte bist.»

Neal, der sie gehört hatte, trat in Boxershorts und mit dem Handy in der Hand zu ihnen. Anne fragte sich, ob er die Polizei rufen oder Diane womöglich auf ein Steak einladen wollte – eine anständige Proteinquelle war für ihn die Lösung aller Probleme.

«Okay, jetzt weiß ich's», sagte Anne. «Dann kannst du ja wieder gehen.»

«Du kaltherzige Schlampe», zischte Diane. «Du hast mit Typen aus *meiner* Produktionsfirma gebumst! Die halbe Welt weiß davon! Hast du nicht mal den Anstand, es außerhalb der Filmbranche zu treiben?»

«Hier arbeitet doch sowieso jeder beim Film», sagte Anne.

«Ich nicht», warf Neal ein.

«Wer zum Teufel sind Sie?», fauchte Diane.

«Ich heiße Neal.»

«Entschuldigung», sagte Anne. «Diane, Neal.»

«Ist das dein Lover? Hast du schon wieder jemand Neues?»

«Wie, habt ihr was miteinander?», fragte Neal seltsam interessiert.

Es war zu viel für Anne. Sie begann zu lachen – es war kein echtes Lachen, bloß hysterisches Gegacker, aber der einzige Mensch, der den Unterschied kannte, war Diane, die sie für immer verloren hatte.

Diane schluchzte. Sie roch nach Alkohol und Parfüm. Anne sah es genau vor sich, wie sie ein Bad genommen und eine Flasche Wein getrunken hatte, um ihre Gefühle wieder in den Griff zu bekommen, dann aber komplett durchgedreht war. Nur das Bild von Dianes nacktem, von Seifenschaum bedecktem Körper, den sie vor ihrem geistigen Auge sah, ließ sie schließlich innehalten.
«Diane», sagte sie sanft. «Bitte geh nach Hause.»

::::::::::::

Manchmal, tief in der Nacht, sehnte sie sich mit Haut und Haar nach Diane, wogegen nur andere Bettgefährten halfen. Das war der Grund, warum sie sich nun regelmäßig mit Neal traf. Mehrmals die Woche trainierten und schliefen sie miteinander. Es war keine Beziehung; sie hielten sich fit. Neal kaufte ihr Geschenke: ein Notizbuch, in dem sie eintragen konnte, was sie jeden Tag aß, einen Pulsmesser, eine Fruchtpresse. Es schien ihn nicht zu stören, dass sie ihm nie Geschenke machte. Als aber seine Eltern zu Besuch kamen, wollte er, dass Anne ihre Bekanntschaft machte. Hätte er bloß mit ihr angeben wollen, hätte sie ihn verstanden. Tatsächlich aber wollte er, dass sie ihn besser kennenlernte.
«Nein danke», sagte sie.
«Mann», sagte er, «du bist ja tatsächlich kalt wie ein Fisch. Und meine Freunde denken, ich hätte mir das bloß ausgedacht.»
«Bislang hast du dich nicht beschwert.»
«Ich hätte auf diese Diane hören sollen. Bist du irgendwie, na ja, autistisch? Meine Freunde meinen, du wärst die perfekte Frau. Sport und Sex, alles ohne Verpflichtungen. Aber diese Nummer finde ich ... total ... na ja, abartig.» Wenn er sich aufregte, klang Neal wie ein Teenagermädchen.

«Wenn es dir wirklich so viel bedeutet», sagte sie, «komme ich mit.»

«Nein, schon okay», wiegelte er ab. «Ich will dich zu nichts zwingen.»

Für sie beide war das eine lange Unterhaltung. Er war sonst nicht sonderlich gesprächig, sondern einfach nur ein perfekt gebauter Teddybär zum Kuscheln. Sie hatte gedacht, er wäre vielleicht der ideale Mann für sie, doch nun zeigte er sein wahres Gesicht, nahm die Fruchtpresse, den Pulsmesser und den Schrittzähler wieder an sich. Sie verstand – es waren teure Sachen, die er verkaufen oder selbst noch benutzen konnte. Er hatte es nicht so dicke.

An der Haustür wandte er sich zu ihr um. «Dir macht das alles wohl gar nichts aus, was?»

«Warum sollte es?»

«Wenn dich überhaupt nichts aufregt, heißt das dann nicht, dass dir im Grunde alles scheißegal ist?»

Anne sah ihn an, froh, dass sie sich nicht schon früher an längeren Unterhaltungen versucht hatten. «Wahrscheinlich.»

«Und wenn du nie irgendetwas hinterhertrauerst, bedeutet das dann nicht, dass nichts in deinem Leben irgendeinen Wert hat?»

Anne reckte das Kinn. «Lebensweisheiten eines Fitnessheinis», sagte sie. «Training für Leib *und* Seele.»

«Na schön, Miss Großkotz.» Er berührte ihre Wange. «Ich bin nicht Diane, mir kannst du nicht das Herz brechen. Aber ich habe auch keine Lust mehr, mich länger mit dir aufzuhalten. Ich will mich nicht in einen Roboter verwandeln. Mach's gut. Und vergiss deine Proteine nicht.»

Und mit diesen letzten romantischen Worten war es vorbei.

Sie konnte den armen Kerl nur belächeln. Dennoch hatte er mit seinem Spruch über das Trauern ins Schwarze getroffen, umso mehr, als sie plötzlich wieder an Diane denken musste, und dann kam ihr auch noch Hilarys Baby in den Sinn, von dem sie nicht einmal wusste, wann und wo es geboren worden war. *Und vergiss deine*

Proteine nicht. War ihm nicht klar, dass sie es versucht hatte? Sie wollte Proteine essen, Muskeln und Blut, ja, sogar ihr eigenes Herz, bis nichts, absolut nichts mehr davon übrig war.

::::::::::::

Die Ausstrahlung des Pilotfilms sah sie sich zusammen mit fünfzig anderen Leuten im Haus des Regisseurs in den Hollywood Hills an. Bis zum letzten Moment blieb sie draußen auf der Veranda und schnorrte von einem ihrer Kostars eine Zigarette nach der anderen, bis schließlich jemand die Glastür öffnete, vermeldete, dass es gleich losgehen würde, und sie kurzerhand hereinzog.

Sie fand den Film peinlich und lahm, wie die reinste Schulaufführung – das Techno-Gehämmer der Titelmusik, die Art, wie sie verblüfft die Lippen schürzte, während sie in die Ferne blickte. Unwillkürlich fuhr sie sich mit der Zunge über die aufgespritzten Lippen und wandte sich ab. Es war, als würde sie vor den versammelten Gästen masturbieren.

Sie verzog sich wieder nach draußen, ignorierte die aufmunternden Rufe der anderen. Zum ersten Mal fragte sie sich, wie ihre Zukunft aussehen würde. Sie hatte drei Episoden abgedreht und einen Vertrag über zehn weitere Folgen in der Tasche, aber sie war auch gewarnt worden, dass der Sender jederzeit den Stecker ziehen konnte. Inzwischen hatte sie diese Unkenrufe so oft gehört, dass sie mehr oder weniger von einer Pleite ausging. Die Vorstellung, dass alles glattlaufen würde – dass dies künftig ihr Leben sein sollte –, war erschreckender als die Aussicht auf einen Fehlschlag.

Julia meldete sich jeden Tag, doch inzwischen hatte Anne eine neue Agentin in L.A., Molly Senak, die ihr ein neues Drehbuch nach dem anderen schickte. Die für sie vorgesehenen Rollen waren immer dieselben: die Nutte, die am Ende sterben muss, die Freundin, die nach den ersten Minuten ihre Sachen packt, die Verführerin, die ein doppeltes Spiel mit dem mit Fehlern behafteten Helden spielt. «Gelegenheiten, um im Kleinen zu glänzen», nannte Molly diese Rollen. So also sah das Fundament einer Filmkarriere aus.

Sie sehnte sich nach New York, wenn auch weniger nach dem Alltag dort als dem vertrauten Gefühl, sich täglich von Neuem durchschlagen zu müssen. Und öfter, als sie erwartet hätte, ertappte sie sich sogar dabei, wie ihre Gedanken nach Montreal zurückschweiften. Sie sperrte sich dagegen, an ihren Vater zu denken, doch manchmal erinnerte sie sich an ihre Mutter, ihr früheres Zuhause, ihr altes Zimmer, sogar an ihre ehemalige Therapeutin, die, wie ihr nun aufging, damals wohl der einzige Mensch gewesen war, der einer echten Freundin am nächsten kam. Um ihr Selbstvertrauen zu wecken, hatte Grace ihr einst geraten, einfach so zu tun, als sei sie ein Star, als sei sie bereits in der Zukunft ihrer Träume angekommen. Nun fragte sie sich, ob vielleicht ein paar von den Menschen aus ihrem früheren Leben gerade zusahen. Ob sie stolz auf sie waren.

Eine Viertelstunde nachdem der Regisseur den Riesenfernseher ausgeschaltet hatte und um sie herum immer noch Champagnerkorken knallten, verließ Anne die Party. Zurück in ihrem Gästehäuschen, fand sie auf dem Anrufbeantworter eine Nachricht von Diane vor, die ihr förmlich gratulierte. Während sie ihrer Stimme lauschte, kam sie einen Moment lang schier um vor Schmerz und Sehnsucht, verdrängte ihre Gefühle aber. Das tat sie jeden Tag, und jedes Mal war es einfacher, selbstverständlicher, weniger qualvoll.

::::::::::::

Die Kritiken waren schlecht, die Quoten gut. Sie brachte die nächsten Folgen hinter sich, arbeitete sechzehn Stunden am Tag und perfektionierte die Kunst des Power-Nappings; sie legte sich einfach auf das Sofa in ihrer Garderobe, und schon war sie eingeschlafen. Eines Tages hielt sie gerade wieder ein Nickerchen, als eine Produktionsassistentin an die Tür klopfte und hereinkam. Sie war um die zwanzig, eine grazile, schüchterne junge Frau, die ihr Studium an der UCLA abgebrochen hatte. Anne konnte sich nicht an ihren Namen erinnern.

«Entschuldigen Sie die Störung», sagte sie.

Anne gähnte. «Was gibt's denn?»

«Ein Anruf für Sie», sagte sie. «Das Produktionsbüro hat ihn weitergeleitet.» Sie hielt ihr ein Telefon hin. «Ich wusste erst nicht, was ich tun sollte, aber die Frau hat schon überall angerufen, beim Sender und bei der Produktion. Sie lässt sich einfach nicht abwimmeln. Na ja, vielleicht ist es bloß eine Verrückte, aber was, wenn nicht? Was, wenn sie die Wahrheit sagt? Ich hoffe, Sie sind nicht sauer auf mich.»

Anne musterte sie unverwandt und nahm das Telefon entgegen, ohne weiter darüber nachzudenken.

«Es tut mir wirklich leid», sagte die Produktionsassistentin. «Ich war bloß nicht sicher, was ich tun sollte. Die Frau hat gesagt, sie wäre Ihre Schwester.»

«Ich habe keine Schwester», sagte Anne. Sie wog das Telefon einen Moment lang in der Hand, ehe sie die rote Taste drückte.

: : : : : : : : : : : : :

Eine Woche später tauchte das Mädchen erneut in Annes Wohnwagen auf. Sie stand so lange schweigend vor ihr, dass Anne zwangsläufig das Wort ergreifen musste, wenn auch nur aus Ungeduld.

«Ich habe dich schon seit einer Weile nicht mehr gesehen», sagte sie. «Alles okay?»

Die Produktionsassistentin verzog das Gesicht. «Ich war die ganze Zeit am Set. Sie haben mich wahrscheinlich bloß nicht bemerkt.»

Anne verdrehte die Augen. «Ich bin zwar egozentrisch, aber bestimmt nicht blind.»

Die Produktionsassistentin schien die Ironie nicht verstanden zu haben; sie nickte, als handele es sich um eine Feststellung. Im selben Augenblick fegte eine Stylistin herein, um Annes Make-up aufzufrischen, und versperrte ihr die Sicht. Sie hörte nur, wie das Mädchen sagte: «Entschuldigen Sie bitte. Es tut mir wirklich leid.»

«Was?»

«Ich wollte Ihnen nur das hier bringen», sagte die Produktionsassistentin, nahm einen hellbraunen gefütterten Umschlag aus ihrer Tasche und reichte ihn ihr.

Ratlos musterte Anne den Umschlag.

«Ihre Fanpost», sagte das Mädchen. Ihr Walkie-Talkie knisterte, und sie wandte sich zum Gehen.

Während die Stylistin weiterarbeitete, überflog Anne die Briefe. Es war das erste Mal, dass sie Fanpost erhielt: Es schrieben junge Mädchen, Frauen mittleren Alters, Schüler, die sie zu ihren Abschlussfeiern einluden, Männer, die ihr versprachen, ihre Frauen auf der Stelle zu verlassen, wenn sie nur einmal mit ihnen ausgehen würde, sie hätten sofort gespürt, dass eine tiefere Verbindung, eine Seelenverwandtschaft zwischen ihnen bestand. Für einen optimistischen Blick auf die Zukunft der menschlichen Rasse waren Fanbriefe nicht gerade das ideale Mittel. Sie ging den Stapel durch, ohne, wie sie glaubte, nach etwas Bestimmtem zu suchen, bis sie den Brief sah. Er war in Utica, New York, abgestempelt, und auf dem Umschlag stand Annes Name in der runden, schnörkeligen Handschrift eines Teenagermädchens.

Ihr erster Impuls war, den Brief beiseitezulegen und ihn erst später zu lesen, doch dann gelangte sie zu dem Schluss, dass sie ihm damit zu viel Bedeutung zumaß. Am besten, sie las ihn jetzt gleich und warf ihn dann weg.

Es gelang ihr gerade, die Worte *Annie, wir brauchen Geld* zu lesen, ehe sie eine Panikattacke bekam und das Blatt Papier zusammenknüllte. Doch obwohl sie nicht weitergelesen hatte, stürmte eine Fülle an Worten auf sie ein: *Fernsehen* und *bitte* und *Kann ich* und *Baby*, und jedes einzelne löste einen so starken Widerwillen in ihr aus, dass ihr speiübel wurde. Wieso hatte sie überhaupt einen Blick riskiert, wenn sie mit diesem Teil ihres Lebens nichts mehr zu tun haben wollte?

«Soll ich dir was zur Beruhigung geben, Süße?», fragte die Stylistin. «Bitte keine Tränen, wenn's geht, das ruiniert bloß dein Make-up.»

::::::::::::

Es folgten zwei weitere Wochen, in denen sie rund um die Uhr mit Arbeit, Training, Hungern, Solarium und Anproben beschäftigt war. Ihr Körper wurde neu modelliert, ihre Haut, jeder Muskel rekonfiguriert. Nachts träumte sie von Cheeseburgern und Bananensplits. Sie hatte nie Probleme damit gehabt, ihr Gewicht zu halten, aber was jetzt passierte, war eine komplett neue Herausforderung, auf die sie sich mit vollem Einsatz stürzte. Sie musste sich nicht mal Mühe geben, den Anruf und den Brief aus ihren Gedanken zu streichen; ihr Körper war viel zu sehr damit beschäftigt, *alles* um sie herum zu vergessen.

Sie freundete sich mit der Produktionsassistentin an, die nach der Arbeit manchmal mit speziellen Diät-Fertigmahlzeiten vorbeikam. Sie sahen sich Filme an, und gelegentlich übernachtete die Produktionsassistentin auf der Wohnzimmercouch. Sie hieß Lauren, aber in Annes Gedanken blieb sie weiterhin einfach die Produktionsassistentin. Sie fühlte sich wohl, wenn sie das Mädchen nach dem Aufwachen vorfand, und brachte ihr dann eine Tasse Kaffee ans Sofa, froh, dass sie wenigstens einmal am Tag etwas für jemand anderen tun konnte.

Allerdings war sie ziemlich überrascht und auch ein wenig verärgert, als Lauren eines Nachmittags mit einem Telefon in der Hand anrückte und erneut sagte, ihre Schwester sei dran.

«Oh, bitte», sagte Anne. Sie trug ein Lederbustier und Pumps mit Zwölf-Zentimeter-Absätzen, war kaum in der Lage, sich zu bewegen. «Hatte ich dir nicht gesagt, dass ich keine Schwester habe?»

«Schon klar, aber sie ruft immer wieder an», erwiderte die Produktionsassistentin. «Ehrlich, Anne, die Produzenten haben es auch schon mitgekriegt und fragen sich, was da nicht stimmt. Ob da irgendwas im Busch ist, wovon die Medien Wind bekommen könnten. Sie wollen keinen Druck auf dich ausüben und sind sich bewusst, dass so gut wie jeder irgendwelche familiären Probleme hat. Aber sie wüssten eben gern, was Sache ist.»

Anne verengte die Augen zu Schlitzen. «Gib mir das Telefon», sagte sie und hielt es ans Ohr. Am anderen Ende konnte sie jemanden atmen hören, und ein leichtes Übelkeitsgefühl stieg in ihr auf, als ein langer, leiser Seufzer an ihr Ohr drang, der sich irgendwie anhörte wie eine Decke, die über ein Bett gebreitet wurde. «Hallo?», sagte sie.

Keine Antwort, nur ein weiteres Seufzen, als würde ihr ein Gespenst einen Telefonstreich spielen.

«Hallo?», wiederholte sie.

Aus der Leitung drang unterdrücktes Weinen. Das Geräusch traf sie so unerwartet und ging ihr derart durch Mark und Bein, dass sie das Telefon fallen ließ. «Hoppla!», entfuhr es ihr.

Hastig hob Lauren es wieder auf und hielt es ans Ohr.

Ihr Gesichtsausdruck verriet Anne, dass die Leitung nicht unterbrochen worden war. «Verdammt noch mal», zischte sie leise und nahm das Telefon abermals entgegen.

«Annie», platzte Hilary unvermittelt heraus. «Bitte leg nicht auf. Ich habe dich im Fernsehen gesehen. Du musst uns helfen!»

Anne wurde flau im Magen. «Was ist denn passiert?»

«Alan hat seinen Job verloren, und dann ist auch noch das Baby krank geworden. Wir haben keine Versicherung, das Krankenhaus will Tausende von Dollars von uns, und meine Eltern können nichts für uns tun.»

«Wo bist du?»

«Wir sind zu Hause, immer noch hier.»

«Das kriegt ihr schon hin», sagte Anne und dachte an all die Lügen, die Hilary ihr aufgetischt hatte, ganz abgesehen davon, dass sie sich nicht einmal gemeldet hatte, als das Baby geboren worden war. Worte aus der Vergangenheit, ewig war es her, kamen ihr wieder in den Sinn – nicht das hysterische Kreischen ihrer Mutter, sondern Grace' ruhige, tröstende, nervtötend professionelle Therapeutenstimme. *Du bestimmst selbst über dein Leben.* «Ruf hier nicht noch mal an», sagte sie und reichte Lauren das Telefon, die es mit ausdruckslosem Nicken entgegennahm und loszog, um ihr einen frischen Kaffee zu holen.

::::::::::::

In New York war es Spätherbst. Das ganze Jahr über war sie nur einmal hierher zurückgekehrt, nachdem der Sender grünes Licht für die Serie gegeben hatte und sie von einem Presse-Lunch zur nächsten Abendveranstaltung weitergereicht worden war, stets dieselben Fragen im Ohr – ob sie genauso sei wie die Figur, die sie in der Serie spielte, wie die romantischen Szenen mit diesem oder jenem superattraktiven Gaststar gelaufen seien, ob sie einen Freund im wirklichen Leben habe und ob er eifersüchtig sei. Spätabends war sie dann ins Bett gefallen, sogar zu müde, um noch ein paar Minuten fernzusehen, und am nächsten Tag war es nahtlos so weitergegangen, drei Tage lang, und ehe sie sichs versah, war sie schon wieder auf dem Weg zum Flughafen gewesen, ohne auch nur einen kleinen Spaziergang unternommen oder sonst irgendetwas von New York gesehen zu haben.

Diesmal war alles anders; es war kälter und die Stadt trostloser, als sie sie in Erinnerung hatte, bar jeder Farbe und Leuchtkraft, die Kalifornien jeden Tag aufs Neue eine Atmosphäre von Vitalität und Lebensfreude verlieh. Sie war wegen einiger Termine und eines Fotoshootings für eine Zeitschrift hergekommen, hatte allerdings noch ein paar Stunden Zeit, bis es so weit war. Sie verließ ihr Hotel in Midtown, ging ziellos Richtung Süden, ließ sich einfach treiben, versuchte lediglich, die allzu belebten Straßen zu meiden. Sie hatte schon immer eine Schwäche für die großen Kaufhäuser in der Fifth Avenue gehabt; sie erinnerten sie an alte Filme und den natürlichen Glamour einer Zeit, in der alles einfacher gewesen war. Sie ging ein Stück weit nach Osten, dann wieder nach Süden, vorbei am Gramercy Park und dem Union Square, und ehe sie sichs versah, stand sie vor einem Haus und stellte fest, dass sie zu den Fenstern ihres alten Apartments aufblickte.

Hatte sie tatsächlich einer schmuddeligen Ausreißerin und ihrem pickeligen Bauarbeiterfreund erlaubt, bei ihr zu wohnen, sogar in ihrem Bett zu schlafen? Ihr war, als wäre all das im Leben einer anderen passiert.

Die Leute, die das Gebäude betraten oder verließen, waren allesamt Fremde; sie erspähte nicht eine der alten Damen, die zu ihrer Zeit dort gewohnt hatten. Vielleicht hatte der Vermieter ihnen gekündigt oder das Haus verkauft. Hinter den Fenstern ihrer Wohnung war nichts zu sehen.

Der vorwinterliche Wind fegte Blätter von den Bäumen; es war ein kühler Tag und sie nicht warm genug angezogen. Sie zog ihre Jacke enger um sich und setzte ihren Weg fort. Ein Stück weiter hörte sie ein Baby jämmerlich schreien, und dann sah sie die Mutter, die ihr mit einem Kinderwagen entgegenkam. Urplötzlich schoss ihr der verrückte Gedanke durch den Kopf, es könnte Hilary sein, doch diese Frau war älter und machte einen ausgesprochen wohlhabenden Eindruck; sie trug einen Kaschmirschal, und ihr langes Haar floss in einer Kaskade schimmernder Locken über ihre Schultern. Das Baby hatte einen großen runden Kopf, den es hin und her bewegte. Der Wind hatte seinen Wangen eine rosige Farbe verliehen; es sah aus wie ein Kind aus einem alten Bilderbuch, pausbäckig und mit Doppelkinn, ein winziger Clown in einem zu großen weißen Anzug. Als Mutter und Kind an Anne vorbeigingen, hörte das Baby zu schreien auf und starrte sie mit großen hellblauen Augen an.

Kaum waren sie an ihr vorbei, fing der Kleine erneut zu schreien an; die Mutter nahm ihn aus dem Wagen, hielt ihn an ihre Brust und gab ihm einen Kuss auf den Kopf. Die Vorstellung, dass Hilary jetzt dieselben Dinge tat, kam ihr überaus seltsam vor – es war, als wäre sie über die Schwelle einer anderen Welt getreten, einer Welt, die Anne vollkommen fremd war. Nur selten – eigentlich so gut wie nie – dachte sie an jene Wochen zurück, als sie selbst schwanger gewesen war, oder stellte sich vor, wie alt ihr Kind heute wäre, wenn sie es behalten hätte. Sie konnte sich nicht an körperlichen oder seelischen Schmerz erinnern, nur an die nackte Panik, die sie empfunden hatte, wie ein in einem Zimmer gefangener Vogel, der verzweifelt mit den Flügeln schlägt.

Alles schien auf reinem Zufall zu beruhen. Ein Kind wird in die Welt gesetzt, ein anderes muss sie wieder verlassen. Die Dinge passierten einfach, ohne besonderen Grund.

An die Ereignisse, die zu ihrer Schwangerschaft geführt hatten, dachte sie noch seltener zurück. Nach der Schule hatte sie öfter im Faubourg herumgehangen, ihre Hausaufgaben gemacht und Kaffee getrunken, um sich nicht die Streitereien ihrer Eltern anhören zu müssen. Für gewöhnlich erzählte sie ihnen, sie sei bei einer Freundin, noch in der Schulbibliothek oder bei ihrer Therapeutin. In

Wahrheit wollte sie einfach nur ein, zwei Stunden allein sein, bitteren Kaffee trinken, von irgendeinem Typen eine Zigarette schnorren und so tief inhalieren, dass sie spürte, wie der Rauch ihre Lungen versengte. Anschließend ging sie, schwindelig von Kaffee und Nikotin, aufs Klo und ritzte sich mit kleinen, präzisen Schnitten. Sie nannte es «operieren», tauchte den Finger in die Tropfen und leckte das Blut ab; es war, als würde sie sich durch den Geschmack ihrer selbst bewusst werden, sich damit gleichsam vergewissern, dass sie existierte. Wenn sie dann das Einkaufszentrum wieder betrat, fühlte sie sich irgendwie klebrig, schmutzig. Es war ein Aufbegehren gegen ihr sonst so perfekt geregeltes Leben.

An einem jener Tage kam sie von der Toilette und schnorrte einen im Gastronomiebereich sitzenden Franzosen, der *La Presse* las und einen *allongé* trank, um eine Zigarette an. Er war alt, trug einen Anzug, hatte grau meliertes Haar an den Schläfen und ließ den Blick mit dem typischen Lächeln eines älteren Herrn anerkennend über ihre Brüste wandern.

«Qu'est-ce que tu fais dans les toilettes?», fragte er.

«Sorry.» Sie schüttelte den Kopf, als hätte sie die Frage nicht verstanden. Er hatte ihr die Zigarette bereits hingehalten, doch nun ließ er sie in der hohlen Hand verschwinden und verschränkte die Arme. Sie stemmte eine Hand in die Hüfte. Ihr Mantel war offen und darunter ihre Schuluniform zu sehen, und natürlich bemerkte sie, wie sein Blick über ihren Faltenrock und die Wollstrümpfe glitt. Auch wenn die Schulmädchennummer noch so ein Klischee war – sie zog immer.

«Was hast du so lange auf dem Klo gemacht?», wollte er auf Englisch wissen. «Das war ja eine halbe Ewigkeit.»

«Ich habe mich geschminkt», erwiderte sie und fuhr sich mit der Zunge über die Lippen, als er sie skeptisch musterte. Urplötzlich – ihr blieb keine Zeit zu reagieren – streckte er die Hand aus, schob ihre Bluse hoch und zog sie nach einem kurzen Moment wieder herunter. Noch lange Zeit später hatte sie sich gefragt, wie er auf die

Idee gekommen war, genau diese Stelle in Augenschein zu nehmen, wo die jüngsten Schnitte parallel zu ihrem Bauchnabel verliefen. Das Papierhandtuch, das sie auf die Schnitte gepresst hatte, fiel zu Boden. Ein Flackern huschte über sein Gesicht, und sie begriff, dass ihn das Blut noch mehr anmachte als ihr Rock, die weiße Bluse oder ihre sechzehn Jahre. Eben hatte er noch mit ihr gespielt, doch jetzt wurde es ernst. Er wollte etwas von ihr.

Er stand auf. Er war nicht viel größer als sie, aber älter, ein Mann, und sein Tonfall duldete keinen Widerspruch. «Komm mit», sagte er. «Ich will dir etwas zeigen.»

Er führte sie die Treppe hinauf und einen Korridor entlang in einen Teil des Einkaufszentrums, der sich noch im Bau befand; die Geschäfte hier hatten noch nicht eröffnet, alles war dunkel und leer. Sie fragte sich immer noch, was er ihr zeigen wollte – sie hoffte, dass es irgendwelche Drogen waren, da sie Lust hatte, mal etwas Neues auszuprobieren –, als er plötzlich seinen Mund auf ihre Lippen presste, mit einer Hand die Schnitte unter ihrer Bluse betastete und wieder aufriss, während er sie mit der anderen gegen die Wand drückte. Dann zog er ihr das Höschen herunter, öffnete seine Hose, und mit einem Mal war er in ihr.

Er machte keine Anstalten, ihr den Mund zuzuhalten, und sie rief nicht um Hilfe. Hinterher war sie sich nicht einmal sicher, ob sie sich gewehrt hatte. Alles geschah so schnell. Sie war ein braves Mädchen, das seine Hausaufgaben machte, seinen Eltern gehorchte und sich für Geschenke schriftlich bedankte. Sie hatte keine Übung darin, sich jemandem zu widersetzen.

Er stöhnte an ihrer Schulter, und dann war es vorbei. Ohne sie eines weiteren Blickes zu würdigen, machte er seine Hose zu und ließ sie einfach stehen. Ihr Schlüpfer hing zwischen ihren Knien, und ihre Beine zitterten, als sie ihn wieder hochzog. Als er verschwunden war, wurde ihr bewusst, dass er ihr nicht mal die Zigarette gegeben hatte.

Sie erzählte niemandem davon; ihr Geheimnis sollte vor aller

Welt für immer verborgen bleiben. Später gestand sie ihrer Therapeutin, dass sie schwanger war. Grace war eine stille, dunkelhaarige Frau mit Rändern unter den Augen, die erdfarbene Pullover und schlichten Silberschmuck trug, und Anne konnte sich beim besten Willen nicht vorstellen, dass sie mit jemandem ins Bett ging oder jemals in ihrem Leben etwas Schlimmes angestellt hatte. Im selben Moment, als sie Anne von ihrer Schwangerschaft erzählte, bereute sie es auch schon. Graces Augen waren Monde voller Mitleid und Sorge, und natürlich wollte sie ihr unbedingt helfen. Doch Anne, sechzehn Jahre alt, außer sich vor Hass, zu Hause rund um die Uhr dem Wahnsinn ihrer hoffnungslos unglücklichen Eltern ausgeliefert, wusste ganz genau, dass nichts, was Grace sagte, ihr irgendwie weiterhelfen konnte. In gewisser Weise war ihr gesamtes Leben seither nichts weiter als eine allumfassende Zurückweisung jeglicher Bemühungen gewesen, ihr wie auch immer unter die Arme zu greifen, schönen Dank auch, und fickt euch ins Knie.

Wenn sie nun an jene Zeit und den Vorfall im Faubourg-Einkaufszentrum zurückdachte, empfand sie keinerlei Zorn mehr. Es war Jahre her, und welche Wunden sie auch davongetragen haben mochte, sie waren längst verheilt. Was sie damals erlebt hatte, war keine Entschuldigung für das, was aus ihr geworden war, nur eine Erinnerung von vielen; doch zum ersten Mal war es ihr gelungen, alles hinter sich zu lassen.

::::::::::::

Seit sie wieder in New York war, kam ihr das Leben in L.A. seltsam unwirklich vor; auch verspürte sie keinerlei Sehnsucht nach Kalifornien. Sie verbrachte den Tag damit, durch ihr altes Viertel zu streifen, sah sich Schaufensterauslagen an und beobachtete die Leute auf den Straßen. Ihr Hotel in Midtown erschien ihr wie eine schlechte Luftspiegelung, wie etwas, das nichts mit ihrem Leben zu tun hatte. Sie aß gerade ein paar kleine Frühlingsrollen im Panda Kitchen, als sie beschloss, ihre Voicemail abzuhören. Sie hatte siebzehn neue Nachrichten, die meisten von Leuten wegen der Termine, die sie sausen gelassen hatte. Fünf waren von Adam, der dringend zurückgerufen werden wollte. Sie löschte alle, ohne sie sich auch nur halb anzuhören, und es erfüllte sie mit einiger Befriedigung, ihm mitten im Satz das Wort abzuschneiden. Die letzte Nachricht war von Julia, die ihr Treffen zum Abendessen bestätigte. Anne schickte ihr eine SMS, dass sie leider verhindert sei.

Sie leckte sich die salzigen Reste der Frühlingsrollen von den Fingern. Am nächsten Morgen hatte sie ein Fotoshooting und wusste schon jetzt, dass es Probleme geben würde – zu viel Salz ließ ihre Lider anschwellen, und ihre Haut fühlte sich dann an wie Krepppapier. Aber vielleicht würde sie den Termin ja ebenfalls platzen lassen. Vielleicht, dachte sie lächelnd, würde sie nicht mal nach L.A. zurückfliegen.

::::::::::::

Erst gegen Mitternacht kehrte sie ins Hotel zurück, warf eine Decke über den blinkenden roten Nachrichtenknopf des Telefons und ging schlafen. Am Morgen nahm sie ein Taxi nach Tribeca, wo das Shooting stattfand. Die zuständige PR-Frau hielt ihr eine halbherzige Predigt, weil sie zu spät gekommen war, war aber offensichtlich an Unpünktlichkeit gewöhnt. Dann wurde sie in allen möglichen Outfits fotografiert – als Agentin, Managerin, Krankenschwester und Präsidentin der Vereinigten Staaten, auch wenn Letztere viel zu jung und ein bisschen schlampenmäßig rüberkam.

Das Scheinwerferlicht brannte heiß auf ihrem Gesicht, während um sie herum lautstark Anweisungen gegeben wurden und eine

Assistentin des Fotografen ihr Dekolleté mit einer öligen Lotion einrieb und mit glitzerndem Puder bestäubte. Inmitten des Tohuwabohus erspähte sie plötzlich Adam, der hinten an einer Wand lehnte und sie mit trägem Besitzerblick fixierte. Eine Stunde später stand er neben ihr, als sie sich gerade abschminkte. Sie blickte durch die stacheligen falschen Wimpern, die sich geradezu exoskeletal anfühlten, zu ihm auf. Außerhalb von L.A. wirkte sein Gehabe sogar noch lächerlicher, seine Bräune völlig fehl am Platz, und seine blitzend weißen Zähne sahen plastikmäßig und wie aus dem Katalog aus.

«Echt heiße Nummer», sagte er. «Um dich braucht man sich wirklich keine Sorgen zu machen.»

«Was machst du hier?»

«Die Serie wird abgesetzt», sagte er. «Die Quoten stimmen nicht.»

Seine Miene spiegelte weder Besorgnis noch Beschwichtigung wider – nicht einmal die Bereitschaft, in irgendeiner Weise auf sie einzugehen –, sondern nichts als komplette Gleichgültigkeit. *Und versuch bloß nicht, mir den Schwarzen Peter zuzuschieben,* schien er sagen zu wollen. *Der Rest ist deine Sache.*

«Das war's also?», sagte sie.

Er legte eine Hand auf ihre nackte Schulter. «Eigentlich hätte ich das Shooting absagen sollen, aber diesem kleinen Arsch von der Zeitschrift wollte ich's schon seit Jahren heimzahlen. Tja, jetzt muss er die Kosten schlucken. Ich freue mich, dass du doch noch aufgetaucht bist. Ich dachte, du wärst vielleicht mit einer anderen Muschi zugange.»

«So was würde ich nie machen», gab Anne mechanisch zurück. Sie schlüpfte aus dem Nadelstreifen-Minirock und zog ihre Jeans an.

«Nein, du bist ein ganz braves Mädchen», sagte Adam. «Viel Glück.»

::::::::::::

Sie fuhr zurück ins Hotel. Ihr Zimmer war frisch hergerichtet; ihre Sachen lagen zusammengefaltet auf dem Bett, und die benutzten Toilettenartikel im Bad waren durch neue ersetzt worden. Sie legte sich erst einmal in die Wanne, bis ihre Haut ganz schrumpelig war. Ein paar Sekunden später piepte ihr Handy. Sie hatte zwei Nachrichten. Die erste war von Julia, die sich anhörte, als würde sie mühsam ihre Tränen unterdrücken. Das seien ja schlimme Neuigkeiten, sagte sie, aber so mies sich Anne augenblicklich auch fühlen mochte, sie solle sich nicht unterkriegen lassen. Anne war überrascht, wie viel Mitgefühl in ihrer Stimme mitschwang. Die zweite Nachricht stammte von Hilary – hier bestand kein Zweifel, dass sie weinte –, die Anne anflehte, sie bitte zurückzurufen.

Sie löschte Julias Nachricht und hörte sich Hilarys noch einmal an. Im Hintergrund hörte sie das Baby plärren, und sie musste an das Baby denken, das sie auf der Straße vor ihrem Apartment so neugierig und ohne jede Angst angesehen hatte. Hilarys Baby hingegen wuchs in irgendeinem Kaff auf, das Anne sich nicht vorstellen konnte und auch nie zu Gesicht bekommen würde.

Plötzlich kamen ihr ebenfalls die Tränen; sie wurde geschüttelt von kurzen, trockenen Schluchzern. Und sie hatte weder jemanden, bei dem sie sich hätte ausweinen, noch etwas, wovor sie hätte wegrennen können. Wie hatte Neal es ausgedrückt – wenn du nie irgendetwas hinterhertrauerst, bedeutet das dann nicht, dass nichts in deinem Leben irgendeinen Wert hat?

Sie war am Ende ihrer Kräfte.

Eine geschlagene Stunde saß sie so in dem dunklen, unpersönlichen Zimmer. Sie war völlig niedergeschmettert. Am Boden zerstört.

Okay, dachte sie schließlich. Okay.

Ihr kalifornisches Abenteuer war also ein für alle Mal vorbei. Sie rief ihren Vermieter in L.A. an, kündigte ihren Mietvertrag und bat ihn, die wenigen Sachen, die sich noch dort befanden, zu verkaufen. Dann beschloss sie, etwas Gutes zu tun. Sie kramte in ihrer Handtasche und stellte Hilary einen Scheck über die gesamte Summe aus, die sie für ihre Rolle in der Serie bekommen hatte, mehr Geld, als sie in ihrem gesamten Leben verdient, und mehr Geld, als Hilary mit Sicherheit je auf einem Haufen gesehen hatte. Sie steckte den Scheck in einen Umschlag, schrieb die Adresse in Utica darauf und gab den Brief unten an der Rezeption ab, mit der Bitte, ihn zu frankieren und in die Post zu stecken.

Als sie das Hotel verließ, hatte sie lediglich eine Tasche bei sich, nicht größer als diejenige, mit der sie vor all den Jahren nach New York gekommen war. Befreit von allen Ketten, fühlte sie sich erleichtert, ganz mit sich im Reinen. All die Jahre war sie von einem Leben ins nächste geflohen, und auch jetzt würde sie nicht damit aufhören. Menschen wie Hilary und Alan rissen nur vorübergehend aus. Am Ende kehrten sie immer nach Hause zurück, an den Ort, an den sie gehörten. Anderen Menschen jedoch war es bestimmt, weiter von Ort zu Ort zu ziehen, immer und immer wieder.

11

Montreal, 1996

Grace überlegte tagelang, ob sie den Trip wirklich unternehmen sollte. Was erwartete sie? Endlos grübelte sie über ihr Vorhaben nach, malte sich die besten und die schlimmsten Szenarien aus. Am Ende beschloss sie zu fahren, weil sie so wenigstens nicht länger darüber nachdenken, sondern sich den Tatsachen stellen würde.

Tug hatte nie viel über seine Heimatstadt oder sein Leben dort erzählt. Wenn Grace von ihrer Kindheit sprach – ein Thema, das sich gelegentlich wie von selbst ergab –, nickte er zwar und hörte zu, äußerte sich aber selbst nur sehr selten über seine Jugend. Im Nachhinein begriff sie, dass es nicht zuletzt seine Schweigsamkeit gewesen war, die sie so sehr angezogen hatte; er ließ sie am ausgestreckten Arm verhungern, während sie dauernd danach gierte, dass er mehr von sich preisgeben würde.

Aber nur weil ihr das nun bewusst war, änderte es nichts daran, dass sie nach wie vor mehr über ihn erfahren wollte.

Bei seiner Beerdigung hatte sie sich im Hintergrund gehalten und seine Eltern beobachtet – ein ordentlich gekleidetes, still wirkendes Paar, seine Mutter mit Brille, sein Vater ein leicht gebeugter Mann mit hohen Schläfen. Sie wussten nicht, wer sie war, ahnten nicht einmal, welche Rolle sie in Tugs Leben gespielt hatte, und dementsprechend hatte sie sich ihnen auch nicht vorgestellt. Vielleicht war es auch diesmal nicht der richtige Zeitpunkt, aber sie hatte einfach das Bedürfnis, mit ihnen zu reden.

Die Fahrt nach Brantford führte sie durch ländliche Gegenden mit silbernen Getreidesilos, roten Scheunen und Feldern, auf denen Krähen hockten. Es war ein grauer, regnerischer Tag. Grace spürte, wie sich ihr Herz beim Anblick der tristen Schönheit der Umgebung zusammenzog. Sie überquerte die Grenze von Quebec nach Ontario, während Farmen wie aus dem Bilderbuch und Obstbäume im Regen an ihr vorbeihuschten. Dinge, die Tug nie wieder sehen würde.

Als ihr schlecht wurde, hielt sie an einer Tankstelle und übergab sich auf der Toilette; es war, als wollte ein Teil ihres Inneren aus ihr entfliehen. Dann setzte sie sich wieder hinters Steuer und starrte in das rhythmische Hin und Her der Scheibenwischer, das sie als seltsam tröstlich empfand. Es war ein Samstag. Sie hatte keinerlei andere Verpflichtungen.

::::::::::::

Tugs Eltern standen im Telefonbuch. Sie hielt vor einem roten Backsteinhaus mit dunklen Fensterläden, das genauso gepflegt wirkte wie die Farmen, an denen sie vorbeigekommen war. Sein Vater war ein pensionierter Chemiker, seine Mutter stets Hausfrau gewesen. Auch während der Jahre, die Tug im Ausland verbracht hatte, waren sie in Brantford geblieben und nur selten verreist. «Sie wollten nichts von der Welt sehen», hatte Tug einmal gesagt, und sein missbilligender Tonfall war nicht zu überhören gewesen. Nun, da sie angekommen war, wäre sie im ersten Moment am liebsten direkt nach Montreal zurückgefahren. Vielleicht hatte sie einfach nur das Haus sehen wollen, in dem Tug seine Kindheit verbracht hatte, sich davon überzeugen, dass es noch existierte, eine letzte Erinnerung an ihren Liebsten in dieser Welt.

Eine Frau in einem gelben Regenmantel ging mit ihrem Hund an

Grace' Wagen vorbei und warf mit gerunzelter Stirn einen Blick durch die Scheibe. Es war nicht die Art von Viertel, in dem man einfach in seinem Auto sitzen konnte, ohne Aufmerksamkeit zu erregen. Hier kannten sich alle, wussten genau, wer welchen Wagen fuhr. Nach wie vor saß sie reglos da. Eingehüllt von der Wärme der Autoheizung, überkam sie ein Gefühl der Erschöpfung, das seltsam an Zufriedenheit grenzte. War das genug? Hatte sie bereits gefunden, wonach sie suchte? Sie schaltete das Radio an, lehnte sich zurück und schloss die Augen. Auf CBC lief eine Oper, und eine Frauenstimme segelte leicht und beschwingt durch eine Arie, die Grace nicht erkannte.

Sie beschloss, ein paar Minuten zu schlafen, ehe sie wieder zurückfahren würde.

Als sie hörte, wie eine Tür geschlossen wurde, öffnete sie die Augen. Und da war Tugs Mutter, eine kleine alte Dame, die den gepflasterten Weg herunterkam, der vom Haus zur Straße führte. Sie trug einen dunkelroten Regenmantel, zog den Kopf gegen den Regen ein und presste ihre Handtasche an den Bauch, als wäre ihr ebenfalls übel. Sie ging zu dem kastanienbraunen Honda, hinter dem Grace parkte, doch da sie den Kopf gesenkt hielt und der Regen stärker wurde, lief Grace kaum Gefahr, von ihr bemerkt zu werden. Dann öffnete sich die Haustür abermals, und eine andere Frau – blond, hübsch und viel jünger – trat heraus. Erneut zog sich Grace' Magen zusammen. Sie hatte Marcie schon bei der Beerdigung gesehen.

Als könne sie Grace' Gedanken hören, richtete Marcie den Blick auf ihren Wagen. Den Regen schien sie kaum wahrzunehmen, während sie mit undefinierbarem Gesichtsausdruck zu Grace hinübersah. Grace konnte kaum fassen, wie hübsch Marcie war.

Als die Scheibenwischer erneut den Regen von der Windschutzscheibe fegten, trafen sich ihre Blicke, und einen Augenblick später kam sie den Pfad herunter, trat an den Wagen und klopfte ans Fahrerfenster. Grace, die sich wie in einem Traum vorkam – ließ es herunter.

«Ich kenne Sie doch», sagte Marcie. «Sie waren bei Tugs Beerdigung.»

Grace nickte. Ihre Zunge fühlte sich pelzig und geschwollen an. Mit zusammengezogenen Augenbrauen wartete Marcie darauf, dass Grace etwas sagte.

Grace schluckte. «Ich war mit Tug befreundet.»

Marcie zog eine Grimasse. «Darauf hätte ich gewettet», sagte sie.

Das hatte Grace nicht erwartet. «Pardon?»

Marcie sah zu dem Auto von Tugs Mutter hinüber; der Motor lief, die Rücklichter leuchteten rot im Regen. Als sie den Blick wieder auf Grace richtete, zuckte sie seltsam lässig mit den Schultern. «Tja», sagte sie. «Mein Exmann hatte viele Freundinnen.»

Grace hatte keine Ahnung, was das bedeuten sollte, und sie wollte es auch gar nicht wissen. «Verstehe», sagte sie leise.

«Oh, tatsächlich?» Marcie stand nach wie vor leicht gebückt vor ihr, auf Augenhöhe mit Grace, eine Position, die nicht sonderlich bequem sein konnte. Ihre Wangen waren gerötet. Regen tropfte in den Wagen. «Das ist gut», fuhr sie fort. «Das freut mich für Sie.»

Nun errötete Grace selbst. Über all ihre Trauer, ihr Bedürfnis, mehr über Tugs Wurzeln zu erfahren, hatte sie ganz vergessen, dass jene Wurzeln nicht zuletzt in den Leben anderer Menschen zu finden waren. «Es tut mir leid», sagte sie. «Ich wollte hier nicht stören.»

«Okay», gab Marcie zurück.

Grace fragte sich, was sie hier machte, wohin sie und Tugs Mutter unterwegs waren. Tug hatte ihr einst erzählt, dass Marcie zu ihren Eltern in Hudson gezogen war, nachdem sie sich getrennt hatten.

«Ich fahre dann mal wieder», sagte Grace.

«Jetzt schon?», fragte Marcie. «Wir haben uns doch gerade erst kennengelernt.»

«Was?», sagte Grace.

«Sind Sie aus Montreal hierhergekommen?»

«Ja.»

«Warum?»

Grace wusste nicht, was sie darauf antworten sollte. Die Situation war ihr peinlich, und sie bereute, überhaupt hierhergefahren zu sein. Unverhohlene Wut schwang in der Stimme der anderen Frau mit, und in ihren Augen lag ein fiebriger Glanz. Die ganze Zeit starrte sie auf einen Punkt links von Grace. Es war, als wüsste sie, dass Tug einst auf diesem Beifahrersitz gesessen hatte, die Schulter gegen die Tür gelehnt.

«Ich glaube, ich fahre jetzt lieber», sagte Grace und wartete darauf, dass Marcie einen Schritt zurücktrat, damit sie das Fenster schließen konnte. Doch stattdessen beugte sich Marcie noch näher zu ihr; sie hatte dunkle Ringe unter den Augen, aber vielleicht waren es auch nur Mascaraspuren. Im selben Augenblick verloschen die Rücklichter des Honda, und Tugs Mutter stieg aus.

Marcie richtete sich auf. «Joy», sagte sie mit einem strahlenden, falschen Lächeln. «Diese Frau ist eine Freundin von Tug.»

Grace war wie versteinert. Sie hatte sich nicht ernsthaft überlegt, was sie Tugs Eltern sagen wollte, doch welche Fantasie sie auch immer gehegt haben mochte, so hatte sie es sich nicht vorgestellt. Ein jähes Gefühl der Übelkeit wusch über sie hinweg, als hätte sie sich von einer Sekunde auf die andere eine schwere Grippe eingefangen. Sie spannte die Bauchmuskeln an, betete, dass sie irgendetwas von diesem Moment erlösen möge. Als sich die alte Frau zu ihr beugte, wandte sie sich ab und übergab sich auf den Beifahrersitz.

«Ach, du liebe Güte», sagte Tugs Mutter. «Kommen Sie doch herein.»

::::::::::::

Eine Viertelstunde später saß sie auf dem Sofa in Tugs Elternhaus, die Hände um eine Tasse Tee gelegt, während drei Fremde in Posen gespielter Ruhe um sie herumsaßen. Draußen schüttete es wie aus

Kannen; der Regen klatschte gegen die Fenster, und Grace fühlte sich, als hätte sie Fieber. Niemand sprach ein Wort. Tugs Vater, ein großer, schlanker Mann mit kurz geschnittenem weißen Haar, blickte immer wieder sehnsüchtig in den angrenzenden Raum, wo im Fernsehen ein Eishockeyspiel lief; leise drang die aufbrandende und wieder abschwellende Geräuschkulisse der Zuschauer zu ihnen herüber.

Grace sah sich um. Sie konnte sich nicht vorstellen, dass Tug je auf diesem Sofa gesessen hatte oder als Kind durch den Raum gelaufen war. Die Sitzmöbel waren mit geblümtem Stoff in dunklem Rosa bezogen, und auf den Beistelltischchen standen weiße Vasen mit Plastikblumen. Es roch durchdringend nach Desinfektionsmittel.

Eines Nachts hatte sie Tug von ihrer Trennung erzählt; davon, wie Mitch seine Habseligkeiten so schnell und vollständig aus ihrer gemeinsamen Wohnung geräumt hatte, dass sie sich regelrecht beraubt vorgekommen war. Als sie gesehen hatte, in welcher Windeseile er seine Sachen packte, hatte sie ein paar Kleinigkeiten aus den Kisten geklaut – ein Foto, das ihn als kleinen Jungen zeigte, eine Teekanne, die seiner Mutter gehört hatte –, um sich des Gefühls zu erwehren, dass alles, was sie sich zusammen aufgebaut hatten, sich von einer Sekunde auf die andere in nichts auflöste. Und als er seine Sachen eingelagert hatte und in die Arktis gegangen war, hatte sie sich doppelt beraubt gefühlt, geschieden und sitzen gelassen. Tug hatte nur mit den Schultern gezuckt. «Wenn man sich irgendwo fehl am Platz fühlt, ist eine Luftveränderung nicht die schlechteste Idee», hatte er gesagt.

Nun sah seine Mutter sie an. «Wollen Sie wirklich kein Aspirin?»

«Nein danke», sagte Grace.

Sie überboten sich gegenseitig im Austausch von Höflichkeiten. Zumindest sie und Tugs Eltern. Marcie saß mit übereinandergeschlagenen Beinen in einem Lehnsessel und blickte sie finster an.

Grace hatte sich bereits mehrmals entschuldigt; ihr schwirrte der Kopf, und wiederum wünschte sie, zu Hause geblieben zu sein. «Haben Sie vielleicht ein paar Salzkräcker?»

«Ich schau mal nach, meine Liebe.» Tugs Mutter rannte förmlich in die Küche, hocherfreut, sich nützlich machen zu können, und kurz darauf hörte Grace sie in der Küche rumoren. Joy war eine kleine, rundliche Frau mit freundlichen grünen Augen. Allerdings hatte Tug seinem Vater ähnlicher gesehen – die gleichen Haare und die gleichen hängenden Schultern. Plötzlich empfand sie inmitten ihrer Übelkeit noch einen anderen physischen Schmerz, der sich in ihrer Brust ausbreitete. Ihr fehlte sein Körper, die Wärme seines Arms, der im Schlaf über ihr gelegen hatte, der Geruch seines Haars, seiner Haut.

Joy kam mit einem Teller Peek-Freans-Kekse zurück, die sie dekorativ arrangiert hatte. «Gehen die auch?», fragte sie. «Wir haben leider keine Kräcker.»

«Wunderbar», sagte Grace. «Es tut mir wirklich leid, dass ich ...»

«Jetzt machen Sie aber mal 'nen Punkt», sagte Tugs Vater sanft. Trotz seiner Freundlichkeit blieb er merklich distanziert, so wie Tug es auch meist gewesen war. Er wartete, bis sie ihren Keks heruntergewürgt hatte. «So», sagte er schließlich. «Woher kannten Sie ihn eigentlich?»

Grace senkte den Kopf. Natürlich würde sie ihnen alles erzählen; das war der Preis dafür, dass sie hergekommen war. «Wir haben uns beim Langlauf auf dem Mount Royal kennengelernt. Und irgendwann sind wir ... Freunde geworden.»

Marcie seufzte, obwohl es mehr wie ein lang gezogener, trauriger Pfiff klang.

Tugs Mutter schenkte ihr keine Beachtung. Betont aufrecht saß sie in ihrem Sessel, die Hände im Schoß gefaltet; in ihrer Haltung lag ebenso viel Würde wie tiefer Schmerz. «Mein Sohn war ein begeisterter Skiläufer.»

«Ja», sagte Grace. «Wir waren noch öfter auf der Loipe. Diesen Winter.»

«Sie waren bei ihm», erwiderte Joy zögernd. «Diesen Winter.
«Ja», wiederholte Grace.
Tugs Mutter und Marcie wechselten einen langen Blick.
Grace wusste nicht mehr, was sie sagen sollte; sie fühlte sich völlig verloren, bereute zutiefst, dass sie überhaupt hergekommen war. Sie verfluchte Tug dafür, dass er ihr nicht mehr über seine Familie erzählt hatte, stets den Geheimniskrämer gespielt hatte, und am allermeisten verfluchte sie ihn dafür, dass er nicht mehr da war. Doch die Begegnung mit seinen Eltern, diesem verrückten Geflecht von Eigenheiten, aus denen er entstanden war, gab ihr einen Moment lang das Gefühl, als stünde er selbst im Raum, und plötzlich war sie doch froh, den Weg auf sich genommen zu haben.
«Tja, jetzt wissen wir's», sagte Marcie.
Ihre Worte waren nicht an Grace gerichtet, aber sie antwortete trotzdem. «Was wissen Sie?»
Marcie schien sie mit ihrem Blick in Stücke schneiden zu wollen. «Mit wem mein Mann vor seinem Tod zusammen war.»
Ein langes Schweigen folgte. Grace verharrte reglos auf dem Sofa, als könne sie so den Tumult ihrer Gefühle kontrollieren. Dennoch sah sie unwillkürlich zur Tür, während sie fieberhaft überlegte, wie sie hier wieder herauskommen sollte. Was hatte sie sich erwartet, worauf war sie aus gewesen? Jedenfalls bestimmt nicht auf eine Auseinandersetzung mit seiner Familie. Tugs Gegenwart in ihrem Leben war so flüchtig gewesen, dass sie vielleicht einfach nur etwas über seine Kindheit in Erfahrung bringen wollte. Eine winzige Erinnerung, war das zu viel verlangt? Sie kam sich vor wie eine Bettlerin, die ein Almosen begehrte.
Im selben Augenblick drang ein leises Trappeln an ihre Ohren, und plötzlich erschien der Dackel, der damals in Tugs Wohnung gewesen war, als sie ihn von der Klinik nach Hause gebracht hatte. Schläfrig bewegte er die Lider, ehe er direkt auf Grace zulief und ihr in den Schoß sprang, genau wie damals in Tugs Wohnung, und plötzlich konnte Grace nicht mehr an sich halten. Unaufhalt-

sam rannen die Tränen über ihre Wangen, als sie leise zu weinen begann.

«Ach, du liebe Güte», sagte Joy.

«Sparky, hierher!», zischte Marcie.

Zögernd sprang der Dackel von Grace' Schoß und trottete zu seinem Frauchen.

Lebte Marcie hier bei seinen Eltern? Aber Grace wollte sich nicht mit Fragen aufdrängen, dazu hatte sie kein Recht, dachte sie. Mit einem innerlichen Schulterzucken verabschiedete sie sich von allem, inklusive dem letzten bisschen Würde, das ihr geblieben war. «Es tut mir leid, dass ich hergekommen bin», sagte sie. «Ich wollte Sie nicht belästigen. Ich wollte nur ...»

Sie spürte Marcies Blick, der sie förmlich zu versengen schien.

«Ich kenne einfach niemanden, der ihn kannte», fügte sie hinzu.

Als sie aufblickte, sah sie, dass Tugs Mutter ebenfalls weinte. Unendlich viel Schmerz schwang im Raum, ohne dass ihn jemand in Worte fassen konnte.

«Ach, und das wollten Sie uns mal einfach unter die Nase reiben, ja?» Marcies Stimme klang heiser vor Wut.

«Marcie», mahnte Tugs Vater.

«Komm schon, Will. Sie taucht hier auf und erwartet Mitleid von uns? Seine *Freundin*? Was soll ich denn deiner Meinung nach tun? Sie in die Arme nehmen?»

«Lasst uns doch vernünftig bleiben.» Joy lächelte schwach.

Grace konnte sich immer noch nicht vorstellen, dass er hier aufgewachsen war, jener Mann mit den traurigen Augen, den sie gekannt hatte. Sein Zynismus, sein Fernweh, seine sachliche Art, nichts von alledem passte in dieses Haus mit seinen Zierdeckchen und Plüschkissen. Aber es gab eben immer tausend Erklärungen, warum aus jemandem dieser oder jener Mensch geworden war, wenn man sich die Elternhäuser betrachtete.

«Als du zu uns gekommen bist, Marcie», sagte Tugs Vater, «haben wir deine Beweggründe auch nicht infrage gestellt.»

Marcies Augen flackerten. «Willst du mich etwa mit ihr vergleichen?»

«Ich mache uns noch einen Tee», sagte Joy.

Grace schüttelte den Kopf und stand auf. Nun, da sie ein paar Kekse im Magen hatte, fühlte sie sich besser und in der Lage, die Situation wieder in den Griff zu bekommen. «Ich gehe jetzt», sagte sie, ehe sie sich zu Marcie wandte und sich zwang, sie anzusehen. «Es tut mir leid», sagte sie.

Sie ging zur Haustür und öffnete sie, doch auf einmal stand Joy neben ihr, legte ihre kleine, beinahe federleichte Hand auf ihren Arm. «Bitte», sagte sie. «Erzählen Sie mir, wie es war ... am Ende.»

::::::::::::

Es war offensichtlich, dass sie alle bestimmte Dinge in Erfahrung bringen wollten, dass es für sie alle Lücken gab, die es zu füllen galt. Obwohl natürlich niemand die größte Lücke von allen zu schließen vermochte – jene Lücke, die Tug in ihrer aller Leben hinterlassen hatte. Und so schmiedeten sie eine zögerliche Allianz in der Annahme, einander helfen zu können. Joy kochte noch eine Kanne Tee, während Grace daran denken musste, wie viel Trost in ganz alltäglichen Ritualen lag, darin, sich gemeinsam an einen Tisch zu setzen, im leisen Klirren von Silberlöffeln auf Porzellan. Dann senkte sich eine tiefe Stille über den Raum, und alle holten tief Luft.

Alle außer Marcie, die ihre Schwiegereltern ansah, als hätten sie sie verraten, und zusammen mit dem Hund das Zimmer verließ.

Tugs Vater holte eine Flasche Whiskey und gab einen Schuss in seinen Tee. Seine Frau enthielt sich jeglichen Kommentars. Er schob Grace die Flasche hin, doch sie lehnte dankend ab. Sie trug ein

Geheimnis in sich, das erst wenige Wochen alt war. Sollte sie ihnen davon erzählen? Sie hob die hauchzarte Teetasse an ihre Lippen und trank.

::::::::::::

Zunächst bestritt Joy einen Großteil ihrer Unterhaltung. Es war, als hätte sich ein Knoten in ihr gelöst – ob es am Tee lag, an Grace' Gegenwart oder Marcies Abwesenheit, ließ sich schwer sagen. Als sie zu dritt am Esszimmertisch saßen, redete sie fast zehn Minuten lang; es brach gleichsam aus ihr heraus, eine Flut von Erinnerungen, in denen ihr Sohn für sie weiterlebte.

«Johnny hat immer von fremden Ländern geträumt», sagte sie. «Schon als Kind.»

Einen Moment lang war Grace leicht irritiert, da sie ihn immer nur mit seinem Spitznamen angeredet hatte, der so gut zu ihm zu passen schien. Aber natürlich hatte er einen ganz normalen Vornamen gehabt, war einst ein kleiner Junge gewesen, der in ebendiesem Haus seine Kindheit und Jugend verbracht hatte.

«Er war völlig vernarrt in Landkarten. Er liebte Bücher über Piraten, Astronauten und Indien. Er saugte Wissen in sich auf wie ein Schwamm. Und wenn er mir dann in der Küche von all den Orten erzählte, von denen er gelesen hatte, war es, als wäre er selbst dort gewesen.»

Unwillkürlich streckte Grace die Finger aus und berührte ihre Hand. Doch Joy wich ihrem Blick aus und reagierte nicht; anscheinend wollte sie nicht angefasst werden. Errötend zog Grace ihre Hand zurück und senkte den Blick. Es war, als hätten sie sich zum Gebet versammelt, als würde jeden Augenblick der Tischsegen gesprochen.

«Seine Schwester war ganz anders, eine kleine Hausfrau. Sie hat immer mit ihrer Kinderküche gespielt, wollte lieber zu Hause bleiben, nicht mal zur Schule gehen. Am liebsten hat sie mir dabei geholfen, das Abendessen zuzubereiten und den Tisch zu decken. Aber Johnny hat sich auch oft nützlich gemacht. Ich hatte wirklich Glück mit meinen Kindern.» Einen Moment lang drohte ihre Stimme zu brechen, doch dann schluckte sie und fing sich wieder. «Marcie hat es nicht leicht gehabt», sagte sie.

Grace sah nicht auf.

«Als sie das Baby verloren haben, war sie am Boden zerstört», fuhr Joy fort. «Ihre Eltern sind sehr nette Leute, aber sie wollten, dass sie wieder nach vorn blickt und sich um ihre Zukunft kümmert. Deshalb ist sie vorübergehend bei uns untergekrochen, bis sie wieder neuen Mut gefasst hat. Der Verlust hat uns alle näher zusammenrücken lassen.»

Grace wäre nicht im Traum auf die Idee gekommen, bei ihrer Schwiegermutter einzuziehen; andererseits hatte sie nie so etwas durchmachen müssen. Einen Moment lang erinnerte sie sich daran, wie sie seinerzeit mit Mitchs Mutter Karten gespielt und Tee getrunken hatte, ein Gedanke, der sie lächeln und zugleich das Gesicht verziehen ließ. Dann aber musste sie wieder an Joys Worte denken: *Als sie das Baby verloren haben.* Tug hatte ihr nie etwas davon erzählt.

«Ich weiß, mein Sohn war nicht perfekt», sagte Joy in einem Ton, als wollte sie die Welt vollends aus dem Gleichgewicht bringen. «Er hat Marcie wohl mehr als einmal betrogen. Aber er hat auch so vielen Menschen geholfen. Er war ein durch und durch guter Mensch, ich weiß es einfach.»

Grace verschränkte die Finger, während sie an das fremde Wesen dachte, das in ihr war.

Joy sprach weiter; die Worte kamen langsam und gleichmäßig über ihre Lippen, tropften wie eine Infusion in Grace' Venen, rhythmisch und betäubend. Sie erzählte, wie Tug einige Wochen vor seinem Tod zu Besuch gekommen war und sie alle zusammen zu

Abend gegessen hatten; auch Marcie war dabei gewesen. Sie habe gespürt, dass er nicht glücklich gewesen sei – er hatte einfach zu viel gesehen, völlig überarbeitet gewirkt –, aber er habe davon gesprochen, beruflich noch einmal neu anzufangen und vielleicht Jura zu studieren.

Er war hier, hier in diesem Raum, dachte Grace. Vielleicht hatte er an dem Platz gesessen, wo sie jetzt saß. Ein Schauder überlief sie; sie griff nach der Whiskeyflasche und gab ebenfalls einen Schuss in ihren Tee, während Tugs Vater ihr kaum merklich zunickte. Unter anderen Umständen wären sie viel zwangloser miteinander umgegangen, dachte sie. Aber vielleicht fühlte sie sich auch nur deshalb so wohl in seiner Gegenwart, weil sie seine Schweigsamkeit an Tug erinnerte.

Der Whiskey wärmte sie, und allmählich beruhigte sich auch ihr Magen wieder.

Joys Augen waren feucht; gedankenverloren sah sie Grace an. «Bitte erzählen Sie mir von ihm.»

Grace überlegte. «Er war unglücklich», sagte sie schließlich. «Er ist einfach nicht mit den Dingen fertiggeworden, die er erlebt hat.»

Tugs Mutter nickte, und Grace konnte förmlich sehen, wie sie die Schuld ebenjenen Dingen und den dazugehörigen Orten zuschob, die Schuld gleichsam in Schränkchen und Schubladen verstaute. Doch während sie in Joys Gesicht sah, beschlichen Grace bereits leise Zweifel an dem, was sie gerade gesagt hatte. Sie wusste nicht, ob die Ereignisse in Ruanda tatsächlich eine Rolle gespielt hatten. Die Seelenqualen, die zu seinem Tod geführt hatten, waren womöglich immer schon ein Teil seiner selbst gewesen; vielleicht hatte es ihn ihretwegen überhaupt erst ins Ausland gezogen; vielleicht waren sie es gewesen, die seine Ruhelosigkeit, seine Wutanfälle, seine Fluchtbewegungen erst ausgelöst hatten. Es war, als hätte er sein ganzes Leben in einer Zwickmühle gesteckt.

«Wollte er…»

Tugs Eltern warteten darauf, dass sie fortfuhr; sein Vater stützte die Ellbogen auf die weiße Tischdecke. «Wollte er ... hierher zurückkehren?» *Zu Marcie*, wollte sie eigentlich sagen, war sich aber nicht sicher, ob sie verstanden hatten.

Sie blickten sie an, so alt und grau, runzelig und gebeugt, als hätten erst die Ereignisse der letzten Wochen den wahren Tribut von ihnen gefordert. Tugs Vater zuckte mit den Schultern. «Wir wissen auch nicht mehr als Sie.»

Es war ein schrecklicher Gedanke. Wie wenig sie alle von ihm wussten.

Plötzlich wurde ihr klar, dass sie wegen des Babys hierhergekommen war; um sich darüber klar zu werden, welche Entscheidung sie treffen sollte. Nun aber verstand sie, dass Tugs Eltern ebenso wenig Antworten kannten wie sie, nur genauso viele Fragen hatten.

So viele Patienten erwarteten von ihr – oder irgendwelchen anderen Menschen –, dass sie die wichtigen Entscheidungen für sie traf, nicht zuletzt, um sich von anderen hinterher nichts vorwerfen lassen zu können. Sie sagte ihnen immer, dass sie ihr Leben selbst leben mussten, dass sie selbst dafür verantwortlich waren, doch niemand schien sich mit diesem Gedanken anfreunden zu können. Was war schlecht daran, selbst Verantwortung für das zu übernehmen, was man tat oder sagte, für all die Dinge, die nicht nur das eigene Leben, sondern auch das anderer Menschen betrafen? Mit einem Mal wurde ihr bewusst, wie schwer es war, ihren eigenen Rat zu beherzigen.

Und dann war da noch die Sache mit Marcie. Grace empfand tiefes Mitgefühl für sie, wünschte aber gleichzeitig, sie wäre nie hierhergekommen. Und nun damit herauszurücken, dass sie ein Kind erwartete – das war unmöglich, selbst wenn sie beschloss, das Baby zu behalten. Eine derartige Eröffnung hätte nur weitere Wunden aufgerissen und endlose Komplikationen nach sich gezogen. Es war schrecklich für sie, ihr Geheimnis für sich behalten zu müssen, aber noch schlimmer wäre es gewesen, sich Tugs Eltern zu offenbaren.

Plötzlich kam ihr in den Sinn, was Tug einst über das Leben in den «Komfortländern» gesagt hatte. Dieses Haus war ein Komfortland, dachte sie, oder zumindest wollte es eins sein, mit sorgsam geschützten Grenzen und wohlbehüteten Bürgern. Es war besser, wenn sie die Ordnung hier nicht länger durcheinanderbrachte.

«Es tut mir leid», sagte sie, und es kam ihr vor, als würde sie sich mittlerweile zum hundertsten Mal entschuldigen. «Ich wollte nicht unangemeldet bei Ihnen hereinplatzen.» Ihre Stimme wurde leiser, als hätte sie ihre eigene Unehrlichkeit bemerkt. Es gab nichts daran zu rütteln, dass sie hier eingedrungen war wie ein ungebetener Gast, doch Tugs Eltern waren schlicht zu höflich, darüber auch nur ein Wort zu verlieren. Schweigsame Kanadier.

Ihr Herz zog sich zusammen; der Verlust, den sie zu ertragen hatten, wog so viel schwerer als ihr eigener. «Ich kannte Tug nicht sehr gut, und auch nicht sehr lange», sagte sie, während ihre Stimme wieder an Entschlossenheit gewann. «Wir waren bloß Freunde. Ich bin Therapeutin, und er hat mir ein wenig von seinen Problemen erzählt.»

Joy saß mit gesenktem Kopf da, als erwarte sie eine Segnung oder einen Schlag ins Gesicht.

Grace entschied sich für Ersteres. «Er hat viel von Ihnen gesprochen», sagte sie. «Auch von Marcie. Von ihnen allen. Davon, wie viel Sie ihm in all den Jahren gegeben haben. Er hatte ein schlechtes Gewissen, weil ihn das Schicksal daran gehindert hat, bei seiner Familie zu sein.»

Seine Mutter schniefte.

«Er hat Sie so sehr geliebt», fuhr Grace fort. «Das hat er mir oft gesagt.»

Beide schwiegen, und Grace fragte sich einen Moment, ob sie je wieder sprechen würden. Sie stand auf, doch dann erhob sich auch Joy und schlang unvermittelt die Arme um sie. Sie war klein und zerbrechlich, und Grace kam es vor, als würde sie von einem kranken Kind umarmt.

Grace vergrub ihr Gesicht in Joys grauem Haar. «Es tut mir so leid, dass ich ihm nicht helfen konnte», sagte sie mit tränenerstickter Stimme.

Sie legte Joy die Arme um die Schultern, eine zaghafte, zurückhaltende Geste. Um sie zu trösten, hatte sie gelogen, und sie bereute es nicht. Bei aller Trauer fühlte sie sich Joy näher, als sie sich Tug je gefühlt hatte, Tug mit all seinen Lügen. Die Vorstellung, er könnte weiterleben, überleben, sein Glück finden, war die größte Lüge von allen; nicht weil sie so grotesk oder abwegig gewesen wäre, sondern weil sie so nahelag – und er sie um ein Haar verwirklicht hätte.

::::::::::::

Als sie ein paar Minuten später das Haus verließ, hatte es aufgehört zu regnen; der Himmel war perlmuttgrau. In den Händen hielt sie eine Schachtel mit Keksen, die Joy ihr aufgedrängt hatte – ein Andenken, mit dem sie nicht gerechnet hatte. Als sie am Wagen stand, warf sie einen Blick zum Haus zurück. Die meisten Vorhänge waren zugezogen, doch im ersten Stock stand ein Fenster offen. Sie sah, wie Marcie im Schein einer Lampe nervös auf und ab ging.

Grace fühlte sich so einsam wie nie zuvor. Sie hatte sich komplett isoliert in dem Miniatur-Universum, das sie und Tug geschaffen hatten. Über ihre verzweifelten Versuche, ihn zu retten, hatte sie fast vergessen, wie das Leben in der Wirklichkeit war, und nun, da er nicht mehr da war, kam es ihr vor, als würde sie aus einer Narkose erwachen.

Während sie bei laufendem Motor und aufgedrehter Heizung hinterm Steuer saß, schauderte sie; nicht wegen der Kälte, sondern der unendlich vielen Möglichkeiten wegen, die das Leben für sie bereithielt. Sie würde ein Kind bekommen, von einem Mann, mit dem sie nur wenige Monate zusammen gewesen war. Trotz ihrer

Trauer hatte sie das Gefühl, sich genau das immer schon gewünscht zu haben – nicht zu wissen, wohin ihr Weg sie führen würde. Sie sagte Tugs Familie stumm Lebewohl und fuhr davon in die Zukunft, ins Ungewisse.

12

Montreal, 2006

Im Lauf des Herbsts verfiel Mitch bei seiner Arbeit wieder in einen vielleicht nicht entspannten, aber doch angenehm geordneten Rhythmus. Montags, mittwochs und freitags stand Gruppentherapie auf dem Programm, Dienstag und Donnerstag erledigte er den üblichen Bürokram und widmete sich einzelnen Patienten. Vor den Einzelsitzungen graute ihm am meisten. Er empfand die Eins-zu-eins-Situation als bedrohlich, wenn nicht sogar gefährlich: Blicke, die ihm auswichen oder ihn förmlich durchbohrten, sei es vor Schmerz oder Zorn. Es war nicht zum Aushalten. Um sich davor zu drücken, übernahm er freiwillig alle möglichen Verwaltungstätigkeiten, von Zuschuss- und Projektvergaben bis hin zur Analyse von Betriebsabläufen. Mittags schloss er die Tür seines Sprechzimmers, aß ein Sandwich, das er sich von zu Hause mitgebracht hatte, und hörte sich Sportsendungen im Radio an. Die Eishockeysaison hatte gerade begonnen, und er lauschte Prognosen und Analysen, den neuesten Informationen über Defensivpaarungen und Sturmreihen, Vereinswechsel, Wettskandale und Verletzungen. Manchmal machte er sich sogar Notizen, stellte sich sein eigenes Traumteam zusammen. Wenn Kollegen klopften und hereinkamen, sahen sie ihn konzentriert über den Schreibtisch gebeugt, und er beließ sie in dem Glauben, dass er bis über beide Ohren in Arbeit steckte.

An einem Wochenende fuhr er wieder einmal nach Mississauga und besuchte Malcolm und seine Familie. Bei seinem Bruder und seiner Frau Cindy, die in einem Vorstadthäuschen wohnten, ging es immer drunter und drüber. Sie handhabten das Chaos, indem sie es ständig vergrößerten; sie hatten drei Kinder, zwei Katzen, einen Hund, Videospiele, Spielzeugklaviere und mehrere Fernseher. Zu allem Überfluss hatten sie sich nun auch noch ein Kaninchen angeschafft, das sich in seinem Käfig in eine leere Schachtel verkrochen hatte, während die Kinder es vergeblich herauszulocken versuchten – mit Karotten, Sellerie und, als sie sich gerade unbeobachtet fühlten, sogar mit einem Hamburger.

«Ich weiß, du magst Hamburger, aber Snowball schmecken sie nicht», erklärte Cindy geduldig ihrer schluchzenden Tochter, nachdem sie das Fleisch in den Müll geworfen hatte. «Er steht da einfach nicht drauf.»

Malcolm lachte. «Wir haben Snowball aus der Schule», erzählte er Mitch. «Offenbar verträgt er das Neonlicht in den Klassenräumen nicht oder so, und wir haben ihn bei uns aufgenommen. Tja, so sind wir mal wieder vom Regen in die Traufe geraten.»

Einst ein spindeldürrer, nervöser Junge, war aus Malcolm ein gemütlicher, liebenswerter Mann mit Bäuchlein, Schnauzbart und beginnender Glatze geworden, der stets gute Laune verbreitete. Wenn ihm alles über den Kopf wuchs, konnte Mitch bei ihm und seiner Familie am besten entspannen. Wann immer er zu Besuch kam, fühlte er sich wie eine weitere Ergänzung des häuslichen Tohuwabohus, ein unauffälliges, aber dennoch liebevoll umsorgtes Wesen, von dem nicht viel erwartet wurde; in dieser Hinsicht glich er durchaus dem Kaninchen. Es machte ihm nichts aus, dass er auf der Couch schlafen musste oder ihn zuweilen morgens ein stechender Schmerz weckte, weil eine Transformers-Figur unter seinem Bein steckte, und es war auch nicht schlimm gewesen, als Emily, die jüngste der Rasselbande, sich einmal auf seine Hose übergeben hatte, als sie im Garten zu wild Fangen gespielt hatten. Die Kids rauften mit ihm, bezogen ihn mit in ihre Spiele ein und ließen ihn in Ruhe, wenn er müde war. Im Haus seines Bruders herrschte ein einziges großes Kuddelmuddel, aber hier konnte er sich fallen lassen, manchmal sogar seine Probleme vergessen, besser als an jedem anderen Ort.

Er hatte keine Ahnung, wie es Malcolm gelungen war, ein so guter Vater zu werden, und ihm war auch nicht klar, wie er und Cindy es hinbekamen, immer noch über die Witze des anderen zu lachen und sich liebevoll zu kabbeln, wer mit Kochen an der Reihe war oder den Abwasch übernehmen sollte. Malcolm war kein besonders erfolgreicher Ingenieur; er riss sich beruflich kein Bein aus und war seit Jahren nicht mehr befördert worden. Seine Kochkünste hielten sich ebenfalls stark in Grenzen, und als brillanten Unterhalter konnte man ihn auch nicht bezeichnen. Cindy beschwerte sich, dass er chaotisch war, keinen Nagel gerade in die Wand hämmern und auch mit Geld nicht umgehen konnte. Er schaffte es noch nicht einmal, auf Mitch einzugehen und sich zu erkundigen, wie es eigentlich bei ihm lief. Sein einziges Talent – das sich seit seiner Kindheit wie ein roter Faden durch sein Leben zog – bestand darin, flexibel und großzügig zu sein, sich mit Hingabe seinen Lieben zu widmen, seiner Frau und seinen Kindern ebenso wie seinem Bruder, wenn er zu Besuch kam. Er besaß schlicht und einfach die Gabe, glücklich zu sein.

Es traf Mitch jedes Mal wieder wie ein Schock, wenn er sich nach all dem Trubel in seiner stillen Wohnung in Westmount wiederfand. Im Apartment unter ihm feierten seine Nachbarn, ein schwules Pärchen, eine Party; ausgelassenes Gelächter drang zu ihm herauf.

Die Zukunft, der er entgegensah, war eintönig und geräuschlos, hoffnungslos still. Die ganze Nacht tat er kein Auge zu, unfähig, die Totenstille auszublenden, die sich über sein Leben gesenkt hatte.

::::::::::::

Und so war er allein, ganz auf sich gestellt. Es blieben ihm nur wenige Mittel, seine Einsamkeit zu bekämpfen: sein Job, seine wenigen Freunde und zunehmend Grace und Sarah. Der Oktober ging in den November über, und er griff ihnen weiter nach Kräften unter die Arme. Mittlerweile war Grace' Gips abgenommen worden, und sie konnte wieder ohne Krücken laufen, auch wenn sie ab und zu schmerzhaft das Gesicht verzog und ihre Bewegungen immer noch ein wenig steif waren, was sie älter wirken ließ, als sie eigentlich war. Viermal die Woche ging sie zur Reha und kam anschließend völlig erschöpft nach Hause, manchmal den Tränen nahe, auch wenn sie, wie sie Mitch erzählte, die meiste Zeit nur auf der Liege verbrachte, während die Physiotherapeutin ihre Beine mal in diese, mal in jene Richtung drehte, um ihren Bewegungsapparat wieder auf Vordermann zu bringen. «Man kann sich nicht vorstellen, dass etwas so wehtun kann», sagte sie. «In manchen Momenten würde ich die arme Frau am liebsten umbringen, obwohl sie mir ja bloß helfen will. Es ist fast genauso wie damals, als Sarah geboren wurde und ich die Ärzte angeschrien habe, wie sehr ich sie hasse.»

«Du hast die Ärzte gehasst?», rief Sarah von nebenan. «Warum?» Wie alle Kinder lauschte sie gern, wenn es den Erwachsenen ungelegen kam.

Grace zog eine Grimasse. «Ich habe sie ja gar nicht wirklich gehasst», rief sie zurück. «Ich habe es in dem Moment bloß gedacht.»

Sarah kam in die Küche, ein Bild in der Hand, an dem sie gerade gemalt hatte. Besorgt zog sie die Stirn in Falten. «Weil es so wehgetan hat, als ich geboren wurde?»

«Am Anfang, aber nur ein bisschen», erwiderte Grace vorsichtig. «Aber dann habe ich gar nichts mehr gespürt, und als du schließlich da warst, konnte ich mein Glück nicht fassen.» Sie zog sie eng an sich und verzog schmerzhaft das Gesicht, als Sarah ihrerseits die Arme um ihre Taille schlang. Grace gab ihr einen Kuss auf die Stirn und sagte: «Mal noch ein bisschen. Hast du heute keine Hausaufgaben auf?»

«Schon gemacht», sagte Sarah und verließ die Küche wieder. Was sie eben noch beschäftigt hatte, schien sie bereits wieder vergessen zu haben.

Mitch brachte Grace ein Glas Wasser und zwei Tabletten, da er inzwischen genau wusste, wann sie etwas gegen ihre Schmerzen brauchte. Sie wirkte so abgespannt, als sei ihr Kopf zu schwer für ihre Schultern, und ihr Blick war verschwommen und matt.

«Danke», sagte sie.

Nachdem sie fast alles wieder allein erledigen konnte, kam Mitch nicht mehr ganz so häufig vorbei. Dennoch kümmerte er sich gelegentlich um den Einkauf, sah herein, um Glühbirnen auszuwechseln, den Müll hinauszubringen, die Duschstange wieder festzuschrauben, erledigte all die Dinge, die sie noch nicht selbst übernehmen konnte. Es waren Tätigkeiten, die seinem Alltag Form und Struktur verliehen, und er freute sich jedes Mal auf Sarahs fröhliches Hallo und die Plaudereien mit Grace. Mittlerweile wusste er nicht mehr, ob er half oder ihm geholfen wurde und ob das überhaupt eine Rolle spielte. Zwischen ihm und Grace hatte sich eine pragmatische, ungezwungene Freundschaft entwickelt. Früher oder später würde sie seine Unterstützung nicht mehr benötigen, und er hatte keine Ahnung, ob sie dann weiterhin am Leben des anderen teilnehmen würden.

Eines Tages kam ihm Azra auf der Treppe entgegen, als er gerade die Wohnung verließ. Zuletzt hatte er sie Mitte September gesehen, als Grace noch nicht wiederhergestellt gewesen war.

«Hey!», sagte er und umarmte sie kurz. Erst als er sich von ihr löste, fiel ihm ihr fragender Blick auf.

«Hi», sagte sie. «Was machst du denn hier?»

«Was meinst du?»

Sie sah ihn verlegen an. «Nichts Besonderes. Greifst du Grace immer noch unter die Arme? Das ist aber nett von dir.» Es war kein besonders geschicktes Ausweichmanöver; ihre Miene ließ keinen Zweifel daran, dass seine Anwesenheit sie gehörig irritierte.

«Na ja, bloß ab und zu», erwiderte er lahm, während er sich

fragte, warum er sich verhielt, als ginge es um etwas, wofür er sich schämen musste. «Hat Grace nichts davon erzählt?»

«Nein», antwortete Azra. «Hat sie nicht.»

Einen Moment lang fragte er sich, was das zu bedeuten hatte. Das Schweigen zwischen ihnen war ihm so peinlich, dass ihm nichts anderes einfiel, als sich kurzerhand zu verabschieden.

Zurück in seinem Apartment, beschloss er, Grace erst wieder anzurufen oder zu besuchen, wenn sie ihn ausdrücklich darum bat. Dabei verspürte er einen Anflug von Scham, den er sich nicht erklären konnte. Aber warum hätte er ein schlechtes Gewissen haben sollen? Er war doch bloß für sie da gewesen.

Doch wie sich herausstellte, gelang es ihm nicht, seinen Entschluss in die Tat umzusetzen. Er verbrachte einfach zu gern Zeit mit ihnen, und er und Grace verstanden sich prächtig. Es gab keinen Grund, weshalb sie nicht Freunde sein konnten, sagte er sich. Und so rief er sie am folgenden Wochenende an und machte ihr mehrere Vorschläge für einen Nachmittagsausflug. Genau das hätte Martine von ihm erwartet: einen Museumsbesuch, ein neuer Kinderfilm, Drachen steigen lassen. Er hatte alles genau geplant.

Grace klang gerührt und verwirrt zugleich. «Ist das nicht alles ziemlich anstrengend?», sagte sie. «Wir unternehmen nur selten etwas. Manchmal gehen wir in den Park.»

«Aber wie habt ihr sonst eure Wochenenden verbracht?», fragte er erstaunt. «Ich meine, vor deinem Unfall.»

Bei anderen Kindern, die er kannte – seine Nichte und Neffen eingeschlossen –, waren die Wochenenden komplett verplant. Noch vor ihrem fünften Lebensjahr wurden sie in Sportvereine gesteckt und erhielten Musik- und Kunstunterricht, sobald sie richtig laufen konnten. Dass Grace sich diesem Trend so komplett verweigerte, sah ihr eigentlich gar nicht ähnlich. Andererseits wusste er vielleicht gar nicht, wie sie wirklich war.

«Auch nicht viel», erwiderte sie. «Warum kommst du nicht einfach vorbei?»

Und das tat er dann auch. Grace saß auf dem Sofa wie in jenen Wochen nach ihrem Krankenhausaufenthalt, umgeben von verschiedenen Zeitungsausschnitten, unbeantworteter Post, einem Becher Tee und einem Teller mit einem halb gegessenen Sandwich. Sarah, deren blondes Haar zu Gretchenzöpfen geflochten war, lag vor ihr auf dem Teppich und setzte ein Puzzle zusammen. In der Küche lief das Radio – irgendeine hitzige Debatte wurde übertragen –, aber Grace schien nicht zuzuhören.

Sie fragte, ob er einen Tee, etwas zu essen oder ein Buch zum Lesen haben wollte – warum hatte er nicht daran gedacht, selbst eins mitzubringen? –, doch er lehnte höflich ab. Stattdessen nahm er sich den Politikteil der *Globe and Mail* und setzte sich in einen Lehnstuhl, den beiden gegenüber. Es war ein überaus anmutiger Anblick, dachte er, durch und durch weiblich. Ein derartiger Samstag wäre wohl der Traum seiner Mutter gewesen, statt mit ihm und seinem Bruder auf den Spielplatz zu gehen, wo sie regelmäßig mit Stöcken aufeinander eingeprügelt hatten.

Die Stimmung war so friedvoll und heiter, dass es ihn nahezu verblüffte, als er zwischendurch bemerkte, wie besorgt Grace ihre Tochter betrachtete. Er wusste, dass sie immer noch beunruhigt war, ihr Unfall könnte sich negativ auf Sarahs Psyche ausgewirkt haben, doch wenn dem tatsächlich so war, handelte es sich um einen oberflächlichen Schaden, der ihr nicht anzumerken war. Sarah trug Jeans und ein weißes T-Shirt und lag mit angewinkelten Beinen bäuchlings auf dem Boden. Ihr Puzzle hatte sie beiseitegelegt und las nun in einem Buch, das Kinn in die Hände gestützt und den Kopf so tief über die Seiten gesenkt, dass sie fast schielte. Mitch wartete darauf, dass Grace sie ausschimpfte – seine Mutter hätte es jedenfalls getan –, doch sie machte keine Anstalten, etwas zu sagen.

«Was bedeutet *eingewiesen*?», fragte Sarah plötzlich. Es handelte sich ganz offensichtlich um ein Erwachsenenbuch, und Mitch fragte sich, ob sie nicht noch ein bisschen klein dafür war.

Grace schien sich darüber keine Gedanken zu machen. «Worum geht's denn?»

«Das Mädchen wurde gegen ihren Willen *eingewiesen* und blieb fünf Jahre lang unter ärztlicher Aufsicht.»

«Okay», sagte Grace. «Und was heißt das, wenn es gegen ihren Willen geschah?»

«Dass jemand anders sie da reingesteckt hat.»

«Richtig. Und wo befindet sie sich, wenn dort Ärzte sind?»

«In einem Krankenhaus oder so?»

«Prima. Wenn jemand irgendwo eingewiesen wird, dann zum Beispiel in ein Krankenhaus, weil er Hilfe braucht.»

«Mein Vater wurde doch auch eingewiesen.»

Mitch blickte auf. Es war das erste Mal, dass ihr Vater erwähnt wurde.

«Nein, Sarah. Er wurde nie irgendwo eingewiesen.»

«Aber er war doch krank.»

«Ja. Er war krank, und schließlich ist er gestorben.»

«In einem Krankenhaus.»

«Er ... Oh, jetzt verstehe ich, was du meinst.» Grace war ganz ruhig. Falls das Thema ihr an die Nieren ging, ließ sie sich nichts anmerken. «Also, wenn jemand eingewiesen wird, dann normalerweise in eine psychiatrische Einrichtung oder ins Gefängnis.»

«Aber mein Vater war nicht in so was.»

«Nein, Schatz», erwiderte Grace. «Das war er nicht.»

Sarah steckte die Nase wieder in ihr Buch, während Grace' Blick zu Mitch schweifte, ein Blick, den er schon einmal gesehen hatte: Schmerz, Schuldbewusstsein und irgendetwas, das er nicht deuten konnte. Es war, als lauschte sie einer inneren Stimme, Worten, die niemand außer ihr hören konnte.

Ein paar Minuten später, als sie keine Lust mehr zu lesen hatte, fragte Sarah, ob Mitch mit ihr spielen würde. Geschmeichelt kniete er sich zu ihr, doch sie schüttelte den Kopf und bedeutete ihm, mit in ihr Zimmer zu kommen. Die Hand in seiner, führte sie ihn herum und zeigte ihm alles: ihre Puppen, ihre Schulbücher, ihre Sommerkleidchen, ihre Wintersachen, eine Reihe von Muscheln, die sie vom letzten Urlaub auf Prince Edward Island mitgebracht hatte, und ihre Sammlung von Haarspangen, an der sie schon «ihr gesamtes Leben» arbeiten würde, wie sie ihm mit ernster Miene erklärte. Dann drückte sie ihm ihr Sparschwein in die Hand und fragte, ob er schätzen könne, wie viel es wiegen würde.

«Ganz schön schwer», sagte er. «Bestimmt mehr als zwei Kilo.»

«Da ist ganz viel Geld drin», erwiderte sie lässig. «Das habe ich für besondere Gelegenheiten gespart.»

«Das ist aber klug von dir.»

«Ich bin schon ziemlich erwachsen für mein Alter», erklärte sie. «Das hat meine Lehrerin nämlich zu Grace gesagt. Ich habe heimlich mitgehört.»

Es war ihm klar, dass sie ihre Mutter bewusst beim Vornamen nannte, um besonders erwachsen zu wirken. Flirtete die Kleine etwa mit ihm? Natürlich fühlte er sich alles andere als wohl dabei. Seine Nichte Emily war eine echte Range, und seine Neffen, die sich ausschließlich für Eishockey und Wrestling begeisterten, konnte man nur als üble kleine Raufbolde bezeichnen. Bei ihnen reichte es schon, einen kurzen Schlag in die Magengrube anzutäuschen, um den Ball ins Rollen zu bringen. Es war jedes Mal, als würde er sich mit ein paar Hundewelpen balgen, jede Menge Gelächter, ein einziges Tohuwabohu. Doch Sarah war ein völlig anderes Geschöpf.

«Hier», sagte sie. «Schau dir das mal an.»

Auf den Zehenspitzen balancierend, zog sie einen Schuhkarton von einem Regal und setzte sich damit aufs Bett. Er nahm neben ihr Platz, während sie den Karton mit einer feierlichen Geste öffnete, die keinen Zweifel daran ließ, dass es sich um ihren wertvollsten Besitz handelte.

«Was ist das denn?»

«Das», flüsterte sie, «sind die besonderen Gelegenheiten.»

Im ersten Moment konnte er nicht genau erkennen, was sich in der Schachtel befand – allerlei Krimskrams, Papiertütchen und kleine, verschrumpelte Knollen, die in Papiertaschentücher eingeschlagen waren.

Sie nahm die Sachen nacheinander heraus und legte sie in seine Handfläche. «Das sind Vergissmeinnicht-Samen. Und die hier sind für Gänseblümchen. Das ist eine Tulpenzwiebel. Das ist eine Iris. Das eine Freesie. Und das hier ist eine Clematis.»

«Du hast ja einen ganzen Garten hier drin.»

«Nein. Das sind bloß Samen und Zwiebeln», korrigierte sie ungeduldig. «Ich spare mein Taschengeld und bestelle sie aus dem Katalog. Und nächstes Frühjahr pflanzen wir sie draußen im Garten. Eigentlich wollten wir das letztes Jahr schon tun, aber damals hatte ich noch nicht genug Geld zusammen. Aber seit meinem Geburtstag habe ich genug. Und in meinem Sparschwein ist sogar noch mehr, sodass wir im Sommer Pflanzen im Gartencenter kaufen können.»

Sie stellte ihm die Schachtel auf den Schoß, und er legte Tütchen und Zwiebeln vorsichtig wieder hinein.

Dann sprang sie vom Bett und schlug ein Fotoalbum auf. «So wird er aussehen», sagte sie halblaut. «Der geheime Garten.»

Es waren keine Fotos darin, sondern nur Bilder, die sie aus Zeitschriften ausgeschnitten hatte, Zeichnungen auf Tonpapier, Collagen und Ausrisse aus Saatgut-Katalogen. Jede einzelne Seite war ein Feuerwerk aus Rosa, Gelb und Violett. Die Namen kannte sie alle auswendig – die Gänseblümchen wollte sie neben die Iris und die Narzissen pflanzen. Sie habe den Garten in ihrer Fantasie schon tausend Mal angelegt, erklärte sie ihm, während sie in dem Album blätterte.

«Seit wann interessierst du dich so für Blumen?», fragte er.

Sie legte den Kopf schief und schien zu überlegen, wie sie seine Frage beantworten sollte, ging dann jedoch wortlos darüber hinweg. Nachdem sie ihm das ganze Album gezeigt hatte, legte sie es beiseite, nahm den Schuhkarton wieder an sich und stellte ihn sorgfältig ins Regal zurück.

Dann kam sie zum Bett zurück und kauerte sich mit einem Kissen im Schoß an die Wand. «Die Geschichte geht so», sagte sie. «Da ist ein Mädchen, und als ihre Eltern sterben, zieht sie in das große Haus, das ihrem Onkel gehört. Aber er ist nie da, und dann entdeckt sie einen Schlüssel, mit dem sie in den geheimen Garten hinter dem Haus kommt. Zuerst sorgt sie dafür, dass alle Blumen wieder blühen, und dann ist da noch ein verkrüppelter Junge, der durch sie wieder gehen lernt, und schließlich kehrt auch ihr Onkel zurück, und alle sind glücklich und zufrieden, und all das hat der Garten bewirkt.»

«Und deshalb wünschst du dir ebenfalls einen Garten?», fragte Mitch.

Sarah zuckte mit den Schultern. «Ach, das ist einfach nur so eine Idee.»

Diese Erwachsenenfloskeln, die sie manchmal benutzte, passten überhaupt nicht zu einem Mädchen ihres Alters. Sie las eben viel, dachte er. Dennoch verliehen ihr solche Phrasen etwas Altkluges, das sie trotz der süßen blonden Zöpfe und ihrer offensichtlichen Intelligenz zuweilen eingebildet wirken ließ. Er konnte sich nicht des Eindrucks erwehren, dass sie und Grace sich einigelten, abkapselten vom Rest der Welt. Wie in einem geheimen Garten. Der Gedanke weckte den Wunsch in ihm, die beiden nach draußen zu scheuchen, ihnen all das zu zeigen, was da draußen auf sie wartete, ein bisschen mehr Fröhlichkeit und Verrücktheit in ihr Leben zu bringen.

«Zack!», sagte er und riss ihr das Kissen aus dem Schoß.

Sie lachte, versuchte das Kissen zu erhaschen, es ihm zu entwinden, während er es immer wieder in andere Richtungen hielt. «Gib es mir zurück!»

«Na, hol's dir doch», sagte er und hielt es noch ein Stückchen höher.

Sie schien ihren Garten komplett vergessen zu haben, sprang wild um ihn herum und kreischte dabei vor Vergnügen. Schließlich kroch sie über seinen Schoß, und er überließ ihr das Kissen, das sie umgehend auf seinen Kopf niedersausen ließ.

«Erwischt», sagte er. «Du bist einfach zu schnell.»

«Das stimmt», sagte sie mit einem bescheidenen Lächeln. «Ich bin *extrem* schnell.» Dann sprang sie vom Bett und lief aus dem Zimmer.

::::::::::::

Etwa eine Stunde später zogen sie sich Jacken und Mützen über und gingen in den Park. Sarah traf eine Freundin und lief mit ihr zum Spielplatz, wo sie aber nicht miteinander spielten, sondern sich nur auf die Schaukeln setzten und innerhalb von Sekunden tief in ein Gespräch versunken waren.

Die Hände in den Jackentaschen vergraben, warf Grace einen Blick zu den beiden hinüber. «Du lieber Himmel», sagte sie. «Heute kommen sie schon mit zehn in die Pubertät.»

Die Mutter des anderen Mädchens, eine junge Frau mit langen Locken und auffälligen Ohrringen, nickte nachdrücklich. «Und es wird immer schlimmer», bemerkte sie. «Jetzt will sie sogar schon, dass ich Make-up für sie kaufe.»

«O Gott», sagte Grace. «Nicht auch das noch.»

Die beiden Frauen unterhielten sich weiter über die Probleme, die ihre Töchter ihnen noch bereiten würden, während die Mädchen zwanzig Meter von ihnen entfernt nach wie vor aufgeregt miteinander tuschelten. Es war windiger geworden. Sehnsüchtig blickte Mitch zu ein paar Männern hinüber, die am anderen Ende des Parks Frisbee spielten. Warum mussten die Mädels sich ausgerechnet hier draußen festquatschen? Frauen, dachte er.

Alle anderen Parkbesucher waren in Bewegung: Leute, die mit ihren Hunden Stöckchen spielten, Eltern, die Kleinkindern hinterherliefen, Paare, die die Wege entlangschlenderten, die Hände in den

Taschen des anderen vergraben. Eine peruanische Band packte ihre Flöten und Trommeln aus. Trotz des bewölkten Himmels herrschte eine beschwingte, fröhliche Atmosphäre.

Eine bemerkenswert hübsche junge Frau kam ihnen entgegen. Für das Wetter war sie um einiges zu dünn angezogen, trug lediglich Jeans und Pullover, keine Mütze, und ihr langes blondes Haar flatterte wie eine Flagge im Wind. Die hochhackigen Stiefel verliehen ihr einen sanften, sexy Hüftschwung. Im Vorübergehen warf sie ihnen einen Blick zu, doch Mitch dachte sich nichts dabei, sondern registrierte lediglich ihre bemerkenswerte Schönheit. Dann aber wandte sie sich um und kam zurück. Unwillkürlich fuhr sich Mitch durch die Haare, auch wenn ihm klar war, dass sie sich keineswegs für ihn interessierte. Er war alt genug, ihr Vater zu sein, doch ihre Neugier war unübersehbar.

Die junge Frau blickte Grace an. Als sie näher kam, stellte Mitch fest, dass sie ihm irgendwie bekannt vorkam, aber er hätte sie in tausend Jahren nicht einordnen können. Grace nahm sie kaum wahr. Kurz sah sie zu der Frau hinüber, schien einen winzigen Augenblick lang sogar aufzumerken, dann aber wandte sie sich wieder ihrer Freundin zu. Die beiden unterhielten sich gerade darüber, wie man Kinder, die immer nur dasselbe essen wollten, dazu brachte, endlich mal etwas Neues zu probieren.

«Ich sage ihr jedes Mal, dass es super schmeckt», sagte Grace. «Aber sie will nicht mal kosten.»

Die junge Frau ging weiter, warf noch einen Blick über die Schulter, doch dann überquerte sie die Straße, und kurz darauf war sie verschwunden.

::::::::::::

Schließlich gingen sie nach Hause zurück.

«Es tut so gut, endlich wieder richtig laufen zu können», sagte Grace lächelnd und breitete begeistert die Arme aus. Sie ging nicht mehr gebückt, sondern hielt die Schultern wieder gerade, und der Wind hatte ihre Wangen gerötet. Trotzdem konnte Mitch die Nachwehen der erlittenen Schmerzen immer noch in den Schatten unter ihren Augen erkennen; daran, wie vorsichtig sie vom Bürgersteig auf die Straße trat; sie färbten ihr neu gewonnenes Glück, verliehen ihm Form und Gewicht. Sie und Sarah hielten sich an den Händen.

Seine Gedanken schweiften zu Martine und Mathieu und schließlich widerstrebend auch zu Thomasie. Er hatte sich nach Kräften bemüht, die Erinnerung an sie zu verdrängen, und auch Grace und Sarah hatten ihm geholfen, sich mit anderen Dingen zu beschäftigen, aber natürlich waren sie immer da, Soldaten in Habachtstellung, die sich nicht aus seinem Hinterkopf vertreiben ließen. Er sah Sarah an und dachte, dass sie trotz aller Schwierigkeiten, trotz des fehlenden Vaters ein schönes, behütetes Dasein führte; er sah sich außerstande, es nicht mit den leeren, problembehafteten Leben jener Menschen zu vergleichen, die er einst gekannt und im Stich gelassen hatte oder von denen er im Stich gelassen worden war.

Die einen waren da, die anderen fort. Ein Kind wird in die Welt gesetzt, ein anderes muss sie wieder verlassen. Schuldgefühl und Reue lasteten tonnenschwer auf seinen Schultern.

Zuweilen hasste er sich selbst – einfach, weil er im Gegensatz zu anderen noch am Leben war. Am liebsten hätte er die Erinnerung an jeden einzelnen Patienten, den er je gehabt hatte, unwiederbringlich aus seinem Gedächtnis gelöscht, ebenso wie jedes Problem, das er verursacht oder nicht gelöst hatte. Dann wiederum gab es Momente, in denen er glaubte, dass er all diese Dinge niemals vergessen würde, dass es wichtig sei, sie nicht zu verdrängen, dass darin vielleicht sogar die wichtigste Aufgabe seines Lebens bestand. Sich dem Schmerz anderer nicht zu verschließen, war das

Mindeste, was man tun konnte. Nur so konnte man sicher sein, dass einem auch andere zur Seite standen, wenn man selbst in einer Krise steckte.

Sarah erzählte ihrer Mutter eine Geschichte von einem Zauberer, der um die ganze Welt flog, Wasserfälle anhalten und Bäume aus dem Boden schießen lassen konnte. Er war nicht sicher, ob sie die Geschichte selbst erfunden hatte oder aus einem Buch oder Film kannte. Sie war ein fantasievolles Mädchen, das manchmal nicht zwischen Fiktion und Realität unterscheiden konnte; vielleicht, weil Grace sie zu sehr darin bestärkte.

Als sie wieder zu Hause waren, bestellte Grace Pizza und fragte Mitch, ob er noch bleiben wolle. Er schüttelte den Kopf. Sarah war in ihrem Zimmer verschwunden.

Nun waren sie also allein. Obwohl sie während der vergangenen Monate so manche Stunde miteinander verbracht hatten, war heute alles irgendwie anders. Es herrschte eine seltsam verlegene Stimmung, wahrscheinlich, weil er diesmal nicht vorbeigekommen war, um ihr unter die Arme zu greifen, sondern *einfach so*. Die ganze Zeit über hatte er eine gewisse Distanz zwischen ihnen gespürt, sich wie das fünfte Rad am Wagen gefühlt. Er vermutete, dass sich ihre gemeinsame Zeit dem logischen Ende zuneigte; jeder von ihnen würde sein Leben für sich weiterleben, so wie sie es schon all die Jahre zuvor getan hatten.

Grace werkelte in der Küche herum, räumte Geschirr weg, wischte die Arbeitsflächen sauber. Erst hatte sie seine Hilfe stillschweigend und bereitwillig angenommen, sie dann aber vor Azra verheimlicht. Sie hatte sich herausgepickt, was nützlich für sie gewesen war, und sich um den Rest gedrückt. Er hatte die ganze Zeit nur einen Wunsch gehabt: sich nicht dafür zu schämen, was er tat, doch genau das Gegenteil war eingetreten. Und das war Grace' Schuld. Er schäumte innerlich vor Wut.

Grace, die seinen Unmut zu spüren schien, wandte sich um und lehnte sich an die Arbeitsplatte. «Azra hat mir erzählt, dass sie dir gestern über den Weg gelaufen ist», sagte sie, während sie sich die Hände mit dem Geschirrtuch abtrocknete.

«Ja, auf der Treppe. Mir war nicht bewusst, dass meine Besuche hier ein Geheimnis sind, Grace.»

Immerhin besaß sie den Anstand, zu erröten. «Sind sie gar nicht.» Sie verschränkte die Arme. «Azra hätte es bloß nicht verstanden.»

«Aber sie war doch diejenige, die mich gefragt hat, ob ich dir helfen könnte.»

«Aber sie wollte doch nur, dass du die Post hereinbringst und die Blumen gießt. Sie findet es komisch, dass alles wieder so eng geworden ist.»

«*So* komisch ist es nun auch wieder nicht, Grace. Okay, vielleicht ein kleines bisschen. Aber ganz bestimmt nicht völlig daneben, sonst hätte ich es wohl kaum getan.»

«Ich weiß», sagte sie. «Aber wenn es um Männer geht, macht Azra sich nun mal Sorgen um mich. Ihrer Meinung nach lebe ich ohnehin schon viel zu sehr in der Vergangenheit.»

«Hat es etwas mit Sarahs Dad zu tun?»

Ein entrückter Ausdruck huschte über ihr Gesicht.

«Sag jetzt nicht, das ist eine lange Geschichte», sagte er.

Sie lachte. «So lang ist sie gar nicht. Ich habe mich mit Haut und Haaren in die Sache mit ihm gestürzt. Ich wollte es um jeden Preis. Dieses Gefühl der völligen Hingabe, ob es nun echt war oder nicht.»

«Und dann?»

Tränen schimmerten in ihren Augen. «Inzwischen kann ich mich nicht mal mehr richtig erinnern, wie er aussah», sagte sie. «Und das quält mich so sehr.»

Er griff nach ihrer Hand, drückte mit seiner Rechten ihre Linke; es war wie ein Geheimzeichen zwischen zwei Verbündeten. «Tut mir leid», sagte er.

Sie nickte und entzog ihm ihre Finger wieder; eine, zwei Sekunden lang spürte er noch die Wärme ihrer Handfläche. «Vielleicht solltest du lieber nicht mehr so oft vorbeikommen.»

«Okay», sagte er, und dann: «War's das?»

Sie antwortete nicht, und so standen sie sich wortlos in der Küche gegenüber. Es war eine merkwürdige Zeit gewesen, die sie miteinander verbracht hatten. Er fragte sich, ob sie sich je wiedersehen würden. Doch irgendwie erschien ihm das Wort *Adieu* zu endgültig, und so sprach er es nicht aus, ebenso wenig wie sie.

::::::::::::

In den darauffolgenden Nächten konnte er nicht mehr schlafen. Er sah sich spätnachts alte Filme an, saß stundenlang vor dem Wetterkanal. Er ging weiter zur Arbeit, spulte die Gruppensitzungen mechanisch herunter. Konzentriert lauschte er den Geschichten der Teilnehmer, vergaß sie aber sofort wieder; wenn er die Sitzungen hinterher schriftlich zusammenfasste, konnte er sich kaum erinnern, was wer gesagt hatte, und seine hingekritzelten Notizen kamen ihm wie die Gedanken eines Fremden vor. Er rief niemanden an. Er lief fünf Meilen pro Tag, genoss die kalte Luft auf seiner erhitzten Haut. Im November überzog gefrierender Regen die kahlen Bäume mit einer dünnen Eisschicht; das Salz auf dem Bürgersteig knirschte unter seinen Füßen. Die Montreal Canadiens verloren gegen die Maple Leafs. Sein Lieblingsteam war ein echter Hühnerhaufen.

Er fing nicht zu trinken an; er war keinen einzigen Tag krankgeschrieben. Er war nicht mal sicher, ob andere die Leere in ihm spüren konnten, ob sie mitbekamen, dass sein ganzes Leben nur noch aus mechanischen Abläufen bestand.

Anfangs bemerkte er es gar nicht richtig, doch schließlich konnte er wieder durchschlafen. Das Joggen lenkte ihn ab, genau wie die

Arbeit. Er hätte es sicher niemandem gegenüber so formuliert, dass sich seine Stimmung allmählich wieder zu heben begann; er hätte es einfach nicht zugeben wollen. Stattdessen hätte er gesagt, dass er aus einer Familie stammte, in der jedes Mitglied ein bestimmtes Talent besaß. Seine Mutter hatte die Gabe besessen, sich um andere zu kümmern. Malcolms Stärke bestand darin, glücklich zu sein. Und er wusste, wie man losließ.

::::::::::::

Als er einen dicken weißen Umschlag mit einer Briefmarke, auf der ein Weihnachtsbaum abgebildet war, aus dem Briefkasten fischte, erkannte er sofort Grace' Handschrift. Eine Mischung aus Freude, schlechtem Gewissen und Reue ergriff Besitz von ihm. Sobald Feiertage nahten, war sie immer völlig aus dem Häuschen – sie liebte es, andere zu beschenken, am Valentinstag, zu Ostern, selbst am Memorial Day –, und ganz besonders zu Weihnachten. Sie fing bereits im September an, Geschenke zu kaufen, und versteckte sie unter ihrem Bett. Mitch musste lächeln, während er sich daran erinnerte. *Uns geht's super*, stand auf der Karte. *Noch mal vielen, vielen Dank für all Deine Hilfe in diesem Jahr. Dir und Deiner Familie alles Liebe, Grace und Sarah.* Auf der Vorderseite der Karte befand sich ein Foto von ihnen; beide, die eine blond, die andere dunkel, trugen rote Pullover und lächelten in die Kamera. Die Falten unter Grace' Augen waren nicht zu übersehen, und sie wirkte ein wenig müde, aber nicht mehr so erschöpft. Sie hatte die Arme um ihre Tochter gelegt, und in ihrem Blick spiegelten sich Optimismus und Entschlossenheit.

Dir und Deiner Familie alles Liebe, las er noch einmal.

Er rief sie kurzerhand an. Sie klang völlig außer Atem, als sie abhob.

«Oh, Mitch», sagte sie. «Die Weihnachtszeit ist jedes Mal wieder der nackte Wahnsinn, oder?»

Es war der Tag vor Heiligabend. Die nächste Woche hatte er frei; Weihnachten würde er mit Malcolm und seiner Familie verbringen und einen Tag später wieder nach Hause fahren. Für ihn war es keine besonders hektische Jahreszeit, aber natürlich war ihm bewusst, dass andere jede Menge um die Ohren hatten.

«Danke für die Karte», sagte er. «Und wie läuft es sonst bei euch?»

«Jede Menge Trubel, aber es geht schon. Morgen fliegen wir nach Vancouver. Ehrlich, ich habe keine Ahnung, wie ich auf die Schnapsidee gekommen bin, Weihnachten dort zu verbringen.»

«Das wird bestimmt toll», sagte er. «Und besseres Wetter habt ihr da sowieso.»

«Das glaube ich auch. Jetzt muss ich aber noch ungefähr zehntausend Dinge erledigen – du lieber Himmel, was für ein Chaos.»

Mitch überlegte, aber höchstens eine Sekunde. «Kann ich dir vielleicht irgendwie helfen?», sagte er.

Er fürchtete, seine Frage könne eine verlegene Pause auslösen, doch Grace sprang sofort auf sein Angebot an.

«Das wäre *großartig*», erwiderte sie. «Könntest du uns vielleicht in die Stadt fahren? In einer Stunde oder so? Mein Auto springt nämlich nicht an ... na ja, kaum ist Weihnachten, und schon kommt wieder mal eins zum anderen.»

«Bin quasi schon da», sagte Mitch.

Er zog seinen Mantel an und stellte überrascht fest, dass er leise vor sich hinsummte, während er Brieftasche und Schlüssel einsteckte. Er hätte sogar noch Zeit gehabt, ein bisschen aufzuräumen, aber in seiner Wohnung war ohnehin alles tipptopp. Hier gab es nicht mehr zu tun.

::::::::::::

Er brachte sie in die Stadt, fuhr extra über die Saint Catherine Street, damit Sarah die Schaufenster von Ogilvy sehen konnte, und stellte den Wagen auf einem Parkplatz am De Maisonneuve Boulevard ab. Die kalte Winterluft kniff ihnen in Wangen und Nasen. Er folgte Grace und Sarah in die Promenades Cathédrale und fuhr mit ihnen die Rolltreppen hinunter in das unterirdische Einkaufszentrum – schier endlose Gänge mit neonbeleuchteten Geschäften, vor und in denen sich Menschen drängten. Die Luft war zum Schneiden, und aus allen Läden drangen Weihnachtslieder. *Christmas is coming*, erklang der matte Gesang der Payolas, *it's been a long year*. Horden von Teenagern hatten sich rund um die einzelnen Stände zusammengerottet. Als ein Junge Sarah um ein Haar umrempelte, brüllte Mitch ihn derart an, dass er sich sofort schleunigst aus dem Staub machte. «Komm, lass gut sein», sagte Grace. «Er hat doch gar nichts getan.»

Sarah bahnte sich den Weg durch die Menge, deutete auf die Dekorationen, die farbenprächtigen Christbäume, einen Roboter-Schneemann, der die Arme hob und würdig nickte, und all die Kinder, die sich versammelt hatten, um den Weihnachtsmann zu sehen. Als sie schließlich ein wenig unleidig wurde, ging Mitch mit ihr in ein Café und kaufte ihr ein Eis, während Grace loszog, um noch ein paar Geschenke zu besorgen.

«Na, was meinst du?», fragte sie Mitch, als sie mit einem Pullover für ihren Onkel zurückkam. Er vermutete, dass der Mann lieber gar keinen Pullover geschenkt bekommen würde, sagte aber nichts. Er spürte, dass er Kopfschmerzen bekam, und fühlte sich Sarahs Erschöpfung – das Mädchen hing halb auf ihrem Stuhl und zog mit dem Plastiklöffel Linien in die Schokoladensauce – um einiges näher als Grace' hektischer Betriebsamkeit.

«Ich wollte dir noch was sagen.» Sie verstaute den Pullover wieder in der Tüte, setzte sich ihm gegenüber und nahm Sarah in den Arm, die sich an sie lehnte. «Es tut mir leid, wie wir letztes Mal auseinandergegangen sind.»

«Schon okay, Grace. Du hattest völlig recht. Es war tatsächlich komisch.»

Sie lächelte ihn an. Ihr Mantel stand offen; darunter trug sie Jeans und ein altes McGill-Sweatshirt. Sie bewegte sich immer noch ein wenig langsam, setzte vorsichtig einen Fuß vor den anderen, als trüge sie Pumps mit hohen Absätzen statt soliden, pelzgefütterten Stiefeln mit Gummisohlen. Doch trotz ihrer fragilen Ausstrahlung sah sie richtig gut aus. Ihre Augen strahlten, ihre Wangen waren gerötet, und das lange Haar fiel in sanften Wellen über ihre Schultern.

«Und wie läuft's bei dir?», fragte sie.

«Alles bestens», sagte er.

«Fährst du über Weihnachten nach Mississauga?»

«Aber klar. Ich muss Malcolms Kids schließlich ein paar neue Unarten für 2007 beibringen.»

Grace legte den Kopf schief. «Das freut mich sehr. Du bist viel zu oft allein, finde ich.»

Er schwieg.

«Irgendwie kommt es mir vor, als hätte ich dir für deine Hilfe nicht genug gedankt.»

«Mehr als genug», sagte er.

::::::::::::

Als sie das Einkaufszentrum verließen, war es dunkel geworden; das Eis auf den Gehsteigen funkelte im Licht der Straßenlaternen. Mit hochgezogenen Schultern hasteten sie zum Auto und verstauten die Geschenke im Kofferraum. Mitch drehte die Heizung auf, und ein paar Blocks später war Sarah auf dem Rücksitz eingeschlafen, ihr Gesicht unter Mütze und Kapuze verborgen.

Er fuhr die Sherbrooke Street in westlicher Richtung. Jenseits des McGill-Campus zeichneten sich die dunklen Konturen des Mount Royal mit dem erleuchteten Kreuz vor dem Horizont ab. Grace suchte einen Klassiksender, und dann erfüllten die sanften Klänge eines Klavierkonzerts den Wagen. Sie schwiegen. Sie hatte ihr Gesicht abgewandt und sah aus dem Seitenfenster, das immer mehr beschlug. Wie ein Kind zog sie einen Handschuh aus, schrieb mit der Fingerspitze ein paar unleserliche Buchstaben auf die beschlagene Scheibe, wischte sie weg und zog den Handschuh wieder über. Er blickte zu ihr hinüber und fragte sich, warum sie plötzlich so auffällig still war, nachdem sie sich eben noch mit solchem Elan ins Weihnachtsgetümmel gestürzt hatte. Wahrscheinlich war sie einfach nur ebenfalls erschöpft. Während er abermals den Blick über ihre schmale und doch starke Gestalt, ihre bordeauxrote Mütze und das darunter hervorquellende dunkle Haar schweifen ließ, spürte er wie ihn ein seltsamer Schauder überlief, ein Prickeln ungewohnter Energie. Sie würde ihm fehlen.

Zehn Minuten später hielt er vor ihrem Haus. Sarah schlief immer noch.

Grace rieb sich die Augen und wandte sich zu ihm. «Du hast mir heute das Leben gerettet», sagte sie. «Vielen, vielen Dank.»

«Ach, das war doch nichts», sagte Mitch.

«Und ob.» Sie beugte sich zu ihm herüber und küsste ihn auf die Wange, der Kuss einer Exfrau, freundschaftlich, geschlechtslos.

Und trotzdem lag etwas in ihrem Kuss, das ihn regelrecht überwältigte, und plötzlich wurde ihm bewusst, dass er ihre Hand hielt. Durch die dicken, gefütterten Lederhandschuhe konnte er die Konturen ihrer Finger kaum ertasten, ihre Muskeln und Wärme kaum spüren. «Ich bin froh, dass es dir wieder besser geht», sagte er.

Grace nickte. Ihre Augen glänzten ernst und sanft im Dunkel. Offenbar hatte der Klang seiner Stimme etwas bei ihr ausgelöst, denn sie drückte plötzlich seine Hand. Sie schien genau zu wissen, was er brauchte, auch wenn ihm nicht klar war, woher. Aber vielleicht war das ja *ihr* Talent. Sie stieg aus, weckte Sarah und nahm sie in die Arme. Mitch öffnete den Kofferraum und lud die Geschenke aus. Da stand er nun; die Henkel der schweren Einkaufstüten schnitten in seine Handflächen. Er wartete.

Sie lächelte ihn im Winterdunkel an, und dann bat sie ihn herein.

::::::::::::
::

Danksagung

Ich danke meinen Kollegen am Lafayette College für ihre rückhaltlose Unterstützung und die Gelegenheit, meine Lehrtätigkeit ein Jahr lang ruhen zu lassen; in dieser Zeit entstand die Erstfassung des vorliegenden Romans. Das erste Kapitel begann ich in der MacDowell Colony, weitere Kapitel entstanden während Aufenthaltsstipendien am Djerassi und dem Château de Lavigny – wunderschöne Orte, deren Verdienste um die Künstlerförderung gar nicht hoch genug geschätzt werden können. Zahlreiche Freunde und Verwandte haben mir mit hilfreichen Anmerkungen unter die Arme gegriffen, darunter Joyce Hinnefeld, Don Lee, Ginny Wiehardt, mein Bruder und meine Eltern. Jenny Boyar war mir bei meinen Recherchen in Sachen Psychotherapie und Schauspielerei eine unschätzbare Hilfe. Ebenfalls danke ich Yves und Christine Cormier, Liette Chamberland, Ann Devoe und Diane Robinson für ihre Hilfe bei den französischen Dialogen und Fragen zur Topographie Montreals. Meine Lehrerin in der zweiten Klasse, Grace Tugwell, hat bereits in Kindertagen meine Kreativität gefördert, und ich habe mir die Freiheit genommen, ihren Namen für zwei meiner Figuren auszuborgen (sonst jedoch nichts).

Mein Lektor Gary Fisketjon hat mir mehr über das Schreiben beigebracht, als ich in Worte fassen kann. Amy Williams bringt irgendwie das Kunststück fertig, zugleich eine vertrauenswürdige Agentin und eine noch treuere Freundin zu sein. Und nicht zuletzt möchte ich mich bei Stephen Rodrick bedanken – dafür, dass er das Buch gelesen hat, mich zum Lachen bringt, und für die Zukunft.